Vor sieben Jahren ist Holly Kennedys geliebter Mann Gerry viel zu jung an Krebs gestorben. Er hat ihr ein wunderbares Geschenk hinterlassen: eine Reihe von Briefen, die sie durch die Trauer begleitet haben. Holly ist stolz darauf, dass sie sich inzwischen ein neues Leben aufgebaut hat. Da wird sie von einer kleinen Gruppe von Menschen angesprochen, die alle unheilbar krank sind. Inspiriert von Gerrys Geschichte, möchten sie ihren Lieben ebenfalls Botschaften hinterlassen.

Holly will nicht in die Vergangenheit zurückgezogen werden. Doch als sie beginnt, den Mitgliedern des »P.S. Ich liebe Dich«-Clubs zu helfen, wird klar: Jeder von uns kann seinen ganz eigenen Lebenssinn finden. Und die Liebe weitertragen. Wenn wir uns nur auf die Frage einlassen: Was will ich heute noch sagen und tun, falls ich morgen nicht mehr da bin?

25 Millionen weltweit verkaufte Bücher und ein Ausnahmetalent: Was *Cecelia Ahern* als Schriftstellerin auszeichnet, ist ihre Phantasie, mit der sie den Alltag wunderbar macht und Geschichten erzählt, die Herzen berühren. Und sie ist vielseitig wie wenige andere: Cecelia Ahern schreibt Familiengeschichten genauso wie Liebesromane und Jugendbücher, sie verfasst Novellen, Storys, Drehbücher, Theaterstücke und TV-Konzepte. Ihre Werke erobern jedes Mal die Bestsellerlisten, viele davon wurden verfilmt, so zum Beispiel »P.S. Ich liebe Dich« mit Hilary Swank oder »Für immer vielleicht« mit Sam Claflin. Cecelia Ahern wurde 1981 geboren, hat Journalistik und Medienkommunikation studiert und lebt mit ihrem Mann und ihren beiden Kindern im Norden von Dublin.

Weitere Informationen finden Sie unter www.fischerverlage.de

CECELIA AHERN

Postscript

Was ich dir noch sagen möchte

Roman

Aus dem Englischen
von Christine Strüh

FISCHER Taschenbuch

Aus Verantwortung für die Umwelt hat sich der S. Fischer Verlag zu einer nachhaltigen Buchproduktion verpflichtet. Der bewusste Umgang mit unseren Ressourcen, der Schutz unseres Klimas und der Natur gehören zu unseren obersten Unternehmenszielen.

Gemeinsam mit unseren Partnern und Lieferanten setzen wir uns für eine klimaneutrale Buchproduktion ein, die den Erwerb von Klimazertifikaten zur Kompensation des CO_2-Ausstoßes einschließt.

Weitere Informationen finden Sie unter: www.klimaneutralerverlag.de

FSC
www.fsc.org
MIX
Papier aus verantwortungsvollen Quellen
FSC® C083411

Erschienen bei FISCHER Taschenbuch
Frankfurt am Main, November 2020

Die Originalausgabe erschien 2019
unter dem Titel »Postscript« bei HarperCollins, London

Satz: Pinkuin Satz und Datentechnik, Berlin
Druck und Bindung: CPI books GmbH, Leck
Printed in Germany
ISBN 978-3-596-29683-5

Für die Fans von

P. S. Ich liebe Dich

überall auf der Welt,
in großer Dankbarkeit

Prolog

Greif nach den Sternen,
einen davon wirst du bestimmt erwischen.

Dieser Satz steht auf dem Grabstein meines Mannes. Er hat ihn sehr oft benutzt, überhaupt setzte er auf seine typische, optimistisch-fröhliche Art gern positive Selbsthilfethesen in die Welt, als wären sie eine Form von Lebensenergie. Allerdings wirkte positive Verstärkung bei mir nie. Erst als Gerry tot war und aus dem Grab zu mir sprach, erreichten mich seine Worte, ich hörte, fühlte und glaubte sie tatsächlich.

Für mich lebte mein Mann noch ein ganzes Jahr nach seinem Tod weiter, denn er schickte mir einmal im Monat einen Überraschungsbrief. Sie waren alles, was ich noch hatte. Zwar konnte er nicht mehr mit mir sprechen, aber er schenkte mir seine Worte, niedergeschriebene Gedanken, entstanden in seinem Kopf, in seinem Gehirn, das einen lebendigen Körper mit einem lebendigen Herzen gesteuert hatte. Diese Briefe bedeuteten Leben, und ich griff nach ihnen, hielt sie fest, bis meine Knöchel weiß wurden und meine Nägel sich in meine

Handflächen gruben. Ich klammerte mich an sie wie an einen Rettungsanker.

Heute ist der 1. April, es ist sieben Uhr abends, und ich genieße die Helligkeit. Die Abende werden länger, langsam, aber sicher vertreibt der sanfte Frühling den garstigen Biss der Winterkälte. Früher habe ich diese Jahreszeit gefürchtet. Mir war der Winter lieber, denn er bot mir unendliche Möglichkeiten, mich zu verkriechen. In der Dunkelheit hatte ich das Gefühl, hinter einem Schleier zu existieren, anwesend, aber nur schemenhaft, beinahe unsichtbar. Das war mir gerade recht. Ich zelebrierte die kurzen Tage, die langen Nächte, der dunkler werdende Himmel war mein Countdown zum Winterschlaf. Doch jetzt stelle ich mich dem Licht, ich brauche es, um nicht wieder in den Sog der Dunkelheit zu geraten.

Meine Metamorphose ähnelte dem Schock, den der Körper durchmacht, wenn er in kaltes Wasser getaucht wird. Bei der ersten Berührung verspürt man den überwältigenden Drang, laut kreischend wieder herauszuspringen, aber je länger man untergetaucht bleibt, desto mehr gewöhnt man sich daran. Wie die Dunkelheit, so wird auch die Kälte irgendwann zu einer tröstlichen Decke, die man nicht mehr missen möchte. Doch ich bin trotzdem wieder aufgetaucht. Strampelnd und rudernd habe ich mich durchs Wasser gekämpft, kam mit blauen Lippen und klappernden Zähnen an die Oberfläche, taute auf und trat wieder hinaus in die Welt.

Zwischen Tag und Nacht, zwischen Winter und Frühling, eine Zwischenwelt. Obwohl der Friedhof allgemein als Stätte der letzten Ruhe angesehen wird, ist es unter seiner Oberfläche weniger ruhig als darüber. Unter der Erde vollzieht die Natur an den menschlichen Körpern in ihren Särgen unablässig ihr

Werk der Zersetzung, auch im Tod sind sie einem ständigen Wandel ausgesetzt.

Kinderlachen durchbricht die Stille, vielleicht in Unkenntnis der Zwischenwelt, auf der sie stehen, vielleicht von ihr unbeeinträchtigt. Die Trauernden sind stumm, doch ihr Schmerz ist es nicht. Die Wunde mag im Inneren sein, doch man hört sie, sieht sie, fühlt sie. Wie ein unsichtbarer Mantel umhüllt der Schmerz den Körper, seine Last beugt die Schultern, trübt die Augen, verlangsamt den Schritt.

Wenn mich in den Wochen und Monaten nach dem Tod meines Mannes wie ein unerträglicher Durst das Bedürfnis überfiel, mich wieder vollständig zu fühlen, versuchte ich verzweifelt, eine spirituelle Verbindung zu ihm herzustellen. Umgekehrt spürte ich an Tagen, an denen ich einigermaßen funktionierte, gerade dann, wenn sich seine Präsenz hinterrücks an mich heranschlich und mir auf die Schulter tippte, plötzlich eine unerträgliche Leere. Als wäre mein Herz verdorrt. Trauer lässt sich nicht beherrschen und nicht kontrollieren, niemals.

Gerry wollte verbrannt werden. Seine Asche befindet sich in einer Urne, die in einem Kolumbarium steht. Seine Eltern haben die Nische daneben für sich reserviert. Die leere Stelle neben der Urne meines Mannes ist für mich bestimmt. Ich habe das Gefühl, dem Tod ins Gesicht zu starren. Als er starb, hätte ich dieses Gefühl begrüßt – damals wäre mir alles recht gewesen, was mich wieder mit ihm vereint hätte. Am liebsten wäre ich in diese Nische gekrochen, hätte mich zusammengekauert wie eine Schlangenfrau und seine Asche mit meinem Körper umschlungen.

Er befindet sich in dieser Mauer. Aber er ist weder hier noch dort. Er ist fort. Energie, anderswo. Zersetzte Materie, irgendwo um mich herum. Wenn ich könnte, würde ich eine Armee anheuern, um Jagd auf jedes einzelne seiner Atome zu machen und ihn wieder zusammenzusetzen. Aber auch der König mit seinem Heer konnte ihn retten nimmermehr … wir lernen es von Anfang an, aber was es bedeutet, begreifen wir erst am Ende.

Wir beide genossen das Privileg, nicht nur einmal, sondern zweimal Abschied voneinander nehmen zu können. Auf die lange Krebskrankheit folgte nach dem Tod meines Mannes noch ein Jahr mit seinen Briefen. Er ist in dem Wissen von mir gegangen, dass ich mich nicht nur an Erinnerungen würde festhalten müssen. Er hatte eine Methode gefunden, wie er noch nach seinem Tod gemeinsame Erinnerungen für uns erschaffen konnte. Magie. Adieu, meine große Liebe, und noch einmal adieu. Es hätte genug sein müssen. Ich dachte, es wäre genug. Vielleicht kommen Menschen hauptsächlich deshalb auf den Friedhof, weil sie sich noch einmal verabschieden wollen. Vielleicht geht es um den Trost des Abschiednehmens, um das stille, friedliche, von allen Schuldgefühlen unbelastete Auseinandergehen. Nicht immer erinnern wir uns daran, wie wir uns begegnet sind, aber sehr oft wissen wir genau, wie wir voneinander Abschied genommen haben.

Es wundert mich, dass ich wieder hier bin, an diesem Ort, in dieser Verfassung. Sieben Jahre sind seit Gerrys Tod vergangen. Sechs, seit ich seinen letzten Brief gelesen habe. Ich habe mich weiterentwickelt, mich der Zukunft zugewandt, aber die Ereignisse der letzten Zeit haben an meinen Grundfesten gerüttelt, mich im Innersten erschüttert. Ich muss weitergehen, vorwärts, aber ich spüre einen hypnotischen Sog, fast so, als würde seine Hand nach mir greifen und mich zurückziehen.

Ich betrachte seinen Grabstein und lese den Satz noch einmal.

Greif nach den Sternen,
einen davon wirst du bestimmt erwischen.

So ist es dann wohl. Er und ich, wir haben nach den Sternen gegriffen. Und einen erwischt. Und was ich jetzt habe, alles, was ich jetzt bin, dieses ganze neue Leben, das ich mir in den letzten sieben Jahren aufgebaut habe, ohne Gerry – so sieht es vermutlich aus, wenn man einen Stern erwischt hat.

Kapitel 1 DREI MONATE FRÜHER

»Die langmütige Penelope, Frau des Odysseus, des Königs von Ithaka. Eine ernste, fleißige Person, eine hingebungsvolle Ehefrau und Mutter. Zwar wird sie von Kritikern oft nur als Symbol ehelicher Treue abgetan, aber in Wirklichkeit ist Penelope eine hochkomplexe Frau, die ihre Geschichten ebenso gekonnt spinnt, wie sie ihre Stoffe webt.« Der Museumsführer macht eine Kunstpause und lässt den Blick suggestiv über die Zuhörer wandern, die ihm gespannt lauschen.

Gabriel und ich sehen uns im National Museum eine Ausstellung an. Wir haben uns, etwas entfernt von den anderen, ganz nach hinten gestellt, als würden wir nicht dazugehören. Allerdings wollten wir auch nicht riskieren, etwas zu verpassen. Dazu sind wir nicht cool genug. Ich höre dem Museumsführer zu, während Gabriel neben mir in der Broschüre blättert. Trotzdem wird er nachher garantiert den gesamten Vortrag Wort für Wort wiedergeben können. Er liebt dieses Thema. Ich liebe das Thema als solches nicht so sehr wie die Tatsache, dass er es liebt. Gabriel gehört zu den Menschen, die etwas mit ihrer Zeit anzufangen wissen, und als ich ihn kennengelernt habe, hat mich das mit am meisten zu ihm hingezogen. Denn ich habe eine Verabredung mit dem Schicksal. In maximal sechzig Jahren bin ich mit jemandem im Jenseits verabredet.

»Penelopes Ehemann Odysseus zieht in den Trojanischen Krieg, der erst zehn Jahre später zu Ende ist, und er braucht weitere zehn Jahre für den Rückweg nach Ithaka. Penelope ist in einer prekären Lage, denn sie kann sich vor Heiratsanträgen kaum retten – insgesamt halten angeblich hundertacht Männer um ihre Hand an. Zum Glück ist Penelope clever und hält die Freier hin, indem sie zwar jedem verspricht, sein Angebot in Betracht zu ziehen, aber keinem endgültig zusagt.«

Auf einmal fühle ich mich befangen. Gabriels Arm, den er locker um meine Schulter gelegt hat, fühlt sich viel zu schwer an.

»Penelopes Webstuhl, den wir hier sehen, ist ein Beispiel für die raffinierten Tricks der Königin. Penelope war dabei, das Totenhemd für ihren Schwiegervater Laertes zu weben, und behauptete, sie würde einen Ehemann erwählen, sobald sie mit diesem fertig sei. Tagsüber saß sie nun im Thronsaal an ihrem großen Webstuhl und arbeitete fleißig, aber nachts trennte sie heimlich alles, was sie am Tag produziert hatte, wieder auf. Das ging drei Jahre gut, danach musste sie sich andere Listen ausdenken, um die Bewerber hinters Licht zu führen, bis Odysseus, auf den sie so geduldig wartete, endlich zurückkam.«

Mir geht das irgendwie gegen den Strich. »Hat er denn auch auf sie gewartet?«, rufe ich.

»Wie bitte?«, fragt der Museumsführer und blickt suchend über die Menge, um die Eigentümerin der Stimme ausfindig zu machen. Die Gruppe teilt sich, alle wenden sich mir zu und starren mich an.

»Penelope ist der Inbegriff ehelicher Treue, aber wie steht es mit ihrem Ehemann? Hat er sich dort draußen im Krieg auch zwanzig Jahre lang für sie aufgespart?«

Gabriel kichert leise in sich hinein.

Der Museumsführer lächelt und erwähnt dann kurz neun Kinder, die Odysseus auf seiner langen Reise vom Trojanischen Krieg zurück nach Ithaka mit fünf anderen Frauen gezeugt hat.

»Damit ist meine Frage wohl mit einem Nein beantwortet«, sage ich leise zu Gabriel, während die Gruppe weiterzieht. »Ziemlich blöd von Penelope.«

»Aber die Frage war hervorragend«, erwidert er, und ich höre die Belustigung in seiner Stimme.

Nachdenklich wende ich mich erneut dem Gemälde von Penelope zu, Gabriel blättert wieder in der Broschüre.

Bin ich die langmütige Penelope? Trenne ich nachts wieder auf, was ich tagsüber gewebt habe, führe ich meinen gutaussehenden, treuen Liebhaber in die Irre, während ich darauf warte, endlich mit meinem Ehemann wiedervereint zu werden? Ich schaue zu Gabriel empor. Seine blauen Augen glitzern ausgelassen, anscheinend kann er meine Gedanken nicht lesen. Erstaunlicherweise lässt er sich von mir an der Nase herumführen.

»Sie hätte sich die lange Wartezeit doch damit vertreiben können, mit dem einen oder anderen Bewerber ins Bett zu gehen«, sagt er. »Eine echte Spaßbremse, unsere prüde Penelope.«

Ich lache und lege meinen Kopf an seine Brust. Er schlingt den Arm um mich, zieht mich an sich und küsst mich auf den Kopf. Gabriel ist solide gebaut, ich würde gern in seiner Umarmung wohnen. Groß, breit, kräftig, wie er ist, verbringt er seine Arbeitstage meist im Freien und klettert auf Bäume – er ist Baumchirurg beziehungsweise Baumpfleger, wenn man die von ihm bevorzugte Berufsbezeichnung benutzen möchte. Er ist Höhe gewohnt, liebt Wind und Regen und eigentlich alle Elemente. Er ist ein Abenteurer, ein Forscher, und wenn er sich gerade mal nicht oben auf einem Baum befindet, sitzt er darunter und steckt die Nase in ein Buch. Abends nach der Arbeit riecht er nach Wasserkresse.

Wir haben uns beim Chicken Wing Festival in Bray kennengelernt. Er stand neben mir an der Theke und hielt die Schlange hinter uns auf, indem er einen Cheeseburger bestellte. Er erwischte mich in einem guten Moment, sein Humor gefiel mir, er hatte sofort meine volle Aufmerksamkeit, und darauf hatte er es ja abgesehen. Vermutlich war das seine Art von Anmache.

Mein Kumpel möchte gern wissen, ob du mal mit ihm ausgehst.

Ich hätte gern einen Cheeseburger, bitte.

Für schlechte Anmachsprüche habe ich eine große Schwäche, aber ich habe einen guten Geschmack, was Männer angeht. Gute Männer, tolle Männer.

Ich ziehe Gabriel weg von der prüden Penelope, obwohl er eigentlich in die andere Richtung will. Aber ich habe genug von ihren Blicken, sie begafft mich schon die ganze Zeit, wahrscheinlich meint sie, dass sie in mir ihren Frauentyp wiedererkennt.

Aber das stimmt nicht. Ich bin nicht wie Penelope und will auch nicht sein wie sie. Ich werde mein Leben nicht für eine vage Zukunft in der Warteschleife verbringen.

»Gabriel?«

»Holly?« Er passt sich meinem ernsten Ton an.

»Was deinen Vorschlag betrifft.«

»Gegen die verfrühten Weihnachtsdekorationen zu demonstrieren? Wir haben sie gerade weggeräumt, garantiert erscheinen sie bald wieder.«

Er ist so groß, dass ich mich strecken und den Kopf in den Nacken legen muss, um ihm ins Gesicht sehen zu können. Seine Augen lächeln.

»Nein, ich meine den anderen Vorschlag. Den mit dem Zusammenziehen.«

»Aha.«

»Lass es uns probieren.«

Er reckt die Faust in die Luft und stößt einen dezenten Stadionmassenjubel aus.

»Unter der Bedingung, dass wir uns einen Fernseher anschaffen und dass du jeden Tag, wenn ich aufwache, so aussiehst wie jetzt.«

Ich stelle mich auf die Zehenspitzen, um näher an sein Gesicht zu kommen, lege die Hände auf seine Wangen, fühle sein Lächeln unter dem Balbo-Bart, den er sich zurzeit wachsen lässt und wie ein Profi trimmt und pflegt – der Baum-Mann, der sein eigenes Gesicht veredelt.

»Das ist die Grundvoraussetzung dafür, meine Mitbewohnerin zu sein.«

»Mitdirschläferin«, sage ich, und wir kichern beide etwas kindisch.

»Warst du schon immer so romantisch?«, fragt er und nimmt mich in die Arme.

Früher war ich romantisch. Überhaupt war ich ganz anders. Naiv vielleicht. Als ich Gabriels Umarmung erwidere und den Kopf an seine Brust lege, bemerke ich wieder Penelopes kritischen Blick. Doch ich recke hochmütig das Kinn. Soll sie doch glauben, sie würde mich durchschauen. Es stimmt trotzdem nicht.

Kapitel 2

»Bist du bereit?«, fragt meine Schwester Ciara mich leise, als wir unter dem Gemurmel des erwartungsvollen Publikums unsere Plätze ganz vorn im Laden einnehmen. Wir sitzen auf Sitzsäcken im Schaufenster von Ciaras Vintage- und Secondhandshop namens Magpie, in dem ich seit drei Jahren ebenfalls arbeite. Wieder einmal haben wir den Laden in eine Eventlocation verwandelt, wo ihr Podcast »Wie sprechen wir über …?« vor Publikum aufgenommen wird. Doch heute Abend stehe ich nicht an meinem üblichen sicheren Platz hinter dem Wein- und Cupcake-Tresen. Seit Monaten hat mich meine Schwester bestürmt, bis ich mich ihrem Wunsch gebeugt habe, als Gast in der Folge mit dem Titel »Wie können wir über den Tod sprechen?« mitzumachen. Die Zusage war noch nicht ganz aus meinem Mund, als ich sie schon bereute, und jetzt, wo ich vor unserer kleinen Zuhörerschaft sitze, hat meine Reue astronomische Ausmaße angenommen.

Wir haben alle Ständer und Auslagen mit Klamotten und Accessoires an die Wand geschoben, und jetzt füllen fünf Reihen mit jeweils sechs Klappstühlen die Ladenfläche. Damit

Ciara und ich etwas erhöht sitzen, haben wir das Schaufenster leergeräumt, und die Leute, die draußen von der Arbeit nach Hause eilen, mustern im Vorübergehen neugierig die beiden lebendigen Schaufensterpuppen auf ihren Sitzsäcken.

»Danke, dass du das für mich tust«, sagt Ciara leise und drückt meine feuchtkalte Hand.

Ich lächle schwach und versuche abzuschätzen, wie schlimm es wäre, einfach aufzustehen und davonzulaufen. Ich komme zu dem Schluss, dass es sich nicht lohnt zu kneifen. Schließlich war es meine Entscheidung, und ich muss zu ihr stehen.

Ciara streift die Schuhe ab und zieht die nackten Füße unter sich auf den Sitzsack. An diesem Ort fühlt sie sich wie zu Hause. Ich räuspere mich, und das Geräusch verbreitet sich durch die Lautsprecher im ganzen Laden. Dreißig erwartungsvolle, neugierige Gesichter starren mich an. Ich drücke meine schwitzigen Hände aneinander und schaue auf die Notizen, die ich akribisch wie eine fleißige Studentin zusammengetragen habe, seit Ciara mich zu diesem Auftritt genötigt hat. Gedankenfragmente, hastig aufs Papier gekritzelt, wenn die Inspiration mich überkam, die mir im Moment vollkommen sinnlos erscheinen. Ich sehe weder, wo ein Satz anfängt, noch, wo er aufhört.

In der vordersten Reihe sitzt Mum, ein paar Plätze weiter meine Freundin Sharon, direkt am Gang, wo sie einigermaßen Platz für ihren Doppelbuggy hat. Unter der Decke lugt ein Paar winziger Kinderfüße hervor, an denen sich mit letzter Kraft eine Socke festklammert, während die andere den Kampf bereits aufgegeben hat. Auf dem Schoß hält Sharon ihr sechs Monate altes Baby, neben ihr sitzt ihr sechsjähriger Sohn Gerard, die Augen gebannt auf sein iPad gerichtet, die

Ohren unter Kopfhörern verborgen, während sein vierjähriger Bruder demonstrativ seine Langeweile auslebt und auf seinem Stuhl so weit nach unten gerutscht ist, dass er praktisch auf der Sitzfläche liegt. Vier Jungs in sechs Jahren – ich bin sehr dankbar, dass Sharon gekommen ist. Jeden Morgen steht sie in aller Herrgottsfrühe auf, und ich weiß, wie lange es dauert, mit vier Kindern das Haus zu verlassen, und wie nervig es ist, wenn man dreimal zurückrennen muss, weil man etwas vergessen hat. Trotzdem ist sie heute hier, meine kampferprobte Freundin, und lächelt mir ermutigend zu. Am Rande der Erschöpfung und trotzdem für mich da.

»Willkommen, liebe Gäste, ich begrüße euch alle zur vierten Folge des Magpie-Podcasts«, beginnt Ciara. »Einige von euch sind ja inzwischen Stammgäste hier – danke, Betty, dass du uns immer so nett mit deinen leckeren Cupcakes versorgst, und danke, Christian, für den Käse und den Wein.«

Ich blicke über die Gäste und suche Gabriel, aber ich bin eigentlich sicher, dass er nicht da ist. Schließlich habe ich ihm ausdrücklich verboten zu kommen – obwohl es gar nicht nötig gewesen wäre. Als Mensch, der seine Intimsphäre lieber für sich hat und seine Gefühle unter Kontrolle hält, war es ihm unbegreiflich, dass ich bereit bin, mein Privatleben vor wildfremden Menschen auszubreiten. Natürlich haben wir lange darüber debattiert, aber in diesem Moment bin ich mehr denn je seiner Meinung.

»Ich bin Ciara Kennedy, die Eigentümerin von Magpie, und habe vor kurzem beschlossen, dass es eine gute Idee wäre, eine Reihe von Podcasts zum Thema ›Wie sprechen wir über …‹ zu machen, und dabei die Wohlfahrtsorganisationen vorzustellen, die prozentual an den Erlösen dieses Ladens beteiligt sind. Heute werden wir über den Tod reden, vor allem über Trauer und Verlust. Zu Gast bei uns ist Claire Byrne von *Bereave Ireland.* Außerdem begrüße ich einige der Menschen, denen die wunderbare Arbeit dieser Trauerhilfeorganisation zugutekommt. Die Einnahmen aus dem Ticketverkauf und die großzügigen Spenden gehen direkt an *Bereave.* Später werde ich mit Claire über ihre unermüdliche und so wichtige Arbeit sprechen, bei der sie diejenigen unterstützt, die einen geliebten Menschen verloren haben. Aber zuerst möchte ich euch meinen speziellen Gast vorstellen, nämlich Holly Kennedy, die zufällig meine Schwester ist. Endlich bist du hier!«, ruft Ciara, und das Publikum applaudiert.

»Stimmt.« Ich lache nervös.

»Schon seit dem ersten Podcast letztes Jahr liege ich meiner Schwester in den Ohren, sie soll mitmachen, und ich bin sehr froh, dass sie sich dazu durchgerungen hat. Danke, Holly.« Sie greift nach meiner Hand und hält sie fest. »Deine Geschichte hat mein Leben zutiefst berührt, und ich bin sicher, dass sehr viele Menschen davon profitieren werden, wenn sie von der Reise hören, die du hinter dir hast.«

»Danke, ich hoffe es.«

Ich merke, dass die Notizen in meiner Hand zittern, und lasse Ciara los, um die Hand besser stillzuhalten.

»Wie können wir über den Tod sprechen? Das Thema ist alles andere als einfach. Über unser Leben zu reden, darüber, wie wir leben, wie wir besser leben können, fällt uns nicht schwer, aber oft ist es uns unangenehm, ja beinahe peinlich, über den Tod zu sprechen. Deshalb lassen wir meist lieber die Finger davon. Doch ich kenne niemanden, mit dem ich dieses Gespräch über die Trauer lieber führen würde. Holly, bitte erzähle uns doch von deiner Begegnung mit dem Tod.«

Ich räuspere mich und beginne: »Vor sieben Jahren habe ich

Gerry, meinen Mann, durch eine Krebserkrankung verloren. Er hatte einen Hirntumor und ist mit dreißig Jahren gestorben.«

Ganz gleich, wie oft ich darüber spreche, ich habe immer einen Kloß im Hals. Dieser Teil der Geschichte ist noch immer real, er brennt in mir, hell und heiß. Hilfesuchend schaue ich zu Sharon, die dramatisch die Augen verdreht und gähnt. Ich grinse. Ja, ich schaffe das.

»Wir sind hier, um über Trauer zu sprechen, aber was soll ich euch darüber erzählen? Ich bin nichts Besonderes, der Tod betrifft uns alle, und viele von denen, die heute hier sind, wissen aus eigener Erfahrung, wie komplex Trauer ist. Wir können sie nicht kontrollieren, im Gegenteil. Meistens fühlt es sich an, als habe sie uns fest im Griff. Das Einzige, was wir beeinflussen können, ist die Art, wie wir mit ihr umgehen.«

»Du meinst, du bist nichts Besonderes«, sagt Ciara, »aber die persönliche Erfahrung jedes Einzelnen *ist* doch etwas Besonderes, und wir können viel voneinander lernen. Für den Schweregrad eines Verlusts gibt es natürlich keine Rangfolge, aber kannst du dir vorstellen, dass du den Verlust vielleicht stärker erlebt hast, weil Gerry und du zusammen aufgewachsen seid? Schon seit ich klein war, gab es Holly nicht ohne Gerry und Gerry nicht ohne Holly.«

Ich nicke und erzähle, wie Gerry und ich uns kennengelernt haben. Um es mir leichter zu machen, sehe ich nicht ins Publikum, sondern tue so, als würde ich mit mir selbst sprechen, genau so, wie ich es zu Hause unter der Dusche einstudiert habe. »Wir sind uns in der Schule begegnet, als ich vierzehn war. Von da an war ich immer Gerry *und* Holly. Gerrys Freundin. Gerrys Frau. Wir sind zusammen aufgewachsen, wir haben voneinander gelernt. Mit neunundzwanzig Jahren habe ich ihn verloren und wurde Gerrys Witwe. Und ich habe nicht nur ihn und auch nicht nur einen Teil meiner selbst verloren, sondern ich hatte wirklich das Gefühl, dass ich *mich* verloren hatte. Ich wusste gar nicht, wer ich war. Ich musste mich komplett neu aufbauen.«

An einigen Stellen wird genickt. Die meisten Leute wissen Bescheid, und diejenigen, die es noch nicht wissen, werden es bald erfahren.

»Kack-a«, sagt eine Stimme aus dem Buggy und kichert. Sharon bringt ihr Krabbelkind zum Schweigen, greift in ihre riesige Tasche und holt eine Reiswaffel mit Erdbeerjoghurt-Glasur heraus. Die Waffel verschwindet im Buggy. Das Kichern verstummt.

»Wie hast du es geschafft, dich wieder aufzubauen?«

Weil es mir seltsam vorkommt, Ciara etwas zu erzählen, das sie mit mir durchlebt hat, wende ich mich dem Publikum zu und konzentriere mich auf diejenigen, die nicht dabei waren. Als ich in die Gesichter blicke, legt sich in meinem Inneren ein Schalter um. Hier geht es nicht um mich. Gerry hat etwas Besonderes getan, und das werde ich diesen wissbegierigen Menschen um seinetwillen erklären. »Vor allem hat Gerry mir dabei geholfen. Bevor er gestorben ist, hat er heimlich einen Plan ausgeheckt.«

»Trommelwirbel, Tusch, tadadaa!«, ruft Ciara und erntet lautes Gelächter. Auch ich grinse und schaue wieder in die erwartungsvollen Gesichter.

Ich werde immer noch ein bisschen aufgeregt, wenn ich davon erzähle, denn es ist jedes Mal eine Erinnerung daran, wie einzigartig das Jahr nach Gerrys Tod war, auch wenn die Bedeutsamkeit im Lauf der Zeit in meinem Gedächtnis etwas verblasst ist. »Er hat mir zehn Briefe hinterlassen, die ich in den Monaten nach seinem Tod öffnen sollte, und jeder davon war unterschrieben mit ›P. S. Ich liebe Dich‹.«

Die Zuhörer sind sichtlich bewegt, schauen einander an, fangen an, miteinander zu flüstern – das gespannte Schweigen ist gebrochen. Sharons Baby fängt an zu weinen. Sie versucht es zu beruhigen, wiegt es im Arm, klopft leise auf seinen Schnuller, einen fernen Ausdruck in den Augen.

Ciara spricht etwas lauter, um das Babygeschrei zu übertönen. »Als ich dich gebeten habe, bei diesem Podcast mitzumachen, Holly, da hast du sehr deutlich gemacht, dass du dich nicht auf Gerrys Krankheit konzentrieren, sondern über das Geschenk reden möchtest, das er dir gemacht hat.«

Ich nicke nachdrücklich. »Richtig. Ich möchte heute nicht über Krebs reden, nicht über die Qualen, die Gerry durchmachen musste. Wenn ihr meinen Rat hören mögt – versucht, euch nicht so auf die Dunkelheit zu fixieren. Davon gibt es mehr als genug. Ich möchte lieber über die Hoffnung sprechen.«

Ciara sieht mich an, und ihre Augen leuchten stolz. Mum presst die Hände ineinander.

»Ich habe mich irgendwann entschieden, den Fokus darauf zu richten, was Gerry mir geschenkt hat. Dadurch, dass ich ihn verloren habe, habe ich mich selbst gefunden. Ich fühle mich nicht minderwertig, und ich schäme mich auch nicht zuzugeben, dass ich nach Gerrys Tod zusammengebrochen bin. Aber seine Briefe haben mir geholfen, mich selbst wiederzufinden. Um einen Teil von mir selbst zu entdecken, den ich bisher nicht kannte, musste ich ihn erst verlieren.« Inzwischen bin ich richtig in Fahrt, ich will sagen, was ich zu sagen habe. Diese Menschen hier *müssen* es erfahren. Wenn ich vor sieben Jahren im Publikum gesessen hätte, hätte ich es auch gebraucht. »Zu meiner großen Überraschung fand ich eine Stärke in mir, die ich vorher nie erwartet hätte. Sicher, ich fand sie an einem dunklen, einsamen Ort. Aber ich habe sie gefunden – leider finden wir die meisten Schätze unseres Lebens ja an genau solchen Stellen. Wenn wir lange genug in Schmutz und Dunkelheit gewühlt und gegraben haben, stoßen wir endlich auf etwas Handfestes. Ich habe die Erfahrung gemacht, dass ein Tiefpunkt tatsächlich auch ein Sprungbrett sein kann.«

Angeführt von Ciara applaudiert das Publikum begeistert.

Inzwischen nörgelt Sharons Baby nicht mehr, sondern brüllt, ein ohrenbetäubendes, hohes, schrilles Kreischen. Das Krabbelkind wirft seine Reiswaffel nach ihm. Sharon steht auf, schaut entschuldigend in unsere Richtung, nimmt das Baby auf den Arm, lässt die beiden älteren Jungen in der Obhut meiner Mutter zurück und versucht, mit der freien Hand den Zweierbuggy durch den Gang zur Tür zu bugsieren. Dabei kracht sie jedoch gegen einen Stuhl, mäht in den Gang ragende Taschen nieder, und die Räder des Buggys verfangen sich in Trageriemen und Henkeln. Verzweifelt rangiert sie zurück und steuert den Buggy hektisch und Entschuldigungen murmelnd weiter zum Ausgang.

Ciara wartet mit der nächsten Frage, bis Sharon draußen ist.

Doch bei dem Versuch, die Tür zu öffnen, rammt Sharon den Buggy dagegen. Ciaras Mann Mathew eilt ihr zu Hilfe und will ihr die Tür aufhalten, aber der Doppelbuggy ist zu breit, und in ihrer Panik knallt Sharon mehrmals gegen den Türrahmen. Das Baby kreischt wie am Spieß, der Buggy malträtiert den Türrahmen, bis Mathew endlich dem Ganzen ein Ende bereitet und den Riegel unten an der Tür löst. Mit gequältem Gesicht schaut Sharon zu uns herüber, aber als ich ihr Augenrollen und Gähnen von vorhin imitiere, lächelt sie dankbar und ergreift dann die Flucht.

»Diesen Teil können wir später rausschneiden«, scherzt Ciara. »Holly, kannst du uns sagen, ob du Gerrys Anwesenheit außer durch die Briefe, die er dir hinterlassen hat, auch noch an anderen Punkten gespürt hast?«

»Du meinst, ob ich seinen Geist gesehen habe?«

Ein paar Gäste kichern, andere warten vermutlich gespannt auf ein Ja.

»Seine Energie«, erklärt Ciara. »Wie immer man es nennen möchte.«

Ich denke einen Moment nach und beschwöre das Gefühl in mir herauf. »Seltsamerweise hat der Tod tatsächlich eine körperliche Präsenz. Manchmal fühlt es sich an, als wäre der Verstorbene im Zimmer. Die Lücke, die ein geliebter Mensch hinterlässt, seine Abwesenheit, ist zweifellos sichtbar. Es gab Augenblicke, in denen Gerry mir lebendiger erschien als die Menschen um mich herum.« Ich rufe mir die einsamen Tage und Nächte in Erinnerung, in denen ich zwischen Realität und innerer Wahrnehmung gefangen war. »Erinnerungen können übermächtig sein. Manchmal sind sie eine wunderbare Fluchtmöglichkeit, ein schöner, tröstlicher Ort. Die Erinnerungen an Gerry haben ihn zu mir zurückgebracht. Aber man sollte vorsichtig sein – manchmal werden sie auch zu einem Gefängnis. Ich bin dankbar, dass Gerry mir die Briefe hinterlassen hat, denn er hat mich aus all diesen schwarzen Löchern herausgeholt und wurde wieder lebendig. Dadurch konnten wir gemeinsam neue Erinnerungen erschaffen.«

»Und jetzt? Sieben Jahre später? Ist Gerry immer noch bei dir?«

Wie ein hypnotisiertes Kaninchen im Scheinwerferlicht

starre ich meine Schwester an. Ich habe den Boden unter den Füßen verloren und kann die Frage nicht beantworten. Ist Gerry noch bei mir?

»Ich bin sicher, dass Gerry immer ein Teil von dir bleiben wird«, sagt Ciara schließlich leise. »Er wird immer bei dir sein«, fügt sie hinzu, als ahne sie meine Unsicherheit, als müsste sie mir etwas in Erinnerung rufen, das ich vergessen habe.

Asche zu Asche, Staub zu Staub. Zerfallene, verstreute Partikel umgeben mich.

»Absolut«, antworte ich mit einem gezwungenen Lächeln. »Gerry wird immer bei mir sein.«

Der Körper stirbt, die Seele, der Geist bleibt zurück. Im Jahr nach Gerrys Tod gab es Tage, an denen ich seine Energie in mir spürte. Sie baute mich auf, stärkte mich, verwandelte mich in eine Festung. Ich war zu allem fähig. Ich war unberührbar.

An anderen Tagen spürte ich seine Energie und löste mich in eine Million Einzelteile auf. Es war die Erinnerung an das, was ich verloren hatte. Ich kann nicht. Ich will nicht. Das Universum hat mir den wichtigsten Teil meines Lebens geraubt, vielleicht wird es mir bald auch noch den Rest entreißen. Und mir wird klar, wie kostbar all diese Tage waren, denn jetzt, sieben Jahre später, habe ich überhaupt nicht mehr das Gefühl, dass Gerry bei mir ist.

Versunken in die Lüge, die ich soeben ausgesprochen habe, frage ich mich, ob meine Behauptung ebenso leer geklungen hat, wie sie sich anfühlte. Zum Glück bin ich fast fertig. Ciara lädt das Publikum ein, Fragen zu stellen, und ich entspanne mich ein bisschen, weil ich weiß, dass das Ende in Sicht ist.

Die erste Frage kommt von einer Frau in der dritten Reihe, fünfter Platz vom Gang, zerknülltes, zusammengerolltes Taschentuch in der Hand, verschmierte Mascara um die Augen.

»Hi, Holly, ich bin Joanna. Mein Mann ist vor ein paar Monaten gestorben, und ich wünsche mir so, er hätte mir auch solche Briefe hinterlassen. Können Sie uns erzählen, was in seinem letzten Brief stand?«

»Mich würde interessieren, was in allen zehn drinstand«, ruft jemand anderes, und es gibt zustimmendes Gemurmel.

»Wir haben genug Zeit, über alle zehn zu sprechen, wenn Holly dazu bereit ist«, sagt Ciara und sieht mich fragend an.

Ich hole tief Luft und atme langsam aus. Über den Inhalt der Briefe habe ich schon lange nicht mehr nachgedacht. Als Idee, als Gesamtkonzept schon, aber nie im Einzelnen, der Reihe nach, präzise. Wo soll ich anfangen? Bei der neuen Nachttischlampe, dem neuen Outfit, dem Karaokeabend, den Sonnenblumenkernen, der Geburtstagsreise mit meinen Freundinnen …? Wie sollen diese Leute einschätzen können, wie wichtig diese scheinbar unwichtigen Dinge für mich waren? Aber der letzte Brief …

Ich lächle. Der letzte ist leicht. »In Gerrys letztem Brief stand: ›Hab keine Angst davor, dich wieder zu verlieben.‹«

Ein wunderschönes Beispiel, damit können alle etwas anfangen. Ein gutes und mutiges Ende von Gerrys Seite. Doch Joanna ist nicht so gerührt wie die anderen. Ich sehe Enttäuschung und Verwirrung in ihren Augen. Verzweiflung, Hoffnungslosigkeit. Sie steckt noch tief in der Trauerphase, sie will das jetzt nicht hören. Sie hält ihren Mann noch fest, warum sollte sie darüber nachdenken, ihn loszulassen?

Ich weiß ganz genau, was sie denkt. Es ist völlig ausgeschlossen, jemals wieder jemanden zu lieben. Jedenfalls nicht so.

Kapitel 3

Als der Laden sich langsam leert, taucht Sharon wieder auf, immer noch ziemlich aus der Fassung. Das Baby ist im Wagen eingeschlafen, Alex, der Zweitkleinste, klammert sich mit hochroten Wangen an ihre Hand.

»Hallo, Großer«, sage ich und beuge mich zu ihm hinunter.

Er ignoriert mich.

»Sag hallo zu Holly«, ermahnt Sharon ihn sanft.

Er ignoriert auch sie.

»Alex, sag gefälligst hallo zu Holly«, fährt sie ihn an, und ihre Stimme klingt auf einmal so fuchsteufelswild, dass sowohl Alex als auch ich erschrocken zusammenzucken.

»Hallo«, sagt er.

»Guter Junge«, lobt ihn seine Mutter und klingt wieder lieb und nett.

Ich starre sie mit großen Augen an – über die unheimliche zweite Persönlichkeit, die gelegentlich aus ihr hervorbricht, seit sie Mutter geworden ist, kann ich immer wieder nur staunen.

»Es ist mir so peinlich«, sagt sie leise. »Es tut mir echt leid, ich stifte nur Chaos.«

»Es muss dir nicht leidtun. Ich bin so froh, dass du gekommen bist. Und du bist toll. Schließlich sagst du selbst immer, dass das erste Jahr das schwerste ist. Es dauert doch nur noch ein paar Monate, dann feiert dieser kleine Mann hier schon seinen ersten Geburtstag. Du hast es fast geschafft.«

»Aber das Nächste ist schon unterwegs.«

»Was?«

Mit tränenfeuchten Augen sieht sie mich an. »Ja, ich bin schon wieder schwanger. Ich weiß, ich bin ein Idiot.«

Sie richtet sich auf und versucht, Stärke zu zeigen, obwohl sie fix und fertig aussieht. Erledigt, am Ende. Bei jeder von Sharons Schwangerschaften steigt mein Mitgefühl, während die Feierstimmung deutlich abnimmt.

Wir umarmen uns und sagen wie aus einem Munde: »Erzähl bloß Denise nichts davon.«

Ich beobachte Sharons Aufbruch mit ihren vier Jungs und gerate ich schon beim Zusehen in Stress. Außerdem bin ich selbst erschöpft nach der Anspannung des Tages, was noch dadurch verstärkt wird, dass ich die letzte Nacht nicht viel geschlafen habe. Und gerade habe ich eine ganze Stunde lang ausführlich über sehr persönliche Erfahrungen gesprochen. Jetzt bin ich völlig erledigt, aber Ciara und ich müssen warten, bis alle weg sind, und den Laden dann wieder in Normalzustand bringen und abschließen.

»Das war absolut wundervoll«, unterbricht Angela Carberry meine Gedanken. Angela ist eine große Unterstützerin des Ladens und spendet regelmäßig ihre Designerklamotten samt Taschen und Schmuck. Sie ist einer der Hauptgründe, dass Ciara Magpie überhaupt am Laufen halten kann. Im Spaß sagt meine Schwester oft, dass Angela ihre schicken Sachen vermutlich nur kauft, um sie uns zu spenden. Wie immer sieht sie sehr elegant aus mit ihrem rabenschwarzen Bob, ihrer zierlichen Figur und der Perlenkette über der großen Schleife ihres Seidenkleids.

»Angela, wie nett, dass Sie gekommen sind«, begrüße ich sie, und sie nimmt mich zu meiner Überraschung in den Arm.

Über ihre Schulter hinweg sehe ich, dass auch Ciara große Augen macht, als sie diesen für die sonst so nüchterne Angela höchst ungewöhnlichen Gefühlsausbruch beobachtet. Sie drückt mich so fest an sich, dass ich ihren knochigen Körper an meinem spüre. Sonst ist sie überhaupt kein impulsiver Typ und meidet Körperkontakt eher, als dass sie ihn sucht. Wenn sie uns die Kisten mit ihren Klamotten in den Laden bringt – die Schuhe immer in Originalkartons, die Taschen in ihren ursprünglichen Schutzhüllen – wirkt sie eher zugeknöpft. Für jedes Stück erklärt sie uns ganz genau, wo wir es ausstellen und welchen Preis wir dafür verlangen sollen, obwohl sie nie auch nur einen Cent vom Erlös haben will.

Als sie mich endlich wieder loslässt, sind ihre Augen feucht. »Sie sollten so etwas öfter machen. Die Menschen sollten Ihre Geschichte hören.«

»O nein«, lache ich. »Das war eine einmalige Sache, und ich habe in erster Linie deshalb mitgemacht, weil ich meine Schwester zum Schweigen bringen wollte.«

»Haben Sie es denn nicht gemerkt?«, fragt Angela überrascht.

»Was meinen Sie?«

»Was für eine Kraft in Ihrer Geschichte steckt. Wie das Publikum reagiert hat, wie tief Sie das Herz jedes Einzelnen in diesem Raum berührt haben.«

Verlegen schaue ich auf die Menschenschlange, die sich hinter ihr gebildet hat. Alle diese Leute wollen mit mir sprechen.

Angela packt mich am Arm und drückt ihn für meinen Geschmack viel zu heftig. »Sie müssen Ihre Geschichte unbedingt öfter erzählen.«

»Ich bin Ihnen sehr dankbar für Ihre Ermutigung, Angela, aber ich habe das alles nur einmal erlebt, deshalb möchte ich es auch nicht öfter als einmal erzählen. Jetzt bin ich fertig damit.« Meine Worte sind nicht barsch, aber ich höre in ihnen eine Härte, die ich selbst nicht erwartet habe. Als hätte sich blitzschnell ein stachliger Schutzpanzer um mich herum gebildet. Angela lockert ihren Griff, als hätte sie sich an meinen Stacheln gestochen. Sie scheint sich zu erinnern, wo sie ist, und dass auch andere Leute mit mir reden wollen, und lässt mich widerwillig los.

Als ihre Hand weg ist, verschwinden auch meine Stacheln, aber etwas von ihrem Kneifzangengriff bleibt zurück, eine Art unsichtbarer blauer Fleck.

· / ·

Später krieche ich zu Gabriel ins Bett. Das Zimmer dreht sich, weil ich mit Ciara und Mum noch viel zu lange in Ciaras Wohnung über dem Laden gesessen und zu viel Wein getrunken habe.

Gabriel dreht sich zu mir und schlägt die Augen auf. Er schaut mich einen Moment prüfend an und grinst dann über meinen Zustand.

»War es ein guter Abend?«

»Sollte ich je auf die Idee kommen, so was noch mal zu machen, dann hindere mich bitte daran«, murmle ich, während ich die Augen schließe und das Karussell in meinem Kopf zu ignorieren versuche.

»Mach ich. Aber jetzt hast du es überstanden, bist die

Schwester des Jahres und kriegst vielleicht sogar eine Gehaltserhöhung.«

Ich schnaube nur verächtlich.

»Jedenfalls hast du es hinter dir.« Er schmiegt sich an mich und küsst mich.

Kapitel 4

Holly«, brüllt Ciara zum wiederholten Mal. Ihr Ton hat sich von geduldig zu besorgt und schließlich zu purem, schrillem Ärger entwickelt. »Wo zur Hölle steckst du?«

Ich bin im Lager, habe mich hinter den Kisten zusammengekauert, vielleicht auch ein paar Klamotten darüber gebreitet und mir eine Art Höhle gebaut. Vielleicht verstecke ich mich.

Als ich aufblicke, sehe ich Ciara zu mir hereinspähen.

»Was soll denn der Unsinn? Versteckst du dich etwa?«

»Nein. Sei nicht albern.«

Sie wirft mir einen Blick zu, dem ich entnehme, dass sie mir nicht glaubt. »Ich rufe schon die ganze Zeit nach dir. Angela Carberry hat nach dir gefragt, sie wollte dich unbedingt sprechen, und ich habe ihr gesagt, du machst nur kurz Kaffeepause. Eine Viertelstunde hat sie auf dich gewartet, du weißt ja, wie sie ist. Was soll das, Holly? Jetzt stehe ich da, als wüsste ich nicht, wo meine Angestellten sich herumtreiben. Was leider der Wahrheit entspricht.«

»Oh. Na ja, jetzt weißt du es ja. Tut mir leid, dass ich sie verpasst habe.« Seit dem Podcast ist ein Monat vergangen, und Angela Carberry bequatscht mich ständig, meine Geschichte noch öfter zu erzählen. Meiner Meinung nach grenzt das schon an Stalking. Ich stehe auf und strecke ächzend die Beine.

»Was geht denn da ab zwischen dir und Angela?«, fragt Ciara besorgt. »Hat es etwas mit dem Laden zu tun?«

»Nein, überhaupt nicht. Mit dem Shop hat es gar nichts zu tun, keine Sorge. Hat sie nicht grade erst einen ganzen Sack mit Klamotten gebracht?«

»Vintage Chanel«, antwortet Ciara und entspannt sich etwas. Aber dann kehrt die Verwirrung zurück. »Aber was ist dann los? Warum versteckst du dich vor ihr? Glaub ja nicht, ich hätte es nicht bemerkt – als sie letzte Woche vorbeigekommen ist, bist du auch verschwunden.«

»Du kannst viel besser mit ihr umgehen. Ich kenne sie kaum und finde sie schrecklich herrschsüchtig.«

»Das ist sie ja auch. Aber sie hat jedes Recht dazu, immerhin spendet sie uns Sachen im Wert von mehreren Tausend Euro. Ich würde jederzeit nackt auf einem Rodeo-Bullen ihre Halsketten präsentieren, wenn sie es wollte.«

»Das will doch niemand.« Ich drängle mich an ihr vorbei.

»Ich würde es aber sehr gern sehen«, ruft Mathew aus dem Nebenraum.

»Sie hat mich gebeten, dir das hier zu geben.« Ciara streckt mir einen Umschlag entgegen.

Irgendetwas daran löst ein unangenehmes Gefühl bei mir aus. Umschläge und ich haben eine gemeinsame Vergangenheit. Es ist zwar nicht das erste Mal nach sechs Jahren, dass ich einen Umschlag öffne, aber bei diesem hier schwant mir nichts Gutes. Vermutlich handelt es sich um eine Einladung zu einem von Angela organisierten Charity-Frauenfrühstück, bei dem ich über Trauer reden soll. Oder so ähnlich. Sie hat mich gefragt, ob ich bereit wäre, meinen »Vortrag« fortzusetzen oder vielleicht ein Buch zu schreiben. Bei jedem ihrer Besuche im Laden hat sie mir eine Telefonnummer von einem Eventmanager oder einem Literaturagenten zugesteckt. Die ersten paar Male habe ich mich höflich bedankt, aber bei unserer letzten Begegnung habe ich sie so direkt abblitzen lassen, dass ich nicht sicher war, ob sie jemals wieder auftauchen würde. Ich nehme Ciara den Umschlag ab, falte ihn zusammen und stopfe ihn in meine Gesäßtasche.

Ciara starrt mich böse an. So kommen wir nicht weiter.

Zum Glück erscheint Mathew an der Tür. »Gute Neuigkeiten: Die Downloadstatistik zeigt, dass ›Wie können wir über den Tod sprechen?‹ die bisher erfolgreichste Folge war und häufiger runtergeladen wurde als alle anderen zusammen. Herzlichen Glückwunsch, ihr zwei.« Er hebt die Hand, um uns beiden High Five zu geben.

Aber Ciara und ich starren uns nur weiter erbost an – ich bin sauer, weil ihr Podcast mich zum Opfer von Angelas zwanghafter Aufmerksamkeit gemacht hat, und Ciara ist wütend, weil ich aus unerfindlichen Gründen das Risiko eingehe, ihre größte Unterstützerin zu vergraulen.

»Na super, lasst ihr mich jetzt etwa hängen?«

Halbherzig klatscht Ciara ihn ab.

»So habe ich mir das nicht vorgestellt«, sagt er, sieht mich besorgt an und senkt die Hand. »Entschuldige, war das unsensibel von mir? Ich klatsche ja nicht Gerry ab, weißt du …«

»Ich weiß«, erwidere ich und ringe mir ein Lächeln ab. »Das ist es nicht.«

Ich kann mich nicht über den Erfolg des Podcasts freuen. Ich wünschte, niemand hätte ihn sich angehört, ich wünschte, ich hätte nicht mitgemacht. Nie wieder will ich etwas von Gerrys Briefen hören oder über sie sprechen.

· / ·

Gabriels Haus in Glasnevin – ein einstöckiges viktorianisches Reihenhaus, das er mit viel Geduld und sehr liebevoll selbst renoviert und zu neuem Leben erweckt hat – ist im Gegensatz zu meinem ein richtig gemütliches Zuhause mit ausgeprägtem, unverkennbarem Charakter. Wir haben es uns in einem riesigen Samtsitzsack auf dem Langflorteppich bequem gemacht und trinken Rotwein. Das Wohnzimmer ist ein innenliegender Raum, daher strömt Licht, und sei es auch nur trübes Februarlicht, durch ein großes Dachfenster. Gabriels Mobiliar ist eine Mischung aus antik und modern, er hat alles Mögliche gesammelt, was ihm zu einer bestimmten Zeit gefallen hat. Ohne besonders aufregend oder wertvoll sein zu müssen, haben doch alle Stücke ihre Geschichte und stammen von unterschiedlichen Orten der Welt. Der zentrale Punkt des Zimmers ist der offene Kamin. Es gibt keinen Fernseher, für Unterhaltung sorgt entweder die größtenteils unbekannte Musik, die Gabriel auf seinem Plattenspieler hört, oder eins der Bücher aus seiner umfangreichen Sammlung. Zurzeit studiert er einen Kunstband mit dem Titel »TwentySix Gasoline Stations« mit Schwarzweißfotografien von Tankstellen in den Vereinigten Staaten. Die derzeit von ihm bevorzugte Musikrichtung stammt von Ali Farka Touré, dem malischen »König des Wüstenblues«. Ich blicke durch das Oberlicht hinauf in den Abendhimmel. Wundervoll, einfach wundervoll. Gabriel ist genau das, was ich brauche.

»Wann ist die erste Hausbesichtigung?«, fragt er, ein bisschen ungeduldig, weil sich die Dinge seit unserer Entscheidung vor einem Monat bisher nur sehr langsam entwickeln. Aber der Podcast hat mich völlig aus der Bahn geworfen.

Mein Haus ist noch nicht offiziell auf dem Markt, aber ich bringe es nicht über mich, ihm das zu gestehen, sondern antworte: »Ich treffe mich morgen mit der Maklerin.« Ich hebe den Kopf, um einen Schluck Wein zu trinken, und kuschle mich dann wieder auf Gabriels Brust. Das reicht an Anstrengung für den heutigen Tag. »Dann gehörst du mir, ganz und gar«, verkünde ich von dort mit einem etwas übertriebenen Lachen.

»Das tue ich doch schon längst. Übrigens habe ich das hier gefunden.« Er stellt sein Glas ab und zieht einen zerknitterten Umschlag aus einem windschiefen Bücherstapel beim Kamin.

»Ach ja, danke.« Ich falte ihn wieder zusammen und stopfe ihn hinter meinen Rücken.

»Was ist das denn?«

»Ein Typ hat mich im Laden reden hören. Jetzt denkt er, ich bin eine attraktive Witwe, und hat mir seine Nummer gegeben.« Mit ernstem Gesicht nippe ich wieder an meinem Wein.

Sein Stirnrunzeln bringt mich zum Lachen.

»Eine Frau, die bei der Podcastveranstaltung im Publikum war, möchte, dass ich meine Geschichte öfter erzähle, und drangsaliert mich, noch mehr solche Veranstaltungen zu machen. Oder ein Buch zu schreiben.« Ich lache. »Na ja, sie ist einfach eine aufdringliche reiche Frau, die ich nicht besonders gut kenne, und ich habe ihr gesagt, dass ich an ihren Vorschlägen kein Interesse habe.«

Neugierig sieht er mich an. »Ich habe mir den Podcast neulich im Auto angehört. Du hast sehr bewegend erzählt, und ich bin ganz sicher, dass du einer Menge Leuten damit geholfen hast.« Zum ersten Mal sagt er etwas Positives über meinen

Beitrag. Vermutlich hat er darin nicht viel Neues über mich erfahren, denn in unseren ersten gemeinsamen Tagen und Wochen haben wir ziemlich viel Zeit damit verbracht, unsere Seelen zu erforschen. Dabei haben wir uns recht gut kennengelernt, aber ich will das alles hinter mir lassen.

»Ich habe es nur getan, um Ciara zu helfen«, wehre ich deshalb ab und blende sein Kompliment lieber aus. »Keine Sorge, ich fange nicht an, meinen Lebensunterhalt damit zu verdienen, dass ich Geschichten über meinen Exmann erzähle.«

»Ich habe mir auch keine Sorgen gemacht, dass du von ihm erzählst. Ich frage mich nur, wie es dir damit gehen würde, wenn du diese ganze Geschichte immer wieder durchleben würdest.«

»Das wird nicht passieren.«

Er dreht und wendet sich auf dem Sitzsack, bis er den Arm um mich legen kann. Ich denke, er will kuscheln, doch stattdessen schiebt er eine Hand unter mich, greift nach dem Umschlag und zieht ihn hervor.

»Du hast ihn ja nicht mal aufgemacht. Weißt du, was drin ist?«

»Nein. Weil es mir vollkommen egal ist.«

Er mustert mich. »Das stimmt nicht.«

»Doch. Denn wenn es mir nicht egal wäre, hätte ich ihn ja geöffnet.«

»Nein, anders herum. Wenn es dir egal wäre, hättest du ihn aufgemacht.«

»Es kann sowieso nichts Wichtiges sein. Sie hat ihn mir schon vor Wochen gegeben. Ich hatte ihn total vergessen.«

»Darf ich wenigstens mal reinschauen?« Er reißt den Umschlag auf, ohne meine Antwort abzuwarten.

Bei dem Versuch, ihn Gabriel wieder wegzunehmen, verschütte ich Wein auf den Teppich. Stöhnend befreie ich mich aus seinen Armen, hieve mich vom Sitzsack und laufe in die Küche, um einen Lappen zu holen. Während ich ihn unter den Wasserhahn halte, höre ich, wie Gabriel den Umschlag öffnet. Mein Herz klopft. Wieder bilden sich die kratzbürstigen Stacheln auf meiner Haut.

»Mrs Angela Carberry, ›P. S. Ich liebe Dich‹-Club«, liest er vor.

»Wie bitte?!«

Er schwenkt die Karte durch die Luft, ich komme näher, weil ich sie lesen will, und der nasse Lappen tropft auf seine Schulter.

»Holly!«, ruft er verärgert und rückt ein Stück weg.

Ich entreiße ihm die Karte. Es ist eine kleine Visitenkarte mit eleganter Schrift. *»›P. S. Ich liebe Dich‹-Club«*, lese ich laut und fühle mich zugleich neugierig und wütend.

»Was bedeutet das?«, fragt er und versucht, sich die Sauerei von der Schulter zu wischen.

»Keine Ahnung. Ich meine, ich weiß schon, was ›P. S. Ich liebe Dich‹ bedeutet, aber … ist sonst noch was in dem Umschlag?«

»Nein, bloß die Karte.«

»Jetzt reicht's mir aber mit diesem Unsinn. Das wird ja immer mehr zum Stalking.« Ich greife nach meinem Handy, das auf dem Couchtisch liegt, und entferne mich ein Stück. »Oder Diebstahl geistigen Eigentums.«

Er lacht über meinen plötzlichen Stimmungsumschwung. »Wenn es auch nur ansatzweise in diese Kategorie fallen soll, hättest du es irgendwo aufschreiben müssen. Aber versuch, ihr auf die nette Art zu sagen, dass sie sich verpissen soll, Holly.« Dann wendet er seine Aufmerksamkeit wieder seinem Kunstbuch zu.

Es klingelt sehr lange, ich trommle ungeduldig mit den Fingern auf die Theke, während ich überlege, wie ich Angela am besten beibringen kann, dass sie mich augenblicklich in Ruhe lassen, sich verpissen und mich nicht mehr belästigen soll. Was immer es mit diesem Club auf sich hat, ich will nichts damit zu tun haben und möchte, dass er aufgelöst wird. Ich habe meiner Schwester geholfen und mich danach hauptsächlich erschöpft und ausgenutzt gefühlt. Außerdem steht es ihr nicht zu, Gerrys Worte zu benutzen, sie gehören ihm und mir. Mit jedem Klingeln wird meine Wut intensiver, aber gerade, als ich auflegen will, meldet sich eine Männerstimme.

»Hallo?«

»Hallo, kann ich bitte Angela Carberry sprechen?«

Ich spüre Gabriels Blick auf mir, und als ich mich umdrehe, flüstert er prompt wieder: »Sei nett.« Ich wende ihm den Rücken zu.

Die Männerstimme am anderen Ende klingt gedämpft, vermutlich spricht der Mann nicht direkt ins Telefon. Im Hintergrund höre ich Stimmen, und ich weiß nicht, ob er mit ihnen redet oder mit mir.

»Hallo? Sind Sie noch dran?«

»Ja, ja, ich bin da. Aber Angela nicht mehr. Sie ist gestorben. Heute Morgen.«

Seine Stimme bricht.

»Die Leute vom Beerdigungsinstitut sind gerade hier«, fährt er schließlich fort, »wir sind mitten in der Planung. Deshalb habe ich bisher auch noch keine Informationen für Sie.«

Zeit für eine Notbremsung, sonst lande ich im Graben. Meine Wut löst sich in Luft auf. Ich versuche, tief durchzuatmen.

»Oh, das tut mir leid. Das tut mir sehr leid«, stammle ich,

und als ich mich hinsetze, merke ich, dass Gabriel mich aufmerksam beobachtet. »Was ist denn passiert?«

Die Stimme des Mannes kommt und geht, mal höre ich sie kaum, dann wieder etwas lauter, aber verzerrt, mal weit weg, dann wieder ganz nah. Ich spüre seine Orientierungslosigkeit. Seine Welt ist aus den Fugen geraten. Ich habe keine Ahnung, wer dieser Mann überhaupt ist, und doch ist sein Verlust so greifbar, dass er schwer auf meinen Schultern lastet.

»Am Ende ging alles so schnell, darauf waren wir nicht vorbereitet. Wir dachten, sie hätte noch ein bisschen Zeit, aber der Tumor hat sich ausgebreitet, und das war … nun ja.«

»Krebs?«, flüstere ich. »Sie ist also an Krebs gestorben?«

»Ja, ja. Ich dachte, Sie wüssten das … entschuldigen Sie, mit wem spreche ich überhaupt? Haben Sie mir das schon gesagt? Tut mir leid, aber ich kann einfach nicht klar denken …«

Er redet einfach weiter und klingt dabei ziemlich konfus. Ich denke an Angela, dünn und bedürftig, wie sie meinen Arm umklammert. Ich fand sie merkwürdig, und sie hat mich genervt, dabei war sie verzweifelt. Sie wollte unbedingt, dass ich sie besuche, und ich habe ihr diesen Wunsch nicht erfüllt. Nicht einmal angerufen habe ich sie. Überhaupt habe ich mir nie wirklich Zeit für sie genommen. Natürlich hat mein Vortrag sie berührt, sie hatte ja selbst Krebs, sie war todkrank. An diesem Abend hat sie meinen Arm umklammert, als klammere sie sich ans Leben.

Wahrscheinlich habe ich irgendeinen Laut von mir gegeben, denn auf einmal kniet Gabriel neben mir, und der Mann am anderen Ende der Leitung sagt: »Ach du liebe Zeit, das tut mir leid. Ich hätte mich besser ausdrücken sollen, nur habe ich damit gar keine Erfahrung … das ist alles so neu für mich und …«

»Nein, nein«, versuche ich ihn zu beruhigen. »Entschuldigen Sie bitte, dass ich Sie ausgerechnet in so einem Moment gestört habe. Mein herzliches Beileid für Sie und Ihre ganze Familie«, sage ich schnell.

Dann beende ich den Anruf.

Und löse mich endgültig in Tränen auf.

Kapitel 5

Natürlich habe ich Angela nicht umgebracht. Das weiß ich, aber ich weine, als wäre ich schuld an ihrem Tod. Ich weiß, dass ich mit einem Anruf, mit einem Besuch oder der Einwilligung, an ihren Veranstaltungen teilzunehmen, ihr Leben höchstwahrscheinlich nicht hätte verlängern können, und trotzdem weine ich, als hätte dazu eine Chance bestanden. Ich weine um all die irrationalen Gedanken, die mir durch den Kopf gehen.

Da Angela den Laden so großzügig unterstützt hat, fühlt Ciara sich verpflichtet, zu ihrer Beerdigung zu gehen, und obwohl Gabriel anderer Ansicht ist, finde ich, dass ich sogar noch mehr Grund dazu habe. In den Wochen vor Angelas Tod habe ich mich vor ihr versteckt und sie wiederholt abgewimmelt. Wir erinnern uns oft nicht daran, wie wir uns begegnet sind, aber meistens wissen wir noch genau, wie wir voneinander Abschied genommen haben. Als wir uns kennengelernt haben, habe ich auf Angela nicht den besten Eindruck gemacht, deshalb will ich mich jetzt wenigstens richtig verabschieden.

Ihre Bestattung findet in der Church of the Assumption in Dalkey statt, einer malerischen Kirche an der Hauptstraße des Orts, direkt gegenüber des Dalkey Castle. Ciara und ich bahnen uns einen Weg durch die Menschen, gehen direkt in die Kirche und setzen uns auf eine Bank ganz hinten. Die Trauergäste folgen dem Sarg und der Familie, die Kirchenbänke füllen sich rasch. An der Spitze des Zuges geht ein einzelner Mann, Angelas Ehemann, der Mann, mit dem ich auch am Telefon gesprochen habe. Ihm folgen weinende Familienmitglieder und Freunde. Ich bin froh, dass er nicht allein ist, dass die Menschen hier traurig sind und Angela vermissen und dass ihr Leben ganz offensichtlich von Liebe erfüllt war.

Zwar wird deutlich, dass der Pfarrer Angela nicht sehr gut kannte, aber er gibt sein Bestes. Er hat, wie eine Elster, die von glänzenden Gegenständen angezogen wird, alle grundlegenden Informationen gesammelt und spricht einfühlsam und freundlich über sie. Für die Trauerrede tritt eine Frau ans Rednerpult, und ein Fernsehbildschirm mit Kabeln und allem Zubehör wird in die alte Kirche geschoben.

»Hallo, mein Name ist Joy. Ich würde sehr gern ein paar Worte über meine Freundin Angela sagen, aber sie hat es mir strikt verboten. Denn sie wollte das letzte Wort haben. Wie üblich.«

Gelächter.

»Bist du bereit, Laurence?«, fragt Joy.

Ich kann die Reaktion von Angelas Ehemann weder sehen noch hören, aber im nächsten Moment erwacht der Bildschirm zum Leben, und Angelas Gesicht erscheint auf dem Bildschirm. Sie ist sehr dünn, die Aufnahme stammt eindeutig aus ihren letzten Lebenswochen, aber sie strahlt übers ganze Gesicht.

»Hallo, ihr alle, ich bin's!«

Überall um mich herum schnappen die Menschen erstaunt nach Luft, und auch Tränen fließen.

»Ich hoffe, ihr habt überhaupt keinen Spaß, ohne mich muss das Leben doch schrecklich langweilig sein. Tut mir leid, dass ich nicht mehr da bin, aber was soll man machen? Wir müssen nach vorn blicken. Hallo, meine Lieblinge – mein Laurence, meine Jungs, Malachy und Liam. Hallo, meine Babys. Ich hoffe, ihr habt keine Angst vor eurer Grandma, ich wollte euch die Sache nämlich ein bisschen leichter machen. Also legen wir doch am besten gleich los. Hier sind wir in meinem Perückenraum.«

Ein Kameraschwenk, und nun sehen wir die Perücken, ein ganzes Regal voll, in allen möglichen Formen, Farben und Stilen, jede ordentlich einem Schaufensterpuppenkopf übergezogen.

»Wie ihr ja wisst, benutze ich ja schon seit einiger Zeit diese Haare, und ich danke Malachy, dass er mir diese hier von einem Musikfestival mitgebracht hat«, erklärt sie und zoomt auf eine Irokesenperücke, die sie dann von ihrem Puppenkopf holt und aufsetzt.

Alle lachen unter Tränen. Taschentücher kommen zum Einsatz, werden aus Handtaschen gekramt und durch die Bänke weitergereicht.

»Also, meine lieben Jungs«, fährt Angela fort, »ihr seid mir die liebsten Menschen auf der ganzen weiten Welt, und ich bin noch nicht bereit, mich endgültig von euch zu verabschieden. Deshalb habe ich unter jede Perücke auf diesen Puppenköpfen einen Briefumschlag geklebt. Ich möchte, dass ihr jeden Monat einen Kopf herunterholt, die Perücke aufsetzt, den Umschlag öffnet und an mich denkt. Ich bin immer bei euch. Ich liebe euch alle und danke euch für das glücklichste, erfüllteste Leben, das eine Frau, Ehefrau, Mutter und Großmutter sich nur wünschen könnte. Danke für alles.«

Sie hält kurz inne und fügt dann mit einer Kusshand hinzu: »P. S. Ich liebe euch.«

Ciara packt meinen Arm und dreht sich langsam zu mir um. »Ach du meine Güte …«, flüstert sie.

Der Bildschirm wird schwarz, alle weinen, selbst diejenigen, die ihre Tränen bisher zurückgehalten haben. Ich kann mir kaum vorstellen, wie sich Angelas Familie nach diesem Abschied fühlt. Und ich kann Ciara nicht ansehen. Mir ist übel, mir ist schwindlig, ich kriege keine Luft mehr. Niemand schenkt mir die geringste Aufmerksamkeit, aber mir ist das alles so peinlich, als wüsste jeder Bescheid über mich und über das, was Gerry für mich getan hat. Wäre es unhöflich, wenn ich die Kirche jetzt verlasse? Ich sitze so nahe bei der Tür, und ich muss unbedingt an die Luft, ins Licht, raus aus dieser beengenden Szenerie. Sonst ersticke ich. Leise stehe ich auf, halte mich kurz an der Rückenlehne der Bank fest, um wieder ins Gleichgewicht zu kommen, und gehe zur Tür.

»Holly?«, flüstert Ciara hinter mir.

Endlich bin ich draußen und kann tief Luft holen, aber es reicht nicht, ich will weg von hier, nur weg.

»Holly!«, ruft Ciara, die mir gefolgt ist. »Ist alles in Ordnung mit dir?«

Ich bleibe stehen und schaue sie an. »Nein. Gar nichts ist in Ordnung mit mir.«

»Scheiße, das ist meine Schuld. Tut mir echt leid, Holly. Ich habe dich so gedrängt, bei meinem Podcast mitzumachen, obwohl du nicht wolltest. Ich habe dich praktisch dazu gezwungen, und das tut mir so leid. Alles ist meine Schuld. Kein Wunder, dass du Angela aus dem Weg gegangen bist. Jetzt verstehe ich es endlich. Und es tut mir total leid, ehrlich.«

Irgendwie schaffen ihre Worte es, mich wieder einigermaßen ins Gleichgewicht zu bringen – ich kann wirklich nichts dafür, dass ich mich so fühle. Ich habe das alles erlebt. Es ist nicht meine Schuld. Es ist unfair.

Ciara nimmt mich in den Arm, und ich lehne meinen Kopf an ihre Schulter, fühle mich so schwach und verletzlich und traurig wie früher. Aber das gefällt mir nicht. Ich will damit aufhören. Mit einem Ruck hebe ich den Kopf.

»Nein.«

»Was nein?«

Ich wische mir energisch die Augen und renne zum Auto. »So bin ich nicht mehr.«

»Wie meinst du das? Holly, schau mich an, bitte«, bettelt sie und versucht mich dazu zu bringen, ihr in die Augen zu sehen, während ich mich hektisch umschaue und mich anstrenge, meinen Blick zu schärfen und die Dinge aus der richtigen Perspektive zu betrachten.

»Das passiert mir nicht noch mal. Ich gehe zurück in den Laden. Zurück in mein Leben.«

· / ·

Als die Zeitschrift, für die ich gearbeitet habe, damals Pleite machte und ich bei meiner Schwester im Laden anfing, entdeckte ich ein ganz neues Talent an mir: Ich kann echt gut sortieren. Während Ciara ein Händchen für alles Ästhetische hat, den Shop wunderschön dekoriert und jedes Stück genau an die richtige Stelle platziert, verbringe ich den Tag am liebsten im Lager und packe die Kartons und Müllsäcke aus, in denen uns die Leute ihre aussortierten Sachen bringen. Bei dieser

Arbeit kann ich mich völlig verlieren, und vor allem in den Tagen direkt nach Angela Carberrys Begräbnis wirkt die Beschäftigung wie eine Therapie auf mich.

Als Erstes entleere ich alle Behältnisse auf den Boden, dann setze ich mich dazu, kontrolliere, ob etwas in den Taschen vergessen worden ist, und trenne Wertvolles von Ramsch. Schmuck poliere ich, bis er blitzt und blinkt, ich putze Schuhe, bis sie glänzen, und befreie alte Bücher von Staub. Was sich nicht zum Verkauf eignet, wird gleich aussortiert, zum Beispiel schmutzige Unterwäsche, einzelne Socken, gebrauchte Stoff- und Papiertaschentücher. Je nachdem, wie viel ich zu tun habe, erlaube ich mir gelegentlich, meiner Neugier freien Lauf zu lassen. Ich studiere Bons und Notizzettel, versuche festzustellen, wann der Gegenstand zum letzten Mal benutzt worden ist, und male mir das Leben der Person aus, der er gehört hat. Dann kommen die Klamotten in die Waschmaschine, durchlaufen ein komplettes Wasch- und Spülprogramm. Zerknitterte Teile behandle ich mit dem Dampfglätter. Alles von Wert bewahre ich auf – Geld, Fotos, aber auch Briefe, die an den Absender zurückgehen müssen. Wenn möglich, erstelle ich detaillierte Listen, wem was gehört. Wenn Leute ihren Kram einfach nur loswerden wollten, bringen sie ihre Kartons und Tüten in den Laden, ohne ihre Kontaktdaten zu hinterlegen, und in diesen Fällen ist eine Wiedervereinigung mit dem Besitzer natürlich nicht möglich. Aber manchmal gelingt es mir tatsächlich, etwas zuzuordnen. Wenn wir das Gefühl haben, ein Teil nicht verkaufen zu können, oder wenn etwas nicht in Ciaras Konzept passt, wir es aber auch nicht zurückgeben können, packe ich es wieder ein und leite es an eine Wohltätigkeitsorganisation weiter.

So verwandle ich Alt in Neu und werde belohnt mit dem Gefühl, etwas Sinnvolles zu tun. Heute ist genau der richtige Tag, mich in einen Pappkarton mit Habseligkeiten zu vertiefen, die jemand in dem Augenblick, als er sie loswerden wollte, eingepackt und sie damit für uns zu einer Ware gemacht hat. Kurz entschlossen schleppe ich eine Bücherkiste aus dem Lager hinüber in den Laden. Ich setze mich neben sie auf den Boden und fange an, Buchcover abzustauben, Eselsohren zu glätten und zu prüfen, ob sich zwischen den Seiten irgendwo interessante Buchzeichen versteckt haben. Manchmal finde ich alte Fotos, die als Lesezeichen gedient haben. Meistens finde ich nichts, aber alles, was ich finde, ist wichtig. So bin ich ganz in die Welt des Sortierens versunken, als das Glöckchen über der Ladentür klingelt.

Ciara kämpft in einer anderen Ecke des Ladens mit einer arm- und kopflosen Schaufensterpuppe und bemüht sich, ihr ein gepunktetes Teekleid überzuziehen.

»Hallo«, begrüßt sie die Kundin trotzdem sehr freundlich.

Sie ist viel besser um Umgang mit den Kunden als ich. Wenn ich die Wahl habe, konzentriere ich mich lieber auf die Ware, während für Ciara der Kontakt mit den Menschen am wichtigsten ist. Vor fünf Jahren haben Mathew und sie den Laden eröffnet, nachdem sie das Haus in der St. George's Avenue in Drumcondra, einem Stadtteil im Norden Dublins, gekauft hatten. In der Vorderfront war bereits ein großes Fenster, denn zuvor war hier ein Süßwarenladen gewesen, und die beiden wohnen in der Wohnung über dem Laden. Als Secondhandshop in einer ruhigen Wohnstraße ziehen wir nicht viel Laufkundschaft an, aber die Leute kommen gezielt hierher. Außerdem verschafft uns die Uni viele studentische Kunden, angelockt von den günstigen Preisen und dem Coolnessfaktor der Vintagekleidung. Ciara ist der Star des Ladens, sie organisiert Abendveranstaltungen, geht zu Messen, verfasst gelegentlich Zeitschriftenbeiträge oder tritt im Frühstücksfernsehen in einer Modesendung auf, in der sie die aktuelle Auswahl des Ladens zeigt. Wenn sie das Herz des Shops ist, dann ist Mathew, der die Buchhaltung, die Online-Präsenz und die technischen Aspekte des Podcasts managt, das Gehirn, und ich bin der Bauch des Ganzen.

»Hallo«, erwidert die Kundin Ciaras Gruß.

Ich kann sie nicht sehen, denn ich sitze auf dem Boden hinter einem Auslagenregal, deshalb halte ich mich raus und überlasse Ciara das Verkaufsgespräch.

»Ich glaube, ich kenne Sie«, sagt Ciara. »Sie haben bei Angelas Begräbnis die Trauerrede gehalten.«

»Ach, Sie waren auch da?«

»Ja, selbstverständlich, zusammen mit meiner Schwester. Angela hat den Laden immer phantastisch unterstützt, und wir werden sie sehr vermissen. Sie war eine echte Powerfrau.«

Jetzt bin ich ganz Ohr.

»Ihre Schwester war also auch da, sagen Sie?«

»Ja. Meine Schwester Holly. Aber momentan ist sie … sehr beschäftigt.« Zum Glück fällt Ciara gerade noch rechtzeitig ein, dass ich mich nach der Trauerfeier vor zwei Wochen strikt geweigert habe, über den Vorfall zu sprechen, und ganz sicher kein Interesse haben werde, mich mit dieser Frau zu unterhalten.

Ich habe genau das getan, was ich angekündigt habe – ich bin in den Laden und in mein Leben zurückgekehrt. Mit dem Versuch, die Beerdigung einfach zu vergessen, bin ich allerdings komplett gescheitert – ich kann gar nicht aufhören, an sie zu denken. Offensichtlich hat Angela sich von meinem Bericht über Gerrys Briefe inspirieren lassen, in ihren letzten Lebenswochen für ihre Familie etwas Ähnliches zu tun. Dafür habe ich Verständnis, aber die Sache mit der Visitenkarte ist mir unbegreiflich. Was in aller Welt kann sie mit diesem ›P. S. Ich liebe Dich‹-Club beabsichtigt haben? In den letzten Wochen habe ich mir darüber den Kopf zerbrochen, wollte es gleichzeitig wissen und doch lieber nicht wissen, und jetzt sitze ich hier, will nicht gesehen werden, aber trotzdem alles mithören.

»Hat Holly …?«, setzt die Frau an, lässt ihre Frage aber unvollendet und sagt stattdessen: »Ich heiße übrigens Joy, freut mich, Sie kennenzulernen. Angela hat diesen Laden hier geliebt. Wussten Sie, dass sie in diesem Haus aufgewachsen ist?«

»Nein! Das hat sie nie erwähnt. Nie. Unglaublich.«

»Ja, hier hat sie als Kind gelebt. Sieht ihr ähnlich, dass sie nie darüber gesprochen hat. Sie und ich waren Schulfreundinnen, ich habe um die Ecke gewohnt. Wir haben erst vor kurzem wieder Kontakt zueinander aufgenommen, aber ich weiß, dass Angela sich immer gefreut hat, ihre Sachen hierher bringen zu können, wo sie ihre Kindheit verbracht hat – nicht dass wir damals so schicke Sachen besessen haben. Ich kann mir so etwas bis heute nicht leisten.«

»Wow. Ich kann es immer noch nicht glauben«, sagt Ciara, die wahrscheinlich spürt, dass diese Frau nicht zum Stöbern hergekommen ist, denn sie fügt mit ihrer für gewöhnlich bewundernswerten, für mich in diesem Fall allerdings störenden Gastfreundlichkeit hinzu: »Hätten Sie gern einen Tee oder einen Kaffee?«

»Oh, Tee wäre wunderbar, danke. Mit einem Tropfen Milch bitte.«

Ciara geht ins Hinterzimmer. Ich höre Joy im Laden umhergehen und schicke ein Stoßgebet zum Himmel, dass sie mich nicht entdeckt, obwohl mir völlig klar ist, dass sie mich über kurz oder lang finden wird. Ihre Schritte nähern sich. Halten inne. Ich blicke auf.

»Sie müssen Holly sein«, sagt Joy. Sie hat einen Stock.

»Hallo«, sage ich so unverbindlich, als hätte ich kein Wort von der Unterhaltung zwischen ihr und Ciara mitbekommen.

»Ich bin Joy. Eine Freundin von Angela Carberry.«

»Mein Beileid.«

»Danke. Es ging sehr schnell, sie hat am Ende rapide abgebaut. Ich frage mich, ob sie noch Gelegenheit hatte, mit Ihnen zu sprechen.«

Wäre ich höflich, würde ich jetzt aufstehen, damit die Frau mit dem Stock sich beim Reden nicht dauernd zu mir herunterbeugen muss. Aber ich habe gar keine Lust, höflich zu sein.

»Worüber denn?«

»Über ihren Club.« Joy greift in die Tasche und zieht eine Visitenkarte heraus. Die gleiche, die Gabriel mir gezeigt hat.

»Sie hat mir auch eine Visitenkarte geschickt, aber ich habe keine Ahnung, was sie bedeuten soll.«

»Angela – oder eigentlich wir beide zusammen haben eine Gruppe gegründet, und alle Mitglieder sind Fans von Ihnen.«

»Fans von mir?«

»Wir haben Ihren Podcast gehört, und was Sie gesagt haben, hat uns sehr berührt.«

»Danke.«

»Wären Sie vielleicht bereit, sich bei Gelegenheit einmal mit uns zu treffen? Ich möchte das, was Angela begonnen hat, gerne weiterführen …« Auf einmal hat sie Tränen in den Augen, entschuldigt sich aber sofort dafür. »Oh, tut mir leid.«

In diesem Moment kommt Ciara mit dem Tee zurück. »Alles in Ordnung mit Ihnen, Joy?« Sie wirft mir einen entsetzten Blick zu – da steht eine Frau am Stock und weint, und ich sitze völlig unbeteiligt mit einem Buch in der Hand auf dem Boden. Wie kaltherzig!

»Doch, doch, alles in Ordnung, danke. Tut mir sehr leid, ich bin wirklich eine Zumutung. Ich glaube, ich … ich muss mich nur ein bisschen sammeln.«

»Ruhen Sie sich lieber noch eine Weile bei uns aus«, entgegnet Ciara und führt Joy zu dem Sessel neben der Umkleidekabine, in einer Ecke mit einem Spiegel und tollen Vorhängen, immer noch in meinem Blickfeld. »Verschnaufen Sie hier doch einfach ein bisschen, bis es Ihnen wieder bessergeht. Hier ist Ihr Tee. Ich hole noch schnell ein Taschentuch für Sie.«

»Oh, das ist wirklich nett von Ihnen«, sagt Joy schwach.

Aber ich bleibe auf dem Boden sitzen. Erst als Ciara weg ist, frage ich: »Worum geht es denn bei diesem Club eigentlich?«

»Hat Angela Ihnen das nicht erklärt?«

»Nein. Sie hat lediglich hier die Visitenkarte für mich hinterlassen. Aber wir haben nie darüber geredet.«

»Tut mir leid, dass sie es Ihnen nicht erklärt hat. Bitte lassen Sie es mich nachholen. Als Angela von Ihrem Vortrag zurückkam, hat sie mir voller Begeisterung die Idee mit dem Club unterbreitet, und wenn Angela Carberry sich etwas in den Kopf gesetzt hatte, war sie unnachgiebig. Sie konnte extrem hartnäckig sein, und nicht immer auf die richtige Art. Sie war es gewohnt, zu bekommen, was sie wollte.«

Ich muss daran denken, wie Angela mich am Arm gepackt und ihre Fingernägel in meine Haut gebohrt hatte. Mit einer Dringlichkeit, die ich falsch ausgelegt habe.

»Angela und ich sind zusammen zur Schule gegangen, aber dann haben wir uns aus den Augen verloren. Wie das eben so ist. Vor ein paar Monaten sind wir uns zufällig über den Weg gelaufen, und ich glaube, weil wir beide krank waren, wurde unsere Beziehung enger, als sie vorher je gewesen war. Nach Ihrem Vortrag hat sie mich angerufen und mir alles erzählt. Ihre Geschichte hat mich genauso sehr inspiriert. Deshalb habe ich noch ein paar anderen Menschen davon erzählt, weil ich dachte, sie könnten auch davon profitieren.«

Als Joy innehält, um Luft zu holen, merke ich plötzlich, dass ich den Atem anhalte. Mir ist eng um die Brust, mein Körper fühlt sich stocksteif an.

»Wir sind zu fünft – na ja, jetzt natürlich nur noch zu viert. Ihre Geschichte hat uns mit Hoffnung erfüllt. Wissen Sie, Holly, wir haben uns getroffen, weil wir etwas haben, das uns verbindet.«

Meine Finger umklammern das Buch so fest, dass es sich fast biegt.

»Bei uns allen wurde eine unheilbare Krankheit diagnostiziert. Wir sind nicht nur wegen der Hoffnung zusammen, die Sie in uns geweckt haben, sondern auch, weil wir ein gemeinsames Ziel verfolgen. Wir wollen für unsere liebsten Menschen Briefe schreiben, genau wie es Ihr Mann für Sie gemacht hat. Aber dafür brauchen wir dringend Ihre Hilfe, Holly. Uns fehlen nämlich die Ideen, und …« Sie holt Luft, als würde sie ihre Energie zusammenkratzen. »Und wir haben leider nicht mehr viel Zeit.«

Schweigen. Ich kann mich nicht von der Stelle rühren, während ich mich bemühe, das, was sie gesagt hat, zu verarbeiten. Mir fehlen die Worte, ich bin fassungslos.

»Jetzt habe ich Ihnen die Pistole auf die Brust gesetzt, das tut mir leid«, meint Joy verlegen. Dann versucht sie aufzustehen, die Teetasse in der einen, den Stock in der anderen Hand, und ich kann ihr nur benommen zuschauen. Ich bin so überwältigt, dass ich nichts mehr spüre, ich bin wie betäubt von der Traurigkeit, die Joy und die anderen Clubmitglieder empfinden müssen. Wenn überhaupt, dann bin ich verärgert, weil sie diese Themen wieder in mein Leben bringt.

»Warten Sie, ich helfe Ihnen!«, ruft Ciara, läuft zu ihr, nimmt ihr den Tee ab und streckt ihr den Arm hin.

»Vielleicht könnte ich Ihnen meine Telefonnummer dalassen, Holly, und wenn Sie wollen …« Sie schaut mich an, damit ich ihren Satz vollende, aber ich tue es nicht. Ich bin grausam und warte.

»Ich hole Stift und Papier«, kommt Ciara uns zu Hilfe.

Joy gibt Ciara ihre Kontaktdaten, und als sie geht, rufe ich ihr zum Abschied immerhin ein »Auf Wiedersehen« zu.

Dann klingelt das Glöckchen, die Tür schließt sich, Ciaras Vierzigerjahre-Peep-Toes – kombiniert mit Netzstrümpfen – klackern über den Holzfußboden und halten direkt neben mir an. Meine Schwester starrt mich an, studiert mich, und ich bin ganz sicher, dass sie gelauscht und alles gehört hat. Ich schaue weg und stelle das Buch ins Regal. Hier. Ja, ich glaube, das sieht gut aus.

Kapitel 6

»Nicht so viel Sauce, Frank!«, ruft Mum und will Dad die Sauciere wegnehmen. Aber da er wild entschlossen ist, seinen Braten in Sauce zu ertränken, hält er sie fest, und bei dem daraus resultierenden Tauziehen spritzt Sauce aus der Tülle des Kännchens auf die Tischdecke. Dad wirft Mum einen ärgerlichen Blick zu, wischt die dicken Saucentropfen mit der Hand auf und leckt sich die Finger ab, um seinen Protest deutlich zu machen.

»Sonst kriegen die anderen doch nicht genug«, erklärt Mum und reicht Declan das Kännchen.

Declan fängt die restlichen Tropfen von der Tülle mit dem Finger ab, leckt ihn ebenfalls gründlich sauber und will gleich noch einmal zulangen.

»Nachschlag gibt es aber nicht«, mischt Jack sich ein und nimmt den Krug an sich.

»Ich hatte doch noch gar nichts«, meckert Declan und versucht ihn zurückzuerobern, aber Jack verteidigt sich erfolgreich und gießt triumphierend einen Schwall Sauce über sein Essen.

»Jungs«, ermahnt Mum die beiden. »Also ehrlich, ihr benehmt euch wie kleine Kinder.«

Jacks Sprösslinge lachen.

»Lass noch was für mich übrig«, verlangt Declan und behält Jack im Auge. »Gibt es in London denn keine Bratensauce?«

»Jedenfalls nicht die von Mum«, erklärt Jack, zwinkert Mum zu, gießt dann Sauce auf die Teller seiner Kinder und reicht das Kännchen an Abbey, seine Frau, weiter.

»Ich mag keine Sauce«, nörgelt eins der Kinder.

»Her damit«, rufen Declan und Dad wie aus einem Munde.

»Am besten mache ich schnell noch mehr«, seufzt Mum, steht auf und flitzt in die Küche.

Inzwischen machen sich die anderen über das Essen her, als hätten sie seit Tagen gehungert; Dad, Declan, Mathew, Jack, Abbey und ihre Kinder. Mein großer Bruder Richard hat Chorprobe und kommt etwas später, Gabriel verbringt den Tag mit seiner Teenagertochter Ava. Da sie die meiste Zeit ihres Lebens sehr wenig mit ihm zu tun haben wollte, sind solche Besuche für ihn jetzt sehr wertvoll. Alle sind mit ihrem Essen beschäftigt, nur Ciara beobachtet mich verstohlen. Als unsere Blicke sich treffen, greift sie hastig nach dem Salatlöffel.

Kurz darauf kommt Mum mit zwei frischen Saucenkännchen aus der Küche zurück. Das eine stellt sie in die Mitte des Tischs, das andere neben Ciara. Jack tut so, als wollte er danach greifen, Declan wird panisch, fährt hoch und packt seinerseits den Krug.

Jack lacht.

»Jungs«, ermahnt Mum sie wieder, und die beiden sind fürs Erste still.

Die Kinder kichern.

»Setz dich doch, Mum«, sage ich leise.

Sie schaut in die Runde ihrer hungrigen Familie, die ordentlich zulangt, und nimmt tatsächlich neben mir an der Kopfseite des Tischs Platz.

»Was ist das denn für Sauce?«, fragt Ciara und schaut in den Saucenkrug.

»Vegane Bratensauce«, verkündet Mum stolz.

»Ah, Mum, du bist die Beste«, grinst Ciara, nimmt die Sauciere, und eine trübe wässrige Flüssigkeit, mit etwa der Konsistenz dünner Suppe, ergießt sich über ihren Teller. Unsicher sieht Ciara mich an.

»Mmm«, mache ich.

»Ich bin nicht sicher, ob ich alles richtig gemacht habe«, meint Mum entschuldigend. »Ist sie gut?«

Ciara probiert. »Köstlich.«

»Lügnerin«, erwidert Mum lachend. »Hast du keinen Hunger, Holly?«

Mein Teller ist praktisch leer, dabei habe ich noch nicht mal angefangen zu essen. Brokkoli und Tomaten, mehr konnte ich nicht ertragen.

»Ich habe groß gefrühstückt«, sage ich. »Aber dein Essen ist großartig, Mum, danke.«

Ich setze mich aufrecht hin und esse los. Oder versuche es zumindest. Mums Essen ist – abgesehen von der veganen Sauce vielleicht – wirklich sehr lecker. So oft es geht, lädt sie uns sonntags zum großen Familienessen ein, was wir alle sehr lieben. Aber heute habe ich überhaupt keinen Appetit. Genau genommen habe ich den schon seit ein paar Wochen nicht mehr.

Besorgt beäugt Ciara meinen Teller. Sie und Mum wechseln einen Blick, und ich ahne sofort, dass Ciara ihr die Sache mit dem »P. S. Ich liebe Dich«-Club verraten hat. Ich verdrehe genervt die Augen in ihre Richtung.

»Mir geht's gut«, verkünde ich trotzig und stopfe mir zum Beweis ein ganzes Brokkoliröschen in den Mund.

Jack blickt auf und sieht mich an. »Warum, was ist denn los?«

Da ich den Mund voll habe, kann ich nicht antworten, aber ich verdrehe erneut die Augen und werfe ihm einen frustrierten Blick zu.

Jack schaut zu Mum. »Was ist los mit Holly? Warum tut sie so, als würde es ihr gutgehen?«

Ich grummle durch mein Essen und versuche schnell zu kauen, damit ich dieses Thema mit einem Rundumschlag ein für alle Male beenden kann.

»Mit Holly ist gar nichts los«, antwortet Mum währenddessen ganz gelassen.

Aber Ciara legt hastig in einer schrillen Wortsalve nach: »Eine Frau, die an Krebs gestorben ist, hat vor ihrem Tod mit anderen todkranken Leuten einen ›P. S. Ich liebe Dich‹-Club gegründet, und die wollen, dass Holly ihnen hilft, Abschiedsbriefe an ihre Lieblingsmenschen zu schreiben.« Im ersten Moment scheint sie erleichtert, dass sie diese Ansage losgeworden ist, aber dann sieht sie aus, als wäre ihr angst und bange vor den Folgen.

Inzwischen habe ich das Brokkoliröschen endlich fertig gekaut, ersticke beim Schlucken aber trotzdem fast. »Verdammt, Ciara!«

»Tut mir leid, ich musste das erzählen!«, verteidigt sie sich und hebt abwehrend die Hände.

Die Kinder kichern über meine unfeine Ausdrucksweise.

»Sorry«, entschuldige ich mich bei Abbey, ihrer Mum. »Leute«, verkünde ich dann und räuspere mich. »Mit mir ist alles in Ordnung. Ehrlich. Wechseln wir das Thema.«

Mathew schaut seine Frau, die alles verraten hat, missbilligend an. Ciara rutscht auf ihrem Stuhl ein Stück nach unten.

»Und wirst du diesen Leuten helfen, ihre Briefe zu schreiben?«, fragt Declan.

»Ich will nicht darüber reden«, antworte ich und fange an, eine Tomate zu zersäbeln.

»Mit wem jetzt, mit denen oder mit uns?«, fragt Jack.

»Mit niemandem!«

»Du willst den Leuten also nicht helfen?«, fragt Mum.

»Nein!«

Mum nickt mit undurchdringlichem Gesicht.

Schweigend essen alle weiter.

Ich hasse es, wenn Mum so ein undurchdringliches Gesicht macht.

Frustriert gebe ich nach. »Warum? Meinst du, ich sollte?«

Alle am Tisch, mit Ausnahme der Kinder und Abbey, die ihren Platz als Schwägerin kennt, antworten gleichzeitig, und ich verstehe keinen.

»Ich habe Mum gefragt.«

»Was ich denke, interessiert dich also nicht?«, ruft Dad beleidigt.

»Doch, natürlich interessiert es mich.«

Aber er ist eingeschnappt und widmet sich wieder seinem Essen.

»Ich glaube …«, beginnt Mum nachdenklich. »Ich glaube, du solltest das tun, was sich für dich richtig anfühlt. Ich mische mich nicht gern in die Angelegenheiten anderer Leute ein, aber da du gefragt hast – wenn es dich in einen solchen Zustand versetzt …« Sie schaut vielsagend auf meinen Teller, dann wieder in mein Gesicht. »Wenn es dich so mitnimmt, meine ich, dann ist es bestimmt keine gute Idee.«

»Sie hat doch gesagt, dass sie groß gefrühstückt hat«, verteidigt mich Mathew, und ich werfe ihm einen dankbaren Blick zu.

»Was hast du denn gegessen?«, fragt Ciara.

Ich verdrehe wieder die Augen. »Ein üppiges Frühstück mit Schweinefleisch und Schweineblut und Schinkenspeck von einer Kuh und Hühnereiern und allen möglichen anderen schmutzigen und fetttriefenden Tierprodukten. Und natürlich auch noch mit Butter von der Kuh.« Was alles nicht stimmt. Denn das Frühstück habe ich auch nicht runtergekriegt.

Ciara starrt mich wütend an.

Die Kinder lachen.

»Kann ich filmen, wenn du ihnen hilfst?«, fragt Declan mit vollem Mund. »Könnte doch eine gute Dokumentation werden.«

»Sprich bitte nicht mit vollem Mund, Declan«, ermahnt ihn Mum.

»Nein. Weil ich ihnen nicht helfen werde«, beantworte ich Declans Frage.

»Was hält Gabriel denn von der ganzen Sache?«, fragt Jack.

»Keine Ahnung.«

»Weil sie ihm nichts davon erzählt hat«, mischt Ciara sich wieder ein.

»Holly«, ermahnt Mum mich leise.

»Wenn ich es sowieso nicht machen will, muss ich es ihm doch nicht erzählen«, protestiere ich, obwohl ich weiß, dass ich Unrecht habe. Ich hätte längst mit Gabriel darüber sprechen sollen. Er ist kein Idiot, er spürt, dass etwas im Busch ist. Selbst ohne Joys Erläuterungen zu dem Club bin ich seit meinem Telefongespräch mit Angelas Mann nicht mehr ich selbst.

Wieder sind alle eine Weile still.

»Du hast mich immer noch nicht gefragt«, sagt Dad schließlich und schaut vorwurfsvoll in die Runde, als hätte jeder Einzelne von uns seine Gefühle verletzt.

»Und was ist nun deine Meinung, Dad?«, frage ich gereizt.

»Nein, nein, ich habe inzwischen verstanden, dass du sie nicht hören willst«, sagt er, greift sich die zweite Sauciere und ertränkt erfolgreich seinen Nachschlag.

Ich spieße aggressiv ein weiteres Brokkoliröschen auf. »Jetzt sag schon, Dad.«

Tatsächlich überwindet er sich. »Ich finde, diesem Club beim Briefeschreiben zu helfen, ist eine sehr einfühlsame, fürsorgliche Geste für Menschen in Not, und es könnte dir guttun.«

Jack scheint von Dads Meinung irritiert zu sein, während Mum wieder ihr undurchdringliches Gesicht aufsetzt. Sie betrachtet das Problem zuerst unter allen möglichen Gesichtspunkten, ehe sie uns ihre Ansicht mitteilt.

»Sie kann jetzt schon nicht mehr richtig essen, Frank«, sagt sie dann leise.

»Sie inhaliert doch praktisch ihren Brokkoli«, entgegnet Dad und zwinkert mir zu.

»Und sie hat diese Woche sechs angeschlagene Teetassen ins Verkaufsregal gestellt«, fügt Ciara hinzu und streut weiter Salz in meine Wunde. »Sie ist total durch den Wind, seit sie von der Existenz dieses Clubs erfahren hat.«

»Manche Leute mögen Tassen mit kleinen Macken«, verteidige ich mich.

»Wer denn zum Beispiel?«

»Die Schöne und das Biest«, ruft Mathew.

Die Kinder lachen.

»Stimmen wir doch einfach ab. Alle, die es für eine gute Idee halten, dass Holly diesen Leuten hilft, heben die Hand«, ruft Ciara in die Runde.

Die Kinder heben die Hände. Abbey holt sie alle wieder runter.

Dad streckt seine Gabel in die Luft. Declan ebenfalls. Mathew sieht aus, als würde er sie gern unterstützen, aber Ciara wirft ihm einen strengen Blick zu, dem er zwar standhält, aber die Hand trotzdem nicht hebt.

»Nein«, sagt Jack mit fester Stimme. »Ich finde es keine gute Idee.«

»Ich auch nicht«, pflichtet Ciara ihm bei. »Und ich will nicht daran schuld sein, wenn es Probleme gibt.«

»Es geht aber nicht um dich«, murmelt Mathew sehr frustriert.

»Ich weiß. Aber Holly ist meine Schwester, und ich möchte nicht verantwortlich sein für …«

»Hallo, ihr alle«, ertönt in diesem Moment vom Flur Richards Stimme, und kurz darauf steht er unter der Tür und schaut uns an. Er spürt natürlich, dass etwas in der Luft liegt. »Was ist los?«

»Nichts«, antworten wir alle wie aus einem Munde.

· / ·

Ich bin allein im Laden, sitze hinter der Theke auf einem Hocker und starre ins Leere. Ciara und Mathew sind unterwegs, um von einer Familie in der Nähe, die dabei ist umzuziehen, ein paar Sachen abzuholen. Der Laden ist leer, keine Kundschaft, schon seit einer Stunde. Ich habe alle verfügbaren Tüten und Kisten ausgepackt, Wertgegenstände aussortiert und die erreichbaren Besitzer angerufen, um einen Abholtermin zu vereinbaren. Ich habe sämtliche Kleiderständer aufgeräumt, Sachen einen Zentimeter nach links oder einen Zentimeter nach rechts geschoben. Es gibt nichts mehr zu tun. Doch dann ertönt das Glöckchen an der Ladentür, und ein junges Mädchen kommt herein. Sie ist im Teenageralter, ziemlich groß und trägt auf dem Kopf einen aparten schwarz-goldenen Turban.

»Hallo!«, begrüße ich sie und bemühe mich, munter und freundlich zu klingen.

Das Mädchen lächelt schüchtern und verlegen, also schaue ich erst mal wieder weg. Manche Kunden möchten mit Aufmerksamkeit überhäuft, andere einfach nur in Ruhe gelassen werden. Aber ich beobachte die junge Frau aufmerksam, wenn sie gerade nicht hersieht. Sie hat ein Baby bei sich, das mit dem Gesicht nach vorn in einer Babytrage auf ihrem Bauch hängt und energisch mit den pummeligen, in eine Strumpfhose gezwängten Beinchen strampelt. Es ist höchstens ein paar Monate alt, und die Mutter – falls sie es tatsächlich ist, denn sie wirkt sehr jung – beherrscht meisterhaft die Kunst, sich so vor den Ständern zu platzieren, dass die Sachen außerhalb der Reichweite des Babys bleiben. Immer wieder schaut sie zu mir herüber und dann schnell wieder weg, tut so, als interessiere sie sich für die Klamotten, nimmt aber in Wirklichkeit nur mich unter die Lupe. Kurz frage ich mich, ob sie womöglich etwas klauen will – manchmal behalten Ladendiebe ja lieber mich im Auge als unsere Klamotten. Das Baby stößt einen Schrei aus. Die junge Frau nimmt seine Hand, und die winzigen Babyfinger legen sich um den viel größeren Erwachsenenfinger.

Früher einmal habe ich mir auch ein Baby gewünscht. Vor zehn Jahren. Ich wollte dieses Baby so sehr, dass mein Körper mich jeden Tag drängte, endlich schwanger zu werden. Doch als Gerry krank wurde, verschwand die Sehnsucht, denn jetzt stand sein Überleben an erster Stelle, und die ganze Wunschenergie konzentrierte sich darauf. Als er starb, starb auch meine Sehnsucht nach einem Kind. Ich hatte ein Baby mit ihm gewollt, und er war nicht mehr da. Doch als ich mir jetzt im Laden dieses wunderschöne kleine Wesen ansehe, wird in mir eine Saite zum Schwingen gebracht, eine Erinnerung an das, was ich mir einmal so sehr gewünscht habe. Ich bin siebenunddreißig Jahre alt, es ist also noch möglich. Wenn ich mit Gabriel zusammenziehe, könnte es passieren, aber ich glaube, wir sind beide nicht wirklich bereit dafür. Er ist zu sehr mit der Beziehung zu seiner Tochter beschäftigt.

»Ich will nichts klauen«, sagt die junge Frau auf einmal und reißt mich aus meiner Trance.

»Pardon?«

»Sie starren mich dauernd so an. Ich will aber nichts klauen«, wiederholt sie defensiv und verärgert.

»Sorry, das wollte ich auch nicht … ich habe nur vor mich hin geträumt«, erkläre ich und stehe auf. »Kann ich Ihnen irgendwie helfen?«

Sie sieht mich an, ein langer Blick, als versuche sie, mich einzuschätzen. »Nein«, sagt sie nach einer Weile entschieden.

Dann geht sie zur Tür, das Glöckchen ertönt, die Tür schließt sich hinter ihr. Ich starre ihr nach, und plötzlich fällt mir ein, dass sie schon einmal hier war. Vor ein paar Wochen, vielleicht sogar letzte Woche, vielleicht sogar schon ein paarmal. Jedenfalls hat sie immer dasselbe gemacht – sich mit ihrem Baby unsere Sachen angeschaut. Ich erinnere mich genau daran, weil Ciara ihr einmal ein Kompliment für den Turban gemacht und sich dann, inspiriert von dieser Mode, eine Woche lang einen roten Schal mit weißen Punkten um den Kopf gewickelt hat. Bisher hat das Mädchen nie etwas gekauft. An sich ist das nichts Besonderes, denn viele Leute schauen sich in Secondhandshops oft nur um, vielen gefällt es, sich anzuschauen, was einmal anderen gehört hat, zu überlegen, warum sie es weggegeben und wie sie wohl gelebt haben. Sachen, die einmal jemandem gehört haben, sind immer etwas Besonderes. Manche Leute finden sie wertvoller, andere glauben, gebraucht sei ein Synonym für schmutzig, und dann gibt es noch diejenigen, die einfach etwas für gebrauchte Gegenstände übrighaben. Aber die junge Frau hatte recht, ich habe ihr tatsächlich nicht über den Weg getraut.

Kurz darauf hält Mathews und Ciaras Van vor dem Laden. Ciara springt heraus, heute in einem paillettenbesetzten Jumpsuit aus den Achtzigern und Turnschuhen. Die beiden fangen an, den Kofferraum auszuräumen.

»Hallo, David Bowie.«

Ciara grinst. »Mann, wir haben echt tolle Sachen gefunden, die werden dir garantiert gefallen. Ist hier irgendwas Aufregendes passiert?«

»Nein, es war ziemlich ruhig.«

Mathew läuft mit zwei aufgerollten Teppichen unter dem Arm vorbei und ruft mit seinem dicken australischen Akzent: »Wir haben bald mehr Teppiche als ein kahler Mann Toupets.«

Ich muss an Angelas Perücken und die darunter für ihre Familie versteckten Briefe denken.

Ciara mustert mich. »Alles in Ordnung mit dir?«

»Ja, Ciara.« Zurzeit fragt sie mich das ungefähr alle zehn Minuten.

Als Mathew im Lager verschwindet, fügt sie noch hinzu: »Ich wollte dir nur noch mal sagen, dass es mir leidtut. Wirklich. Ich fühle mich immer noch verantwortlich für das, was passiert ist.«

»Hör auf, Ciara …«

»Nein. Wenn es dir wieder schlechter geht, weil ich Mist gebaut habe, dann tut es mir sehr leid. Bitte sag mir einfach, was ich tun kann, um es wiedergutzumachen.«

»Du hast nichts falsch gemacht. Solche Sachen passieren eben, du kannst nichts dafür. Aber wenn Joy oder sonst jemand von diesem Club vorbeikommt, dann richte ihnen bitte aus, dass ich kein Interesse habe. Okay?«

»Ja, klar. Ich habe diesem Typen gestern schon klargemacht, dass er nicht noch mal zu kommen braucht.«

»Welchem Typen denn?«

»Er hat gesagt, er ist auch von diesem Club. Sein Name war … na ja, ist ja egal, wie er hieß, er kommt sowieso nicht wieder. Ich habe ihm klipp und klar zu verstehen gegeben, dass er dich in Frieden lassen soll, vor allem hier bei der Arbeit, da passt es überhaupt nicht.«

Vor lauter Ärger habe ich Herzklopfen. »Dann kommen sie also tatsächlich hierher.«

»Sie?«

»Na, die Clubmitglieder. Vorhin war ein Mädchen da, ich habe sie schon öfter gesehen. Sie hat mich ganz komisch angestarrt und mir vorgeworfen, ich würde sie verdächtigen, dass sie klaut. Sie gehört bestimmt auch zu denen.«

»Nein …« Ciara mustert mich besorgt. »Ich meine, du kannst doch nicht bei allen Kunden, die dich mal komisch anstarren, gleich denken, dass sie zu diesem Club gehören.«

»Die Frau neulich hat doch gesagt, dass sie fünf Mitglieder hatten und jetzt noch vier übrig sind. Inzwischen hat mir nicht nur der Geist der vergangenen, sondern auch der gegenwärtigen und heute der zukünftigen Weihnacht seinen Besuch abgestattet. Sie werden mich nie mehr in Ruhe lassen, oder?«, frage ich, immer noch wütend über diese Übergriffe in mein nettes, normales, stabiles, glückliches Wiederaufbauleben. »Weißt du was – ich werde mich einfach mit ihnen treffen. Ich werde mich diesem kleinen Club stellen und den Mitgliedern unmissverständlich klarmachen, dass sie mich in Ruhe lassen sollen. Wo ist denn die Nummer von dieser Frau?« Ich fange an, in den Schubladen zu wühlen.

»Du meinst die Nummer von Joy?«, fragt Ciara, immer noch besorgt. »Vielleicht solltest du sie lieber ignorieren, denn ich glaube, dass sie es irgendwann ganz von selbst kapieren werden.«

Aber ich habe den Zettel gefunden und greife nach meinem Telefon. »Entschuldige mich mal eine Minute.« Dann renne ich zur Tür. Dieses Gespräch muss ich an der frischen Luft führen.

»Holly!«, ruft Ciara mir nach. »Denk bitte dran, dass die Leute schwerkrank sind. Das sind keine fiesen Spinner. Sei nett zu ihnen.«

Aber ich bin schon draußen, ziehe die Tür hinter mir zu und entferne mich ein paar Schritte vom Laden, während ich Joys Nummer wähle. Ich werde diesem Club schon beibringen, mich ein für alle Mal in Ruhe zu lassen.

Kapitel 7

Der »P. S. Ich liebe Dich«-Club trifft sich am 1. April in Joys von der Morgensonne gewärmtem Wintergarten. Ihr heller Labrador döst auf den warmen Fliesen, und wir müssen um ihn herumgehen, wenn wir irgendwohin wollen. Ich betrachte die vor mir sitzenden Clubmitglieder und fühle mich unbehaglich und genervt. Eigentlich wollte ich mich nur mit Joy treffen, um mit meiner einstudierten Rede ihre Einladung höflich, aber bestimmt abzulehnen – damit, dass alle anderen ebenfalls auftauchen würden, habe ich absolut nicht gerechnet. Wie es aussieht, hat Joy meinen Vorschlag, uns zu treffen, vollkommen falsch ausgelegt, und jetzt wünschte ich, ich hätte mich nicht so ehrenhaft für eine Abfuhr von Angesicht zu Angesicht entschieden, sondern ihr alles gleich am Telefon gesagt.

»Er ist ein Faulpelz, stimmt's, mein alter Freund?«, erklärt Joy, und schaut den Hund voller Zuneigung an, während sie eine Tasse Tee und einen großen Teller mit Keksen neben mich auf den Tisch stellt. »Wir haben ihn angeschafft, als ich meine Diagnose bekommen habe, als Gesellschaft und Ablenkung für alle, und wir haben es keine Sekunde bereut. Er ist inzwischen schon neun Jahre alt«, erzählt Joy. »Ich habe übrigens MS. Multiple Sklerose.«

Bert, ein großer, breiter Mann Ende sechzig, der durch eine Nasenkanüle Sauerstoff einatmet, ist als Nächster an der Reihe. »Ich sehe so gut aus, dass es mir selbst den Atem verschlägt«, erklärt er augenzwinkernd.

Paul und Joy kichern, Ginika verdreht die Augen wie ein Teenager, wenn der Vater blöde Witze macht. Meine Einschätzung war richtig, sie ist tatsächlich die junge Frau, die im Laden war. Wenigstens bin ich nicht paranoid. Ich lächle höflich in die Runde.

»Lungenemphysem«, korrigiert Bert sich und lacht über seinen eigenen Scherz.

Dann ist Paul an der Reihe. Er ist jünger als Bert und Joy, eher in meinem Alter. Er ist attraktiv, sieht gesund aus und ist der zweite mysteriöse Ladenbesucher. Der, den Ciara weggeschickt hat. »Hirntumor.«

Junger, hübscher Mann, Hirntumor. Genau wie Gerry. Das ist mir viel zu nah. Ich sollte lieber gleich gehen. Aber wann ist der richtige Zeitpunkt zu verschwinden, wenn ein junger Mann gerade dabei ist, von seinem Krebsleiden zu erzählen?

»Meine Situation ist ein bisschen anders als bei den anderen. Ich bin zurzeit in Remission.«

Ein kleiner Stein fällt mir vom Herzen. »Oh, das ist doch eine gute Nachricht.«

»Ja«, sagt er, sieht aber nicht besonders erleichtert aus. »Es ist das zweite Mal, dass der Tumor sich zurückbildet, aber ein Hirntumor kommt leider häufig wieder. Beim ersten Mal war ich nicht bereit, aber wenn er diesmal wiederkommt, möchte ich vorbereitet sein. Für meine Familie.«

Ich nicke, und mein Herz wird noch schwerer. Trotz der

Remission bereitet er sich aufs Sterben vor, er hat Angst, dass der Tumor zurückkommt. »Mein Mann hatte primären Hirnkrebs.« Irgendetwas treibt mich dazu, auf diese Art Konversation zu machen, aber kaum sind die Worte aus meinem Mund, wird mir klar, dass es gar kein gutes Thema ist, denn wir wissen ja alle, dass mein Mann gestorben ist.

Eigentlich bin ich hier, um meinem Engagement ein Ende zu bereiten, bevor es richtig angefangen hat, aber sobald ich zur Tür hereinkam und die Gruppe sah, überfiel mich das Gefühl, dass jemand die Sanduhr umgedreht hatte. Jetzt, wo die Körnchen durchrieseln, frage ich mich, ob es nicht vielleicht reicht, dass ich mich einmal mit diesen Menschen treffe. Ich kann mein schlechtes Gewissen beschwichtigen, ein bisschen zu helfen versuchen und mich wieder in mein Leben zurückziehen. Dauert bestimmt nicht länger als eine Stunde.

Ich schaue zu dem Mädchen neben mir, Ginika. Vielleicht werden mich die Clubmitglieder nicht mehr belästigen, nachdem ich heute hier gewesen bin. Ich werde ihnen deutlich sagen, dass ich so etwas nicht will. Ginikas kleine Tochter Jewel sitzt auf ihrem Schoß und spielt mit den Armreifen ihrer Mutter.

Als Ginika merkt, dass sie mit dem Erzählen an der Reihe ist, stößt sie ohne aufzublicken hervor: »Gebärmutterhalskrebs.« Ihre Stimme klingt hart, sie beißt die Zähne zusammen. Sie ist wütend, kein Zweifel.

Okay. Okay. Jetzt sag es ihnen, bring es hinter dich. Sag ihnen, dass du nicht hier sein willst, dass du ihnen nicht helfen kannst.

Alle schweigen.

»Wie Sie sehen, befinden wir uns alle in unterschiedlichen Stadien unserer jeweiligen Krankheit«, sagt Joy schließlich.

Offenbar ist sie das Sprachrohr der Gruppe. »MS ist keine tödliche Krankheit, sondern ein lebenslanges Leiden, und in letzter Zeit haben meine Symptome sich verstärkt. Angela schien gut auf die Behandlung anzusprechen, aber dann ging es ihr plötzlich rapide schlechter. Paul geht es körperlich eigentlich sehr gut, aber … keiner von uns weiß es so genau – es ist immer ein Auf und Ab, nicht wahr?«, fährt sie fort und blickt ihre Freunde an. »Ich denke, ich spreche für uns alle, wenn ich sage, dass wir nicht wissen, wie viele gute Tage uns noch bleiben. Und trotzdem – heute sind wir hier, und das ist es, was zählt.«

Mit Ausnahme von Ginika nicken alle. Für sie ist es anscheinend nicht unbedingt das Wichtigste, dass sie heute hier ist.

»Ein paar von uns haben schon Ideen für unsere Briefe, andere sind noch nicht so weit. Wir wären Ihnen sehr dankbar, wenn Sie uns mit Ihrer Erfahrung ein bisschen auf die Sprünge helfen könnten.«

Das ist mein Stichwort, bei dem ich mich zurückziehen kann. Sie sind keine Unmenschen, sie werden es verstehen, und selbst wenn nicht, was kümmert es mich? Ihnen liegt ja auch nichts an meiner seelischen Stabilität. Ich muss für mich sorgen. Entschlossen rutsche ich auf meinem Stuhl nach vorn. »Ich muss Ihnen erklären …«

»Also, eine Idee habe ich schon«, unterbricht mich Bert, etwas atemlos, was ihn aber keineswegs dazu bringt, weniger weitschweifig zu werden. »Ich will für meine Frau Rita eine Schatzsuche organisieren, und ich könnte Ihre Hilfe brauchen, weil die Hinweise überall im ganzen Land verteilt werden sollen.«

»Im ganzen Land?«

»Ich stelle es mir so ähnlich vor wie bei einem Pub Quiz.

Zum Beispiel könnte die erste Frage lauten: ›Wo hat Brian Boru, Hochkönig von Irland, seine letzte Schlacht ausgefochten, die mit seinem Tod endete?‹ Dann fährt Rita nach Clontarf, und dort wartet schon der nächste Hinweis auf sie.« Ein Hustenanfall überfällt ihn.

Ich blinzle. So etwas habe ich nicht erwartet.

»Ich finde, du bist ein Geizhals«, stichelt Paul ihn. »Du solltest Rita lieber nach Lanzarote schicken, wie Gerry es bei Holly gemacht hat.«

»Ach, bleib mir weg mit dem Quatsch«, schnaubt Bert, verschränkt die Arme vor der Brust und sieht mich herausfordernd an. »Warum hat er Sie eigentlich da hingeschickt?«

»Weil die beiden dort die Flitterwochen verbracht haben«, antwortet Paul an meiner Stelle.

»Oooh, stimmt!« Joy schließt verträumt die Augen. »Und da haben Sie die Delphine beobachtet, richtig?«

Mir schwirrt der Kopf. Diese Leute sprechen über meine Erlebnisse, als handle es sich um eine Episode einer Reality-TV-Serie. Beiläufige Gespräche an der Kaffeemaschine.

»Er hat die Tickets im Reisebüro hinterlegt, damit sie sie da abholen konnte«, erklärt Ginika gerade für Bert.

»Ah, ja«, antwortet er und erinnert sich offenbar wieder.

»Wie war die Verbindung zu den Delphinen noch mal, Holly? Ich glaube, das haben Sie im Podcast nicht erwähnt«, fragt Paul und greift nach einem Schokokeks. Alle schauen mich an, und ich fühle mich merkwürdig, als ich sie so über Gerrys Briefe reden höre. Sicher, ich habe mit Ciara kurz über sie gesprochen – in einem kleinen Laden vor ungefähr dreißig Zuhörern –, aber ich habe überhaupt nicht daran gedacht, dass meine Geschichte sich ja weiterverbreiten könnte, dass wildfremde Menschen sie auf irgendwelche Geräte downloaden und sich zu Hause anhören würden. Zur Unterhaltung! Und wenn ich diesen Leuten jetzt dabei zuhöre, wie sie ganz locker miteinander über die schwersten, tiefsten, dunkelsten Momente meines Lebens sprechen, fühle ich mich, als wäre ich plötzlich ganz weit weg. Fast so, als hätte ich meinen Körper verlassen.

Ich schaue von einem zum anderen und versuche, dem rasanten Tempo ihres Gesprächs zu folgen. Fragen fliegen hin und her wie bei einer Quizshow mit Zeitbegrenzung. Ich möchte antworten, aber ich kann nicht schnell genug denken. Mein Leben lässt sich nicht in kurzen Einwortsätzen erzählen, es braucht Kontext, Schauplätze, Erläuterungen und emotionale Reaktionen, keine Schnellfeuersalven. Es kommt mir absolut surreal vor und bringt mich immer mehr in Rage, wie unbekümmert diese Menschen über den Prozess des Briefeschreibens reden. Am liebsten möchte ich alle schütteln und sie anschreien, sie sollten sich doch mal selbst zuhören.

»Der Brief, über den *ich* gern etwas erfahren würde, ist der mit den Sonnenblumenkernen. Sind Sonnenblumen wirklich Ihre Lieblingsblumen?«, fragt Joy. »Hat Gerry Sie aufgefordert, die Kerne einzupflanzen? Mir gefällt das wirklich sehr. Ich möchte Joe gerne bitten, einen Baum für mich zu pflanzen oder so, und den schauen sie sich dann jeden Tag an und denken …«

»… daran, wie viele Jahre Sie inzwischen schon tot sind«, falle ich ihr ins Wort, ohne nachzudenken, und meine Stimme klingt schärfer als beabsichtigt.

»Oh«, sagt Joy und wirkt erst überrascht, dann enttäuscht. »Unter diesem Aspekt habe ich das noch gar nicht betrachtet. Ich dachte, es ist etwas, das meine Lieben an mich erinnert.« Hilfesuchend blickt sie in die Runde.

»Aber sie werden sich ohnehin an Sie erinnern. Jede Sekunde, jeden Tag. Ob sie wollen oder nicht. Jedes Wort, alles, was sie riechen, schmecken, hören, alles im Leben Ihrer liebsten Menschen ist doch direkt mit Ihnen verbunden. In gewisser Weise werden Sie wie ein Geist für sie herumspuken. Sie werden ständig in ihren Gedanken sein, selbst in den Augenblicken, wenn die, die sie zurücklassen, es gar nicht wollen. Andererseits werden sie auch nicht wissen, wie sie sonst weitermachen sollen, ohne Sie. Manchmal werden sie zu allem bereit sein, um nicht an Sie denken zu müssen. Sie brauchen keine Extrablumen oder irgendwelche Bäume, um Sie zu sehen, sie brauchen kein Quiz, um sich an Sie zu erinnern. Verstehen Sie?«

Joy nickt hastig, und ich merke, dass ich viel zu laut und aufgeregt gesprochen habe. Ich klinge wütend, obwohl ich das wirklich nicht beabsichtigt habe. Ich reiße mich zusammen. Meine Reaktion überrascht mich, auf meinen harten Ton war ich selbst nicht gefasst.

»Aber Gerrys Briefe haben Ihnen doch gefallen, oder nicht, Holly?«, fragt Paul und bricht damit das betretene Schweigen.

»Ja, natürlich!« Jetzt klinge ich defensiv, ich höre es genau. Natürlich mochte ich Gerrys Briefe. Ich habe für sie gelebt.

»Es ist nur … es klingt ein bisschen wie …«, beginnt Paul, aber Joy legt ihm die Hand aufs Knie. Er unterbricht sich und blickt auf ihre Hand.

»Wie klingt das?«

»Ach nichts.« Abwehrend hebt er die Hände.

»Sie haben ganz recht, Holly«, sagt Joy langsam und gedankenverloren und mustert mich. »Vielleicht würde es bei meinen Lieben nicht als Feier meines Lebens ankommen, sondern als Markierung meines Todes. Haben Ihnen die Sonnenblumen auch dieses Gefühl gemacht?«

Mir ist heiß, ich schwitze.

»Nein, ich mochte die Sonnenblumen.« Meine Worte klingen, als wären sie gepanzert. »Jedes Jahr an einem bestimmten Tag pflanze ich welche, bis heute. Das hat Gerry mir aber nicht aufgetragen, ich habe nur irgendwann beschlossen, dass ich eine Tradition daraus machen möchte.«

Die Idee beeindruckt Joy anscheinend, denn sie kritzelt etwas in ihr Notizbuch. Ich erwähne nicht, dass die Sonnenblumen eigentlich eine Idee meines Bruders Richard waren und dass er mir auch geholfen hat, sie zu pflegen. Aber ich habe sie angeschaut. Die ganze Zeit. Manchmal konnte ich ihren Anblick kaum ertragen, dann wieder zogen sie mich magnetisch an. An guten Tagen habe ich sie kaum bemerkt.

Ich rutsche unbehaglich auf meinem Stuhl herum. Doch Joy fährt nachdenklich fort: »Jedes Jahr am gleichen Tag etwas pflanzen – vielleicht an meinem Todestag? Oder nein …« Sie hält inne und schaut mich an, den Kuli auf mein Gesicht gerichtet. »Lieber an meinem Geburtstag. Das ist positiver.«

Ich nicke matt.

»Mir fällt bei solchen Themen einfach nichts richtig Gutes ein«, seufzt sie.

»Mir schon«, meint Bert, und jetzt ist *er* in der Defensive. »Ich habe alles geplant. Die Idee hatte ich mal in meinem Pub. Ich liebe Ratespiele. Und meine Frau hat bestimmt eine Menge Spaß damit. Wegen diesem Ding hier können wir schon lange nicht verreisen«, sagt er und deutet mit dem Daumen auf sein Sauerstoffgerät.

»Aber was, wenn Ihre Frau einmal die Antwort nicht weiß?«, frage ich.

Alle starren mich an.

»Natürlich weiß sie die. In dem Quiz geht es nur um ganz

normale Allgemeinbildung. Wo wurde Brian Boru besiegt? Wie heißt die Inselgruppe, nach der ein Pullover benannt ist? Woher stammt Christy Moore? Und schon schwirrt Rita ab nach Limerick, wo bereits der nächste Hinweis auf sie wartet.«

»Christy Moore kommt aber aus Kildare«, korrigiere ich ihn sofort.

»Was? Nein, ist er nicht«, widerspricht er. »Ich höre ihn doch dauernd.«

Paul nimmt sein Smartphone zur Hand und googelt Christy Moore. »Kildare«, verkündet er schließlich.

Ginika verdreht die Augen. »O Mann, Bert, das funktioniert doch alles nicht, wenn du selbst nicht mal die richtige Antwort auf deine blöden Fragen weißt. Auf welche von den Aran Islands soll deine Frau denn? Und in welches Gebäude? Liegt dein Brief für sie auf dem Boden, wenn sie aus der Fähre steigt? Oder schaukelt sie als Flaschenpost am Strand? Du musst das genauer machen.«

Paul und Joy lachen. Ich kann nicht. Mir ist das alles zu unwirklich. Wie bin ich bloß in dieser Diskussion gelandet?

»Ach hört doch auf, ihr alle«, sagt Bert und wird allmählich etwas hektisch.

»Gott sei Dank ist Holly hier, die uns sagen kann, wo es langgeht«, sagt Joy und schaut mich mit einem verlegenen Stirnrunzeln an. Als wollte sie mir sagen: *Siehst du? Deshalb brauchen wir dich.*

Ihre Sorge ist berechtigt. Es geht um ein ernstes, wichtiges Thema, dieser Club muss mit solchen Albernheiten aufhören. Ich muss sie wieder auf Kurs bringen. »Also Bert, was passiert, wenn Ihre Frau die Antwort nicht weiß? Sie wird in tiefer Trauer sein, und Trauer bringt das Gehirn nun mal völlig durcheinander, glauben Sie mir. Womöglich setzen die Fragen

Ihre Frau unter Druck, womöglich bekommt sie das Gefühl, sie müsste eine Prüfung bestehen. Vielleicht sollten Sie die Antworten aufschreiben und sie für solche Fälle bei irgendjemandem für Ihre Frau hinterlegen.«

»Aber dann mogelt sie bestimmt!«, ruft er. »Der Grund für das Ganze ist doch, dass sie rauskommt und über andere Dinge nachdenkt.« Er fängt wieder an zu husten.

»Du kannst die Antworten doch Holly zum Aufbewahren geben, Bert«, schlägt Joy vor. »Und wenn Rita nicht weiterkommt, kann sie Holly anrufen.«

Mir wird flau im Magen. Mein Herz stolpert. Ich bin nur für eine Stunde hergekommen. *Eine* Stunde, mehr nicht. Sag es ihnen, Holly, sag es ihnen.

»Holly, Sie könnten die Wächterin unserer Notizen sein. Natürlich nur, wenn Sie es wollen«, sagt Bert und salutiert mir. »Während wir in den Krieg ziehen.«

So hatte ich mir das überhaupt nicht vorgestellt. Ich hatte mir eingeredet, ich könnte mich ein Stündchen zu diesen Leuten setzen, mir ihre Briefideen anhören, ihnen ein paar Tipps geben und mich dann wieder aus ihrem Leben zurückziehen. Ich möchte hier keine Funktion übernehmen. Wenn Gerry jemanden gehabt hätte, der ihm mit den Briefen hilft, hätte ich die Betreffenden mit Fragen überhäuft. Ich hätte immer mehr wissen wollen, ich hätte alles in Bewegung gesetzt, um jedes Detail über die geheimen Momente ohne mich in Erfahrung zu bringen. Ich hatte Barbara, die Frau im Reisebüro, an Weihnachten praktisch schon auf einen Drink zu mir nach Hause eingeladen, weil ich sie unbedingt zu einem Teil meines Lebens machen wollte, bevor mir endlich klar wurde, was für eine Zumutung das für sie gewesen wäre. Sie konnte mir keine neuen Informationen mehr liefern, ich hatte längst alles über ihre kurze Begegnung mit Gerry aus ihr herausgequetscht und sie unzählige Male angefleht, mir alles doppelt und dreifach zu erzählen.

Und hier wollen diese Leute, diese wildfremden Menschen, mich für die Zeit nach ihrem Tod zu ihrem Torwächter machen! Sie selbst werden nicht mehr da sein, aber der Rat, den ich ihnen gebe, wird ihre Liebsten für immer beeinflussen. Ich sollte mich sofort aus dem Staub machen, ehe ich noch tiefer hineingezogen werde und es endgültig zu spät ist. Ich sollte an meinem Plan festhalten. Ich bin hergekommen, um ihre Bitte abzulehnen.

»Oh, seht euch das an«, sagt Joy und gießt den letzten Tee in ihre Tasse, bis sie überläuft und einen See in der Untertasse bildet. »Der Tee ist alle. Holly, wären Sie so nett, für Nachschub zu sorgen?«

Etwas benommen nehme ich die Kanne entgegen, steige über den Hund und verlasse den Raum. Während ich in der Küche darauf warte, dass das Wasser kocht, überlege ich panisch, wie ich mich aus diesem Albtraum befreien kann. Plötzlich höre ich, wie die Hintertür zum Garten aufgeht, jemand kommt herein, tritt sich auf der Matte die Füße ab, und ein Mann kommt in die Küche.

»Oh«, sagt er. »Hallo. Sie gehören sicher auch zum Buchclub.«

Ich zögere. »Ja, klar«, antworte ich dann doch, stelle den Wasserkocher weg und wische mir die Hände an meiner Jeans ab.

»Ich bin Joe, Joys Mann.«

»Ich bin Holly.«

Er schüttelt mir die Hand und mustert mich. »Sie sehen … gut aus … Holly.«

»Mir geht es auch gut«, lache ich. Erst einen Sekundenbruchteil später begreife ich, was er gemeint hat. Vielleicht kennt er den wahren Grund für das heutige Treffen nicht, aber offensichtlich weiß er, dass es nicht allen Mitgliedern dieses kleinen Clubs gutgeht.

»Freut mich zu hören.«

»Ich wollte eigentlich gerade gehen«, erkläre ich. »Ich mache vorher nur schnell noch frischen Tee. Ich bin schon spät dran für einen Termin, den ich schon zweimal verschoben habe. Wenn ich wieder nicht auftauche, kriege ich wahrscheinlich nie wieder einen«, plappere ich drauflos.

»Na, dann verschwinden Sie mal lieber. Ich mache den Tee.«

»Danke.« Ich gebe ihm die Teekanne. »Wären Sie so nett, mich bei den anderen zu entschuldigen?«

»Natürlich, gern«, antwortet er.

Ich ziehe mich in Richtung Haustür zurück. Jetzt habe ich eine gute Chance zu gehen. Aber dann merkte ich, wie unsicher Joe sich in der Küche bewegt.

Er öffnet eine Schranktür nach der anderen. Kratzt sich am Kopf. »Tee, haben Sie gesagt?«, fragt er und zieht eine Schublade heraus. Kratzt sich wieder am Kopf. »Ich weiß nicht …«, brummt er, während er die Suche fortsetzt.

Ich mache kehrt, gehe wieder zu ihm in die Küche, öffne die Tür des Hängeschranks über dem Wasserkocher, und zum Vorschein kommt die Teepackung. »Hier ist er.«

»Ah«, ruft er und schiebt die Tür vor den Töpfen und Pfannen wieder zu. »Stimmt, da ist er ja. Normalerweise macht Joy immer den Tee. Wahrscheinlich braucht der Club auch die Zuckerdose, richtig?« Erneut fuchtelt er an den Schränken herum. Dann schaut er mich wieder an. »Fort mit Ihnen, Sie wollen doch Ihren Termin nicht verpassen.«

Aber ich öffne noch einmal den gleichen Schrank für ihn, und siehe da, die Zuckerdose steht neben dem Tee. »Da ist sie schon.«

Er richtet sich hastig auf und wirft dabei eine Blumenvase um. Sofort bin ich mit einem Spüllappen zur Stelle und helfe ihm beim Aufwischen. Jetzt ist der Lappen unbenutzbar. »Wo ist denn Ihre Waschmaschine?«

»Oh, ich würde sagen, die ist …« Wieder schaut er suchend um sich.

Ich öffne den Schrank neben der Spülmaschine und finde darunter die Waschmaschine.

»Ah, genau!«, sagt er erleichtert. »Sie kennen sich hier ja schon besser aus als ich. Ehrlich gesagt erledigt Joy in der Küche so gut wie alles«, gesteht er schuldbewusst, als hätte ich das nicht längst erraten. »Ich sag immer, ohne sie wäre ich verloren.« Es hört sich an, als bekäme dieser Satz plötzlich eine neue, ganz reale Bedeutung für ihn. Denn auf ihn wartet ein Leben ohne Joy, und es rückt immer näher.

»Wie geht es Joy?«, frage ich. »Sie macht einen sehr positiven Eindruck.«

»Joy ist eigentlich immer munter und gutgelaunt, jedenfalls solange andere Menschen um sie herum sind. Aber in letzter Zeit ist es für sie schwieriger geworden. Bis vor kurzem hatte sie eine Phase, in der sich praktisch nichts verändert hat, es ging ihr nicht schlechter, und wir dachten, vielleicht bleibt es so, aber dann wurde es doch schlimmer – und das schwächt den Körper natürlich.«

»Das tut mir sehr leid«, sage ich leise. »Für Sie beide.«

Er beißt die Lippen zusammen und nickt. »Aber ich weiß, wo die Milch ist«, sagt er dann plötzlich, wird lebendig und zieht eine Tür auf.

Ein Besen fällt heraus.

Wir lachen beide.

»Sie sollten jetzt aber wirklich zu Ihrem Termin gehen«, sagt er. »Ich weiß, wie das manchmal ist. Eine Warteliste nach der anderen, das Leben ist ein einziger Warteraum.«

»Alles gut.« Ich hebe den Besen auf, und mein Fluchtreflex ist verschwunden. »Ich kann warten«, sage ich leise, nur zu mir.

· / ·

Als ich mit dem frischen Tee zu der Gruppe zurückkomme, hat Bert deutlich an Kraft verloren. Vermutlich haben seine Medikamente für einen kurzfristigen Energieschub gesorgt, aber jetzt, nach einer Stunde, sieht er erschöpft aus. Als hätte er es vorausgesehen, ist inzwischen sein Betreuer eingetroffen, um ihn abzuholen.

»Wir können bei unserem nächsten Treffen ausführlicher darüber sprechen«, meint Bert, klopft sich heimlichtuerisch, aber schrecklich offensichtlich an die Nase und macht eine Kopfbewegung in Richtung Korridor, wo sein Betreuer sich mit Joe unterhält. Sein Kinn schwabbelt, wenn er sich bewegt. »Aber nicht bei mir zu Hause, sonst schöpft Rita Verdacht.«

»Wir können uns gern wieder hier treffen«, sagt Joy.

»Aber das ist unfair dir gegenüber, Joy«, wendet Paul ein.

»Ich übernehme Angelas Funktion, anders würde ich es gar nicht haben wollen«, beharrt sie, und es ist – zumindest für mich – ziemlich klar, dass sie aus mehr als einem Grund am liebsten zu Hause bleiben möchte.

»Passt«, sagt Bert. »Wie wäre es in zwei Tagen, um die gleiche Zeit? Wenn wir uns gleich morgen wieder treffen, wird Rita eifersüchtig auf Joy«, meint er mit einem Augenzwinkern. »Kommen Sie denn auch, Holly?«

Wieder starren mich alle an.

Ich sollte mich nicht in diesen Club ziehen lassen, ich möchte nicht mitmachen. Das kann nicht gesund sein.

Aber alle schauen mich an, voller Hoffnung und Erwartung. Ginikas kleine Tochter gibt ein Geräusch von sich, als versuche sie mich mit ihren fröhlichen Blubberlauten ebenso zu überzeugen wie die anderen. Sie ist sechs Monate alt, und an ihrem ersten Geburtstag wird ihre Mutter vielleicht schon tot sein.

Ich sehe diese Menschen an, diesen seltsamen, bunt zusammengewürfelten Haufen. Bert fällt das Atmen schwer, Joy nimmt sich mühsam zusammen. Ich weiß, wie kurz sechs Monate sein können, wie schnell sich alles verändern kann, wie rapide es mit der Gesundheit eines Menschen bergab gehen kann. In vierundzwanzig Stunden kann alles anders werden.

Ich habe einmal einen Artikel darüber gelesen, dass unsere Uhren regelmäßig angehalten werden, um unsere Zeit mit dem Universum zu synchronisieren. Da die Erdrotation unregelmäßig ist, wird zwischen 23:59:59 und 00:00:00 des folgenden Tages eine sogenannte Schaltsekunde in die koordinierte Weltzeit eingefügt, so dass wir genau genommen eine Sekunde geschenkt bekommen. Wenn es wieder einmal so weit ist, wird in Zeitungsartikeln und wissenschaftlichen Magazinen dann gern die Frage aufgeworfen, was in dieser einen Sekunde alles passieren kann und wie wir diese Extrazeit für uns nutzen können.

In einer Sekunde werden annähernd zweieinhalb Millionen E-Mails verschickt, das Universum dehnt sich um fünfzehn Kilometer aus, und dreißig Sterne explodieren. Eine Honigbiene kann zweihundertmal mit den Flügeln schlagen, die schnellste Schnecke kommt 1,3 Zentimeter vorwärts, ein

Gegenstand kann etwa fünf Meter fallen, und »Willst du mich heiraten?« kann ein Leben von Grund auf verändern.

Vier Babys werden geboren. Zwei Menschen sterben.

Eine Sekunde kann den Unterschied zwischen Leben und Tod bedeuten.

Gespannt starren die Clubmitglieder mich an, warten und hoffen.

»Geben wir ihr doch ein bisschen Zeit zum Nachdenken«, sagt Joy schließlich leise, aber ihre Enttäuschung ist nur allzu spürbar. Alle ziehen sich ein Stück zurück.

Kapitel 8

Die Wut ist wieder da. Ich bin sauer, ich koche innerlich. Ich möchte schreien, die ganze Aufregung einfach rauslassen, wegweinen, sie loswerden, bevor ich nach Hause radele. Als könnte mein Fahrrad dieses zusätzliche Gewicht nicht aushalten, als würde es mit meinem sich ständig verändernden seelischen Gleichgewicht nicht zurechtkommen. Ich fahre ein Stück, bis Joys Haus außer Sichtweite ist, steige ab, lege das Rad auf den Boden, lehne mich an eine weiße, rau verputzte Mauer und gehe in die Hocke. Der »P. S. Ich liebe Dich«-Club ist nicht Gerry, aber diese Leute sind die Verkörperung seines Wegs, seines Kampfs, seiner Motivation. In meinem Herzen habe ich immer gespürt, dass der Zweck seiner Briefe darin bestand, mich ins Leben zurückzuführen, aber diese Menschen scheinen hauptsächlich von der Angst getrieben zu sein, sie könnten vergessen werden. Es bricht mir das Herz und macht mich gleichzeitig fuchsteufelswild. Denn Gerry, meine große Liebe, wärst *du* jemals auf die Idee gekommen, ich würde, ich *könnte* dich vergessen?

Vielleicht liegt die Wurzel meiner Wut in der Tatsache, dass ich Ciara bei unserem Podcast angelogen habe. Ich habe behauptet, dass ich Gerry noch immer in meiner Nähe spüre. Natürlich werde ich ihn niemals vergessen, aber sein Bild verblasst. Obwohl er in den Geschichten, die wir uns erzählen, und natürlich in meiner Erinnerung weiterlebt, wird es immer schwieriger, mir den lebendigen, sich bewegenden und verändernden, aktiven Gerry zu vergegenwärtigen. Ich will ihn nicht vergessen, aber je mehr Zeit verstreicht, je mehr Neues ich erlebe, desto mehr werden die alten Erinnerungen verdrängt. Das Haus zu verkaufen, bei Gabriel einzuziehen … Das Leben lässt nicht zu, dass ich stillstehe und mich erinnere. Nein. Ich habe die Entscheidung getroffen, dass ich mir nicht gestatte, stillzustehen und mich zu erinnern. Zu warten … worauf? Auf eine Wiedervereinigung im Tod, von der ich nicht einmal mit Sicherheit weiß, ob sie überhaupt möglich ist?

»Hi«, ertönt neben mir eine Stimme, und ich springe erschrocken auf.

»Ginika, hi. Sie haben mir einen ordentlichen Schrecken eingejagt.«

Sie mustert mein Rad, mustert mich, wo und wie ich hier kauere. Vielleicht durchschaut sie mich, vielleicht ist ihr klar, dass ich mich zu verstecken versuche. »Sie kommen nicht mehr zur Gruppe, oder?«

»Ich habe doch gesagt, ich muss es mir überlegen«, antworte ich matt. Ich bin aufgewühlt, ich weiß nicht mehr, was zum Teufel ich überhaupt will.

»Nein. Sie kommen nicht mehr. Aber das ist okay. Es ist sowieso alles ziemlich seltsam, oder? Unsere Gruppe, meine ich. Aber sie gibt uns was zu tun. Wir können uns mit den Briefen beschäftigen und uns Gedanken über sie machen.«

Langsam atme ich aus. Auf Ginika kann ich nicht wütend sein.

»Haben Sie sich eigentlich auch schon etwas ausgedacht?«

»Ja.« Sie rückt Jewel zurecht, die auf ihrer Hüfte sitzt. »Aber es ist nicht so … so smart wie bei den anderen.«

»Muss es doch auch nicht, Ginika, Hauptsache, es kommt von Ihnen. Wie sieht Ihre Idee denn aus?«

Verlegen schlägt sie die Augen nieder. »Bloß ein Brief. Ein einziger Brief. Von mir an Jewel.«

»Das ist wunderbar, finde ich. Perfekt.«

Sie scheint etwas sagen zu wollen, und ich mache mich auf alles Mögliche gefasst. Ginika wirkt entschlossen, sie ist stark und weiß, was sie will.

»Sie irren sich, wenn Sie meinen, dass man sich auf jeden Fall an uns erinnert, wenn wir tot sind. Jewel wird sich nicht an mich erinnern.« Sie drückt ihre Tochter fester an sich. »Sie wird sich an nichts von mir erinnern. Nicht daran, wie ich rieche, und auch sonst an nichts von dem, was Sie als Beispiel genannt haben. Es wird nie passieren, dass sie etwas anschaut und ihr plötzlich eine Erinnerung an mich kommt. Egal, ob gut oder schlecht. Es wird einfach niemals passieren.«

Sie hat recht. Das habe ich nie in Betracht gezogen.

»Deshalb muss ich für Jewel alles aufschreiben. Von Anfang an. Alles über mich, alles, was sie jetzt weiß, an das sie sich aber von selbst nicht erinnern wird, alles über sie als Baby, weil niemand da sein wird, der es ihr erzählen kann. Sie würde nichts davon erfahren, wenn ich es nicht für sie aufschreibe. Dieser eine Brief ist für den Rest ihres Lebens alles, was sie von mir hat. Deshalb muss er von mir sein, und es muss alles drinstehen, alles über sie und mich, alles über uns, alles, was nur wir beide wissen und woran sie sich nicht erinnern kann.«

»Das ist eine sehr schöne Idee, Ginika. Ich bin sicher, dass so ein Brief für Jewel sehr wertvoll sein wird. Genau das Richtige.« Das ist leicht dahingesagt angesichts dessen, was auf Ginika zukommt, aber ich muss irgendwie reagieren.

»Nur kann ich diesen Brief nicht schreiben.«

»Aber natürlich können Sie das.«

»Nein. Ich meine, ich kann nicht schreiben. Ich kann kaum lesen. Ich schaffe das nicht.«

»Oh.«

»Ich hab die Schule geschmissen. Ich konnte nicht … mithalten.« Verlegen schaut sie sich um. »Ich kann nicht mal das Schild da oben lesen.«

Ich schaue zu dem Straßenschild, auf das sie deutet. Als ich ihr sagen will, dass dort »Sackgasse« steht, wird mir allerdings klar, wie unwichtig dieses Detail ist.

»Ich kann meinem Baby keine Gutenachtgeschichten vorlesen. Ich kann nicht lesen, was auf meinen Medikamenten steht. Ich kann die Papiere vom Krankenhaus nicht lesen, keine Wegbeschreibungen, nicht, wo der Bus hinfährt. Ich weiß, dass Sie klug sind und alles, also können Sie sich das wahrscheinlich nicht vorstellen.«

»In Wirklichkeit bin ich überhaupt nicht klug, Ginika«, erwidere ich mit einem bitteren Lachen. Denn wenn ich klug wäre, hätte ich die Gruppensitzung heute gemieden und säße jetzt nicht dermaßen in der Klemme. Wenn ich klug wäre und klar denken könnte, statt im Nebel rumzustochern, wüsste ich genau, was als Nächstes zu tun ist, ich würde nicht emotional total blockiert hier an der Wand lehnen, sondern als erfahrene Erwachsene einer jungen Frau mit Rat und Tat zur Seite stehen. Aber jedes Mal, wenn ich Tipps geben und inspirierende Vorschläge machen möchte, greife ich ins Leere – viel zu sehr damit beschäftigt, meine eigenen Flügel zu putzen und funktionsfähig zu machen, als dass ich einer jungen Frau das Fliegen beibringen könnte.

»Ich bitte nicht um Hilfe«, erklärt Ginika stattdessen. »Ich habe mein Leben immer allein auf die Reihe gekriegt. Ich brauche niemanden.« Schwungvoll setzt sie Jewel auf die andere Hüfte. »Nur für den Brief brauche ich Hilfe«, stößt sie hervor, und ich merke, wie schwer ihr das fällt.

»Warum bitten Sie nicht jemanden aus Ihrem Club, den Brief für Sie zu schreiben?«, frage ich in dem Versuch, mich aus der Verantwortung zu stehlen. »Joy würde das bestimmt sehr gut machen. Sie könnten ihr erzählen, was drinstehen soll, und sie schreibt es genauso auf, wie Sie es wollen. Sie können ihr vertrauen.«

»Nein, ich möchte den Brief selbst schreiben. Ich möchte schreiben lernen, damit ich diesen Brief schreiben kann, für Jewel. Damit sie später weiß, dass ich etwas wirklich Gutes für sie getan habe. Ihr zuliebe. Außerdem möchte ich niemanden aus der Gruppe fragen – die meinen es alle gut, aber sie haben keine Ahnung. Deshalb frage ich *Sie.*«

Ich starre sie an, überwältigt, wie gelähmt. »Sie wollen also, dass ich Ihnen das Schreiben beibringe?«, hake ich nach.

»Können Sie das?« Mit ihren großen, tiefen braunen Augen schaut sie mich flehend an.

Ich habe das Gefühl, dass ich ja sagen sollte, und gleichzeitig weiß ich, dass es nicht gut wäre.

»Kann ich …«, beginne ich nervös, aber dann schalte ich meine Gefühle aus, denn der Wunsch, mich zu schützen, ist übermächtig. »Ich möchte gern in Ruhe darüber nachdenken.«

Sofort lässt Ginika die Schultern sinken, ihre Haltung wird schlaff. Mich um Hilfe zu bitten hat sie viel Überwindung gekostet. Sie musste ihren Stolz hinunterschlucken, und ich egoistischer Feigling kann mich nicht dazu überwinden, ja zu sagen.

Ich weiß, es ist langweilig, ich weiß, es ist nervtötend, nach der ganzen langen Zeit so etwas zu sagen, wo doch alles gut läuft und ich mich von meinem Dasein als arme Witwe längst verabschiedet und weiterentwickelt habe, aber gelegentlich bringt mich etwas so aus der Fassung, dass mein gesamtes Seelenleben aus dem Gleichgewicht gerät. Ich falle in einen Zustand zurück, den ich längst überwunden zu haben glaubte, und plötzlich versinke ich in meinem Kummer, als wäre Gerry gerade erst gestorben.

Als Gerrys liebster Star-Wars-Becher zerbrochen ist zum Beispiel. Als ich unsere Bettwäsche ausrangiert habe. Als seine Klamotten endgültig aufhörten, nach ihm zu riechen. Als die Kaffeemaschine kaputtging, um die wir jeden Tag rotiert waren wie zwei Planeten um die Sonne. Kleine Verluste mit gewaltigen Auswirkungen. Sicher, wir alle haben unsere Schwachpunkte, die uns plötzlich und unerwartet aus der Bahn werfen, selbst wenn wir eigentlich sanft und glücklich durchs Leben segeln. Für mich war es das Treffen mit dem Club. Und das tut weh.

In solchen Fällen ziehe ich mich instinktiv zurück, ich igle mich ein, aber verstecken oder weglaufen kommt für mich nicht in Frage. Probleme sind exzellente und gnadenlose Spürnasen, die ihr Opfer überall aufzustöbern wissen. Nichts lieben sie mehr, als es mit ihren spitzen scharfen Zähnen in die Enge zu treiben, sie sind Raubtiere, unerbittliche Jäger. Wenn du dich vor ihnen versteckst, spielst du ihnen nur in die Hände, denn du machst sie noch stärker und gibst ihnen zusätzlich Macht über dich. Du kannst ihnen nur direkt entgegentreten, aber nach deinen eigenen Bedingungen, auf deinem eigenen Territorium.

Ich suche einen Ort auf, wo ich anerkenne, was passiert, und das Problem bearbeite. Dabei erbitte ich Hilfe, und zwar von mir selbst. Schließlich weiß ich, dass ich die Einzige bin, die mir wirklich helfen kann, das liegt in der Natur des Menschen. Dann sendet mein aufgewühltes Inneres eine Botschaft an meine Wurzeln, tief in die Erde zu greifen und mich zu stabilisieren.

Als ich mich mit klopfendem Herzen und zittrigen Beinen von Ginika verabschiede und mich wieder aufs Fahrrad schwinge, fahre ich nicht nach Hause. Wie bei einer Brieftaube führt mein innerer Kompass mich zum Friedhof, zu den Urnen des Kolumbariums. Dort lese ich die vertrauten Worte des Spruchs, den Gerry so mochte, und frage mich, wie und wann die Vergangenheit angefangen hat, Jagd auf mich zu machen. Wann ich angefangen habe, vor ihr wegzulaufen, und in welchem Moment sie mich erwischt hat. Ich frage mich, wie all das, was ich mir so hart erarbeitet habe, so plötzlich zusammenbrechen konnte.

Verdammt, Gerry. Du bist zurückgekommen.

Kapitel 9

Ich schaue zu, wie das Schild »Zu verkaufen« in die Erde des Vorgartens gehämmert wird.

»Ich freue mich, dass es endlich geklappt hat«, unterbricht die Maklerin meine Gedanken.

Im Januar habe ich beschlossen, das Haus zu verkaufen, jetzt ist es April. Ich habe den Termin schon ein paarmal verschoben, was ziemlich genau das hin und her schwingende Ying-Yang-Pendel meiner wankelmütigen Geistesverfassung widerspiegelt. Gabriel habe ich erzählt, die Maklerin sei diejenige, die ständig unsere Termine über den Haufen geworfen hat. Als er schließlich damit drohte, ihr ordentlich die Meinung zu sagen, musste ich ihm das Handy mit Gewalt entreißen. Der Grund für mein Zögern war nicht etwa, dass ich es mir anders überlegt hätte, sondern dass ich anscheinend die Fähigkeit verloren habe, mich auf alltägliche Verpflichtungen zu konzentrieren. Allerdings nehme ich, als ich sehe, welchen Aufruhr das Schild in den friedlichen Narzissenbeeten anrichtet, durchaus zur Kenntnis, dass es vielleicht doch kein ganz normales Ereignis ist.

»Tut mir leid, Helen, mein Terminplan hat sich ständig geändert.«

»Das kann ich gut verstehen, wir haben ja alle immer so viel zu tun. Die gute Nachricht ist, dass ich eine ganze Liste mit Interessenten habe – das Haus ist ja ideal als erstes eigenes Heim. Ich melde mich dann in Kürze bei Ihnen wegen der Besichtigungstermine.«

Mein erstes eigenes Heim.

Ich schaue aus dem Fenster zu dem Schild. Den Garten werde ich bestimmt vermissen, zwar nicht die harte körperliche Arbeit, die ich sowieso an meinen Bruder Richard, den Landschaftsarchitekten, delegiert hatte, aber den Ausblick und die Möglichkeit, mich zurückzuziehen. Hier konnte ich verschwinden, wenn ich es brauchte. Auch Richard wird den Garten vermissen, und ich außerdem die Verbindung, die wir durch den Garten haben. Gabriels Haus hat einen Innenhof mit einem wunderschönen rosa blühenden Kirschbaum. Ich sitze oft im Wintergarten, um ihn zu bewundern, und wenn es kalt und grau ist, versuche ich, ihn mit Gedankenkraft zum Blühen zu bringen. Ich überlege, ob ich neue Pflanzen anschaffen soll, ob Gabriel sich wohl mit Sonnenblumentöpfen anfreunden könnte, wenn ich der jährlichen Tradition treu bleibe, die ich mit Gerrys Sonnenblumenkernen begonnen habe.

Ist mein erstes eigenes Heim sozusagen die Vorspeise und Gabriels Haus der Hauptgang? Oder gibt es noch einen weiteren Gang, auf den ich mich freuen kann, mit ihm oder jemand anderem?

Helen starrt mich an. »Darf ich Sie etwas fragen? Es ist wegen des Podcasts. Er ist wunderbar und unglaublich bewegend. Ich wusste gar nicht, was Sie durchgemacht haben.«

Ich ärgere mich und bin nicht bereit für dieses unvermittelte

Umschwenken auf mein Privatleben und meine privaten Gedanken, ausgerechnet in einem solchen Moment.

»Der Mann meiner Schwester ist gestorben. Herzinfarkt, ganz plötzlich. Er war erst vierundfünfzig.«

Also hat er vierundzwanzig Jahre länger gelebt als Gerry. Früher habe ich öfter ausgerechnet, wie viel länger andere Leute mit ihren Liebsten zusammen sein durften, als ich es mit Gerry geschafft hatte. Eine kühle Kalkulation, mit der ich die Bitterkeit nährte, die gelegentlich in mir aufkeimte und alles Hoffnungsvolle zunichtemachte. Anscheinend kehre ich zu alten Gewohnheiten zurück.

»Das tut mir sehr leid.«

»Danke. Ich habe mich gefragt … haben Sie inzwischen jemand anderes kennengelernt?«

Ich bin sprachlos.

»In seinem letzten Brief hat Ihr Mann Ihnen doch seine Zustimmung, seine Erlaubnis gegeben, eine neue Beziehung einzugehen. Ich finde das so … ungewöhnlich. Von meinem Schwager könnte ich mir etwas Derartiges überhaupt nicht vorstellen. Allerdings kann ich mir von meiner Schwester auch nicht vorstellen, dass sie mit jemand anderem zusammen ist. Xavier und Janine. Das geht einem so leicht von der Zunge, wissen Sie.«

Das ist nicht ganz richtig. Genau darum geht es doch, oder nicht? Menschen, die nicht zusammenpassen, tun es plötzlich doch, und irgendwann kann man sich dann keinen anderen Partner mehr vorstellen. Äußere Umstände und Zufälle treffen zusammen, synchronisieren zwei Menschen, die sich bisher abgestoßen haben, so dass sie plötzlich in ein neues Magnetfeld geraten. Das ist Liebe, so natürlich wie die Kontinentalverschiebung, und wie sie mit weltbewegenden Folgen.

»Nein«, beantworte ich die Frage der Maklerin schließlich.

Offensichtlich ist es ihr nun doch unbehaglich, dass sie gefragt hat, denn sie rudert zurück. »Vermutlich gibt es ja nur eine wahre große Liebe, und Sie hatten Glück, dass Sie mit Ihrem Mann zusammen sein konnten – sei es auch nur für kurze Zeit«, platzt sie heraus. »Zumindest meint das meine Schwester. Okay, dann bringe ich jetzt den Verkauf ins Rollen und rufe Sie an, sobald ich die Besichtigungstermine arrangiert habe.«

Vielleicht klingt es wie eine Lüge, vielleicht bin ich in Gabriels Augen eine Verräterin, aber es war nicht meine Absicht, diese Frau glauben zu lassen, ich hätte keine neue Liebe gefunden. Ich habe nur ein Problem mit ihrer Interpretation von Gerrys letztem Brief. Gerry hat mir nämlich keineswegs seine Erlaubnis gegeben, mich wieder zu verlieben. Ich brauchte sie auch gar nicht, denn ich kann – und konnte schon immer – selbst bestimmen, wen ich liebe und wann ich liebe. Schließlich ist das ein Menschenrecht. Gerry hat mir seinen Segen gegeben, und als ich wieder mit Männern auszugehen begann, war ausgerechnet dieser Segen die lauteste der ängstlich-hektischen Stimmen in meinem Inneren. Gerrys Segen gab einem Wunsch Nahrung, der schon vorher in mir existiert hatte. Menschen sind unersättlich in ihrem Verlangen nach Reichtum, Status und Macht, aber vor allem sehnen sie sich nach Liebe.

»In welchem Zimmer war es?«, fragt die Maklerin etwas unvermittelt.

»Meinen Sie, in welchem er gestorben ist?«, antworte ich verdutzt mit einer Gegenfrage.

»Nein, nein!«, ruft sie erschrocken. »Ich meine, in welchem die Briefe geschrieben wurden. Oder entdeckt oder gelesen. Ich dachte, das könnte uns helfen, wenn wir Interessenten durchs Haus führen – es ist immer schön, wenn man dabei eine kleine Geschichte erzählen kann. In diesem Zimmer wurden die wunderbaren ›P. S. Ich liebe Dich‹-Briefe verfasst«, erklärt sie, ganz die versierte Verkäuferin.

»Im Esszimmer«, behaupte ich aufs Geratewohl, denn ich habe keine Ahnung, wo Gerry die Briefe geschrieben hat. Gelesen habe ich sie überall, dauernd, immer wieder. »Da ist er auch gestorben. Das können Sie den Leuten noch dazu erzählen.«

· / ·

Sein Atem, heiß an meinem Gesicht. Die eingefallenen Wangen, die bleiche Haut. Sein Körper stirbt, aber seine Seele ist noch da.

»Wir sehen uns auf der anderen Seite«, flüstert er schwach. »In sechzig Jahren. Lass es dir nicht entgehen!«

Er versucht immer noch, Witze zu machen, das ist für ihn die einzige Methode, mit der Situation klarzukommen. Meine Finger auf seinen Lippen, meine Lippen auf seinen. Ich atme seinen Atem ein, ich atme seine Worte ein. Worte bedeuten, dass er lebt.

Noch nicht, noch nicht. Geh noch nicht.

»Ich finde dich überall.« Meine Antwort.

Und die letzten Worte zwischen uns.

Kapitel 10

Ich studiere Denises Gesicht und suche darin nach einem Hinweis, was mich erwartet. Sie wirkt ruhig, aber ihre Miene ist undurchdringlich, wie immer, wenn sie große Neuigkeiten hat. So war es auch, als sie ihre Verlobung bekanntgegeben hat, ihr neues Apartment, ihre Beförderung. Vor jeder guten Neuigkeit hat sie dieses Gesicht aufgesetzt, um uns den Eindruck zu vermitteln, dass sie schlechte Nachrichten hat.

»Nein.« Sie schüttelt den Kopf und sieht auf einmal schrecklich traurig aus.

»Ach Süße«, sagt Sharon und nimmt sie in den Arm.

Die alte, quirlige Denise habe ich schon seit einigen Jahren nicht mehr gesehen. Sie ist viel stiller geworden, fahrig, fast verstört. Wir treffen uns seltener, sie ist erschöpft und ständig unter Stress. Innerhalb von sechs Jahren ist inzwischen die dritte In-vitro-Befruchtung fehlgeschlagen.

»Das war's, wir können nicht mehr.«

»Aber natürlich könnt ihr«, sagt Sharon in beschwichtigendem Ton. »Ich kenne ein Paar, bei dem es beim siebten Versuch geklappt hat.«

Doch Denise weint nur noch heftiger. »Ich halte das nicht mehr aus, und ganz bestimmt nicht noch vier Mal«, schluchzt sie. »Außerdem können wir es uns sowieso nicht mehr leisten. Wir sind fix und alle.« Sie wischt sich heftig über die Augen, aus Traurigkeit ist Wut geworden. »Ich brauche was zu trinken.« Sie steht auf. »Wein?«

»Ich hole ihn«, sage ich und will ihr zuvorkommen.

»Nein«, faucht sie. »Ich mach das.«

Hastig setze ich mich wieder hin.

»Du willst bestimmt auch ein Glas, Sharon, richtig?«, sage ich und hoffe inständig, dass sie meinen Ton richtig deutet. Ich möchte, dass sie Wein bestellt und so tut, als würde sie ihn trinken, um davon abzulenken, dass in ihr genau das heranwächst, was Denise sich so sehr wünscht. Aber Sharon kapiert es nicht. Sie denkt, ich hätte ihre Schwangerschaft vergessen, und reißt albern die Augen auf, um mich wortlos daran zu erinnern. Natürlich bekommt Denise die Pantomime mit und weiß sofort, dass etwas los ist.

»Mineralwasser reicht«, sagt Sharon schließlich zu Denise.

Ich seufze tief und lehne mich zurück. Wenn sie einfach den verdammten Wein genommen hätte, wäre Denise garantiert nichts aufgefallen.

So aber beäugt sie Sharons Bauch, als hätte sie Ultraschall-Augen.

»Glückwunsch«, sagt sie dann tonlos, wendet sich ab und geht zur Bar.

»Mist«, stößt Sharon hervor und atmet langsam aus.

»Du hättest einfach den Wein bestellen können«, lege ich nach. »Nichts weiter.«

»Ich weiß, jetzt habe ich es ja begriffen. Aber vorhin habe ich einfach nicht verstanden, was du von mir wolltest – ich dachte, du hättest es vergessen. Ach verdammt«, stöhnt sie und hält sich den Kopf. »Die arme Denise.«

»Die arme Sharon.«

Denise kommt zu uns zurück, stellt Wein und Mineralwasser auf den Tisch, geht dann zu Sharon und umarmt sie. Sie halten einander lange fest.

Ich trinke einen großen Schluck Wein, der mir in der Kehle brennt. »Kann ich euch was erzählen?«

»Klar«, sagt Denise, besorgt und offensichtlich froh über die Ablenkung.

»Nach dem Magpie-Podcast neulich war eine Frau aus dem Publikum so gerührt, dass sie einen Club gegründet und ihn ›P. S. Ich liebe Dich‹-Club getauft hat. Die Mitglieder sind allesamt krank und wollen Briefe an ihre Liebsten schreiben, genau wie Gerry.«

»Ach du meine Güte …«, sagt Denise und schaut mich mit großen Augen an.

»Sie haben mich kontaktiert, weil sie wollen, dass ich ihnen helfe«, wiederhole ich und trinke noch einen Schluck Wein.

Sharon und Denise wechseln besorgte Blicke, beide versuchen zu ergründen, wie die andere darüber denkt.

»Ich brauche eure ehrliche Meinung, bitte.«

»Möchtest du ihnen helfen?«, fragt Denise.

»Nein«, antworte ich mit fester Stimme. »Aber dann denke ich daran, wobei ich ihnen helfen würde, und weiß, wie wertvoll das ist. Und fühle mich zumindest ansatzweise dazu verpflichtet.«

»Aber du bist diesen Leuten zu gar nichts verpflichtet«, entgegnet Sharon.

Meine beiden Freundinnen machen nachdenkliche Gesichter.

»Positiv betrachtet ist es ja irgendwie schön, dass sie dich gefragt haben«, meint Denise.

Das lässt sich nicht leugnen.

»Aber realistisch betrachtet wäre es für dich, als würdest du alles noch einmal durchmachen«, wendet Sharon ein. »Du würdest dich in die Vergangenheit zurückbegeben.«

Damit äußert sie die gleiche Sorge, die Gabriel und die Hälfte meiner Familie dauernd umtreibt. Ich schaue zwischen ihnen hin und her wie bei einem Tennismatch – meine beiden besten Freundinnen führen genau die gleiche Diskussion, die ich die ganze Woche schon in meinem Kopf veranstalte.

»Aber es könnte Holly auch tatsächlich ein Stück weiterbringen«, verteidigt Denise ihren Ansatz. »Sie ist nicht mehr die Gleiche wie damals, sie hat ein neues Leben. Sie arbeitet. Sie wäscht sich. Sie verkauft ihr Haus und zieht demnächst zu ihrem attraktiven Baum-Mann.«

Je länger Denise spricht, desto nervöser werde ich. Für all diese Errungenschaften habe ich hart gearbeitet. Sie können nicht rückgängig gemacht werden.

Aber Sharon mustert mich besorgt. »Wie krank sind diese Leute denn?«

»Sharon!« Denise schubst sie mit dem Ellbogen. »Krank ist krank.«

»Von wegen. Es gibt krank und es gibt …« Sharon streckt die Zunge raus und schließt die Augen.

»Hässlich?«, vollendet Denis den Satz.

»Sie sind nicht alle todkrank«, gestehe ich und versuche, einen hoffnungsvollen Ton anzuschlagen. »Ein junger Mann, Paul, ist in Remission, und Joy hat eine lebenslange … degenerative Erkrankung.«

»Na, das sind ja rosige Aussichten«, meint Sharon sarkastisch. Ihr gefällt die Idee überhaupt nicht, und sie fixiert mich mit dem Gesichtsausdruck der fuchsteufelswilden Horror-Mummy, die keine Faxen duldet. »Du musst dich darauf gefasst machen, Holly – du würdest Menschen helfen, weil sie krank sind und bald sterben werden. Du wirst immer wieder von neuem Abschied nehmen müssen.«

»Aber stell dir doch vor, wie schön das sein könnte.« Zu unserer Überraschung schwenkt Denise plötzlich um. »Wenn sie die Briefe schreiben, meine ich. Wenn sie in dem Wissen sterben, dass sie ihr Vorhaben geschafft haben. Wenn ihre Liebsten die Briefe lesen. Auch diesen Aspekt müssen wir bedenken. Erinnere dich doch mal daran, Sharon, wie wir uns an jedem Monatsanfang gefühlt haben, wenn Holly wieder einen Umschlag öffnen durfte. Wir konnten es gar nicht abwarten. Holly, du hast von Gerry ein Geschenk bekommen und bist in der Lage, es weiterzugeben. Wenn du das kannst, also wenn du das Gefühl hast, es ist gut für dich, dann solltest du es tun. Aber wenn du denkst, es wirft dich zurück, dann lass es, und zwar ohne Schuldgefühle.«

Weise Worte, aber ein klares Ja oder Nein wäre mir lieber gewesen.

»Was sagt Gabriel eigentlich dazu?«, fragt Sharon.

»Ich habe es ihm noch nicht erzählt, aber ich weiß schon, was er sagen würde. Lass die Finger davon, das würde er sagen.«

»Du bittest ihn ja auch nicht um Erlaubnis«, meint Sharon etwas grantig.

»Ich weiß, aber … Nicht mal ich finde die Idee richtig gut.«

»Na, dann haben wir doch die Antwort«, zieht Sharon Bilanz.

Warum stelle ich die Frage dann immer noch?

Beim Rest der Unterhaltung schalte ich ab, denn meine Gedanken rasen hin und her, während sie die Optionen abwägen und eine Entscheidung erzwingen wollen. Ich habe das Gefühl, ich sollte es tun, weiß aber gleichzeitig, dass ich es bleiben lassen sollte.

Irgendwann gehen wir auseinander, zurück zu unseren jeweiligen Problemen.

Weben und auftrennen, auftrennen und weben.

Kapitel 11

Es ist zwei Uhr früh, und ich wandere durch die Zimmer im Erdgeschoss meines Hauses. Es gibt nicht viele. Vom Wohnzimmer zum Esszimmer, von dort zur kleinen U-förmigen Küche, in der gerade genug Platz ist, dass zwei Leute darin stehen können, weiter ins Bad unter der Treppe, Dusche und Toilette. Ideal für mich, weil ich hier allein bin und Gabriel nur gelegentlich hier ist. Sein Haus ist hübscher, deshalb sind wir öfter bei ihm. Mein und Gerrys erstes eigenes Heim ist ein Neubau in einem Dubliner Vorort, als wir hier einzogen, war alles neu, glänzend und sauber. Wir benutzten die Dusche, die Küche und die Toilette als Allererste. Wie aufgeregt wir waren, als wir aus unserer Mietwohnung zum ersten Mal in ein Haus mit Treppe zogen!

Ich gehe zur Treppe und schaue hinauf.

»Holly!«, höre ich Gerrys Stimme.

Er stand oft dort, wo ich jetzt stehe, am Fuß der Treppe, die Hand auf dem Geländer.

»Ja!«, antworte ich von oben.

»Wo bist du?«

»Im Bad!«

»Wo? Oben?«

»Gerry, unser einziges Badezimmer ist oben!«

»Ja, aber wir haben unten auch eine Dusche und ein Klo.«

Ich lache, ich habe verstanden. »Ah, ja, aber ich bin oben im Bad. Und du? Bist du unten?«

»Ja! Ja, ich bin unten!«

»Okay, wunderbar, dann sehen wir uns gleich, wenn ich von oben, wo ich grade bin, nach unten komme, wo du grade bist!«

»Okay.« Pause. »Sei bloß vorsichtig auf der Treppe. Die hat sehr viele Stufen. Halt dich zur Sicherheit lieber am Geländer fest!«

Ich lächle über die Erinnerung, streiche mit der Hand über das Geländer, berühre die Stellen, die er berührt hat, als könnte ich ihn spüren.

Seit Jahren habe ich diese nächtliche Zimmerwanderung nicht mehr gemacht, die in den Monaten nach Gerrys Tod fast zu meinem Alltag gehörte. Jetzt tue ich es, weil ich finde, dass das Haus ein achtsames Abschiednehmen verdient hat. Mein Kopf ist voller Ideen. Berts Quiz, Ginikas Brief, Joys Einfälle mit Bäumen und Blumen. Paul habe ich gar nicht gefragt. Die Clubmitglieder wollten mehr von mir wissen, als ich von ihnen – über die Delphine, den Urlaub auf Lanzarote, die Sonnenblumen. Sonnenblumen. Der Oktoberbrief von Gerry. Die zwischen zwei Karten gepressten Blütenblätter einer Sonnenblume und ein Beutel Kerne, *um die dunklen Oktobertage aufzuhellen, die Du so hasst*, hat er geschrieben.

Als Gerry noch lebte, habe ich den Winter gehasst. Nach seinem Tod war ich dankbar für die kalte, dunkle Jahreszeit. Jetzt nehme ich die Jahreszeiten, wie sie kommen, in ihrem ganz natürlichen Rhythmus. Die Sonnenblumenkerne waren in Gerrys achtem Brief, und ich erzählte allen, die es hören wollten, der Grund sei, dass Sonnenblumen meine Lieblingsblumen sind. Aber das stimmte nicht. Eigentlich bin ich überhaupt nicht der Typ für eine Lieblingsblume. Blumen sind Blumen, und die meisten finde ich hübsch. Aber die Sonnenblumen hatten eine Bedeutung, eine Geschichte. Sie haben ein Gespräch eingeleitet. Gerry hat vom Totenbett aus ein Gespräch begonnen, das war sein Geschenk an mich.

Anfangs hatten wir kaum Möbel in unserem Haus. Die meisten Sachen in unserem Apartment gehörten dem Vermieter, demzufolge mussten wir ganz von vorn anfangen, konnten uns aber nicht alles auf einmal leisten. Außerdem hatten wir keine Ahnung von Lieferzeiten und erwarteten anfangs, dass die Couch, die wir gerade im Geschäft ausgesucht hatten, umgehend bei uns stehen würde. Wir machten all die üblichen Anfängerfehler, und so lebten wir drei Monate ohne Couch und Couchtisch in unserem ersten eigenen Heim. Auf Sitzsäcken saßen wir im Fernsehzimmer, tranken Wein und benutzten die nicht ausgepackten Umzugskisten als Beistelltische.

»Süßer«, sage ich eines Abends, als wir uns nach einem Abendessen mit Steak und Pommes mit einer Flasche Rotwein auf einem Sitzsack kuscheln.

»Oh-oh«, erwidert Gerry und schaut mich argwöhnisch von der Seite an. Ich muss lachen.

»Keine Sorge, es ist nichts Schlimmes.«

»Okay«, sagt er, greift nach seinem leeren Teller, der auf dem Boden steht, und spießt einen Happen übriggebliebenes Steak auf.

»Wann möchtest du ein Baby mit mir haben?«

Er reißt die Augen auf, was ziemlich ulkig aussieht, stopft das Fleisch in den Mund und kaut den Bissen sehr langsam.

Ich lache. »Komm schon. Was fändest du gut?«

»Ich fände es gut«, antwortet er mit vollem Mund, »wenn wir anfangen würden, unser Steak zu marinieren.«

»Okay, wenn du nicht wie ein erwachsener Mensch mit mir reden willst, dann fange ich eben an. Wir sind jetzt seit zwei Jahren verheiratet, und abgesehen von einem scheußlichen Sommer und den beiden Wochen, in denen wir verkracht waren, weil ich beobachtet habe, wie du Jennifer O'Brien geküsst hast, waren wir immer zusammen …«

»Ich habe Jennifer O'Brien nie geküsst.«

»Aber sie dich.« Ich grinse. Inzwischen bin ich drüber wirklich weg. Wir waren vierzehn.

»Sie hat mich auch nicht geküsst. Sie hat sich zu mir gebeugt und ganz zufällig meine Lippen gestreift, und das nur, weil ich mich weggedreht habe. Das weißt du doch genau, Holly.«

»Hmm. Ist ja auch egal. Lass mich weitermachen.«

»Ja, bitte.«

»Wir sind seit zwei Jahren verheiratet.«

»Das hast du schon gesagt.«

Ich ignoriere seine Bemerkung und fahre fort. »Und wir sind seit zwölf Jahren zusammen. Plusminus.«

»Plus. Immer plus.«

»Und unser Plan war, dass wir, sobald wir aus unserem ungezieferverseuchten Apartment ausgezogen sind …«

»Es war eine einzige Maus. Die ein einziges Mal gesichtet wurde.«

»… und wir unser erstes eigenes Haus gekauft haben, besprechen werden, wann wir ein Baby wollen. Wir haben gerade ein Haus gekauft, und obwohl es uns natürlich erst in ungefähr hundert Jahren wirklich gehören wird, ist doch jetzt der richtige Zeitpunkt für diese Diskussion gekommen, oder nicht?«

»Vor allem, weil gerade das Spiel Manchester United gegen Arsenal angefangen hat. Einen besseren Zeitpunkt kann es gar nicht geben.«

Ich lache. »Du hast einen festen Job …«

»Oh, du redest ja immer noch.«

»… und wenn ich an einem Projekt arbeite, habe ich auch einen festen Job.«

»Sofern es keine unsicheren Projekte sind«, stimmt er zu.

»Ja. Aber zurzeit habe ich einen Job, den ich aus tiefstem Herzen hasse und im Mutterschutz kein bisschen vermissen werde.«

»Ich glaube nicht, dass du in einem befristeten Job Mutterschutz bekommst. Du vertrittst ja zurzeit eine Schwangere.« Er schaut mich an, seine Augen lachen mich an.

»Okay, vielleicht kriege ich keinen Mutterschutz, aber gehen kann ich trotzdem«, argumentiere ich. »Ich muss bloß schwanger werden und gehen …«

Er lacht leise.

»Und du bist wunderschön, ich liebe dich, und du hast starke Superspermien, die der Welt nicht vorenthalten bleiben sollten, versteckt da unten, an einem dunklen Ort, ganz allein.« Ich mache ein trauriges Gesicht.

Er lacht lauter.

»Sie sind bereit, eine Superspezies zu kreieren, das fühle ich.«

»Sie redet immer noch.«

»Und ich liebe dich. Und du wirst ein toller Daddy sein.«

Jetzt wird er ernst und schaut mich an. »Bist du fertig?«

Ich denke kurz nach. »Und ich liebe dich.«

»Ich möchte ein Baby mit dir haben.«

Doch als ich einen Freudenschrei ausstoße, unterbricht er mich.

»Aber was ist mit Gepetto?«

»Nein!« Ich rücke von ihm weg, werfe den Kopf in den Nacken und starre genervt an die Decke. »Komm mir jetzt nicht schon wieder mit Gepetto.«

»Gepetto war ein innig geliebtes Mitglied unserer Familie, und du, Holly … also, wenn ich ehrlich sein soll, muss ich sagen, du hast ihn umgebracht. Du hast ihn uns genommen.«

»Gerry, können wir nicht ausnahmsweise einmal ein erwachsenes Gespräch führen?«

»Das ist doch eines.«

»Gepetto war eine Pflanze!«

»Gepetto war eine Lebensform, die Luft, Licht und Wasser brauchte, genau wie wir. Außerdem war er ein sehr teurer Bonsai, genau im selben Alter wie unsere Beziehung. Zehn Jahre nämlich. Weißt du überhaupt, wie schwierig es war, einen Bonsai zu finden? Ich musste nach Derry fahren, um ihn zu holen.«

Ächzend hieve ich mich vom Sitzsack und trage die Teller in die Küche, halb verärgert, halb amüsiert von unserem Gespräch. Gerry folgt mir, er will sich unbedingt vergewissern, dass ich nicht wirklich wütend auf ihn bin. Doch wenn er in diesem Zustand ist, kann er nicht aufhören mit dem Sticheln und Necken, er muss das Feuer immer weiter schüren.

»Ich glaube, du bist hauptsächlich sauer, weil du nach Derry zu diesem windigen Bonsai-Dealer fahren musstest, und findest es gar nicht so schlimm, dass ich die Pflanze umgebracht habe.« Ich kratze die Essensreste von den Tellern in den Mülleimer und stelle die Teller in die Spüle. Wir haben noch keine Spülmaschine, was zwischen uns die meisten Kräche auslöst.

»Ah! Du gibst also zu, dass du ihn ermordet hast.«

Ich kapituliere. »Natürlich habe ich ihn abgemurkst. Und ich würde es jederzeit wieder tun.«

Gerry lacht.

Zur endgültigen Aufklärung der Geschichte drehe ich mich zu ihm um. »Ich war eifersüchtig, weil du Gepetto so viel Aufmerksamkeit geschenkt hast. Ihr zwei habt mich immer ausgeschlossen. Als du damals die zwei Wochen weg warst, habe ich den Mord geplant, habe Gepetto ins Fenster gestellt, wo er am meisten Sonne abkriegt und … und ihm einfach kein Wasser mehr gegeben.« Trotzig verschränke ich die Arme vor der Brust und beobachte Gerry, der sich krümmt vor Lachen. »Nein, im Ernst, wenn dieses Gespräch über Gepetto eine Ablenkung ist, weil du noch nicht bereit bist für ein Baby, dann ist das absolut okay. Ich kann warten. Aber ich wollte es trotzdem besprechen.«

Er wischt sich die Lachtränen aus den Augen und das Lächeln vom Gesicht. »Ich möchte ein Baby mit dir. Unbedingt.«

»Ich bin bereit.«

»Aber du änderst ziemlich oft deine Meinung.«

»Ja, zum Beispiel darüber, was ich anziehen soll. Oder ob ich lieber gehackte Tomaten in der Dose oder ganze geschälte Eiertomaten kaufen will. Über die Arbeit. Über Wandfarbe und Fliesen für den Boden im Bad. Aber nicht, wenn es um Babys geht.«

»Aber den Hund hast du auch nach einer Woche zurückgeschickt.«

»Er hat meine Lieblingsschuhe gefressen.«

»Du wechselst alle drei Monate den Job.«

»So ist das eben bei Zeitarbeit. Das muss ich. Wenn ich länger bleibe, werde ich zwangsweise entfernt.«

Er legt eine Pause ein, aber seine Mundwinkel zucken.

»Beim Thema Baby ändere ich meine Meinung nicht«, sage ich abschließend und fange nun doch an, mich über dieses Gespräch aufzuregen – darüber, dass ich, eine erwachsene Frau, mich meinem Ehemann gegenüber rechtfertigen muss. »Genau genommen warte ich schon drei Monate darauf, diese Diskussion zu führen.« Denn er hat ja recht, ich ändere meine Meinung wirklich ziemlich oft. Abgesehen von meiner Beziehung zu Gerry habe ich Angst, mich auf etwas festzulegen, das womöglich langfristige Veränderungen mit sich bringt. Die Hypothek für das Haus zu unterschreiben, hat mir eine Höllenangst gemacht.

Gerry streckt den Arm aus, um mich am Weggehen zu hindern, und zieht mich zu sich. Ich weiß, dass er mich nicht absichtlich auf die Palme bringen will. Ich weiß, dass er nur sichergehen will, dass ich es ernst meine, und das tut er auf die einzige Art, von der er glaubt, dass sie nicht zu Streitereien führt. Wir küssen uns zärtlich, und ich spüre, dass dies der Augenblick der Entscheidung ist, ein Augenblick, der unser Leben verändern wird.

»Aber«, murmelt er mitten im Kuss.

Ich stöhne.

»Ich kann nicht anders, ich habe das Gefühl, wir müssen uns erst beweisen, dass wir es ernst meinen.«

»Ich muss dir gar nichts beweisen. Ich möchte ein Baby.«

Er lacht. »Erstens«, beginnt er mit dramatisch gehobenem Zeigefinger. Ich verdrehe die Augen und will mich von ihm entfernen, aber er pinnt mich gegen die Anrichte. »Für Gepetto und für die Zukunft unseres Superkinds wirst du Folgendes tun: Du wirst beweisen, dass du eine Pflanze am Leben erhalten kannst. Wenn das mit der Pflanze wirklich klappt, machen wir ein Baby.«

»Gerry«, lache ich, »ich glaube, so etwas empfiehlt man Menschen, wenn sie aus der Reha kommen und neue Beziehungen anfangen wollen.«

»Ja, labilen Personen wie dir. Das ist ein sehr guter Ratschlag. Im Namen von Gepetto.«

»Warum bist du immer so dramatisch?«

»Warum bist du … immer nicht so dramatisch?« Seine Lippen zucken.

»Na gut«, sage ich und beschließe, das Spiel mitzuspielen. »Ich möchte ein Baby, deshalb nehme ich deine Herausforderung an, obwohl sie lächerlich ist. Und ich erhöhe den Einsatz. Wir müssen beide einen Samen einpflanzen und daraus eine Blume züchten, um zu beweisen, dass wir für ein Baby sorgen können. Ich werde dich überraschen.«

»Ich kann's kaum erwarten«, grinst er. »Das Spiel beginnt.«

· / ·

»Mum«, flüstere ich ins Telefon.

»Holly? Alles okay mit dir? Bist du heiser? Soll ich dir ein bisschen Hühnerbrühe rüberbringen?«

»Nein, meinem Hals geht es gut«, antworte ich, überlege es mir aber sofort anders. »Aber die Suppe hätte ich trotzdem gern. Ich rufe an, weil Gerry und ich so ein Ding durchziehen wollen, eine Art Wette.«

»Also ehrlich, ihr beiden«, sagt sie und lacht leise.

»Aus welchem Samen wird am schnellsten eine Blume?«,

frage ich, nachdem ich mich vergewissert habe, dass Gerry außer Hörweite ist.

Jetzt lacht Mum schallend.

· / ·

Ich wasche ein Marmeladenglas aus. Gerry schaut mir zu und trinkt dabei seinen Kaffee, er muss gleich zur Arbeit. Ich stopfe das Glas mit Watte aus, lege zwei Limabohnen dazwischen und gieße so viel Wasser dazu, dass die Watte feucht wird.

Gerry kann sich kaum halten vor Lachen. »Ernsthaft? Glaubst du tatsächlich, dass man so eine Pflanze züchtet? Jetzt mache ich mir aber ehrlich Sorgen – was denkst du denn dann, wie Babys gemacht werden?«

»Du wirst schon sehen«, erwidere ich und trage das Glas zum Fenster. »Meine kleine Limabohne wird dort erblühen, wo Gepetto eingegangen ist.«

Er drückt die Hände aufs Herz, als hätte man auf ihn geschossen. »Ich kann nur hoffen, dass du dich beim Kauf deiner Zauberbohnen nicht über den Tisch hast ziehen lassen und es möglicherweise bereuen musst.«

»Ach was, ich gewinne ja bereits. Wo ist denn dein Projekt?«

»Ich bin überrascht, dass du schon angefangen hast. Andere Menschen kaufen erst Erde und Samen. Aber obwohl ich noch nichts angepflanzt habe, gewinne ich natürlich trotzdem, weil du nämlich gerade Bohnen in Watte gepflanzt hast«, erklärt er und krümmt sich wieder vor Lachen.

»Warte nur. Ich möchte Mutter werden und bringe diese Bohnen mit purer Willenskraft zum Wachsen«, erwidere ich grinsend und genieße den Klang meiner Worte. Ich möchte Mutter werden! Gerry hat recht, solche überzeugten Aussagen sind bei mir eine Seltenheit, und ich finde es richtig aufregend, plötzlich eine Person zu sein, die weiß, was sie will. Aber ich bin schließlich auch stur und bleibe durchaus auch mal bei meiner Meinung, egal, ob ich daran glaube oder nicht. Aber nicht bei diesem Thema.

Als ich zwei Tage später morgens nach unten komme, sehe ich, dass eine der Bohnen eine kleine, aber durch das Glas deutlich erkennbare Wurzel bekommen hat. Ich packe das Glas und renne nach oben, springe aufs Bett, hüpfe mit meiner wachsenden Bohne auf und ab, nerve Gerry, bis er wach wird.

Er reibt sich die Augen und starrt das Marmeladen-Bohnenglas mürrisch an. »Das ist unmöglich, wie zur Hölle soll denn irgendwas in Watte wachsen? Was hast du damit angestellt?«

»Gar nichts, ich bin doch keine Betrügerin! Ich habe die Bohne nur gegossen.«

Gerry verliert nicht gern. An diesem Abend kommt er von der Arbeit mit einem Päckchen Sonnenblumenkerne zurück, hat aber vergessen, einen Topf und Erde zu kaufen.

Am vierten Tag unseres Wettbewerbs hat er seine Sonnenblumenkerne zwar eingepflanzt, aber aus meiner Bohnenwurzel wachsen bereits kleine Ranken.

Gerry fängt an, mit seinen Sonnenblumensamen zu sprechen. Er liest ihnen vor. Er erzählt ihnen Witze. Er führt richtige Gespräche mit ihnen, es ist zum Schieflachen. Nach weiteren zwei Tagen sind Gerrys Sonnenblumen noch immer unter der Erde, aber aus meinen Bohnen sprießen grüne Triebe. Gerry trägt den Topf mit den Sonnenblumenkernen zu den Sitzsäcken, spielt mit ihm am Computer und legt sogar den Controller vor ihn auf den Boden.

Als ich eines Morgens ins Bad komme, sitzt der Sonnenblumentopf zusammen mit einer Pornozeitung auf dem Toilettendeckel.

Nach zehn Tagen solcher und ähnlicher Maßnahmen beschließe ich, einen Schlussstrich unter unsere Wette zu ziehen.

»Okay, du kannst doch einfach zugeben, dass ich gewonnen habe.« Meine Bohnen sind prächtig gediehen und haben bereits ein ganzes Netzwerk von Trieben, die von der Hauptwurzel ausgehen, sowie einen kräftigen Stiel, der aufrecht aus der Watte in die Höhe wächst.

Aber natürlich will Gerry nicht nachgeben.

Am nächsten Morgen steigt er aus dem Bett und geht nach unten, um Kaffee zu machen, was eine Seltenheit und sehr schön ist. Deshalb weiß ich, dass irgendetwas passiert sein muss. Prompt fängt er an zu schreien, fieberhaft, und weil ich denke, dass vielleicht eingebrochen worden ist, falle ich aus dem Bett, stolpere nach unten und finde ihn, wie er in seinen Boxershorts herumtanzt und seinen Blumentopf in die Höhe hält, aus dem eine einzelne, aber fast einen halben Meter hohe Sonnenblume in die Höhe ragt.

»Ein Wunder!«, ruft er und reißt die Augen weit auf.

»Du bist ein Schwindler.«

»Ich habe es geschafft«, jubelt er unbeirrt weiter, tanzt um die Sonnenblume herum, folgt mir in die Küche, zeigt vorwurfsvoll mit dem Finger auf mich. »Du dachtest, du könntest mich begraben, aber du wusstest nicht, dass ich ein Samen bin«, souffliert er der Sonnenblume.

»Wie niedlich«, nicke ich. Das Spiel ist aus. »Können wir jetzt ein Baby haben?«

»Unbedingt«, sagt er sehr ernst. »Das habe ich ja die ganze Zeit gewollt.«

In Hochstimmung trinken wir unseren Morgenkaffee, er natürlich aus seinem Star-Wars-Becher. Unsere Entscheidung macht uns so glücklich, dass wir uns ständig angrinsen müssen, als wären wir irre und schon schwanger. Dann landet die Post durch den Türschlitz auf dem Boden der Diele.

Gerry geht sie holen und schaut sie in der Küche flüchtig durch. Ein Umschlag zieht seine Aufmerksamkeit auf sich. Er reißt ihn auf, und ich beobachte ihn dabei, grinse meinen wunderschönen Mann an, der mit mir ein Baby haben will, hier in meinem neuen Haus mit einer Treppe, die von unten nach oben führt und von oben nach unten. Ein Gefühl, als könnte unser Leben gar nicht perfekter sein.

Ich studiere sein Gesicht. »Was ist los?«

Er reicht mir den Brief. »Ich habe den Termin für das MRT gekriegt.«

Ich lese den Brief, und als ich aufblicke, sehe ich, dass Gerry nervös ist.

»Das ist doch bloß eine Routineprozedur. Um gewisse Dinge auszuschließen.«

»Ja, ich weiß«, antwortet er und küsst mich, aber nur kurz, und er ist nicht bei der Sache. »Trotzdem hasse ich es. Ich geh duschen.«

»Wo? Oben? In der Dusche oben?«

Unten an der Treppe bleibt er stehen und lächelt, aber das Funkeln in seinen Augen ist erloschen. »Genau dort. Kümmere dich um Esmeralda. Sie mag gern Pornos und Videospiele.«

»Esmeralda?« Ich schaue die Sonnenblume an und lache. »Freut mich, dich kennenzulernen, Esmeralda.«

Doch Esmeralda lebt nicht sehr lange, denn unser gemeinsamer Humor ist nach dem Ergebnis des MRT deutlich eingeschränkt. Aber an diesem Morgen wissen wir das noch nicht. An diesem Morgen sind wir damit beschäftigt, unser Leben zu planen.

Gerry läuft die Treppe hinauf, und ich höre ihn duschen.

Er ist siebenundzwanzig Jahre alt.

· / ·

An der Tür zu meinem Schlafzimmer beende ich meinen Rundgang. Ich lasse den Blick durchs Zimmer schweifen. Es ist nicht mehr so wie damals. Neues Bett, neue Vorhänge, neue Wandfarbe. Neue große Beule unter der Bettdecke. Gabriel bewegt sich, streckt eine Hand aus und tastet im Bett nach mir. Dann hebt er den Kopf vom Kissen, schaut sich um und sieht mich an der Tür stehen.

»Alles okay?«

»Ja«, flüstere ich. »Ich habe mir nur ein Glas Wasser geholt.«

Aber er schaut auf meine Hände, in denen sich weder Glas noch Wasser befindet. Gabriel ist nicht so leicht in die Irre zu führen. Als ich ins Bett steige und ihn küsse, hebt er den Arm, ich wende ihm den Rücken zu und parke mich an seinem warmen Körper ein. Er legt den Arm um mich, und sofort bin ich wie in einem Kokon. Gabriel kann mich vor der Vergangenheit schützen, die mich verfolgt, er kann eine Blase um mich bauen, in der mich die Erinnerungen nicht erreichen, in der ich nicht in die Vergangenheit abrutsche. Aber was passiert, wenn er mich wieder loslässt, wenn das Morgenlicht ihn munter macht, wenn die Sicherheit des Schlafs mir entgleitet und die Wahrheit zum Vorschein kommt? Sosehr ich es mir wünsche, ich kann mich nicht ewig bei ihm verstecken.

Kapitel 12

Gabriel und ich stehen früh auf, um uns für die Arbeit fertigzumachen. Es ist noch dunkel, das Haus fühlt sich kalt und feucht an – es ist unmöglich zu heizen, weil es dringend eine neue Anlage braucht –, und wir sind beide müde. Ohne viel zu reden, schlurfen wir durch die winzige Küche, stoßen zusammen, während jeder sich seinen Kaffee macht und sein eigenes Porridge so zubereitet, wie wir es am liebsten mögen – ich meines mit Milch, Gabriel mit Wasser. Ich mag es mit Blaubeeren, er mit Honig. Gabriel ist erledigt von den jüngsten Ereignissen in seiner Familie, und ich bin offen gestanden auch zu erschöpft, um mir das neue Drama um Ava anzuhören, Gabriels sechzehnjährige Tochter, die ihm ebenso viel Freude wie Kummer bereitet. Als selbsterklärter schlechter Ehemann und Vater hat er sich die letzten Jahre redlich bemüht, den Kontakt zu seiner Tochter wiederherzustellen, und dabei Himmel und Erde in Bewegung gesetzt. Seine Tochter ist seine Welt, er umkreist sie wie ihr Mond, und das weiß sie auch: je schneller sie sich dreht, desto größer ist ihre Anziehungskraft. Mein Gehirn erwacht langsam und läuft surrend warm für den kommenden Tag. Wir sind beide keine Morgenmenschen, jeder bleibt für sich, und doch sind wir zusammen.

Ich lehne mich an die Theke und warte darauf, dass der erste Schluck Kaffee mein Gehirn in Schwung bringt, und sortiere meine Gedanken, denn ich möchte Gabriel vom »P. S. Ich liebe Dich«-Club erzählen. Der Zeitpunkt ist günstig, weil er so ungünstig ist. In ein paar Minuten müssen wir beide das Haus verlassen, wenn wir nicht zu spät zur Arbeit kommen wollen, also haben wir wenig Zeit zu diskutieren oder zu streiten. Aber ich bekomme immerhin ein Gefühl dafür, wie er zu der Sache steht, und kann mich auf ein ausführlicheres Gespräch zu einem späteren Zeitpunkt entsprechend vorbereiten. Ich versuche einen Einleitungssatz einzuüben, der nicht eingeübt klingt.

»Warum ist der hier drin?«, fragt Gabriel und schaut in den Schrank zu den Kaffeebechern.

Ich weiß genau, wovon er spricht, tue aber ahnungslos. »Hmm?« Langsam drehe ich mich um und sehe den zerschlagenen Star-Wars-Becher. »Ach ja, er ist mir neulich kaputtgegangen.«

»Das sehe ich«, erwidert Gabriel und betrachtet den Becher wesentlich länger als notwendig.

Befremdet von seinem Interesse konzentriere ich mich darauf, auf meinen Kaffee zu blasen und mir die Hände an dem Becher zu wärmen. Der Schrank wird wieder geschlossen, Gott sei Dank, aber Gabriel mustert jetzt mich. Auch zu lange. »Möchtest du, dass ich den Becher für dich repariere?«

Das habe ich nicht erwartet. »Oh, das ist sehr aufmerksam von dir, Schatz, danke. Aber nein, alles okay. Irgendwann werfe ich ihn weg.«

Pause für alles, was gesagt werden sollte.

»Okay.«

Noch eine Pause für alles, was ungesagt bleibt.

Ich sollte ihm wirklich vom »P. S. Ich liebe Dich«-Club erzählen. Dass ich mich mit den Leuten getroffen habe. Dass ich ihnen auf keinen Fall helfen möchte. Ich sollte ihm das alles erzählen, jetzt. Er wartet auf etwas.

»Holly«, sagt er. »Falls du es dir anders überlegt hast und doch nicht bei mir einziehen möchtest, dann sag es mir bitte.«

»Was?« Ich bin völlig perplex, damit habe ich nicht gerechnet. »Überhaupt nicht. Ich habe es mir nicht anders überlegt. Wie kommst du denn auf die Idee?«

Erst wirkt er erleichtert, dann verwirrt. »Ich habe nämlich das Gefühl, dass du … ich weiß nicht … dass du mit irgendwas hinterm Berg hältst. Du bist so unkonzentriert, so fahrig. Und es hat eine Ewigkeit gedauert, bist du das Haus auf den Markt gebracht hast.«

»Ich möchte mit dir zusammenleben, daran zweifle ich kein bisschen«, erkläre ich mit fester Stimme, und ich meine es auch so. »Tut mir leid, dass ich mit dem Haus nicht recht von der Stelle gekommen bin.«

Gestern hatte ich mir vorgenommen, während des Besichtigungstermins im Café um die Ecke zu warten. Aber dann war ich doch neugierig zu erfahren, wer sich in meinem Haus aufhielt, also spähte ich heimlich durchs Fenster und kam mir vor wie eine Spionin. Und es war ein sehr seltsames Gefühl, diese Gestalten in meinem Wohnzimmer zu beobachten, wildfremde Menschen, die in meinen Zimmern herumwanderten und sich dabei wahrscheinlich überlegten, wie sie das, was so lange das Fundament meines Lebens gewesen war, am besten verändern und ihren eigenen Bedürfnissen anpassen könnten. Welche Wände eingerissen werden sollten, um jeden Beweis meiner Existenz zu entfernen, der ihren Neubeginn ja nur beflecken würde. Aber gleichzeitig vermittelte es mir die Sicherheit, dass ich bereit war, meinerseits ebenso zu verfahren.

»Dann ist also alles okay?«, fragt Gabriel noch einmal.

»Ja«, antworte ich munter.

»Schön«, sagt er und küsst mich. »Sorry, anscheinend habe ich die Zeichen falsch gedeutet. Wahrscheinlich fange ich wegen Ava schon an, alles überzubewerten.«

Ich schließe die Augen und hasse mich dafür, dass es mir tatsächlich gelungen ist, ihn hinters Licht zu führen.

»Bei mir heute Abend?«, fragt er noch.

»Ja, wunderbar«, antworte ich, unverhältnismäßig erleichtert.

Ich werde es ihm sagen. Nur weiß ich noch nicht genau, was.

· / ·

Gerade als wir Feierabend gemacht haben und ich mein Fahrrad vom Lagerraum zur Tür schleppe, ruft Gabriel an. An seiner Stimme erkenne ich sofort, dass irgendetwas nicht stimmt.

»Tut mir sehr leid, aber ich muss unsere Verabredung für heute Abend absagen«, sagt er und seufzt. Im Hintergrund höre ich undefinierbaren Lärm und laute Stimmen. »Ruhe bitte!«, brüllt Gabriel, weg vom Telefon, aber ich bekomme trotzdem einen Schreck. Gabriel ist sehr selten wütend. Mürrisch und nervös, das schon, aber Wut zeigt er kaum einmal, und mir gegenüber schon gar nicht. Normalerweise ist er ausgeglichen oder behält schlechte Stimmung für sich. Vielleicht lässt er ja an den Tagen, an denen wir uns nicht sehen, die Sau raus. Selbstbeherrschung ist eine Kunst, die man fast zwangsläufig nach der ersten langfristigen und wichtigen Beziehung lernt, ob man es will oder nicht.

»Entschuldige bitte«, sagt er, als er wieder ins Telefon spricht.

»Was ist denn los?«

»Ava. Sie hat Probleme mit ihrer Mum und ist damit zu mir gekommen, und Kate ist ihr hierher nachgelaufen. Anscheinend haben sie beschlossen, dass hier der richtige Ort ist, um ihre Kämpfe auszutragen.«

Ich höre ein Kreischen von Kate und einen Aufschrei von Ava. Eine Tür wird zugeknallt.

»Hilfe«, sage ich.

»Ich glaube, es wird ein langer Abend.«

»Oh, Gabriel, das tut mir leid.«

»Ja, mir auch. Aber ich bin trotzdem froh, dass Ava zu mir gekommen ist, das habe ich mir immer gewünscht.«

Ich beende das Gespräch. »Sei vorsichtig mit deinen Wünschen«, sage ich leise zu meinem Handy.

»Mit welchen Wünschen denn, und wer wünscht sich überhaupt was?«, fragt Ciara, die hinter mir steht und natürlich gelauscht hat. Ich stopfe das Telefon in meinen Rucksack.

»Ach, niemand.«

»Möchtest du zum Abendessen bleiben?«, fragt sie. »Veganes Chili con carne. Kannst du es ertragen, dass es nicht nach gequältem Tier schmeckt?«

»Ich grille ein Steak!«, ruft Mathew aus dem Hinterzimmer.

»Klingt verlockend«, grinse ich. »Danke, aber ich gehe lieber nach Hause. Ich habe vor dem Umzug noch so viel zu entrümpeln, und heute Abend ist eine gute Gelegenheit.«

»Ist alles okay? Mit dir und Gabriel? Hast du ihm endlich von diesem Club erzählt?«

»Alles in Ordnung, ja. Ich habe ihm noch nichts erzählt, will es aber demnächst hinter mich bringen.« Schon beim Gedanken an diese Unterhaltung läuft es mir kalt über den Rücken. »Warum macht mich das so nervös?«

»Weil …« Ciara seufzt. »Weil du nicht willst, dass er dagegen argumentiert.«

Ihre Worte treffen mich wie ein Schlag in die Magengrube. Leider ist es die Wahrheit.

Helm auf, Visier runter, so steige ich auf mein Fahrrad und ergreife die Flucht – nicht vor dem Laden, sondern vor den Gedanken in meinem Kopf.

Mit dem Fahrradfahren habe ich erst nach Gerrys Tod angefangen. Vorher konnte ich mich kaum ins Fitnessstudio schleppen, aber damals war ich auch jünger und kam mit Mangel an Bewegung besser zurecht als heute. Jetzt brauche ich sie, sie tut mir gut und hilft mir, nicht zu viel zu denken. Alles, was mir damals geholfen hat, mit dem Grübeln aufzuhören, war ein Geschenk, und das ist es noch immer. Körperlich ans Limit zu gehen erleichtert und entspannt mich besser als alles andere. Bewegung ist heilsam für mich, eine Art Therapie. Außerdem mag ich es, dass ich mir immer wieder eine andere Route aussuchen kann, selbst wenn ich das gleiche Ziel anpeile. Um rechtzeitig anzukommen, bin ich nicht abhängig von der Verkehrslage, ich trage ganz allein die Verantwortung und bin Herrin meines Schicksals. Ich sehe Dinge, die mir im Auto nie aufgefallen sind, beobachte das Spiel von Licht und Schatten auf den Gebäuden, das ich früher nie bemerkt habe. Ich kann alles in mich aufnehmen, den Wind in meinen Haaren spüren, den Regen und die Sonne auf meiner Haut. Radfahren hilft mir, mich in der Gegenwart zu verankern, es bringt meine Gedanken in Fluss, statt sie aufzustauen und einzusperren, bis sie sich im Kreis drehen.

Ich fühle mich frei.

So vieles an mir würde Gerry nicht wiedererkennen. Mittlerweile bin ich älter, als er je war, ich weiß Dinge, die er nie wusste und auch niemals erfahren wird. Und es sind die kleinen Dinge, die mich manchmal innehalten lassen. Viele Dinge wurden erfunden, die er ganz sicher zu schätzen gewusst hätte. Smartphones. Neue Technologien. Neue Star-Wars-Filme. Dass sein Fußballteam den Meistertitel gewonnen hat. Als Gerry gestorben ist, hat er seinen Wissensdurst für die Dinge, die er liebte, an mich weitergegeben, und in den ersten Jahren nach seinem Tod wollte ich alles entdecken, für ihn. Ständig habe ich Ausschau gehalten nach Möglichkeiten, eine Verbindung zu ihm herzustellen, als wäre ich eine Vermittlerin zwischen seinem Leben und seinem Tod. Das alles tue ich heute nicht mehr.

Ich habe meinen Ehemann überlebt, und nun bin ich über ihn hinausgewachsen. Die Schönheit und Herausforderung langjähriger Beziehungen ist, dass man sich zu unterschiedlichen Zeiten und in unterschiedliche Richtungen verändert und entwickelt, Seite an Seite, unter demselben Dach. Meistens vollziehen sich solche Veränderungen ganz allmählich, man passt sich unterbewusst der kaum merklichen, aber stetigen Entwicklung des vertrauten Menschen an – zwei Formwandler im ständigen Bemühen um Übereinstimmung. Immer wieder muss man sich von neuem entscheiden, ob man bleibt, wer man ist, während der andere sich ändert, oder ob man sich mit ihm ändert. Ob man den Partner anregt, eine andere Richtung einzuschlagen, ihn sanft dazu drängt, ihn zieht, formt, fördert. Oder einfach abwartet.

Vielleicht hätte Gerry seine Form so gewandelt, dass er die Frau, die ich jetzt bin, akzeptiert und in seinem Herzen Platz für sie gemacht hätte. Aber in den letzten sieben Jahren habe ich meine Wandlung vollzogen, ohne auf einen Partner reagieren zu müssen. Wenn Gerry jetzt zurückkommen und dieser Frau sieben Jahre später begegnen könnte, würde er mich nicht wiedererkennen. Möglicherweise würde er sich nicht in mich verlieben. Ich weiß nicht einmal, ob die Holly von heute genug Geduld für Gerry aufbringen würde. Doch obwohl ich mich jetzt kenne und mag, werde ich immer traurig darüber sein, dass Gerry mich in meiner jetzigen Form nie treffen wird.

· / ·

Am nächsten Tag sitze ich mit Gabriel im Freien in einem Café. Es ist wärmer geworden, aber trotz der Maisonne sind wir warm eingemummelt.

»Was war denn gestern Abend los?«

»Ava ist für zwei Tage von der Schule suspendiert worden.«

»Warum?«

»Weil sie auf dem Schulgelände Marihuana geraucht hat. Noch eine Suspendierung, und sie fliegt von der Schule.«

»Hoffentlich lässt sie es sich eine Warnung sein. Mein schlimmstes Vergehen war, dass ich Gerry auf dem Schulgelände geküsst habe«, erzähle ich lächelnd.

Er beobachtet mich. Für gewöhnlich stört es ihn nicht, wenn ich etwas von Gerry erzähle, aber vielleicht bin ich paranoid. »Du warst also ein braves Mädchen«, sagt er schließlich.

»Ja, stimmt. Und du? Warst du in der Schule eher wie Ava?«

»Leider ja. Ich hatte zwar gehofft, etwas von mir in ihr zu entdecken, aber ganz bestimmt nicht das«, meint er und reibt sich müde die Stirn. »Aber wenigstens kommt sie endlich damit zu mir.«

»Hmm«, mache ich zweifelnd und wünsche mir sofort, ich hätte es mir verkniffen.

»Was soll das denn heißen?«

Ich stelle Avas Timing in Frage. Bevor sie in Schwierigkeiten geraten ist, wollte sie nichts von ihrem Vater wissen, aber jetzt, wo die Streitereien mit ihrer Mutter und ihrem Stiefvater eskalieren, findet Gabriel seine Tochter immer häufiger auf seiner Türschwelle. Er ist weniger streng als seine Exfrau und ihr neuer Partner, weil ihm so viel daran liegt, wieder Kontakt zu ihr zu haben.

»Ich möchte nicht, dass sie deine Gutmütigkeit ausnutzt, das ist alles.«

»Was soll das denn bedeuten?« Heute ist er ein richtiger Wutbolzen.

»Das bedeutet … was ich gesagt habe. Komm bitte wieder runter, Gabriel.«

Ich warte eine Minute, dann wechsle ich das Thema.

»Okay, ich weiß, dir ist aufgefallen, dass ich in letzter Zeit mit den Gedanken oft woanders bin, und ich würde gern mit dir darüber reden.«

Jetzt schenkt er mir tatsächlich seine volle Aufmerksamkeit. »Geht es um diesen ›P. S. Ich liebe Dich‹-Club?«, fragt er sofort.

»Du weißt also davon?«

»Du hast dich in dem Moment verändert, als du diese Visitenkarte gesehen hast. Ich wünschte, ich hätte diesen verdammten Umschlag nie geöffnet«, sagt er, und ich höre den Ärger in seiner Stimme.

»Oh.« Seine Stimmung und sein Ton machen mir die Sache schwerer.

»Dann hast du also inzwischen rausgefunden, was es damit auf sich hat«, drängt er weiter.

»Ja. Es ist ein richtiger Club mit vier schwerkranken Mitgliedern. Was ich bei dem Podcast über Gerrys Briefe gesagt habe, hat ihnen Hoffnung gemacht und sie auf eine Idee gebracht, nämlich, ihre eigenen ›P. S. Ich liebe Dich‹-Briefe zu schreiben.«

»Das ist schon ein bisschen abgefahren, oder nicht?«

Seine Formulierung ärgert mich. Wahrscheinlich zahlt er mir meine Bemerkung über Ava zurück.

»Na ja, jedenfalls habe ich mich mit ihnen getroffen.«

Er beugt sich über den Tisch, es wirkt einschüchternd, geladen. »Wann?«, fragt er scharf.

»Vor ein paar Wochen.«

»Vielen Dank auch, dass du mich darüber informiert hast«, erwidert er ironisch.

»Jetzt erzähle ich dir doch davon. Ich musste es erst in meinem eigenen Kopf klarkriegen. Außerdem hatte ich Angst, dass du genauso reagierst wie jetzt.«

»Ich reagiere so, weil du es die ganze Zeit vor mir geheim gehalten hast.«

Wir drehen uns im Kreis.

»Diese Leute wollen, dass ich ihnen bei den Briefen helfe. Ihnen Tipps gebe.«

Er schaut mich an. Kristallblaue Augen durchbohren mich. Ich halte seinem Blick stand.

»Ich wollte dich fragen, was du davon halten würdest, wenn ich ihnen tatsächlich helfe. Aber ich glaube fast, ich kann es mir denken.«

Er kippt seinen Kaffee runter und lehnt sich zurück. »Ich fand den Podcast keine gute Idee, und ich finde auch das keine gute Idee.« Er sieht aus, als wollte er aufstehen.

»Bist du in Eile? Können wir in Ruhe reden? Ich muss darüber sprechen. Es macht dich offensichtlich wütend, aber sag mir doch bitte, warum du es nicht gut findest, diesen Leuten zu helfen.«

»Weil du dich weiterentwickelt hast und nicht zurückblicken solltest. Ich glaube, dass es dich zurückwerfen wird, diese Leute zu beobachten, zurück in eine Zeit, in der du deinen eigenen Erzählungen zufolge schrecklich unglücklich warst und kaum aus dem Bett gekommen bist.«

Ich nicke und lasse sein Argument auf mich wirken. Ich verstehe seine Sorge, aber seine Wut macht mir zu schaffen. Vielleicht ist es einfach schwierig, wenn die Person, die man kennt, auf einmal von der Person, die sie früher einmal war, eingeholt wird. Gabriel und ich sind mittlerweile seit zwei Jahren zusammen, und es waren zwei intensive Jahre, die für uns beide mit tiefgreifenden Veränderungen verbunden waren. Obwohl die Umstände jederzeit als Ausrede genügt hätten, auf Abstand zu gehen, sind wir immer wieder aufeinander zugegangen. Mein gebrochenes Herz, Gabriels selbstauferlegte Einsamkeit, unsere Probleme mit Angst und Misstrauen. All das haben wir überwunden, sind immer noch dabei, jeden Tag. Dass wir jetzt zusammenziehen wollen, hätten wir beide anfangs nicht für möglich gehalten. Er, weil er nie mehr mit einer Frau zusammenleben wollte, ich, weil ich dachte, ich könnte nie wieder einen Mann mit derselben Intensität lieben.

»Du bist die letzten Wochen rumgeschlichen, als würdest du einen anderen haben. Ich wusste, dass etwas im Busch war – du hättest es mir sagen müssen, Holly.«

»Ich bin nicht rumgeschlichen«, entgegne ich verärgert. »Und wenn es dich dermaßen aufregt, dann helfe ich den Leuten eben nicht. Auch gut.«

»Oh nein, schieb mir das jetzt nicht in die Schuhe«, kontert er, greift in die Tasche und sucht nach seinem Geld, um die

Rechnung zu begleichen. »Du hast den Podcast nur Ciara zuliebe gemacht, und jetzt verzichtest du nur mir zuliebe darauf, diesem Club zu helfen. Übernimm doch endlich mal selbst die Verantwortung für das, was du tust, Holly!«

Damit knallt er das Geld auf den Tisch und geht davon.

· / ·

Als ich nach Hause radele, ist der Druck nur noch größer geworden. Wenn ich mich entscheide, dem Club nicht zu helfen, müsste ich zwar nicht mehr dauernd über ihn nachdenken, aber ich glaube nicht, dass ich Joy, Bert, Paul und Ginika einfach vergessen könnte. Ganz bestimmt würde ich mir Gedanken machen, wie es ihnen geht. Und Jewel. Würde Ginika es über sich bringen, ihren Stolz noch einmal zu überwinden und jemand anderen zu bitten, ihr beim Schreiben zu helfen? Ich weiß es nicht.

Auf einmal höre ich lautes, wütendes Hupen, fühle einen heftigen Stoß an meinem rechten Bein, verliere die Kontrolle über mein Rad und gehe zu Boden. Schreie, Kreischen, Rufe, wieder die Hupe, langgezogen, durchdringend, ohrenbetäubend. Das Auto ist stehen geblieben, der Motor läuft noch. Endlich verstummt die Hupe. Ich liege auf der Straße, mein Herz klopft wild, mein Bein pocht schmerzhaft. Ganz in meiner Nähe sehe ich einen einzelnen Schuh. Mein Turnschuh. Auf mir liegt etwas Schweres, ich fürchte, es ist das Auto. Ist es auf mich gestürzt? Bin ich darunter gefangen? Erst einen Moment später wird mir klar, dass es mein Fahrrad ist.

Nach dem ganzen Krach ist es plötzlich sehr still.

Dann höre ich eine Autotür zuknallen. Das Geschrei beginnt wieder, diesmal klingt es wütend. Ich mache mich aufs Schlimmste gefasst, mein Körper fühlt sich verdreht und deformiert an, aber ich wage nicht, mich zu bewegen. Langsam schließe ich die Augen, meine Nase berührt den kalten Straßenbelag. Trotz des Drucks, der auf mir lastet und mich zu zerquetschen droht, bemühe ich mich, ruhig zu atmen, denn noch immer rast mein Herz, als wollte es meinen Brustkorb sprengen.

Ich kenne den Tod. Der Tod kennt mich. Warum lässt er mich nicht endlich in Frieden?

Kapitel 13

Das Taxi, das mich angefahren hatte, war plötzlich scharf nach links geschwenkt, weil ein Auto vor ihm scharf bremste und ohne zu blinken nach rechts abgebogen war. Durch das Ausweichmanöver konnte der Fahrer einen Auffahrunfall zwar vermeiden, doch in der Hast vergaß er, in den Rückspiegel zu schauen, und so übersah er mich auf dem Fahrradstreifen. Als ich stürzte, brach ich mir den linken Knöchel und zog mir diverse Prellungen zu. Da ich zum Glück meinen Helm trug, blieb mein Kopf unverletzt, und auch meinen Schuh bekam ich wieder.

»Ich liebe dich, ich liebe dich, ich liebe dich«, flüstert mir Gabriel ins Ohr, zärtlich tröstende Worte, immer wieder, verteilt sanfte Schmetterlingsküsse auf meine Lippen, mein Gesicht, meinen Körper, während ich in meinem Krankenhausbett langsam in einen tiefen Schlaf der Erschöpfung gleite, wo mich wie in einer Dauerschleife ständig derselbe Traum heimsucht.

Ich liege auf dem harten Straßenbeton, um mich herum Glassplitter, ein zerbeultes Auto, ein völlig ramponiertes, verbogenes Fahrrad. Irgendwie schaffe ich es aufzustehen, die

Scherben knirschen unter meinen Füßen. Ich finde einen einzelnen Turnschuh. Überall stehen Autos, alle leer. Wo sind die Leute? In der Hand den einzelnen Schuh, umrunde ich Auto um Auto und suche nach dem Gegenstück. Aber ich finde immer wieder den gleichen, den ich schon in der Hand halte. Ich bin total erschöpft. Seit Stunden schon laufe ich immer im Kreis um die Autos, mir ist schwindlig, und die Schuhe, die ich finde, sind alle die gleichen, alle für denselben Fuß, es wird einfach kein Paar daraus.

Schwitzend und keuchend erwache ich, mein Herz klopft, ich weiß nicht, wo ich bin. Meine Mum ist bei mir, ruhig und leise redet sie auf mich ein, aber meine Gedanken sind noch in meinem Albtraum gefangen. Ich blicke mich um und versuche, mich zu orientieren. Ich bin daheim, im Haus meiner Kindheit, dort, wo ich aufgewachsen bin. In meinem alten Zimmer, wo ich geweint, geträumt, geplant und vor allem gewartet habe. Auf die Schulferien, auf den Sommer, darauf, dass irgendein Junge anruft, dass endlich mein Leben beginnt. Als ich aus dem Krankenhaus entlassen worden bin, haben Mum und Dad darauf bestanden, dass ich ein paar Tage bei ihnen bleibe.

»Bist du okay?«, fragt Mum.

»Ich dachte, ich wäre tot.«

»Jetzt bist du in Sicherheit, Schätzchen«, sagt sie leise, streicht mir die Haare aus der Stirn und küsst mich sanft.

»Als der Fahrer zu mir kam und mich gefragt hat, ob mit mir alles in Ordnung ist, habe ich einfach die Augen zugemacht und mich tot gestellt«, erkläre ich.

»Ach, Liebes.« Sie schlingt die Arme um mich, und ich lege den Kopf an ihre Brust. Mein Knöchel ist eingegipst, deshalb kann ich im Bett nur eine einzige Haltung einnehmen.

»Opossum«, ruft Dad wie aus dem Nichts.

Als ich aufblicke, steht er mit schlafzerzausten Haaren in der Tür. So habe ich ihn schon lange nicht mehr gesehen. Er putzt sich mit dem Saum seines Unterhemds die Brille, und als er sie wieder aufsetzt, werden seine verschlafenen Augen hinter den Brillengläsern wie immer ein bisschen größer. Dann kommt er ins Zimmer und setzt sich zu mir auf die Bettkante. Auf einmal befinde ich mich in der Szenerie meiner Kindheit, wenn meine Eltern mich nach einem Albtraum beruhigt haben. Es hat etwas sehr Tröstliches, dass sie, egal, wie die Welt sich wandelt, egal, wie sich unsere Beziehungen zu anderen Menschen ändern, für mich immer dieselben bleiben.

»Von all den Tieren, die sich bei Gefahr tot stellen, ist das Opossum das bekannteste, aber es gibt auch viele andere Arten, die zu ihrem Schutz für eine Zeit in einen Lähmungszustand verfallen und auf nichts mehr reagieren«, fährt Dad fort. »Der Totstellreflex ist eine Überlebensstrategie bei extremer Bedrohung, zum Beispiel durch ein Raubtier. Übrigens geraten auch Menschen in extrem traumatischen, lebensbedrohlichen Situationen in eine solche Schockstarre. Ich habe eine Doku darüber gesehen.«

»Oh.«

»Frank«, sagt Mum, die auf Dads lange Erklärungen oft genervt reagiert.

»Was denn? Ich sag doch bloß, dass es vollkommen normal ist, sich manchmal tot zu stellen«, verteidigt er sich.

»Na, warum sagst du das dann nicht einfach so? Ich glaube nicht, dass Holly momentan großen Wert auf einen Vortrag über Opossums legt.«

»Schon gut, schon gut«, sagt Dad und hebt abwehrend die Hände.

Grinsend lausche ich ihrem Geplänkel und sinke zurück in mein Kissen.

Aber vielleicht ist Dad ja auf einer richtigen Spur.

· / ·

Obwohl ich eigentlich gleich wieder arbeiten gehen will, besteht Ciara darauf, mir eine Woche freizugeben. Von den Schmerzmitteln bin ich ein bisschen benommen, und weil Gabriel zur Arbeit muss, beharren meine Eltern darauf, dass ich mindestens so lange bei ihnen bleibe, bis die Schmerzen in meinem Bein nachlassen und ich gelernt habe, mit den Krücken umzugehen. Und bis meine Angst nachlässt. An manchen Tagen liege ich nur im Bett, träume und sehe fern. An anderen Tagen ziehe ich auf die Couch um und tue dasselbe. Ich verbringe Zeit mit meiner Familie, schaue meiner Mutter beim Malen zu, sehe mir mit meinem Dad von ihm permanent kommentierte Natur- und Geschichtsdokumentationen an, höre mir Declans neue Doku-Ideen an und habe sogar Zeit, ihm Tipps zu geben. Zusammen mit Richard manage ich die Neubepflanzung im Garten meiner Eltern, lasse mir von meinen Nichten und Neffen alles Mögliche erzählen, spiele Snap mit Jack und lasse mich von Gabriel verwöhnen.

Ich suche Trost, ich suche Einsamkeit, ich suche Gesellschaft, ich suche mich selbst. Ich sehne mich nach dem Radfahren, und mir wird klar, wie sehr ich Bewegung und überhaupt jede Form von Aktivität dazu benutzt habe, um nicht nachdenken zu müssen. Ich war die Freundin, die ich gemieden habe, weil das Gesprächsthema zu dicht an meiner Schmerzgrenze lag. Vielleicht war es eine Weile notwendig, um nicht so viel zu grübeln, aber jetzt muss ich mich meinen Gedanken stellen und lernen, mich mit ihnen anzufreunden. Ich muss nachdenken, muss Dinge analysieren, Entscheidungen treffen. Und momentan kann ich nicht vor mir weglaufen.

Eines donnerstagmorgens, der sich im Haus meiner Eltern seit Dad in Rente ist, sehr nach Wochenende anfühlt, bewege ich mich auf dem Hinterteil die Treppe hinunter. Unten schnappe ich mir meine Krücken und schwinge hinkend in die Küche. Meine Eltern sitzen am Küchentisch, Mum wischt sich Tränen aus den Augen, lächelt aber dabei, und auch Dad sieht irgendwie gerührt aus.

»Was ist los?«

»Gar nichts, alles gut«, antwortet Mum in ihrem beruhigenden Ton und zieht einen Stuhl für mich heraus. »Setz dich zu uns. Dein Dad hat etwas gefunden.«

Ich setze mich zu ihnen, und jetzt fällt mir auf, dass auf dem Tisch mehrere offene, mit zusammengefalteten Zetteln gefüllte Schuhkartons stehen.

»Was ist das?«

»Erinnerst du dich?«, fängt Dad an, aber seine Stimme zittert, und er räuspert sich heftig. Mum legt eine Hand auf seine Wange, und sie lachen beide. »Erinnerst du dich daran, dass ich manchmal auf Geschäftsreisen musste, als du noch klein warst?«

»Klar erinnere ich mich. Du hast mir von jeder Reise eine Glocke mitgebracht, ich hatte Dutzende davon.«

»Das Fliegen habe ich gehasst«, sagt Dad.

»Tust du doch immer noch.«

»Es ist einfach nicht natürlich«, sagt er im Brustton der Überzeugung. »Menschen sind dafür gemacht, mit beiden Füßen auf dem Erdboden zu stehen.«

Mum und ich lachen, weil er seine Meinung so todernst vertritt.

»Na ja, jedes Mal, wenn ich in eins dieser grässlichen Dinger einsteigen musste, war ich sicher, dass wir abstürzen würden«, erklärt er.

»Dad!«, rufe ich erstaunt.

»Es stimmt«, bestätigt Mum und lächelt. »Wenn dein Dad abreisen musste, hatte ich immer mehr Stress als später, wenn ihr ihn alle vermisst habt.«

»Jedes Mal, wenn ich fliegen musste, habe ich mich am Abend vorher hingesetzt und einen Brief an euch alle geschrieben. Für den Fall, dass das Flugzeug abstürzen und ich nie wieder mit euch sprechen können würde. Den Brief habe ich in der Schublade neben meinem Bett hinterlegt, mit genauen Anweisungen an Elizabeth, ihn euch zu geben.«

Verdutzt sehe ich die beiden an.

»Wohlgemerkt – mir hat er nie einen Brief hinterlassen«, meint Mum nur halb im Spaß.

»Natürlich ist es nicht das Gleiche wie das, was Gerry für dich gemacht hat, bei weitem nicht. Ich habe meine Briefchen nie mit denen von Gerry in einen Topf geworfen. Meistens habe ich sie ja nicht mal in einen Umschlag gesteckt. Aber ich habe sie alle aufgehoben. Ich musste einfach in Worte fassen, was ich euch sagen will, falls ich nicht zurückkommen würde. Euch Ratschläge fürs Leben geben.« Er schiebt einen Karton zu mir herüber. »Das sind deine.«

»Dad«, flüstere ich und spähe in die Schachtel. »Wie viele sind das denn?«

»Fünfzehn oder so, bestimmt habe ich nicht bei jeder Reise einen geschrieben, vor den kürzeren Flügen nach England war ich nicht so bange. Die längsten Briefe habe ich geschrieben, wenn ich in eine Propellermaschine steigen musste.«

Mum lacht prustend.

Als ich die Briefe aus der Schachtel nehme und durchschaue, fügt Dad noch hinzu: »Ich dachte, sie könnten womöglich jetzt nützlich für dich sein und dir bei deiner Entscheidung helfen.«

Der Kloß in meinem Hals ist so groß, dass ich nicht sprechen kann, aber ich stehe auf und strecke die Arme nach ihm aus. Leider belaste ich dabei aus Versehen den falschen Fuß.

»Autsch! Verdammt!«, stöhne ich und setze mich schnell wieder hin.

»All die Jahre habe ich mich um dich gesorgt, und das ist die Reaktion, die ich kriege«, sagt Dad amüsiert.

Nachdem Mum den Karton mit meiner Glockensammlung vom Speicher geholt hat, sitze ich mit Dad am Küchentisch und wähle nach dem Zufallsprinzip einen der Briefe aus. Dad öffnet, inspiziert ihn sorgfältig, und ich sehe ihm an, wie viel Spaß es ihm macht, die Spuren seiner Vergangenheit zurückzuverfolgen.

»Hm, schauen wir mal. Die Reise nach Barcelona. Verkaufskonferenz mit Oscar Sheahy mit seinem fürchterlichen Mundgeruch, der sich mehr Zeit für Hostessen genommen hat als für die Meetings.«

Ich lache und wühle in dem Karton mit den Glocken. Eine winzige Porzellanglocke mit schwarzem Henkel, darauf das Bild einer Kathedrale und eines Sonnenuntergangs. Mit weißer Farbe ist von Hand auf den unteren Rand »Barcelona« geschrieben. Ich klingle ein bisschen damit, und Dad reicht mir den Brief. Ich lese ihn vor.

Liebe Holly,
diese Woche wirst Du schon sechs Jahre alt. Ich bin über Deinen Geburtstag verreist, was ich hasse. Du wirst eine Clownsparty veranstalten. Hoffentlich bekommt Declan

keine Angst, er hasst Clowns und hat bei Jacks Party einen in die Eier getreten. Aber Du magst Clowns. An Halloween hast Du Dich dieses Jahr als Clown verkleidet und darauf bestanden, an jeder Tür, an die wir geklopft haben, einen Witz zu erzählen. »Wie nennt man eine Gruppe von Wölfen?«, hast Du Mrs Murphy gefragt. »Wolfgang.« Den Witz erzählst Du echt gern.

Mir tut es sehr leid, dass ich Deinen Geburtstag verpasse, denn es ist ein sehr wichtiger Tag in Deinem Leben. Aber ich werde die ganze Zeit an Dich denken. Ich wollte Dich an diesem besonderen Tag auf keinen Fall verlassen, aber Dein Daddy muss leider arbeiten.

Ich werde die ganze Zeit bei Dir sein, auch wenn Du mich nicht sehen kannst. Und bitte denk dran, mir ein Stück Geburtstagskuchen aufzuheben.

All meine Liebe,

Daddy.

»Oh, Dad.« Diesmal strecke ich nur die Hand über den Tisch zu ihm. »Das ist so schön.«

Mum steht an der Spüle und hört uns zu. »Das war an dem Tag, als Jack vom Scheunendach gesprungen ist und sich beide Schneidezähne ausgeschlagen hat.«

Wir schauen überrascht zu ihr hoch.

»Und ich habe den ganzen Geburtstagskuchen aufgegessen«, fügt sie hinzu.

· / ·

Nach Gerrys Tod bin ich steckengeblieben. Seine Briefe haben mir wieder auf die Beine geholfen. Im folgenden Jahr habe ich mit dem Radfahren angefangen, und seither trete ich kräftig und schnell in die Pedale. Aber jetzt bin ich zur Ruhe gezwungen und muss wieder laufen lernen. Diese schlichte Ursprünglichkeit des Lebens und die rhythmischen, fast mechanischen Bewegungen bringen mich zum Nachdenken. Ich habe schreckliche Angst vor dem Leben und bin zugleich voller Begeisterung darüber, dass ich lebe.

Egoistisch, wie ich war, dachte ich nach Gerrys Tod, das Universum wäre mir etwas schuldig. Weil ich schon in jungen Jahren eine große Tragödie erlebt hatte, glaubte ich, mir dürfe so etwas Schreckliches nicht noch einmal zustoßen – als wäre das Thema damit sozusagen abgehakt. Dabei hätte mir doch klar sein müssen, dass es in einer Welt unbegrenzter Möglichkeiten weder für Verluste noch für die Chance, dadurch Dinge zu erkennen und daran zu wachsen, ein Limit gibt. Jetzt denke ich, dass mich die Tatsache, dass ich Ersteres überlebt habe, auf Letzteres vorbereitet hat – auf diesen Augenblick, auf alles, was noch vor mir liegen mag. Ich kann nicht verhindern, dass wieder eine Tragödie über mich hereinbricht, ich bin den Launen des Schicksals gegenüber machtlos. Aber während ich meine langsam heilenden Wunden lecke, sage ich mir, dass mich das Auto zwar von meinem hohen Ross geschubst, mein Selbstvertrauen angekratzt, mich erschüttert und mir ein paar Knochen gebrochen hat, dass ich aber dabei bin, mich davon zu erholen, und dass die Haut, die jetzt nachwächst, ein bisschen dicker und stabiler sein wird als vorher.

Mein Kopf hat ein SOS an meine Wurzeln gesandt. Folgendes haben meine Wurzeln zurückgemeldet: Es könnte mir helfen, dass ich ausgerechnet jetzt so ins Wanken geraten bin. Schließlich ist es schon einmal passiert, warum also nicht noch einmal?

Früher einmal wollte ich sterben.

Als Gerry nicht mehr da war, wollte ich tot sein.

Als er starb, ist ein Teil von mir mit ihm gestorben, aber auch ein Teil von mir geboren.

Aber wenn mitten in meiner größten Trauer ein Auto auf mich zugerast wäre, hätte ich leben wollen. Vielleicht ist es gar nicht so sehr der Tod selbst, der uns wütend macht und den wir fürchten, sondern eher die Tatsache, dass wir keine Kontrolle über ihn haben. Das Leben kann uns doch nicht einfach so, ohne unsere Zustimmung weggenommen werden. Wenn man uns ein bisschen Zeit ließe und warten würde, bis wir unsere Erlaubnis geben, würden wir unser Schicksal akzeptieren und fristgerecht unseren eigenen Tod planen. Aber das können wir nicht. Was mich immer wieder zurückbringt zum »P. S. Ich liebe Dich«-Club.

Stell dich tot, um zu überleben.

Tu so, als würdest du leben, wenn du tot bist.

Wir wollen unseren Tod kontrollieren, unseren Abschied von der Welt, und wenn wir das nicht können, wollen wir wenigstens bestimmen, wie wir sie hinter uns lassen.

Kapitel 14

Beim Frühstück ist Gabriel sehr still. Gestern Abend war er schon dabei, ins Bett zu gehen, als ich eingetrudelt bin – dankbar, dass es bei ihm keine Treppe gibt. Im Haus meiner Eltern musste ich mich jeden Abend auf dem Hintern die Treppe hochhieven wie Gretl von Trapp, wenn sie *»So Long Farewell«* singt. Wir redeten nicht mehr viel, jedenfalls nicht über das Thema, über das wir uns gestritten hatten, dann schlief ich, aber Gabriel schlief nicht. Jedes Mal, wenn ich die Augen aufmachte, sah ich ihn dasitzen und am Smartphone scrollen. Entweder mein Unfall oder unser Streit haben ihm richtig zugesetzt, vielleicht bin ich aber auch naiv, und ihm geht etwas ganz anderes durch den Kopf. Jetzt steht er mit nacktem Oberkörper an der Kücheninsel und konzentriert sich voll aufs Eierkochen.

»Alles okay mit dir?«

Er antwortet nicht.

»Gabriel?«

»Hmm?« Jetzt blickt er auf.

»Alles okay?«

»Die Eier sind zu hart geworden«, sagt er und starrt wieder in den Topf.

Sein Toast springt aus dem Toaster. Verbrannt. Gabriel stöhnt dramatisch, ich glaube, es soll witzig sein. »Heute ist einer von diesen Tagen.«

Ich lächle. Er streicht Butter auf den verbrannten Toast und verteilt die eingeäscherten Krümel überall auf der Theke.

»Du willst bei diesem ›P. S. Ich liebe Dich‹-Club einsteigen, stimmt's?«, sagt er. Anscheinend ahnt er, was ich denke.

»Ja.«

Er schweigt, trägt die gekochten Eier und den Toast zur Frühstückstheke und setzt sich auf einen der hohen Hocker. Ruhiges Gesicht, hart arbeitender Kopf. Er nimmt den Toast, den er ordentlich in gleichmäßige Streifen geschnitten hat, und tunkt einen davon in das Ei. Der Toast verbiegt sich. Eigentlich sollte er sich so ins Eigelb eintauchen lassen, dass es an der Schale und am Eierbecher runterläuft, damit Gabriel es abwischen und genüsslich von den Fingern lecken kann. Aber es läuft nicht so, wie er es mag.

»Scheiße«, knurrt er verärgert und lässt den Toast fallen.

Obwohl ich eine solche Reaktion von meinem normalerweise so beherrschten Freund befürchtet habe, zucke ich erschrocken zusammen.

»Ich muss mich anziehen«, sagt er und geht, wütend, aber leise, in unser Schlafzimmer.

»Möchtest du nicht darüber reden?«

Er bleibt auf halbem Weg stehen. »Du hast dich doch längst entschieden. Das habe ich inzwischen begriffen: Wenn du dich monatelang über ein Thema ausschweigst und auch sonst kaum redest, heißt das, du triffst deine Entscheidungen alleine. Das ist absolut in Ordnung, und so funktioniert das von jetzt ab auch bei mir – jeder macht sein eigenes Ding und gibt dem anderen Bescheid, wenn eine Sache entschieden ist.«

Damit verschwindet er im Schlafzimmer. Während ich noch tief durchatme, steht er plötzlich wieder in der Tür, offensichtlich wütend, noch immer mit nacktem Oberkörper. »Vor ein paar Tagen bist du von einem Auto angefahren worden, Holly. Wahrscheinlich, weil du in Gedanken bei diesem Club warst und nicht aufgepasst hast. Nach einem solchen Erlebnis solltest du wirklich keine vorschnellen Entscheidungen treffen.«

»Das ist keine vorschnelle Entscheidung. Es ist über zwei Wochen her, dass sie mich gefragt haben, und nach so einem Schock kann man manchmal schneller und konzentrierter nachdenken. Ich sehe die Dinge klarer als je zuvor. Es besteht absolut kein Grund, warum es mich in meinen früheren Zustand zurückwerfen sollte, wenn ich diesen Leuten helfe. Die Umstände sind inzwischen vollkommen anders. Ich kann diesen Menschen helfen. Und übrigens war der Unfall wirklich nicht meine Schuld. Das Taxi ist plötzlich ausgeschert, ich hätte ihm auf keinen Fall ausweichen können.«

»Was hast du mir in der Nacht gesagt, als du von dem Podcast zurückgekommen bist? Wenn ich so was jemals wieder machen will, dann hindere mich daran. Daran erinnere ich mich genau, auch wenn du es vielleicht vergessen hast. Du hast genug durchgemacht. Weiß der Himmel, was du dir dabei denkst. Nach allem, was passiert ist, solltest du dich lieber auf dich selbst konzentrieren.«

»Ich glaube aber, dass es mir helfen wird.«

»Tust du es für dich? Oder für diese Leute?«

»Für uns alle.«

Er wirft die Arme in die Luft. »Du wärst um ein Haar überfahren worden!«

»Das Taxi hat mich nur *angefahren.* Ich habe einen kaputten Knöchel, keinen kaputten Kopf! Aber wenigstens hat dir meine Auszeit dazu verholfen, dass du mehr mit Kate und Ava zusammen sein konntest«, fauche ich.

Eigentlich wollte ich die Tatsache, dass Gabriel nach meinem Unfall so viel Zeit mit seiner Tochter und seiner Exfrau verbracht hat, nicht auf diese schnippische Art ansprechen. Ich wollte es ihm nicht an den Kopf werfen, als wäre es etwas Schlechtes, denn ich weiß doch, wie sehr er sich immer einen besseren Kontakt zu seiner Tochter gewünscht hat. Aber obwohl ich mich selbst dafür entschieden habe, eine Woche bei meinen Eltern zu verbringen, hat es mich jedes Mal ein bisschen mehr aufgeregt, wenn er schon wieder mit den beiden unterwegs war.

»Ich habe nicht vor, wieder mit Kate zusammenzuleben, falls du eifersüchtig auf sie sein solltest.«

»Und ich nicht mit Gerry, falls du eifersüchtig sein solltest.«

Er beruhigt sich etwas und lächelt sogar. Dann fährt er sich mit der Hand durch die Haare. »Aber warum möchtest du umgeben sein von … so viel Tod?«

»Ich will nicht davor weglaufen und mir vormachen, dass mich das Thema nicht berührt. Ich sehe mein Engagement für diesen Club als Möglichkeit, positiv damit umzugehen, Gabriel. Ich werde nicht zulassen, dass es uns beeinträchtigt. Falls es das ist, wovor du Angst hast.«

»Trotzdem streiten wir. Jetzt. Über uns. Wegen dieser Clubleute.«

Doch das stimmt nicht ganz, denn in einem Streit geht es

nie um nur ein einziges Thema. Das ist sozusagen nur der Schmarotzer, der sich von der Wirtspflanze ernährt. Und ich fange an mich zu fragen, worum es bei unserem Streit eigentlich geht.

Kapitel 15

Bei der Arbeit bewege ich mich langsamer als sonst durch den Laden, aber ich komme ganz gut zurecht. Natürlich kann ich nicht Rad fahren, aber ich bin dankbar, dass ich einen Automatikwagen habe, denn hier stört mich mein eingegipster linker Fuß wenig, ich kann die Pedale problemlos mit dem rechten bedienen. Ich bin bereit, zum Alltag überzugehen. Seit meinem Treffen mit dem »P. S. Ich liebe Dich«-Club ist über ein Monat vergangen, ich habe nichts mehr von den Leuten gehört, möchte mich aber unbedingt so bald wie möglich engagieren. Bert hatte schon eine ganz klare Vorstellung, was er mit seinen Briefen erreichen will, aber meiner Ansicht nach war seine Idee auch die unsinnigste. Zu hören, was er für seine Frau tun möchte, hat mir noch einmal ganz deutlich ins Gedächtnis gerufen, was Gerry für mich getan hat, und ich habe das ungute Gefühl, dass Bert irgendetwas völlig falsch verstanden hat. Sollte ich die Chance bekommen, der Gruppe zu helfen, ist Bert der Erste auf meiner Liste.

Also wähle ich seine Nummer. Ob der Club mich überhaupt zurückhaben will, nachdem ich ihm meine Hilfe verweigert habe? Würde der Gips mich nicht – wie bei vielen anderen Dingen – auch in diesem Fall ausbremsen, würde ich vor Nervosität auf und ab wandern, während ich darauf warte, dass Bert ans Telefon geht.

»Hi, Bert, hier ist Holly Kennedy.«

»Holly Kennedy?«, keucht er.

»Von dem Podcast damals. Ich war vor einiger Zeit bei einem Treffen Ihres Clubs.«

»Ach, die ›P. S. Ich liebe Dich‹-Holly«, sagt er.

»Wie geht es Ihnen, Bert?«

»So lala«, schnauft er. »Hatte eine … Lungenentzündung … bin gerade wieder nach Hause gekommen … so lange … ich noch kann.«

»Tut mir leid, das zu hören.«

»Zu Hause ist es besser.« Seine Stimme ist nicht mehr als ein kratziges Flüstern.

»Haben Sie Ihre Briefe schon geschrieben?«

»Ja. Wir haben beschlossen weiterzumachen.«

»Es tut mir leid, dass ich Sie alle im Stich gelassen habe.«

»Sie haben nichts getan, was Ihnen leidtun müsste.« Er hustet, so laut und heftig, dass ich mein Telefon ein Stück vom Ohr weg halten muss.

»Aber ich habe mich gefragt, ob Sie sich eventuell immer noch von mir helfen lassen wollen.« Während ich auf seine Antwort warte, merke ich, wie sehr ich mir wünschte, dass er ja sagt.

»Sie haben es sich also anders überlegt.«

»Vielleicht habe ich endlich mal in mein Herz gesehen.«

»Na, na, jetzt seien Sie mal nicht so streng mit sich«, stößt er atemlos hervor.

»Ich habe mich nicht klar ausgedrückt, als wir uns in Joys

Haus getroffen haben. Ich war in einer seltsamen Stimmung und habe mich sehr unbehaglich gefühlt. Aber ich möchte mich dafür entschuldigen, dass ich es nicht geschafft habe, Sie zu unterstützen. Ich fürchte, ich habe mich extrem defensiv verhalten und den Eindruck vermittelt, ich wäre mit Gerrys Briefen nicht zufrieden. Aber das stimmt nicht. Bitte erlauben Sie mir, dass ich meinen Fehler wiedergutmache. Könnte ich mir Ihre Briefe vielleicht gelegentlich anschauen und Ihnen ein paar Tipps geben? Aus der Perspektive der Menschen, die Sie lieben.«

»Das würde mir sehr gefallen«, flüstert er.

Seine Reaktion erleichtert mich, und meine Zuversicht wächst. »Gerrys Briefe waren für mich aus vielerlei Gründen etwas Besonderes. Inzwischen ist mir klargeworden, was Gerry eigentlich für mich getan hat – er hat ein Gespräch zwischen uns angefangen. Oder besser, er hat das Gespräch zwischen uns fortgesetzt. Selbst nach seinem Tod hatten wir noch eine Beziehung zueinander, eine Verbindung, die mehr war als nur das Heraufbeschwören gemeinsamer Erinnerungen. Wir haben nach seinem Tod neue Momente entstehen lassen. Das ist die wahre Magie, der Zauber an der ganzen Geschichte, und vielleicht sollten Sie sich darauf konzentrieren. Ihre Briefe an Rita sind kein Entertainment – na ja, jedenfalls nicht nur – und auch kein Test, wie sehr Rita Sie liebt. Ich bin sicher, dass Sie so etwas auch nicht erreichen wollten.«

»Nein.«

»Interessiert Rita sich für Geschichte?«

»Geschichte? Nein.«

»Nimmt eine Ihrer Fragen Bezug auf einen Witz, den nur Sie beide verstehen oder der für Sie beide eine besondere Bedeutung hat?«

Ich warte.

»Nein.«

»Okay. Falls Sie immer noch Wert auf meinen Rat legen, würde ich vorschlagen, dass Sie Ihrer Frau Fragen stellen, die sich nur auf Sie beide beziehen, Fragen, auf die nur Sie beide die Antwort wissen. Personalisieren Sie Ihr Quiz, so dass es eine Bedeutung für Rita bekommt und eine ganz spezielle Erinnerung in ihr wachruft, und führen Sie sie dann leibhaftig an den betreffenden Ort, um die Erfahrung noch intensiver zu machen. Schicken Sie Rita auf eine Reise, Bert, und geben Sie ihr dabei das Gefühl, dass Sie direkt neben ihr, gemeinsam mit ihr unterwegs sind.«

Er schweigt.

»Bert?« Ich bleibe stehen. »Sind Sie noch da?«

Es klingt, als würde er ersticken.

»Bert?«, frage ich noch einmal. Allmählich bekomme ich Panik.

Aber dann höre ich, wie er anfängt zu lachen, keuchend, heiser. »War bloß … ein Witz.«

Ich verfluche seinen Humor.

»Aber vermutlich muss ich noch mal ganz von vorn anfangen«, fügt er hinzu.

»Wenn Sie möchten, kann ich irgendwann diese Woche nach der Arbeit bei Ihnen vorbeikommen, dann planen wir alles. Wäre das okay?«

Pause. »Heute Abend. Ich habe … nicht viel … Zeit.«

· / ·

Wie versprochen besuche ich Bert nach Ladenschluss. Sein Betreuer öffnet mir die Tür, und während er mich ins Haus führt, gebe ich ihm, wie immer, wenn jemand mich auf meine Krücken und den Gips anspricht, die üblichen Auskünfte. Berts Familie hat sich im Wohnzimmer versammelt, und ich setze mich wie in einem Warteraum auf einen Stuhl im Korridor. Genau wie bei uns damals, als Gerry krank war, hat man das Wohnzimmer zu einem Krankenzimmer umfunktioniert, damit Bert keine Treppen überwinden muss. So konnte ich jederzeit bei Gerry sein, selbst beim Zubereiten des Essens, das er nie aß, und er fühlte sich besser in Kontakt mit der Welt. Allerdings wollte Gerry immer lieber baden als duschen, und die einzige Badewanne stand nun einmal im oberen Stockwerk. Wir ließen einen Treppenlift einbauen, den Gerry hasste, aber da er es noch mehr hasste, sich auf mich stützen zu müssen, überwand er seinen Stolz. In der Badewanne konnte er die Augen schließen und sich entspannen, während ich ihn mit dem Schwamm wusch. Ihn zu baden, zu halten, abzutrocknen und anzuziehen waren die intimsten Augenblicke, die wir je zusammen hatten.

Die Tür zum Wohnzimmer ist geschlossen, aber ich höre, dass Bert sehr viel Besuch haben muss, und am lautesten sind die Kinderstimmen. Um ein zusätzliches Überraschungselement zu schaffen, soll der »P. S. Ich liebe Dich«-Club für die Angehörigen geheim bleiben, und ich weiß nicht, was Bert seiner Familie über mich erzählt hat – vorausgesetzt, er hat überhaupt etwas von mir erzählt. Aber der Buchclub ist zum Glück eine gute Tarnung, und ich habe eine Sportlerbiographie mitgebracht, um eventuell eine Ausrede zu haben.

Plötzlich dringt Musik aus dem Zimmer, ein Chor wunderschöner junger Stimmen singt *»Fall on Your Knees«* – die Enkel wollen ihren Großvater aufmuntern. Im Gegensatz zu den Erwachsenen und zu Bert selbst wissen sie womöglich nicht, dass sie sich bald von ihm verabschieden müssen. Wahrscheinlich schaut Bert seinen Enkelkindern beim Singen zu, überlegt sich, wie ihre Zukunft aussehen mag, hofft, dass sie ein gutes Leben haben werden, und kämpft mit dem Wunsch, es miterleben zu dürfen. Vielleicht macht er sich auch Sorgen um ihre Eltern, die mit angestrengtem Lächeln ihre Trauer zu überspielen versuchen, während sie dem kleinen Chor zuhören. Bert spürt ihren Schmerz, fühlt, wie sehr sie sich bemühen, er kennt die Hürden, die sie in der Vergangenheit schon überwinden mussten, und macht sich Gedanken, wie sie zukünftig zurechtkommen werden. Selbst auf dem Sterbebett kann er nicht damit aufhören, an seine Kinder zu denken, und auch sie sorgen sich um ihn. Er ist ja ihr Vater, für immer. Vielleicht denkt er auch an Rita, daran, was sie allein wird durchmachen müssen, wenn er nicht mehr bei ihr ist. All das geht mir durch den Kopf, während ich den Kinderstimmen zuhöre.

Dann geht die Tür auf, und mit fröhlichen Rufen – »Auf Wiedersehen, Granddad«, »Wir lieben dich, Granddad« – strömen Berts Enkel aufgeregt auf den Korridor, hüpfen und springen, plaudern munter miteinander. Ihnen folgen Berts Kinder und Schwiegerkinder, die mir im Vorbeigehen zulächeln und dann weiter zur Haustür eilen, wo sie Rita – eine zierliche Frau in rosa Golfhose und Pullover, Perlenkette und farblich passendem Lippenstift – zum Abschied in den Arm nehmen. Sobald Rita die Tür hinter dem letzten Gast geschlossen hat, stehe ich langsam auf.

»Tut mir leid, dass Sie warten mussten«, begrüßt Rita mich freundlich. »Ich fürchte, Bert hat mir gar nicht gesagt, dass Sie eine Verabredung mit ihm haben. Ach herrje, was ist denn mit Ihnen passiert?«, fügt sie hinzu, als sie meinen Gips entdeckt.

Überraschenderweise scheint sie nach der Szene, die ich von draußen miterlebt habe, kein bisschen bewegt zu sein, jedenfalls nicht so sehr wie ich. Aber ich erinnere mich an das Gefühl, in jeder Situation die Stärkste sein zu müssen, denn sonst würde nichts mehr funktionieren. Große Gefühle, Abschiede und Gespräche über das Ende, alles wird Normalität, und die Seele wappnet sich doppelt und dreifach, wenn sie damit konfrontiert ist. Doch nur in Gesellschaft anderer Menschen. Wenn ich allein war, konnte manchmal alles über mich hereinbrechen.

»Ein Fahrradunfall«, antworte ich. »Aber zum Glück bin ich den Gips bald los.«

»Bert wartet schon auf Sie«, sagt Rita und führt mich in sein Zimmer. »Ich setze Wasser auf. Tee oder Kaffee?«

»Tee bitte. Vielen Dank.«

Bert liegt auf einem Krankenhausbett im Wohnzimmer, die Sofas sind zur Seite geschoben. Er ist an seinen Sauerstoffbehälter angeschlossen, und als er mich sieht, gibt er mir Zeichen, die Tür zu schließen und mich zu ihm zu setzen. Ich tue es.

»Hi, Bert.«

Er deutet auf die Schläuche in seiner Nase und verdreht die Augen. Sicher, er strahlt nicht mehr so viel Energie aus wie bei unserer ersten Begegnung, aber es ist Leben in ihm, und seine Augen funkeln.

»Sie sehen schlechter aus als ich«, stößt er hervor und muss fast nach jedem Wort nach Luft schnappen.

»Das wird schon wieder. Nur noch vier Wochen mit dem Gips. Ich habe Ihnen dieses Buch mitgebracht, für unseren Buchclub.«

Er lacht leise, fängt aber an zu husten, und es klingt furchtbar. Ich stehe auf und gehe näher zu ihm, als könnte ich ihm helfen.

»Ich habe Rita aber etwas anderes erzählt«, sagt er, als es endlich vorbei ist.

»O Gott – will ich das überhaupt wissen?«

»Meine Füße«, erklärt er, und wackelt mit den Zehen, die er unter der Decke hervorgestreckt hat. Schuppige Plattfüße mit dicken, langen, gelben Zehennägeln. Um keinen Preis werde ich diese Füße anfassen.

»Fuß- … Massage- … Therapie.«

»Bert, da müssen wir uns aber etwas Besseres einfallen lassen«, entgegne ich.

Wieder kichert er, ihm macht seine Idee großen Spaß.

Von der Küche ist Geschirrgeklapper zu hören, Rita bereitet den Tee vor.

»Okay«, sage ich schließlich kopfschüttelnd. »Machen wir uns an die Arbeit. Haben Sie sich neue Fragen ausgedacht?«

»Es liegt alles unter meinem Kopfkissen.«

Ich helfe ihm beim Aufsetzen. Lachend ziehe ich die Papiere unter dem großen Kissenstapel hervor und gebe sie ihm.

»Schon als kleiner Junge wollte ich unbedingt einmal einen Banküberfall planen.«

»Na ja, jedenfalls haben Sie hier schon ausführlich Pläne geschmiedet.«

»Hatte ja nichts … Besseres vor.«

Er zeigt mir eine Karte mit bunten Stickern an verschiedenen Stellen. Zu meiner großen Erleichterung sind alle Orte in und um Dublin, aber seine Schrift ist so krakelig, dass ich sie kaum lesen kann.

»Schreiben ist schwierig«, sagt er, wahrscheinlich, weil er mein Problem bemerkt. »Am besten schreiben Sie alles noch mal ab.«

Im nächsten Moment nähern sich Schritte und Geschirrgeklapper der Tür. Schnell verstecke ich die Papiere unter meiner Jacke, die ich über den Stuhl gelegt habe, und öffne Rita die Tür.

»Hier kommt der Tee«, ruft sie.

Ich helfe ihr, den Servierwagen mit der hübschen Teekanne und nicht zusammenpassenden Tassen und Untertassen samt einem Plätzchenteller ans Bett zu schieben.

»Ist es Ihnen so bei der Arbeit im Weg?«, fragt sie besorgt.

»Aber nein, das geht schon«, antworte ich und merke dabei, wie unangenehm es mir ist, lügen zu müssen. »Ich kann es ja leicht wegschieben.«

Als alles an seinem Platz ist, verlässt Rita das Zimmer wieder, ganz bestimmt froh, eine Stunde für sich allein zu haben. Ich erinnere mich noch gut daran, wie es mir ging. Als mein Leben am schwierigsten war, schaute ich mir Fernsehprogramme über Wohnungsverschönerung oder Gartenpflege an, Kochsendungen – kurz gesagt alles, was mich ablenkte und irgendwie mit Umgestaltung und vor Überraschung weinenden Gästen zu tun hatte. Erst konnte ich mich in den alltäglichen Kümmernissen dieser Menschen verlieren und dann von ihren Hoffnungen anstecken lassen.

Bert lacht leise. Im Gegensatz zu mir liebt er Intrigen. Aber jetzt frage ich mich, ob es bei Gerry vielleicht auch so war. Ob er es genossen hat, ein Geheimnis ganz für sich allein zu haben, in einer Zeit, als sein Körper und sein Geist nicht mehr ihm gehörten, sondern von allen anderen in Besitz genommen und analysiert wurden.

Ich hole die Papiere wieder hervor und studiere sie.

»Sie haben Gedichte geschrieben?«

»Limericks. Rita ist der Lyrikfan, sie hasst Limericks«, sagt er mit einem schelmischen Funkeln in den Augen.

»Bert«, komme ich mit leiser Stimme auf unser Thema zurück. »Unter anderem habe ich Gerrys Briefe deswegen so geliebt, weil sie von Hand geschrieben waren. Das hat mir das Gefühl gegeben, dass er einen Teil von sich selbst für mich zurückgelassen hat. Seine Worte, von seiner Hand, aus seinem Kopf, aus seinem Herzen. Ich denke, es ist das Beste, wenn Sie Ihre Limericks auch selbst schreiben.«

»Ach ja?« Er sieht mich an, und ich kann mir nicht vorstellen, wie dieser große Mann mit den riesigen Pranken und breiten Schultern jemals einen Kampf gegen irgendetwas verlieren konnte. »Rita hat meine Handschrift nie gemocht und darauf bestanden, alle Glückwunschkarten und Ähnliches selbst zu schreiben. Ihre Handschrift ist wunderschön. Es wäre mir recht, wenn Sie für mich schreiben könnten.«

»Na gut. Oder ich könnte alles ausdrucken. Dann ist es wenigstens nicht direkt von mir.«

Bert zuckt die Achseln. Anscheinend macht es ihm keine großen Sorgen, wie die Botschaft übermittelt wird, sie soll nur ankommen. Ich blinzle nachdenklich. Anscheinend muss ich lernen, daran zu denken, dass nicht unbedingt jeder Mensch dieselben Prioritäten setzt wie ich. Es gibt keine allgemeingültigen Regeln für diese Briefe. Es kommt nur auf die Wünsche der Betreffenden an, nicht auf das, was ich wichtig finde.

»Und wir brauchen schönes Papier. Haben Sie Briefpapier?« Natürlich nicht. »Ich kann Ihnen welches besorgen.«

Er rührt weder die Kekse noch seinen Tee an. Neben seinem Bett steht ein Teller mit Obst, ebenfalls unberührt.

Nachdenklich schaue ich auf Berts Notizen und die Karte, ohne sie wirklich zu sehen, denn meine Gedanken rasen. Es wäre zu viel, ihn zu bitten, alles noch einmal zu machen, er hat getan, was er konnte, so schnell er konnte.

»Bert«, sage ich schließlich. »Aber damit ich nichts Falsches aufschreibe, müssen Sie mir helfen.« Ich hole mein Telefon heraus. »Lesen Sie mir vor, was Sie aufgeschrieben haben.«

Er greift nach seiner Brille, schafft es aber nicht, die Anstrengung überfordert ihn. Ich stehe auf und hole sie für ihn.

Schwer atmend schaut er auf die Blätter und liest, ohne etwas zu sagen, das Luftholen raubt ihm die Worte. Dann hält er inne, ein Schleier legt sich über seine Augen, und auf einmal weint er wie ein kleiner Junge. Ich unterbreche die Aufnahme, nehme seine Hände und drücke sie fest. Aber er schluchzt immer heftiger. Schließlich nehme ich ihn in den Arm, und der alte Mann weint an meiner Schulter wie ein Kind. Als er fertig ist mit Lesen und Weinen, ist er vollkommen erschöpft.

»Bert«, sage ich leise. »Ich möchte das eigentlich nicht erwähnen, aber haben Sie irgendeine Lotion greifbar?«

Verwirrt reibt er sich die Augen trocken.

»Wenn wir unsere Tarnung aufrechterhalten wollen, dann muss ich dafür sorgen, dass Ihre Füße glücklicher aussehen, wenn ich gehe.«

Tatsächlich lacht er leise. Und in einer einzigen Sekunde verwandelt sich Kummer in Freude.

Kapitel 16

Im Schreibwarengeschäft starre ich in das Regal mit dem Briefpapier. So viele verschiedene Sorten – beschichtet, nicht beschichtet, Bütten, Postpapier und Leinen. Glänzend, seidenmatt, matt, glatt oder strukturiert. Pastell oder kräftig gefärbt. Welche Größe? Mit schwirrt der Kopf. Es ist doch alles bloß Papier, was spielt es denn für eine Rolle? Natürlich spielt es eine Rolle. Bert hat sechs Briefe für Rita entworfen. Eine Packung mit schicken Karten enthält vier. Warum vier? Warum nicht fünf? Also brauche ich zwei Packungen. Aber werden die extra zwei Karten für alle eventuellen Fehler genügen? Vielleicht sollte ich lieber drei Packungen kaufen. Die Umschläge gibt es in Packungen zu jeweils sieben Stück. Warum sieben? Und kann ich das Papier bedrucken?

Mit zitternden Händen durchsuche ich die Regale nach passenden Umschlägen. Selbstklebend oder geknickt – zwei Versionen meiner selbst. Eine Herausforderung, eine Mutprobe. Wenn ich mich entscheide, bin ich festgelegt. Aber was ist das Beste? Mich wieder zusammenkleben oder einknicken und einsehen, dass ich geschlagen bin?

Auch Gerry muss die kleinen Karten mit seinen Notizen und Briefen irgendwann gekauft haben und sich dabei bewusst gewesen sein, dass ich sie nach seinem Tod lesen würde. Hat er einfach irgendein Papier genommen oder etwas ganz Spezielles ausgesucht? War es wichtig für ihn? Oder ist er das Problem eher pragmatisch angegangen? Hatte er mit seinen Gefühlen zu kämpfen? Hat er um Hilfe gebeten oder war er sicher? Gut organisiert? Aufgeregt oder traurig?

Auf einmal ist mein Kopf voller Fragen. Hat er einfach den erstbesten Kartenstapel gekauft, den er in die Finger bekam? Hat er eine Übungsrunde gemacht und Sachen ausprobiert? Sind ihm Fehler unterlaufen, wurde er wütend und hat die Karten zerrissen? Hatte er andere Ideen, die es nie auf die Liste der zehn besten geschafft haben? Hat er überhaupt eine Liste gemacht? Wie lange hat er es geplant? Alles an einem Tag? War es eine spontane Entscheidung oder hat er sich Zeit genommen? In seinen Briefen waren keine Fehler, er muss in Ruhe gearbeitet und geübt haben. Aber ich habe keine Probebriefe gefunden. Er hat mit blauer Tinte geschrieben, hat er auch mit anderen Farben experimentiert? Hatte das Blau eine besondere Bedeutung für ihn? Hätte es auch für mich eine haben sollen? Hat es ihn überhaupt gekümmert, welche Farbe das Papier hatte? Ob er geahnt hat, dass ich jedes Detail genauestens analysieren würde?

Stand er womöglich genau hier, hat geweint und sich mühsam an seinem Stock aufrecht gehalten – genauso, wie ich es jetzt mit meinen Krücken mache, ein bisschen schwindlig von der Suche nach dem passenden Papier, das doch einfach nur blödes Papier ist? Hat er sich den Kopf zerbrochen, wie er kommunizieren soll, um dafür zu sorgen, dass er nicht vergessen wird? Hat er nach jedem Strohhalm gegriffen, um sein Leben zu verlängern, als alle Therapien versagten, voller Angst, dass man sich nicht an ihn erinnert? Immer in dem Bewusstsein, dass von seinem ganzen Leben nur dieser Moment übrig war, in dem er das Papier auswählte, das für seine letzten Worte an eine Person bestimmt war, die er nie wiedersehen würde?

»Alles okay mit Ihnen?«, fragt die Verkäuferin.

»Ja«, antworte ich ärgerlich und wische mir energisch die Augen trocken. »Sekundenkleber. Ich brauche noch Sekundenkleber.«

· / ·

Später rufe ich Joy an, entschuldige mich dafür, dass ich sie und die anderen Clubmitglieder im Stich gelassen habe, und mache meinen Sinneswandel deutlich. Sie ist freundlich und verständnisvoll, obwohl ich mich so lange nicht gemeldet habe und Zeit für alle Clubmitglieder doch so wichtig ist. Zum Clubtreffen erscheine ich vor den anderen in Joys Haus und bitte sie, mich einen Moment im Wintergarten allein zu lassen, damit ich alles vorbereiten kann.

Ich hole das Papier aus den Tüten, entferne die Verpackung und lege Briefpapier, Karten und Umschläge ordentlich auf den Tisch, stelle eine Blumenvase dazu und zünde zwischen den Stapeln ein paar Kerzen an und streue noch eine Handvoll Blütenblätter darum herum. Das Zimmer riecht nach Avocado und Limone. Als ich fertig bin, trete ich einen Schritt zurück. Was ich aufgebaut habe, kommt mir vor wie eine Opfergabe, ein handgeschriebenes Memorandum für das Leben.

Während ich damit beschäftigt war, sind die anderen mit Ausnahme von Bert ebenfalls eingetroffen und warten nun geduldig in der Küche. Ich habe länger gebraucht, und der Anblick ist eindrücklicher, als ich es mir je hätte träumen lassen.

Jetzt erst merke ich, wie ergreifend dieser Moment ist, und ich möchte, dass er so schön ist wie irgend möglich. Ich rufe die Clubmitglieder, und Joy tritt als Erste ein. Als sie mein Arrangement sieht, bleibt sie wie angewurzelt stehen.

»Oh«, sagt sie nur und drückt die Hand aufs Herz.

Paul verschränkt die Arme, und seine Kiefermuskeln arbeiten heftig, um seine Gefühle in den Griff zu bekommen, während sein Blick über meine Installation wandert. Ginika drückt Jewel fest an sich.

Schließlich berührt Joy vorsichtig das Schreibpapier, geht langsam an der Tischkante entlang und lässt die Fingerspitzen sanft über die Blätter gleiten. Sie hebt eins davon an, betastet es, legt es wieder hin. Wie hypnotisiert beobachten wir sie. Paul und Ginika rühren sich nicht, keiner von uns will diesen Augenblick stören. Doch plötzlich stößt Joy ein Schluchzen aus und verliert die Fassung. Alle eilen sofort zu ihr, Paul fängt sie auf, und sie sinkt an seine Brust. Erschüttert trete ich ein paar Schritte zurück, während Ginika ihren freien Arm um Joys Schulter legt. Paul macht Platz für Jewel und schließt auch sie in die Umarmung ein.

Mir kommen die Tränen.

Sie alle haben nicht mehr viel Zeit, doch sie erleben es gemeinsam.

Als sie sich wieder voneinander lösen, wischen sie sich die Augen, lachen ein bisschen verlegen, putzen sich die Nase.

Ginika geht näher zum Tisch. »Welches davon möchtest du haben, Jewel?«, fragt sie leise und bückt sich ein bisschen, damit Jewel besser nach dem Papier greifen kann. Die Kleine schaut über den Tisch und betrachtet die hübschen Farben mit großem Interesse. Vor lauter Aufregung über all das Neue strampelt sie aufgeregt mit den Beinchen und streckt schließlich die Hand nach dem pinkfarbenen Papier aus, schlägt ein paarmal darauf wie auf eine Trommel, packt es dann mit einer raschen Bewegung, hält es in die Höhe und schüttelt es kräftig hin und her.

Ginika grinst. »Das gefällt dir richtig gut, was?«

Eine Weile studiert Jewel das Papier mit großen Augen, dann knüllt sie es zusammen und betastet neugierig seine Konsistenz.

»Wir haben eine Entscheidung getroffen«, verkündet Ginika.

»Auftrag erfüllt«, sagt Paul. »Gut gemacht, Jewel.«

Es ist nur Papier, und doch ist es so viel mehr. Es sind nur Worte, und doch so viel mehr. Die Zeit, die wir hier auf der Erde verbringen, ist so kurz, aber was wir aufschreiben, wird uns überleben. Das Papier wird unsere Gedanken und Gefühle, unsere Enttäuschungen und alles, was in unserem Leben ungesagt bleibt, hinausschreien, rufen, brüllen und singen. Das Papier wird als Botschafter dienen, damit unsere Liebsten all das lesen und anfassen können – Worte, entstanden aus den Gedanken in einem lebendigen Kopf, gesteuert von einem lebendigen Herzen. Worte sind Leben.

Kapitel 17

Vor Ginikas Ankunft zu unserem ersten Lese- und Schreibunterricht lege ich alle Bücher und Broschüren bereit, die ich für sie gekauft habe. Ich bin nervös. Ich bin keine Lehrerin, und ich hatte immer das Gefühl, dass ich mehr von anderen aufnehme, als ich ihnen gebe. Sicher, ich habe alles über Lese- und Schreibschwäche bei Erwachsenen recherchiert, was ich finden konnte, und habe die besten Bücher zum Lesenlernen besorgt. Aber die richten sich vor allem an Anfänger, und ich weiß nach allem, was Ginika mir erzählt hat, dass sie auch Legasthenikerin sein könnte – und für dieses Problem bin ich vollkommen unqualifiziert. Ich habe keine Ahnung von den Übungen und Maßnahmen, die ich ihr in diesem Fall anbieten könnte, und eigentlich wäre es am besten, als Erstes einen Test mit ihr zu machen und herauszufinden, auf welchem Niveau sie sich befindet. Sie hat höchstens ein Jahr Zeit, um all das zu lernen, wofür man Kindern fünf Jahre Zeit lässt, aber ich habe ihr mein Wort gegeben, es zu versuchen.

Mein Smartphone klingelt, und ich checke das Display. Beinahe hoffe ich, dass es Ginika ist, die unsere Verabredung absagt, aber es ist Gabriel.

»Mist.«

Ich starre auf das klingelnde Gerät, ziehe in Erwägung, das Gespräch wegzudrücken, komme aber zu dem Schluss, dass es besser ist, es anzunehmen.

»Hallo?«

»Hi.«

Schweigen.

»Wir haben uns eine ganze Woche nicht mehr gesehen. Ich vermisse dich. Ich mag keinen Streit, du und ich, wir streiten uns doch nie.«

»Ich weiß. Ich vermisse dich auch.«

»Kann ich rüberkommen?«, fragt er.

»Oh. Äh. Jetzt?«

»Ja. Bist du zu Hause?«

»Ja, aber ...« Ich kneife die Augen fest zusammen und weiß genau, dass das, was ich jetzt sage, nicht gut ankommen wird. »Ich würde dich echt gern sehen, aber ich habe in ein paar Minuten eine Verabredung.«

»Mit wem denn?«

»Du kennst sie nicht, sie heißt Ginika.«

»Von diesem Club?«

»Ja.«

Er schweigt. »Okay«, sagt er dann, und es klingt verkniffen. »Dann ruf mich einfach an, wenn es mal bei dir passt.« Damit beendet er den Anruf.

Ich seufze. Einen Schritt vor, zwei zurück.

Punkt zwanzig Uhr erscheint Ginika, Jewel auf dem Arm, eine Babytasche vor dem Bauch. Jewel begrüßt mich mit ihrem wunderschönen Lächeln.

»Hallo, meine Hübsche«, sage ich, umfasse ihre winzigen weichen Fingerchen, heiße die beiden willkommen und will sie durch die Diele ins Wohnzimmer und weiter in Richtung Esszimmer führen. Aber Ginika bleibt mitten im Wohnzimmer stehen.

»Du hast ein echt schönes Haus«, sagt sie und schaut sich um. Seit dem letzten Clubtreffen bin ich Mitglied der Gruppe, ich gehöre dazu, alle Förmlichkeit ist verschwunden.

Ich stehe am Esstisch, deute an, dass wir uns setzen könnten, aber Ginika lässt sich Zeit und sieht sich weiter neugierig um. Ihr Blick bleibt an den gerahmten Hochzeitsfotos von Gerry und mir hängen.

»Normalerweise ist es nicht so ordentlich hier«, erkläre ich, »aber ich will das Haus verkaufen. Ich habe alles versteckt, also mach bitte keine Schränke auf, sonst kommt mein ganzes Leben rausgepurzelt.«

»Das ist bestimmt Gerry«, sagt Ginika und deutet auf das Foto.

»Stimmt.«

»Er sieht gut aus.«

»Ja, und das wusste er auch. Der bestaussehende Junge der Klasse«, sage ich lächelnd. »Wir haben uns in der Schule kennengelernt.«

»Ich weiß. Als du vierzehn warst«, erwidert Ginika und studiert weiter das Bild. Dann wandern ihre Augen zum einzigen Foto von Gabriel und mir, das auf dem Kaminsims steht. »Und wer ist das?«

»Das ist mein Freund, Gabriel.«

In den zwei Wochen, in denen ich mich nach meinem Unfall erholen musste, habe ich alle Besichtigungstermine abgesagt, aber diese Woche haben sie wieder angefangen. Normalerweise räume ich sämtliche Fotos weg, wenn Besuche von potentiellen Käufern anstehen. Auch wenn ich öffentlich in einem Podcast über meine Trauererfahrung gesprochen habe, bin ich von Natur aus eher reserviert und mag es nicht, wenn Fremde in meinen persönlichen Sachen herumschnüffeln. Während ich zuschaue, wie Ginika direkt vor meiner Nase so in meiner Privatsphäre stochert, mag ich mir gar nicht vorstellen, was die Leute, die sich für das Haus interessieren, in meiner Abwesenheit womöglich alles anstellen. Ich nehme mir vor, noch mehr Dinge besser zu verstecken.

»Er ist ganz anders«, sagt Ginika, und ihr Blick wandert von Gabriel zurück zu Gerry.

»Er ist das genaue Gegenteil«, stimme ich zu und komme wieder zu ihr ins Wohnzimmer zurück, da sie keine Anstalten macht, mir an den Tisch zu folgen.

Sie betrachtet Gabriel ausgiebig und wendet sich dann wieder Gerry zu. Vermutlich ist es ganz normal zu vergleichen, und ich bin nicht die Einzige, die so etwas tut.

»In welcher Hinsicht?«, fragt sie schließlich.

Momentan bin ich eigentlich gar nicht in der Stimmung, Gabriel zu analysieren. »Gabriel ist viel größer«, sage ich unverbindlich und seufze.

»Weiter nichts?« Sie zieht eine Augenbraue hoch.

»Und älter.«

»Ja, Wahnsinn.« Offensichtlich unzufrieden mit meiner Antwort, schaut sie sich um und will ihre Inspektion fortsetzen.

»Es ist schon nach acht«, sage ich und versuche wieder, sie zum Esstisch zu lotsen. »Wann schläft Jewel denn für gewöhnlich?«

»Wenn wir heimkommen.«

»Das wird aber ziemlich spät«, erwidere ich besorgt.

»Wir gehen immer gleichzeitig schlafen.«

»Magst du sie vielleicht hinlegen, während wir arbeiten? Ich kann eine Decke holen. Sie krabbelt noch nicht, oder?«

»Nein. Ich habe eine Babymatte in der Tasche, aber ich glaube, für sie ist es erst mal okay auf meinem Schoß.«

Bei unseren ersten Dates ist Gabriel aufgefallen, dass ich immer meine Jacke anbehielt, wenn ich nervös war. Er sagte einmal, als ich meine Jacke endlich ausgezogen habe, habe er aufgehört, sich Sorgen zu machen, dass ich gleich wieder gehen würde. Mir selbst war das nie bewusst, ich dachte immer, mir wäre einfach kalt und mein Körper bräuchte Zeit, um sich an die Temperatur im Restaurant zu gewöhnen, aber Gabriel hatte völlig recht – es ging um die ganze Situation. Wir mussten uns an diese erste Enthüllung heranarbeiten, was vermutlich ganz normal ist, wenn eine Beziehung sich entwickelt. An irgendeinem Punkt fühlen sich beide Beteiligten sicher genug, um die erste Schutzschicht zu entfernen und ein bisschen mehr von sich zu offenbaren. Bei Ginika sehe ich, dass Jewel die Funktion meiner Jacke erfüllt, das Baby ist ihr Schutz. Wenn ich es mir recht überlege, habe ich sie nie ohne Jewel auf dem Arm gesehen – und auch nie mit einem Buggy.

Jetzt entledigt sie sich geschickt und ohne Jewel abzulegen der Babytasche, geht langsam zum Esstisch und beäugt ihn argwöhnisch, als wäre er eine tickende Zeitbombe. Ich sehe ihr die Nervosität an, sie versucht den entscheidenden Moment hinauszuzögern.

»Bist du Rechts- oder Linkshänderin?«, frage ich, denn da Ginika alles geschickt mit beiden Händen managt und Jewel ständig von der einen zur anderen Hüfte schiebt, konnte ich das bisher nicht einschätzen.

»Rechts. Aber vielleicht sollte ich es mal mit der linken Hand versuchen, vielleicht ist das ja mein Problem.« Sie lacht unsicher.

Ich mustere sie, ob ich seit unserer letzten Begegnung eine Veränderung ausmachen kann. Eigentlich hatte ich erwartet, dass sie dünner werden würde, aber sie wirkt eher aufgedunsen, wahrscheinlich von den Medikamenten.

»Als Erstes möchte ich sagen, dass ich es für das Beste halte, wenn ich dir helfe, einen richtigen Lehrer zu suchen.« Ich habe mich kundig gemacht. Zwar bin ich weit davon entfernt, in Geld zu schwimmen, aber ich könnte eine Stunde Unterricht pro Woche für Ginika bezuschussen, wenn ich meine unnützen Online-Einkäufe einschränke. »So ein Profi weiß genau, was er tut, und das könnte den Lernprozess enorm beschleunigen.«

»Nein. Ich möchte es lieber bei dir lernen. Ich werde hart dran arbeiten, versprochen.«

»Daran zweifle ich nicht, ich mache mir eher meinetwegen Sorgen.«

»Holly«, sagt sie und macht große Augen. »Ich möchte doch bloß einen Brief schreiben, verdammt nochmal. Das kriegen wir doch hin.« Sie klatscht aufmunternd in die Hände.

Ich grinse, ihr Enthusiasmus gibt mir tatsächlich Rückenwind.

Jewel imitiert das Händeklatschen.

»Gut gemacht!«, lacht Ginika. »Händchen klatschen!«

»Willst du Jewel jetzt nicht vielleicht doch auf den Boden legen?«

An Ginikas Gesicht ist deutlich abzulesen, dass die Antwort Nein lautet.

»Na gut«, gebe ich nach. »Aber ich habe ihr auch etwas zu lesen gekauft. Damit sie was zu tun hat, während wir arbeiten.«

Ich überreiche Jewel ein Babybuch mit dicken, weichen Seiten, das die Kleine mit ihren Patschhänden sofort entgegennimmt und interessiert mustert. Schon der Apfel auf der Titelseite erweckt ihr Interesse.

»A-A-Apfel«, sage ich zu Jewel.

»A-a-a«, wiederholt sie.

Ginika staunt. »Na bitte, du kannst es. Ich wollte Jewel immer ein Buch vorlesen, aber ich kann bloß die Bilder mit ihr anschauen und Geschichten dazu erfinden.«

»Genau das mögen die meisten Kinder doch am liebsten. Kinder lieben Improvisationen.«

»Wolltest du auch Kinder haben?«

Ich zögere. »Ja, wir wollten welche.«

»Warum hast du dann keine?«

»Kurz bevor der Tumor bei Gerry erkannt wurde, hatten wir beschlossen, es zu versuchen.«

»Scheiße.«

»Und du?«

»Ob ich Kinder wollte?«, fragt sie. Es klingt, als amüsiere sie die Frage.

»Ich meine, war Jewel geplant oder …?«

»Meinst du, ich habe geplant, mit fünfzehn schwanger zu werden und mit sechzehn ein Baby zu kriegen? Nein, Holly, Jewel war nicht geplant. Es war ein blöder One-Night-Fehler. Als meine Eltern es erfahren haben, wollten sie nichts mehr mit mir zu tun haben. Ich habe Schande über unsere Familie gebracht.« Sie verdreht die Augen.

»Das tut mir leid.«

Ginika zuckt die Achseln. »Die Ärzte haben den Krebs während der Schwangerschaft entdeckt und wollten mich nicht behandeln, weil es dem Baby geschadet hätte.«

»Aber nach der Geburt hast du dich dann behandeln lassen?«

»Ja. Erst Bestrahlung, dann Chemo.«

»Und was ist mit Jewels Dad? Beteiligt er sich?«

»Über den möchte ich nicht reden«, sagt Ginika und wendet sich Jewel zu, die mit den Fingern die Lippen ihrer Mutter berührt und dann anfängt, daran zu zupfen. Ginika schnappt im Spiel nach den Fingerchen, und Jewel kichert.

Ich lege die Babymatte neben uns auf den Boden. Es ist eine wattierte Spielmatte mit kleinen Spiegeln, Greifbändern, Quietschfunktionen und noch mehr verschiedenen Verzierungen, mit denen ein Baby sich beschäftigen kann. Schon beim Anblick der Matte wird Jewel ganz aufgeregt.

»Ich habe es dir ja schon gesagt«, meint Ginika nervös. »Ehrlich, sie wird ganz anders, wenn ich sie ablege.«

Ich frage mich, ob das vielleicht auch daran liegt, dass Jewel spürt, wie Ginikas Körper sich schon beim Gedanken, sie loszulassen, anspannt. Doch sobald Ginika das Baby auf die Decke legt, verwandelt sich die kleine pflegeleichte, unbeschwerte Schönheit in eine Bombe, die sofort explodiert und aus Leibeskräften brüllt, so dass sogar ich den Impuls habe, sie augenblicklich wieder hochzunehmen und alles zu tun, damit der Krach und das offensichtliche Leiden ein Ende haben.

Doch als ich Jewel aufhebe, hört das ohrenbetäubende Geschrei keineswegs auf. Die Kleine windet sich, stößt sich mit einer für ein so kleines Persönchen erstaunlichen Kraft mit den Füßen von mir ab, krümmt den Rücken und wirft sich nach hinten, so dass ich sie kaum halten kann und hastig ihrer Mutter wieder in den Arm drücke. Tatsächlich beruhigt Jewel sich bei ihr sofort, nur krampfhaftes Luftschnappen und Schniefen verraten gelegentlich noch etwas von der Qual, die sie gerade durchgemacht hat. Sie vergräbt den Kopf an Ginikas Brust und schaut uns aus Angst, wieder weg zu müssen, nicht mehr in die Augen.

Ich kann nur staunen.

»Jewel!«

Natürlich ignoriert sie mich. Sie weiß ja, was gerade los war.

»Ich habe dich gewarnt«, sagt Ginika und tröstet ihr Baby. »Sie ist besessen.«

Vornehm ausgedrückt.

»Okay.« Ich hole tief Luft. »Dann muss sie wohl auf deinem Schoß bleiben, während du lernst.«

Inzwischen ist es fast neun Uhr. Jewel ist wieder zufrieden, gurrt und plappert ununterbrochen, greift nach dem Papier, den Stiften, zerrt alles in ihrer Reichweite zu sich, um es auf den Boden zu werfen, reißt eine Seite aus Ginikas Notizblock. Aber sobald Ginika Anstalten macht, sie wieder auf die Babydecke zu legen, setzt augenblicklich das Gebrüll ein. Wir probieren, ob es aufhört, wenn wir sie eine Weile protestieren lassen. Aber nichts dergleichen. Zwei Minuten, drei Minuten, fünf Minuten, dann ertragen wir es nicht mehr, und Jewel ist stur, sie gewinnt jedes Mal. Ein harter Brocken, und sosehr sie auch die schützende Schmusedecke für ihre Mutter sein mag, ist sie doch zugleich auch deren Schwachstelle, denn natürlich kann Ginika sich nicht auf etwas anderes konzentrieren, wenn sie ständig physisch und psychisch so mit Beschlag belegt wird. Gegen zehn beenden wir den Unterricht, obwohl wir sogar noch weniger geschafft haben, als ich befürchtet hatte. Ich bin fix und fertig.

Als ich die Tür öffne und die beiden in die dunkle Nacht hinauslasse, versuche ich, dem Ganzen doch noch einen positiven Dreh zu verpassen.

»Am besten, du übst alles, was wir heute durchgenommen haben, und gehst vor allem die Laute immer wieder durch.«

Ginika nickt. Sie hat dunkle Ringe unter den Augen und kann mir nicht ins Gesicht sehen. Garantiert wird sie anfangen zu weinen, sobald die Tür hinter mir ins Schloss gefallen ist.

Es ist spät. Es ist kalt. Die Bushaltestelle ist ziemlich weit entfernt. Ginika hat keinen Buggy. Ich möchte in die Badewanne und so schnell wie möglich ins Bett, um mich dort vor den Ereignissen dieses Abends zu verkriechen. Mich in aller Stille schämen. Jeder unbeteiligte Beobachter der Situation – Gabriel, Sharon, irgendjemand – hätte mir versichert, dass ich von vornherein auf verlorenem Posten kämpfe. Allerdings nicht aufgrund von Ginikas Unfähigkeit, sondern vielmehr meiner eigenen. Ich kann die beiden doch jetzt nicht einfach vor die Tür setzen! Kurz entschlossen greife ich mir meinen Schlüssel und sage ihr, dass ich sie nach Hause fahren will.

»Kannst du mit diesem Ding überhaupt Auto fahren?«, fragt Ginika mit Blick auf meinen Gips.

»Inzwischen schaffe ich damit fast alles«, entgegne ich mit einer Grimasse. »Nur Radfahren kann ich nicht. Und das vermisse ich sehr.«

Ich fahre Ginika und Jewel nach Hause in die North Circular Road. Da auf den Straßen um diese Zeit nicht viel los ist, dauert es zwanzig Minuten. Mit dem Bus hätten sie umsteigen müssen und wären erst nach elf zu Hause gewesen. Plötzlich komme ich mir mit meiner Planung schrecklich egoistisch vor – ich lege die Termine fest, wie es mir in den Kram passt, und es ist mir auf einmal richtig peinlich, dass ich diese Reise von Ginika verlangt habe. Natürlich müssen wir alle Verantwortung für unser eigenes Leben übernehmen, aber ich bin wirklich nicht sicher, ob ich einer schwerkranken sechzehnjährigen jungen Mutter erlauben kann, solche Entscheidungen für sich zu treffen.

Wenige Minuten von Phoenix Park und Phibsboro entfernt halte ich vor einem Reihenhaus. Ein frühgotisches Häuschen, das aber schon vor langer Zeit jede Pracht verloren hat. Jetzt wirkt es schmutzig und feucht, der Garten ist ungepflegt, das Gras so hoch, dass das Gebäude verlassen wirkt. Auf der Eingangstreppe hängt eine Gruppe Jungs herum.

»Wie viele Leute wohnen denn hier?«

»Keine Ahnung. Es gibt vier Einzimmerwohnungen und drei Einzelzimmer. Das Amt hat es für mich organisiert. Wir haben die Kellerwohnung.«

Ich schaue zu der Stelle, wo die Stufen sich in der Dunkelheit verlieren.

»Nette Nachbarn?«, frage ich hoffnungsvoll.

Ginika schnaubt nur.

»Wohnt deine Familie in der Nähe?«

»Nein, aber das ist auch egal. Ich habe dir ja erzählt, dass wir kaum mehr ein Wort miteinander gewechselt haben, seit ich ihnen gesagt habe, dass ich schwanger bin.«

Bis gerade habe ich sie nur im Rückspiegel angesehen, aber jetzt drehe ich mich zu ihr um.

»Aber deine Eltern wissen doch, dass du krank bist, oder?«

»Ja, das wissen sie, aber sie sagen, wie man sich bettet, so liegt man. Meine Ma ist der Ansicht, es ist meine Strafe dafür, dass ich ein Baby gekriegt habe.«

»Ginika«, sage ich voller Entsetzen.

»Ich habe die Schule geschmissen. Mich mit den falschen Leuten rumgetrieben. Bin schwanger geworden und habe Krebs gekriegt. Meine Eltern glauben, das ist die Strafe Gottes. Weißt du, Ginika bedeutet ›Gott ist der Größte‹.« Sie verdreht die Augen. »Meine Eltern sind sehr religiös. Vor zwanzig Jahren sind sie nach Dublin gezogen, damit ich mehr Möglichkeiten habe, und jetzt sagen sie, ich habe sie verspielt. Ich sage dir, ich bin besser dran ohne meine Familie.« Sie öffnet die Autotür und müht sich beim Aussteigen mit Tasche und Baby ab, aber ich bin fassungslos und merke zu spät, dass sie Hilfe brauchen könnte. Bis ich mich mit meinem Gips in Bewegung setze, hat sie es geschafft.

Ich öffne meine Tür. »Ginika!«, rufe ich ihr nach, und sie bleibt stehen. »Aber deine Eltern werden sich doch bestimmt um Jewel kümmern, ja?«

»Nein«, antwortet sie mit ausdruckslosem Gesicht. »Seit sie von ihr wissen, ist ihnen das kein einziges Mal eingefallen, und ich glaube nicht, dass sich das ändert, wenn ich nicht mehr da bin. Außerdem haben sie Jewel gar nicht verdient.«

»Und wer kümmert sich dann um sie?«

»Das Jugendamt hat eine Pflegefamilie für sie gefunden. Wenn ich in Behandlung bin, geht sie zu ihr. Aber darüber brauchst du dir keine Sorgen zu machen«, fährt sie fort. »Hauptsache, du bringst mir das Schreiben bei.«

Ich schaue ihr nach, wie sie durch den Hof zur Treppe geht. Die Jungsgang macht gerade genug Platz, damit sie sich durchdrängeln kann. Worte werden gewechselt. Ginika verfügt über genügend Autorität, um sie sich vom Leib zu halten, aber ich starre die Kerle wütend an – so bedrohlich ich es mit meinem idiotischen Vororts-Mittelschichtsblick eben kann, und überlege, ob ich mit einer Krücke auf sie losgehen soll.

Aber dann verriegle ich schnell die Autotüren.

· / ·

Es wäre gelogen zu behaupten, dass ich nicht im Bett gelegen und überlegt habe, ob ich Ginika anbieten sollte, für Jewel zu sorgen. Ich könnte ihr ein Leben mit Liebe, Trost, Unterstützung und der Aussicht auf eine sichere Zukunft versprechen. Ich könnte mich heldenhaft und furchtlos bereit erklären, die Vormundschaft für das Baby zu übernehmen. Aber so ein Mensch bin ich nicht. Ich bin nicht so gut. Sicher, ich habe daran gedacht und die Idee mindestens sieben Minuten in einem detaillierten Tagtraum umfassend analysiert und von allen Seiten betrachtet und erwogen. Aber gleichgültig, wie ich diesen schrecklich klaren Tagtraum hin- und herwendete, ich blieb bei meinem Nein. Ich mache mir Sorgen um Jewel, ich frage mich, wie ihre Zukunft aussehen, wer sich um sie kümmern, wer sie lieben wird. Ich wünsche mir, dass sie in zuverlässige und liebevolle Hände kommt und nicht mit womöglich ständig wechselnden Pflegefamilien zurechtkommen muss, mit dem Gefühl, nirgendwo hinzugehören, der eigenen Identität beraubt zu werden, sich zu fühlen wie eine Feder im Wind, ohne einen Menschen, der sie aufhebt und festhält. All diese Gedanken beherrschen mein Inneres viel länger und mit weit größerer Intensität als der Tagtraum, mich selbst um sie zu kümmern.

Aber alle diese Überlegungen kommen zur gleichen Schlussfolgerung. Nur weil ich selbst meinen Anteil an Problemen hatte, kann ich nicht in die Helferrolle schlüpfen. In einem Punkt hat Gabriel vollkommen recht: diese Rolle wäre nicht gut für mich, und wenn mein Engagement im Club funktionieren soll, darf ich mich nicht zu sehr einbinden lassen. Ich muss meine Grenzen schützen und realistisch bleiben. Schließlich habe ich mich bereit erklärt, dem »P. S. Ich liebe Dich«-Club mit den Briefen zu helfen, nicht mit ihrem Leben.

Meine Mission – mein Geschenk für Jewel und Ginika – wird sein, dafür zu sorgen, dass Jewel einen Brief bekommt, den ihre Mutter selbst geschrieben hat, einen Brief, den sie in der Hand halten und immer wieder lesen kann, ganz gleich, wohin es sie in dieser Welt verschlägt.

Kapitel 18

Richard, der älteste und zuverlässigste meiner Brüder, trifft zwanzig Minuten zu früh bei mir ein. Wir begrüßen uns wie immer etwas verlegen, als hätten wir uns gerade erst kennengelernt – anders ist es bei meinem extrem schüchternen Bruder nicht möglich. Unsere halbe Umarmung wird dadurch noch schwieriger, dass Richard einen großen, schweren Werkzeugkasten in der Hand hält, und – schlimmer noch – dadurch, dass ich lediglich mit einem Badetuch bekleidet bin und tropfe, weil ich meine Dusche abbrechen, die Treppe runterhoppeln und ihn reinlassen musste. Dabei ist das Duschen mit Gips sowieso schon ein ziemliches Kunststück. Ich muss ihn ordentlich in Plastikfolie wickeln und oben und unten mit Gummiband verschließen, damit kein Wasser hineinläuft. Trotzdem wird das Jucken darunter immer schlimmer, und ich frage mich, ob ich womöglich nicht vorsichtig genug war. Zu allem Überfluss habe ich auch noch Kreuzschmerzen vom Krückenlaufen und kann nicht richtig schlafen. Allerdings bin ich nicht sicher, ob daran nur der Knöchel schuld ist oder auch meine ganze Situation ihren Beitrag leistet.

Da Richard einerseits den Werkzeugkasten nicht gegen mein Bein schlagen, andererseits meinen nassen Körper möglichst wenig berühren will, weiß er nicht, wohin er schauen und wie er sich verbiegen soll. Deshalb führe ich ihn schnell ins Wohnzimmer und beginne zu erklären, weshalb ich seine Hilfe brauche. Aber er kann sich nicht konzentrieren.

»Warum bringst du nicht erst … dich selbst in Ordnung?«

Ich verdrehe die Augen und mahne mich zur Geduld. Es stimmt schon, dass wir uns im Kontakt mit unseren Familienmitgliedern in Kindheitsversionen unserer selbst verwandeln, auf mich jedenfalls trifft es zu. Die meiste Zeit meiner Pubertät und sogar noch im frühen Erwachsenenalter habe ich über meinen komischen Bruder die Augen verdreht. Jetzt hüpfe ich wortlos zurück zur Treppe. Als ich trocken und bekleidet wieder herunterkomme und wir uns im Wohnzimmer wieder treffen, kann er mir ganz normal in die Augen sehen.

»Ich möchte gern diese Bilderrahmen entfernen, aber ich weiß nicht, sie scheinen irgendwie in die Wand geschraubt zu sein«, erkläre ich.

»In die Wand geschraubt«, wiederholt er und betrachtet die Rahmen.

»Ich kenne leider die Fachausdrücke nicht, aber sie haben nicht wie die anderen eine Schnur, die an einem Nagel hängt. Das meine ich. Der Fotograf hat sie damals für mich angebracht, und anscheinend hatte er Angst, dass sie beim nächsten Erdbeben von der Wand fallen, was ja nicht sehr wahrscheinlich ist.«

»Aber vor zwölf Jahren gab es doch ein Erdbeben der Stärke drei Komma zwei, nur siebenundzwanzig Kilometer vor der Küste von Wicklow in der Irischen See, in zehn Kilometer Tiefe.«

Er sieht mich an, und ich weiß, dass er fertig ist. Richard spricht meist in Statements und stellt sie in den seltensten Fällen zur Diskussion. Ich glaube nicht, dass ihm das klar ist, und wahrscheinlich wundert er sich manchmal, warum er keine Reaktion darauf bekommt. So funktionieren die Gespräche mit ihm: Ich liefere eine Information, dann lieferst du eine Information. Jeder ganz natürliche Querverweis, der vom Thema abzweigt, kann ihn in Verwirrung stürzen. In seinen Augen sind Abschweifungen vom Hauptthema absolut unerwünscht.

»Ach wirklich? Ich wusste gar nicht, dass es in Irland Erdbeben gibt.«

»Aus der Bevölkerung wurde nichts gemeldet.«

Ich lache, und Richard starrt mich verwirrt an. Er hat die Bemerkung nicht als Witz gemeint.

»Das stärkste Erdbeben hat Irland im Jahr 1984 erlebt, das Llyn-Peninsula-Erdbeben, bei dem ein Wert von 5,4 auf der Richterskala gemessen wurde. Das war auf dem irischen Festland das schlimmste Erdbeben seit Beginn der Aufzeichnungen. Dad sagt, er und Mum sind aufgewacht, weil ihr Bett über den Boden und gegen die Heizung gerutscht ist.«

Ich pruste vor Lachen. »Unglaublich, dass ich davon nichts wusste.«

»Ich habe Tee gemacht«, verkündet Richard daraufhin plötzlich und deutet zum Couchtisch. »Müsste noch warm sein.«

»Danke, Richard.« Ich setze mich auf die Couch und trinke einen Schluck. Der Tee ist perfekt.

Unterdessen studiert er die Wand und erklärte mir, welche Schrauben in ihr stecken und was er braucht, um sie zu entfernen. Ich höre zu, ohne wirklich etwas zu begreifen.

»Warum willst du die Bilder denn abnehmen?«, fragt er, und

ich weiß, dass das keine persönliche Frage ist, sondern dass es ihm nur um die Wand geht, vielleicht auch um die Rahmen, jedenfalls um etwas, was unmittelbar und konkret mit dem Abnehmen zu tun hat. Mit irgendwelchen Gefühlen hat seine Frage nichts zu tun. Aber ich lebe und denke mehr in Gefühlen und nicht so sehr in Funktionen.

»Weil Leute das Haus besichtigen und ich meine Privatsphäre schützen will.« Obwohl ich mein Privatleben vor einem Publikum diskutiert und erlaubt habe, es online verfügbar zu machen, so dass jeder es sich anhören kann.

»Aber es waren doch schon Leute hier.«

»Ich weiß.«

»Hat die Maklerin dir dazu geraten?«

»Nein.«

Er schaut mich an und wartet auf weitere Infos.

»Es kam mir einfach unfair vor, dass ich, wenn Leute kommen, das Foto von Gabriel und mir in der Schublade verschwinden lasse, Gerry aber an der Wand bleibt. Ich finde, ich sollte sie beide wegtun«, erkläre ich, wohl wissend, wie absurd sich das für einen Menschen wie Richard anhören muss.

Er sieht zu dem Foto von Gabriel auf dem Kaminsims und sagt nichts, was ich eigentlich auch nicht erwartet habe. Wir führen für gewöhnlich keine Gespräche mit tiefer Bedeutung.

Schließlich steht Richard auf und macht sich an die Arbeit, während ich im angrenzenden Esszimmer, wo ich, wenn es keine Besichtigungstermine gibt, meine Wäsche staple, ein paar Sachen bügle.

»Ich habe gestern Abend mit Gabriel ein Bier getrunken«, sagt Richard plötzlich, während er mit langsamen, systematischen Bewegungen einen Bit im Akkuschrauber entfernt und durch einen anderen ersetzt.

»Ach wirklich?« Überrascht sehe ich ihn an.

Ich glaube nicht, dass Gerry und Richard in all den Jahren, die wir zusammen waren, jemals zusammen in die Kneipe gegangen sind. Jedenfalls nicht zu zweit. Und selbst wenn wir zu mehreren waren, fühlte Gerry sich immer eher zu meinem Bruder Jack hingezogen. Jack war mein cooler, entspannter, geselliger, hübscher Bruder, zu dem Gerry aufblickte, als wir Teenager waren, während Richard für mich genau wie für Gerry immer der Schwierige war – hölzern, etwas absonderlich und langweilig.

Nach Gerrys Tod änderte sich das, und Richard wurde wichtiger für mich. Da er damals gerade eine Scheidung durchmachte und sein stabiles, zuverlässiges Leben in die Brüche ging, konnte ich mich mit ihm besser identifizieren und gab ihm oft Tipps, wie er mit den unvermeidlichen Veränderungen umgehen konnte. Im Vergleich dazu erschien Jack dann plötzlich oberflächlich, unfähig zu der Tiefe, die ich brauchte oder erwartete. Wenn man trauert, erlebt man manchmal Überraschungen mit anderen Menschen. Dass man entdeckt, wer die wahren Freunde sind, stimmt meiner Erfahrung nach nicht, aber es ist richtig, dass sich ihr Charakter offenbart. Gabriel ist immer nett zu Jack, aber allergisch gegen Jacks schick gekleidete, schnöselige Geschäftsfreunde. Er sagt immer, er traut Männern nicht, die einen Regenschirm mit sich herumtragen. Richard dagegen riecht nach Gras, Moos und Erde, und solchen Menschen vertraut Gabriel.

»War Jack auch dabei?«

»Nein.«

»Declan?«

»Nein, nur Gabriel und ich, Holly.«

Er schraubt wieder, und ich warte ungeduldig.

Er stellt den Akkuschrauber aus, sagt aber nichts, als hätte er vergessen, worüber wir geredet haben.

»Wo wart ihr denn?«

»Im Gravediggers.«

»Ihr wart im Gravediggers?«

»Gabriel trinkt so gern Guinness, und im Gravediggers kriegt man das beste Guinness von ganz Dublin.«

»Wer hat das arrangiert?«

»Ich habe Gravediggers vorgeschlagen, aber vermutlich meinst du die Verabredung. Gabriel hat mich angerufen. Sehr nett. Schon seit Weihnachten wollten wir uns treffen, und er ist ein Mann, der zu seinem Wort steht.«

Er stellt den Akkuschrauber wieder an.

»Richard!«, rufe ich, und er schaltet sie wieder aus. »Geht es ihm gut?«

»Ja, schon. Ist wohl gerade etwas schwierig mit seiner Tochter.«

»Ja«, antworte ich abgelenkt. »Ging es darum? Scheidungsgespräche?« Richards Kinder sind überhaupt nicht wie Ava. Sie singen in verschiedenen Chören, spielen Cello und Klavier. Wenn man sie nach Sambuca fragen würde, würden sie nachfragen, in welcher Tonart sie es spielen sollen. Richards Exfrau hat ihm das Herz nach der Trennung noch weiter gebrochen, indem sie einen gemeinsamen Bekannten, einen Wirtschaftsprofessor, heiratete. »Oder ging es um den Unfall? Ich glaube, er hat damit größere Probleme als ich.« Am liebsten möchte ich ihn fragen, ob sie sich auch über den »P. S. Ich liebe Dich«-Club unterhalten haben. Das wäre ja naheliegend, aber wenn das kein Thema war, möchte ich es lieber nicht anschneiden.

Beim Sonntagsessen hat Richard das Familiengespräch darüber verpasst, und soweit ich weiß, ist es nicht erneut zur Sprache gekommen.

»Ein bisschen von allem«, antwortet Richard. »Aber hauptsächlich macht er sich Sorgen, weil du dich mit diesem Club angefreundet hast.

»Ah, verstehe. Und was hast du ihm gesagt?«

»Dein T-Shirt verbrennt.«

»Was bedeutet das denn?«

»Dein T-Shirt, da, auf dem Bügelbrett«, erklärt er.

»Scheibenkleister!« Ich reiße das Bügeleisen weg und untersuche den Brandfleck. In Richards Gegenwart passieren mir fast immer irgendwelche Pannen, und ich benutze Ausdrücke, die aus einem Enid-Blyton-Buch stammen könnten. Ich bin nicht sicher, ob mir vielleicht auch sonst immer Pannen passieren, ich es aber nur merke, wenn Richard da ist, oder ob seine Anwesenheit daran schuld ist.

»Du solltest es sofort in kaltem Wasser einweichen und vierundzwanzig Stunden darin liegen lassen. Befeuchte den Fleck mit Wasserstoffperoxid und befeuchte ein sauberes weißes Tuch ebenfalls mit Wasserstoffperoxid, lege es auf den Fleck und bügle leicht darüber. Das müsste den Brandfleck entfernen.«

»Danke.« Allerdings habe ich nicht vor, irgendeine dieser Anweisungen zu befolgen. Das versengte T-Shirt erkläre ich einfach zum Schlafshirt.

Als Richard merkt, dass ich keine Anstalten mache, mit Wasserstoffperoxid zu hantieren, seufzt er tief. »Ich habe Gabriel gesagt, dass ich es sehr tapfer, großherzig und heldenhaft finde, was du tust.«

Ich lächle.

Er hebt den Bilderrahmen an und nimmt ihn ab. »Das habe ich ihm gesagt. Aber ich denke, du solltest echt vorsichtig sein. Alle scheinen zu befürchten, dass du dich selbst verlieren könntest, aber du solltest auch in Betracht ziehen, dass du dabei Gabriel verlieren könntest.«

Überrascht über diesen seltenen Moment emotionalen Durchblicks sehe ich ihn an, und dann wird mir klar, dass hinter meinem Rücken Gespräche über mich stattfinden. *Alle* machen sich Sorgen, dass ich mich selbst verliere. Was ist wichtiger – mich selbst zu finden oder Gabriel zu verlieren?

Dann ist der Augenblick vorüber, und Richard starrt wieder auf die Wand.

Sie ist durchsiebt von tiefen, hässlichen Löchern, wo Schrauben in der Wand gesteckt haben, die Farbe ist an den Stellen, wo die Bilderrahmen hingen, deutlich heller als darum herum. Obendrein sieht es ganz danach aus, als habe mein Fotograf mehrere vergebliche Versuche gemacht, die Schrauben in die Wand zu bekommen.

Sechs hässliche Narben in meiner Wand.

Ich stelle das Bügeleisen in der Halterung und stelle mich neben Richard.

»Das sieht ja scheußlich aus.«

»Offenbar kam der Fotograf mit deiner Wand nicht gut klar. Ein paarmal hat er die Lattung getroffen – die Holzlatten hinter der Wand.«

Noch vier weitere Rahmen sind zu entfernen, weil wir einfach keines der unendlich vielen Fotos, die an unseren herrlichen Hochzeitstag erinnern, aussortieren konnten.

»Die Löcher müssen ausgespachtelt, geschliffen und gestrichen werden. Hast du noch einen Rest von der Farbe?«

»Nein.«

»Möchtest du eine andere Farbe für die Wand?«

»Dann wäre sie anders als alle anderen, und wir müssten beide Räume neu streichen.«

»Die beiden Nischen vielleicht. Oder du könntest drübertapezieren.«

Ich rümpfe die Nase. Zu viel Mühe für ein Haus, das ich verkaufe und das von den neuen Besitzern ohnehin frisch gestrichen wird. »Die Käufer werden doch sowieso alles nach ihrem Geschmack ändern wollen. Hast du Spachtelmasse in deinem Werkzeugkasten?«

»Nein, aber ich könnte nachher welche kaufen und morgen noch mal kommen.«

»Aber heute Abend ist schon wieder ein Besichtigungstermin.«

Er überlässt mir die Entscheidung.

Ich schaue mir die Narben auf meiner Wand an, die unter unseren fröhlich lächelnden und faltenfreien Gesichtern verborgen waren, und seufze.

»Kannst du die Bilder vielleicht einfach wieder aufhängen?«

»Klar. Aber ich schlage vor, wir benutzen dafür nur jeweils einen Nagel. Ich möchte weder die Schrauben in diese Löcher schrauben noch neue bohren«, sagt er und streicht mit den Fingern über die riesigen Löcher.

Ich höre mit dem Bügeln auf und schaue zu, wie Richard die Fotos wieder in der Nische aufhängt – genauso wie vorher. Gerry und ich, wie wir strahlen und die Köpfe zusammenstecken. Wir posieren vor dem Meer am Portmarnock Beach, gegenüber von dem Haus, in dem ich aufgewachsen bin, neben dem Links Hotel, in dem der Hochzeitsempfang stattfand. Blicken uns tief in die Augen. Neben uns Mum und Dad. Mum grinst, Dad haben wir beim Blinzeln erwischt, das einzige

Bild, auf dem er die Augen nicht vollständig geschlossen hat. Gerrys Eltern sind auch da, samt dem verkniffenen Lächeln seiner Mum und den plumpen Füßen seines Dad. Sharon und Denise als Brautjungfern. Die archetypischen Fotos so vieler Hochzeitsalben überall auf dem Globus, und dennoch glaubten wir, einmalig zu sein. Und das waren wir auch.

Schließlich tritt Richard einen Schritt zurück und betrachtet sein Werk. »Wenn du dir Sorgen wegen der Ausgewogenheit machst, Holly, dann könntest du doch Gabriels Foto einfach auf dem Kaminsims stehen lassen. Es wäre wesentlich leichter, als die anderen Bilder abzuhängen.«

Ich bin dankbar für seinen Vorschlag. Er denkt mit. »Dass ich mich an zwei verschiedene Männer schmiege, was sagt das wohl über mich aus, Richard?«

Eigentlich erwarte ich keine Antwort, sie war ja in der Frage enthalten. Aber mein Bruder überrascht mich.

Er schiebt sich mit dem Zeigefinger die Brille höher auf die Nase. »Die Liebe ist eine unsichere und exklusive Angelegenheit. Etwas, was man nicht schamvoll in einem Schrank verstecken, sondern schätzen, in Ehren halten und für jeden sichtbar präsentieren sollte. Du solltest deinen Kopf zwar nicht mit solchen Gedanken belasten, aber vielleicht sagen die Fotos der beiden Männer, dass du das ziemlich große Glück und die unzweifelhafte Ehre hast, nicht nur die Liebe eines Mannes, sondern die von zweien in deinem Herzen bewahren zu dürfen.«

Dann geht er auf die Knie und räumt seinen Werkzeugkasten ein.

»Ich habe keine Ahnung, wer du bist oder was du mit meinem Bruder angestellt hast, aber ich danke dir, du fremdes Wesen, dass du uns besucht und solch weise Worte aus der

Hülle seines Körpers hervorgelockt hast.« Ich strecke ihm die Hand entgegen, fachkundig, geschäftsmäßig. »Bitte sei so nett, ihn in den Originalzustand zurückzuversetzen, bevor du wieder gehst.«

Richard belohnt mich mit einem seltenen Lächeln, das sein ernstes Gesicht in tausend Falten legt, und schüttelt den Kopf.

· / ·

Als ich später am Abend im Bett liege, höre ich ein Krachen. Mit dem Finger auf der Kurzwahltaste für Gabriels Nummer, voller Angst, dass jemand bei mir eingebrochen ist, packe ich meine Krücke, um sie gegebenenfalls als Waffe einzusetzen, und mache mich in der Dunkelheit so leise wie möglich auf den Weg die Treppe hinunter, was sehr schwierig und letztlich ziemlich laut ist, weil ich mich einigermaßen ungeschickt anstelle und die Krücke gegen die Holzsprossen des Geländers knallt. Als ich am Fuß der Treppe ankomme, bin ich ziemlich sicher, dass man meine detektivischen Bemühungen noch am anderen Ende der Straße gehört hat. Mit klopfendem Herzen knipse ich das Licht im Wohnzimmer an und entdecke sofort die Ursache des Krachs. Der Fotograf hatte offensichtlich gute Gründe für seine Schrauben, denn die dünne Schnur war viel zu schwach für das Gewicht von Rahmen und Glas.

Nun liegen Gerry und ich unter einer Schicht Glasscherben auf dem Boden. Aufgebrezelt, ich unter mehreren Schichten Make-up, total unnatürlich, in gestellten, bedeutsamen Posen. Meine Hand auf seinem Herzen, den Ring überdeutlich zur Schau gestellt, so blickt er mir, umgeben von unserer Familie, tief in die Augen. Wenn ich es noch einmal machen würde, dann ganz bestimmt nicht so. In Wirklichkeit waren wir viel realer, aber das ist auf diesen Fotos nicht zu erkennen.

Bei Gabriel und mir ist es anders. Entspannt, lachend, die Haare ins Gesicht geweht, wirken wir mit unseren Falten und Sommersprossen wesentlich natürlicher. Das Foto ist ein Selfie mit verschwommenem Hintergrund, ich habe es eingerahmt, weil es mir gefiel, wie glücklich wir darauf aussehen. Er strahlt mich vom Kaminsims an und scheint mich noch fester an sich zu drücken, offenbar sehr zufrieden mit seiner Eroberung.

Kapitel 19

Von allen Bereichen des Ladens ist mir der mit den Kinkerlitzchen eindeutig der liebste. Als Auslage dient eine alte Kommode, die Ciara entdeckt hat, mit drei schweren Schubladen und einem Spiegel mit so vielen schwarzen Flecken, dass man das eigene Gesicht kaum erkennt. Ich liebe dieses Teil und habe es sofort für den Krimskrams bestimmt. Einiges davon habe ich auf der Oberfläche drapiert, die erste Schublade ist ein Stück weit aufgezogen, so dass man weitere Gegenstände sieht, die zweite ein bisschen weiter, und die unterste Schublade vollständig, so dass sie nach vorn kippt und auf dem Boden aufliegt. Die frühere Eigentümerin der Kommode hat uns erzählt, dass ihre Mutter die unterste Schublade als Bettchen für ihre Babys benutzt hat.

Auch Kinder stöbern besonders gern in diesen Bereich. Hier gibt es nichts besonders Wertvolles – nicht dass wir wüssten jedenfalls –, deshalb kosten die Sachen normalerweise höchstens zwanzig Euro. Meine Lieblingsstücke sind die Pillendöschen, Taschenspiegel, Schmuckschatullen und Zierlöffel, außerdem die Haarspangen und Broschen, die in der Schmuckabteilung nichts zu suchen haben. Als Neuzuwachs, der perfekt ist für den Kinkerlitzchenbereich, finde ich in einem Pappkarton, ordentlich in Zeitungspapier eingewickelt, ein Schmuckkästchen. Auf der Innenseite des Deckels befindet sich ein Spiegel, außen ist er mit unechten Kristallen, Smaragden, Rubinen und Diamanten verziert. Innen ist die Box mit Samt ausgeschlagen und hat Fächer für kleinere Einzelstücke, in denen einige vom Deckel abgefallene Juwelen einen guten Platz gefunden haben. Als ich ein bisschen an der Samteinlage zupfe, löst sie sich, so dass sich die Box nun auch für größere Teile nutzen lässt.

»Was hast du denn da?«, unterbricht Ciara meine Gedanken. Heute ist sie als Glamourgirl aus den Vierzigerjahren gekleidet – roter Lippenstift, schwarzes Haarnetz, ein Kleid mit Schulterpolstern, dessen anliegendes Oberteil ihre Brüste ein Stückchen aus dem V-Ausschnitt schiebt, während der Gürtel mit Leopardenmuster ihre Taille einschnürt und ihre Hüften üppig erscheinen lässt. Dazu trägt sie ihre Doc Martens mit Blümchenmuster.

Ich hebe die Schatulle hoch, um sie ihr zu zeigen, und als sie sie untersucht, hinterlässt sie ihre Fingerabdrücke an Stellen, die ich bereits supersorgfältig gereinigt habe.

»Hübsch.«

»Ich möchte sie kaufen«, sage ich schnell, ehe sie auf die Idee kommt, sie selbst haben zu wollen.

»Okay.« Sie gibt mir die Schatulle zurück.

»Wie viel?«

»Überstunden ohne Bezahlung heute Abend?«, schlägt sie voller Hoffnung vor.

Ich lache. »Heute Abend gehe ich mit Gabriel essen. Wir haben uns länger nicht gesehen, deshalb werde ich die Verabredung ganz bestimmt nicht absagen.«

»Okay, aber wenn du heute Abend nicht arbeiten kannst, dann kriegst du die Schatulle auch nicht.« Sie zieht sie mir wieder weg, als ich mich etwas ungeschickt auf sie zu stürzen versuche.

»Autsch.« Ich zucke zusammen, weil mein Knöchel weh tut.

Aber meine Schwester hält die Schachtel nur noch höher in die Luft.

»Ich werde dich wegen Schikane am Arbeitsplatz anzeigen.«

Sie streckt mir die Zunge raus, gibt mir die Schatulle aber zurück. »Na gut, dann muss ich eben Mathew fragen. Viel Glück mit Gabriel, und sag ihm, ich bin …« Sie bricht ab, weil ich ihr einen warnenden Blick zuwerfe. Sie glaubt nämlich, dass Gabriel sauer auf sie ist, weil sie mich so gedrängt hat, bei ihrem Podcast mitzumachen, und ich mich deshalb jetzt auch noch in diesem Club engagiere. Zwar sage ich ihr ständig, sie soll aufhören, sich zu entschuldigen, weil er gar nicht auf sie, sondern ausschließlich auf mich sauer ist, aber auch das stimmt nicht ganz. Zurzeit scheint Gabriel auf alle und jeden sauer zu sein.

»Sag ihm, du bist was?«, frage ich.

»Ach nichts«, versucht sie ihren Satz zu Ende zu führen.

»Na gut, kein Problem. Ich sag ihm, du bist nichts«, grinse ich und wische ihre Fingerabdrücke von den Spiegeln meiner Schatulle.

· / ·

Als ich zu dem italienischen Bistro *Cucino* komme, einem unserer Stammlokale in der Nähe seines Hauses, sitzt Gabriel schon an einem Tisch im Freien. Zwar ist die Abendluft recht kühl, aber die Heizpilze vermitteln die Illusion eines lauen italienischen Sommerabends.

Er küsst mich, stützt mich beim Hinsetzen und legt meine Krücken sorgfältig zwischen uns auf den Boden. Ich überfliege die Speisekarte und weiß sofort, was ich will. Ich nehme immer das Gleiche, Gnocchi in brauner Butter und Salbeisauce. Während Gabriel sich etwas aussucht, warte ich geduldig, aber obwohl er sich mit gerunzelter Stirn über die Speisekarte beugt, bewegen sich seine Augen überhaupt nicht über das Angebot. Er tut nur so, als lese er. Schließlich hebt er sein Weinglas, trinkt einen großen Schluck und richtet den Blick wieder auf die gleiche Stelle der Karte. Ich betrachte die Flasche auf dem Tisch. Mindestens zwei Gläser sind davon schon weg.

»Wie nennt man eine Gruppe von Wölfen?«, breche ich endlich das Schweigen.

»Hmm?« Er blickt auf.

»Wie nennt man eine Gruppe von Wölfen?«

Er sieht mich verständnislos an.

»Wolfgang.«

»Holly, ich habe nicht … wovon sprichst du überhaupt?«

»Das ist ein Witz!«

»Oh. Okay.« Er lächelt vage und wendet seine Aufmerksamkeit wieder der Speisekarte zu.

Erst als die Kellnerin kommt, um unsere Bestellung aufzunehmen, wird unser Schweigen das nächste Mal unterbrochen, wir bestellen unser Essen und geben die Speisekarten zurück. Jetzt, wo Gabriel nichts mehr festzuhalten hat, fängt er an, mit den Fingern herumzuspielen. Warum ist er denn so nervös? Ich schenke ihm Wein nach, vielleicht gibt ihm das Zeit, sich etwas zu sammeln, aber das Warten scheint die Nervosität nur noch zu steigern. Er bläst die Lippen auf und stößt die Luft mit trompetenartigen Lauten wieder aus, unterbricht sich, um mit den Fingern unrhythmisch auf den Tisch zu trommeln, dann folgen neue Trompetenstöße.

Während wir auf unsere Hauptgerichte warten, bringt die Kellnerin Bruschetta und kleingeschnittene Tomaten zum Tisch. Offenbar ist Gabriel froh über die Ablenkung, denn er wendet sich sofort dem Essen zu, macht sich hochkonzentriert am Balsamico und dem Olivenöl zu schaffen. Doch dann stochert er im Ergebnis nur herum, trennt die Tomatenstückchen von den Basilikumblättern, baut aus den Krümeln eine Mauer, immer höher, bis sie einstürzt. Sein Interesse an den Bruschetta scheint zu wachsen. Basilikum nach links, Tomaten nach rechts. Krümel in die Mitte.

Ich beuge mich über den Tisch und frage: »Was ist los, Gabriel?«

Er drückt den Zeigefinger in die Krümel auf seinem Teller, bis sie daran kleben bleiben, klopft sie wieder ab und streut sie zurück auf ihren Ursprungsplatz.

»Hast du vor, dich die ganze Zeit, solange ich dem ›P. S. Ich liebe Dich‹-Club helfe, so zu verhalten? Du weißt doch nicht mal, was ich mit den kranken Leuten mache. Möchtest du mir vielleicht ein paar Fragen stellen? Du kennst ja nicht mal die Namen dieser Leute.«

»Das ist es nicht«, sagt er mit fester Stimme, lässt von den Bruschetta ab und schiebt entschlossen den Teller weg. »Es geht um Ava.« Die Hände und Finger wie zum Gebet aneinandergelegt, stützt er die Ellbogen auf den Tisch und lehnt das Kinn dagegen. »Sie möchte bei mir wohnen.«

»Wohnen?«

Er nickt.

»Bei dir?«

Wieder ein Nicken.

»In deinem Haus?«

»Ja.« Er sieht mich verwirrt an. Natürlich, wo sonst soll sie bei ihm wohnen?

Meine Gedanken rasen. *Ich* sollte doch in seinem Haus einziehen!

»Sie hat mich vor ein paar Wochen gefragt«, erklärt er und vermeidet dabei sorgfältig meinen Blick. Endlich wird mir klar, warum er so distanziert ist. Es hatte nichts mit dem Unfall zu tun, du dumme Holly, und auch nichts mit dem Club, er hat dich nur in dem Glauben gelassen. Bei den ganzen Treffen mit Kate und Ava ging es darum, dass seine Tochter bei ihm einziehen soll!

»Wow. Lass mich raten – du brauchtest ein bisschen Zeit, um es selbst klarzukriegen, ehe du es mir erzählt hast? Klingt irgendwie bekannt, oder nicht?« Und trotzdem bin ich genauso wütend wie er damals, als er mir vorgeworfen hat, ich hätte ihm absichtlich etwas verheimlicht.

Er schnappt nicht nach meinem Köder, sondern bleibt beim Thema. »Du weißt ja, dass es zwischen ihr und Kate Probleme gibt. Sie kommen überhaupt nicht miteinander aus.«

»Aber das ist doch schon seit zwei Jahren so, seit wir uns kennen.«

»Inzwischen ist es noch schlimmer geworden«, entgegnet er kopfschüttelnd. »Es ist, als …« Er wedelt mit den Händen und imitiert einen lauten Knall.

Doch er kann mir immer noch nicht in die Augen schauen. Bestimmt hat er längst ja gesagt. Also hat er es ernst gemeint, dass ab jetzt jeder von uns einfach sein eigenes Ding macht, ohne es vorher mit dem anderen zu besprechen. So zahlt er mir mein Engagement für den Club heim.

»Wenn Ava bei dir lebt, bedeutet das, du bist die ganze Zeit zu Hause, weckst sie morgens und sorgst dafür, dass sie aufsteht und rechtzeitig zur Schule kommt, dass sie lernt und ihre Schulaufgaben erledigt. Du wirst ständig ein Auge auf sie haben müssen.«

»Sie ist sechzehn, Holly, nicht sechs.«

»Du hast mir gesagt, dass sie oft nicht aus dem Bett kommt und nicht in die Schule geht, wenn man sie nicht praktisch hinschleppt, und sie wird jedes Wochenende auf eine Party gehen wollen. Du wirst dich mit anderen Eltern austauschen müssen, ihre Freunde kennenlernen, sie in den frühen Morgenstunden irgendwo abholen oder wach liegen und auf sie warten müssen.«

»Ich weiß, ich bin ja kein Idiot. Ich weiß, was es heißt, Vater zu sein«, sagt er. »Ich habe ihr gesagt, dass ich mit dir sprechen will, ehe wir einen endgültigen Beschluss fassen, aber dann kam der Unfall, und in letzter Zeit warst du … na ja, du warst jedes Mal beschäftigt, wenn ich angerufen habe.«

»Sorry.« Ich seufze. Ich habe ihm so viel zu erzählen – von Bert, von Ginika, von meinem geheimen Leben, an dem ich ihn nicht teilhaben lasse –, aber nur, weil ich dachte, es sei tabu und es würde ihn ärgern, wenn ich darüber rede. »Schau, für mich ist das in Ordnung. Sie ist deine Tochter, und ich freue mich für dich. Ich weiß doch, wie wichtig dir der Kontakt zu ihr ist. Meinetwegen kann sie bei uns wohnen, solange dir bewusst ist, worauf du dich da einlässt.«

Jetzt schaut er mich an, nimmt endlich Blickkontakt auf, und sein Gesicht wirkt sanft und irgendwie entschuldigend. »Das ist es ja.«

Allmählich dämmert es mir.

Ava zieht *an meiner Stelle* bei ihm ein.

»Sie braucht mich.« Er legt die Hand auf meinen Arm und

hält ihn sehr fest. Am liebsten möchte ich ihm meine Pastagabel in die Hand rammen. »Ich kann jetzt keinen Rückzieher machen, nachdem ich so lange darauf gewartet habe, dass Ava mich um Hilfe bittet. Kate und Finbar wollen heiraten. Ava kann Finbar nicht ausstehen. Sie hasst es, bei den beiden zu wohnen. Sie ist total daneben, macht Quatsch in der Schule, vermasselt Prüfungen, hat nur die nächste Party im Kopf. Ich fürchte, ich habe sie verkorkst, und jetzt kriege ich die Chance, es wiedergutzumachen.«

Mein Herz pocht wild.

Er versucht es in einem noch sanfteren, noch zerknirschteren Ton. »Ava und ich brauchen Raum, um damit zurechtzukommen und gemeinsam einen Weg zu finden. Wenn wir drei während dieser Übergangsphase zusammenwohnen würden, wäre das für uns alle zu viel.«

»Und was meinst du, wie lange diese Übergangsphase dauern wird?«

Er schüttelt den Kopf und blickt in die Ferne, als kalkuliere er die benötigten Übergangstage auf seinem virtuellen Gedankenkalender.

»Ich denke, das Beste ist, wenn wir warten, bis sie mit der Schule fertig ist. Ich glaube«, fährt er schnell fort, ehe ich dazwischenblaffen kann, »ich glaube, dass ich ihr helfen muss, die Schule durchzustehen. Wenn sie sich dann wieder beruhigt hat und mit dem Studium anfängt, können wir beide, du und ich, tun, was uns gefällt. So haben wir schon zwei Jahre lang miteinander gelebt, wir könnten doch einfach weitermachen wie bisher. Es funktioniert doch mit uns, oder nicht?« Er greift nach meinen Händen und drückt sie.

Frustriert entziehe ich sie ihm. »Zwei Jahre Übergang also«, sage ich und sehe ihn an, einigermaßen überrascht. »Zwei

Jahre? Ich verkaufe mein Haus, weil ich mit dir zusammenwohnen will. Seit einem halben Jahr bittest du mich darum. Es war *deine* Idee!«

»Ich weiß, ich weiß.« An seinem gequälten Gesicht sehe ich, dass er mir das nicht antun möchte, und ich will ihm auch nicht die Schuld geben. Jeder Vater würde dieselbe Entscheidung treffen wie er und sein Kind an die erste Stelle setzen. Aber es wirft alle meine Pläne komplett über den Haufen.

»Vielleicht sind zwei Jahre zu lang. Vielleicht wäre ein Jahr vernünftiger«, sagt er in dem Versuch, die Wogen zu glätten.

»Ein Jahr?«, schnaube ich. »Was, wenn ich morgen ein Angebot für mein Haus bekomme? Wo soll ich dann hin? Da muss ich mir echt was einfallen lassen. Soll ich mir eine Wohnung suchen? Kann ich mir das überhaupt leisten? Soll ich das Haus vom Markt nehmen? Ich meine, Herrgott nochmal …« Ich raufe mir die Haare, denn plötzlich begreife ich, dass ich tatsächlich vor einem logistischen Albtraum stehe. Und natürlich fallen mir sofort die Löcher in meiner Wand ein, die ich jetzt reparieren muss, wo ich doch dachte, damit muss sich jemand anderes herumschlagen. Sogar meine eigenen Fehler muss ich ausbessern.

»Holly«, sagt Gabriel und streicht mir über die Wange. »Ich gehe nirgendwohin. Ich brauche ein bisschen Zeit, um Ava zu helfen, wieder in die Spur zu kommen. Den Rest meines Lebens möchte ich mit dir verbringen.«

Ich schließe die Augen, ich rede mir gut zu. Gabriel ist nicht krank, er stirbt nicht. Pläne ändern sich. So ist das Leben. Aber ich kann es einfach nicht verarbeiten.

»Ich dachte, du wärst vielleicht erleichtert.«

»Warum zur Hölle sollte ich erleichtert sein?«

»Wegen dieses Clubs, für den du dich engagierst. Du hattest kaum noch Zeit für mich.«

Die Kellnerin erscheint. »Sind Sie fertig?«

O ja, das bin ich. Fix und fertig.

Während Gabriel und ich uns in angespanntem Schweigen anstarren, räumt sie, so schnell sie kann, den Tisch ab und eilt wieder davon.

Ich drehe mich auf meinem Stuhl und bücke mich ungeschickt, um nach meinen Krücken zu angeln. Aber ich kriege sie nicht zu fassen, meine Finger tasten auf dem Boden herum, obwohl ich mich fast verrenke.

»Was tust du denn da?«

»Ich will hier sofort weg, aber es klappt nicht, verdammte Scheiße«, stoße ich mit zusammengebissenen Zähnen hervor. Wieder fummeln meine Finger nach dem Krückengriff, berühren ihn und schubsen ihn aus Versehen weg. »Verfluchter Mist«, knurre ich. Vom Nebentisch werde ich bereits beobachtet. Aber ich ignoriere es.

Gabriel bückt sich, er möchte mir helfen.

»Ich will deine Hilfe nicht«, zische ich ihn an. Aber ich brauche sie. Er reicht mir die Krücken, doch als ich nach dem einen Ende greife, hält er seines weiter fest, und wir veranstalten eine Art Tauziehen mit Krücken.

»Holly«, sagt er heftig. »Ich will nicht mit dir Schluss machen, ich muss nur die größeren Pläne für eine Weile aufschieben.«

»Was sind denn die größeren Pläne?«, frage ich interessiert, wenn auch lauter, als mir lieb ist. »Wollen wir etwa heiraten, Gabriel? Oder zusammen ein Baby haben? Nur damit ich Bescheid weiß, weshalb ich zwei Jahre auf dem Hintern hocken und warten soll.«

Jetzt wird er ebenfalls ärgerlich, aber er dämpft seine Stimme. »Ich habe dir schon gesagt, dass die zwei Jahre nicht in Stein gemeißelt sind, darüber können wir reden. Ich versuche, ehrlich mit dir zu sein. Und ich versuche, mit dem Kind, das ich schon habe, zurechtzukommen. Ich glaube, wir können den zweiten Teil deiner Frage ein andermal ausdiskutieren, oder?«

Schon komisch, dass ich ausgerechnet in diesem Augenblick begreife, dass ich tatsächlich gern ein Kind mit ihm hätte. Und dass ich mir so viel mehr von dieser Beziehung erhofft habe. Dass diese zwei Jahre Aufschub mich, meinen Körper und meine Gedanken unter einen panikartigen Druck setzen, wie ich ihn noch nie erlebt habe. Ich habe etwas verloren, von dem ich nicht einmal wusste, dass ich es mir wünsche. Es hing vor meiner Nase, und ehe ich noch richtig begriffen habe, wie verlockend es ist, wie sehr ich es haben will, wird mir eröffnet, dass ich es nicht kriegen kann.

Ungeschickt manövriere ich mich zwischen den Tischen und Stühlen hindurch, meine Krücken verfangen sich, mehrere Restaurantgäste müssen wegrücken und mich durchlassen. Kein sehr eleganter Abgang.

Vielleicht hat Gabriel mir einen Gefallen getan, vielleicht sind wir besser dran, wenn wir unser jeweiliges privates Chaos selbständig regeln. Ava gehört wieder zu Gabriels Leben, genau, wie er es sich gewünscht hat. Und in gewisser Weise ist auch Gerry in mein Leben zurückgekehrt. Und jetzt ist es auf einmal so voll, denke ich ärgerlich, dass Gabriel darin womöglich keinen Platz mehr hat.

Kapitel 20

Ich sitze mit Joy in ihrer Küche. Zum ersten Mal sind wir beide allein. Das Morgenlicht strömt durch die Terrassentür über Tisch und Boden, ich sitze in der warmen Sonne, der Rest der Küche ist dunkel. Auch der Hund tankt Wärme, zusammengerollt und mit aufgestellten Ohren beobachtet er, was draußen vor sich geht, setzt sich gelegentlich auf und knurrt, wenn ein Vogel in seinem Garten landet.

»Ginika hat mir erzählt, dass du viel Zeit mit ihr verbringst«, sagt Joy und rührt den Pfefferminzteebeutel in der Kanne herum.

»In den letzten beiden Wochen haben wir uns viermal getroffen. Hat sie dir erzählt, was wir machen?« Ich weiß nicht, ob die Briefe eigentlich geheim bleiben sollen, ob es den Wert für die geliebten Menschen womöglich mindert, wenn ein Konzept mit den anderen Gruppenmitgliedern besprochen worden ist. Bert hat in aller Offenheit und Zuversicht seine Quiz-Pläne schon früh mit den anderen geteilt, aber ich weiß nicht, ob der finale Inhalt womöglich heilig ist. Ich erinnere mich, wie Joy bei Angelas Beerdigung an den Altar getreten ist und ein paar Worte zu ihrem Abschiedsvideo gesagt hat, aber mir ist nicht klar, inwieweit die Gruppe in die Vorhaben jedes Einzelnen einbezogen werden soll. Bisher habe ich den Club als Chance zum Ideenaustausch erlebt, als eine Art unterstützende Räuberleiter. Nach dem Treffen trennt man sich, denkt nach, und wenn man wieder zusammenkommt, bringt man sich gegenseitig auf den aktuellen Stand. Aber vielleicht ist es meine Funktion, mir alles anzuhören und die Geheimnisse der Einzelnen zu wahren.

»Nein«, beantwortet Joy meine Frage. »Ginika legt Wert auf ihre Privatsphäre. Sie ist eher still, aber eine beeindruckende Persönlichkeit.«

»Stimmt«, pflichte ich bei. »Sie wartet auf den richtigen Zeitpunkt, und wenn man es am wenigsten erwartet, landet sie einen echten Knaller.«

»Genau«, lacht Joy. »Sie ist ein kluges Mädchen und eine wunderbare Mutter. Ich glaube nicht, dass ich den Mumm gehabt hätte, so etwas in ihrem Alter durchzuziehen, ganz allein.«

»Ich glaube, ich könnte das auch jetzt nicht.«

Joy lächelt. »Aber du hast es überstanden, Holly.«

»Ich fühle mich nie so sehr wie ein Scharlatan wie in den Momenten, in denen mich jemand als Heldin bezeichnet, weil ich den Tod eines anderen überlebt habe. Gerry war derjenige, der gelitten hat.«

»Jeder leidet«, sagt Joy leise.

Wir schweigen. Sie versucht, die Teekanne anzuheben, und ich sehe, wie sie kämpft. Schnell lege ich meine Hand auf ihre und übernehme die Kanne. Joy zieht stumm die Hand zurück und massiert ihr Handgelenk, eine Bewegung, die ich inzwischen oft bei ihr gesehen habe.

»Und wie geht es dir, Joy?«

»Du meinst, was meine Krankheit betrifft?«

»Ich meine alles. Du organisierst alles so fürsorglich, kümmerst dich um alle, und manchmal vergesse ich völlig, dass du selbst krank bist.«

Sie zögert einen Moment, und ich frage mich, ob sie überlegt, wie viel sie mir überhaupt erzählen möchte. »Was weißt du über Multiple Sklerose?«

»Ich weiß, dass es eine neurologische Krankheit ist, die sich bei jedem anders entwickelt.«

Joy nickt. »Ja, MS ist eine progressive Erkrankung des Nervensystems. Sie geht mit vielen verschiedenen Symptomen einher, die konstant bleiben oder schlimmer werden können. Erschöpfung, Veränderungen der Gehirnfunktion und der Sehfähigkeit, Depressionen, Stimmungsschwankungen. Es gibt keine Heilung. Jedenfalls momentan noch nicht. Nur Palliativversorgung, die uns hilft, uns auf das vorzubereiten, was uns im Endstadium erwartet.«

»Hast du Schmerzen?«

»Muskelkrämpfe, Nervenschmerzen. Man bekommt Antidepressiva, und ich hasse es, Pillen zu nehmen. Ich habe früher nicht einmal Kopfschmerztabletten geschluckt. Gegen die Muskelkrämpfe mache ich Krankengymnastik.«

»Man hat die Krankheit bei dir vor neun Jahren festgestellt«, sage ich, schaue auf den Hund und denke daran, dass sein Alter dem Zeitpunkt der Diagnose entspricht.

»Ja, und du hast recht, dass MS für jeden anders verläuft, Holly. Man kann über lange Phasen stabil bleiben. Selbst nach der Diagnose war ich überzeugt, dass ich damit zurechtkommen und mein Leben sich nicht groß verändern würde. Aber dann schreitet die Krankheit plötzlich in Schüben mit großer

Kraft voran. Zurzeit komme ich noch ganz gut mit dem Stock zurecht, aber den da drüben haben wir schon vorsorglich in Bereitschaft.«

Ich schaue zu dem zusammengeklappten Rollstuhl neben der Tür und greife nach Joys Hand. »Es tut mir leid, dass wir Zeit verloren haben, Joy, aber jetzt bin ich für dich da. Was kann ich tun? Wie kann ich dich unterstützen?«

»Ach, Holly, du bist wirklich für uns alle ein Geschenk des Himmels. Du hast uns neue Energie gegeben und obendrein ein Ziel. Dass du Zeit mit uns verbringst, uns zuhörst und uns anleitest, ist für uns wertvoller, als du dir vorstellen kannst. Du wärst kein Mensch, wenn du nicht ein bisschen Zeit benötigt hättest, um darüber nachzudenken, ob und wie du dich für uns engagieren kannst und willst. Als wir dich gefragt haben, ob du mitmachst, war uns überhaupt nicht klar, dass es dein Leben verändern würde. Hoffentlich haben wir bei dir nicht alles auf den Kopf gestellt«, sagt sie und runzelt die Stirn.

»Meine derzeitigen Probleme habe ich allesamt mir selbst zu verdanken.« Weil ich an Gabriel denke, wirkt mein Lächeln wahrscheinlich ein bisschen schief.

»Angela war extrem durchsetzungsfähig«, sagt sie. »Sie war überzeugt, alles erreichen zu können, wofür sie sich einsetzte, und der Mission, dich an Bord zu holen, hat sie sich mit großer Begeisterung gewidmet. Ich kann nur hoffen, dass ich ihre Aufgabe nicht allzu egoistisch weiterverfolgt habe.«

Natürlich fällt mir dabei sofort ein, wie Angela mich in Ciaras Laden gepackt, wie sie mich mit Blicken durchbohrt und gedrängt hat, meine Geschichte unbedingt weiter zu verbreiten – es kam mir vor, als hinge ihr Leben davon ab.

»Das Letzte, worüber du dir Sorgen machen solltest, ist mein Leben«, entgegne ich munter. »Nehmen wir uns lieber ein wichtigeres Thema vor. Hast du dich inzwischen entschieden, worum es in deinen Briefen gehen soll?«

»Ich denke schon die ganze Zeit darüber nach, aber ich bin noch keinen Schritt weitergekommen. Um meine Jungs mache ich mir keine Sorgen, sie haben alle eine Ehefrau, Familie. Meine Hauptsorge gilt Joe. Um ihn habe ich richtig Angst. Ohne mich ist er verloren.«

Sofort muss ich daran denken, wie er bei unserer ersten Begegnung in der Küche nicht einmal die alltäglichsten Dinge finden konnte. Wie er auf der Suche nach Milch um ein Haar einen Besen an den Kopf bekommen hätte. Ohne seine Frau wird er in seinem eigenen Haus umherirren wie ein Fremder, alles wird ihm rätselhaft und geheimnisvoll erscheinen, obwohl er seit Jahren hier lebt.

»Ja, mir ist auch schon aufgefallen, dass er im Haushalt etwas verloren wirkt«, sage ich und versuche, es möglichst taktvoll zu formulieren.

Aber zu meiner Überraschung fängt Joy an zu lachen. »Dir ist es also schon in der kurzen Zeit aufgefallen, die du hier verbracht hast. Die Kinder necken Joe immer, aber ich übernehme die volle Verantwortung dafür, dass er im Haushalt etwas *verloren* wirkt, wie du es so schön ausgedrückt hast. Bestimmt kommen wir dir total altmodisch vor«, sagt sie und lächelt. »Meine Söhne beteiligen sich an der Arbeit im Haushalt und sind auf Augenhöhe mit ihren Frauen und den Kindern. Aber Joe und mir hat es immer gefallen, dass es bei uns anders ist. Er ging zur Arbeit, und das Haus war mein Territorium. Ich war nie gut darin, Dinge zu teilen. Ich wasche seine Kleider, ich bügle, putze, organisiere das Essen, kaufe die Lebensmittel ein, koche – die ganze Hausarbeit eben. Joe durfte nie mit anpacken. Nicht dass er es versucht hätte, es hat ihn ja nie interessiert. Aber jetzt, als Rentner, ist er mir ständig im Weg. Natürlich meint er es gut, aber er braucht eine Ewigkeit, um irgendwas zu finden.« Sie packt meinen Arm und beugt sich verschwörerisch zu mir. »Erzähl ihm das bloß nicht, aber manchmal, wenn ich schlimme Schmerzen habe und es nicht mehr aushalte, bitte ich ihn, irgendwas für mich zu suchen, wofür er endlos lange braucht, nur damit er keinen Wirbel macht und ich ein bisschen Ruhe vor ihm habe. Ich hoffe, Gott wird es mir verzeihen.«

Wir lachen beide, zwei Verschwörerinnen.

Sie überlegt. »Ich habe darüber nachgedacht, was du uns über deine Briefe von Gerry erzählt hast. Dass sie für dich nicht Erinnerungen an seinen Tod waren, sondern dir geholfen haben, ins Leben zurückzufinden. So einen Auftrieb möchte ich Joe auch gern vermitteln, wenn ich nicht mehr da bin. Joe und ich, wir sind nicht sentimental. Ich glaube nicht, dass er schnulzige Kitschbriefe von mir haben möchte. Übrigens habe ich versucht, so etwas zu schreiben …« Sie schaudert. »Das ist nicht unser Stil. Wenn überhaupt, würde er denken, ich hätte endgültig den Verstand verloren. Aber ich wünsche mir, dass er etwas zu lesen bekommt, das nach mir klingt. Aber ich bin kein Schriftsteller, mir fehlt die Phantasie.«

»Gerry war auch kein Schriftsteller, das kannst du mir glauben, aber er war aufmerksam, er kannte mich und hat verstanden, wie ich ticke. Mehr ist nicht nötig. Ich denke, du musst dir Joes Leben aus seiner Perspektive vorstellen und dann versuchen herauszufinden, welche Gesten, welche Worte die schwere Zeit für ihn leichter machen könnten. Es wird uns etwas einfallen, da bin ich ganz sicher«, sage ich, und meine Gedanken schweifen ab.

Ich weiß noch, wie nutzlos ich mir nach Gerrys Tod vorkam, wenn die Heizung im Haus nicht funktionierte oder eine Glühbirne schlappmachte. Nicht, weil ich unfähig war, sondern weil wir beide unsere bestimmten Pflichten im Haushalt hatten. Wir finden unsere Nische, in der wir dann bleiben, und oft kriegen wir in unserem vielbeschäftigten Leben gar nicht mit, welche Rolle der andere spielt und was er genau macht. Bei Gerry und mir war es so, dass ich immer das Gefühl hatte, ich hätte viel mehr zu tun als er, und innerlich dauernd die gleiche Diskussion führte. Erst als er dann nicht mehr da war, wurde mir bewusst, was für eine Lücke plötzlich in meinem Alltag klaffte und wie viele Dinge es gab, von denen ich keine Ahnung hatte. Es gab so viele Telefonnummern, die ich nicht kannte, Passwörter, Kontonummern. Kleinigkeiten, ganz normale, alltägliche Tätigkeiten, die dafür sorgen, dass das Leben läuft. Ein Kundenkonto bei Rentokil. Das Kundenpasswort bei Sky. Die Telefonnummer des Klempners. Wir hatten beide unsere Rollen. Jetzt ändert sich auch Joys Rolle grundlegend, was für Joe weitreichende Folgen hat. Ich richte mich auf, die Ideen sprühen nur so.

»Du möchtest also keine grandiosen Liebesschwüre, wie wäre es denn dann, wenn du deine Briefe relativ einfach, aber effektiv gestaltest? Mit allen möglichen Hinweisen und Richtlinien für Joe. Eine Art Landkarte, wo sich in der Küche alles befindet. Eine Liste, was in welchen Schränken ist. Wo das Bügelbrett untergebracht ist, wie man ein Hemd bügelt.«

Joys Augen leuchten auf.

»Was ist denn Joes Lieblingsessen?«

»Mein Shepherd's Pie.«

Mein Shepherd's Pie, sagt sie. Sie hat die Kontrolle über ihre Küche, hier ist ihr Reich. Kein Platz für Joe. »Wie wäre es mit einem Rezept und Anweisungen, damit er deinen Shepherd's

Pie nachkochen kann? Eine Art Sammelalbum, das ihm hilft, sich ohne dich in der Haushaltshölle zurechtzufinden?«

»Toll!«, ruft sie begeistert und klatscht in die Hände. »Das ist genau das, was er braucht, und es macht auch noch Spaß. Er hat was zu lachen und lernt dabei jede Menge praktische Dinge. Das ist perfekt, Holly!«

»Ich glaube, ich wäre auch mit ein paar weniger aufbauenden Briefen zurechtgekommen und hätte oft mehr von banalen Hinweisen zur Organisation meines Alltagslebens profitiert«, erkläre ich lächelnd. »Joys Sammelalbum … Ein Leitfaden von Joy für Joe?«

Sie denkt nach, und auch sie lächelt, ihre Augen funkeln. Offensichtlich gefällt ihr der Weg, den ihre Gedanken einschlagen. »Joys Geheimnisse«, verkündet sie schließlich.

»Joys Geheimnisse«, wiederhole ich und lächle ebenfalls. »Das ist es, ein echt guter Titel.«

Wir beginnen eine Liste mit Ideen für das Sammelalbum. Als Joy zu schreiben beginnt, krampft ihre Hand, sie lässt den Stift fallen, rubbelt Handgelenk und Arm, und ich übernehme.

Langsam wandere ich in der Küche herum, öffne Schränke, mache Fotos von ihrem Inhalt, während Joy ruhig am Tisch sitzt, mich beobachtet, mir Tipps gibt, Tricks und Geheimnisse offenbart. Alles hier hat einen Platz und einen Grund, an diesem Platz zu sein. Was nicht passt, wandert in den Müll. Kein störendes Durcheinander, alle Etiketten zeigen gut lesbar nach vorn. Wir entfachen mit Joys Album nicht gerade ein Ideenfeuerwerk, aber es ist maßgeschneidert für ihr Leben. Genau wie jede Beziehung und natürlich auch jede Ehe anders, einmalig, individuell und die Verkörperung der in ihr vereinten Individuen ist, so muss auch jedes Projekt genau auf die Beteiligten zugeschnitten sein.

Während ich herumgehe und mir alles anschaue, frage ich mich, ob Gerry genauso vorgegangen ist, als er über seine Briefe nachgedacht hat. Hat er mich beobachtet und versucht herauszufinden, was ich brauchen würde? Hat er dauernd an seine Liste gedacht, die Geheimniskrämerei genossen, während ich keine Ahnung hatte, was in seinem Kopf vor sich ging? Ich möchte mir gern vorstellen, dass es ihn beruhigt hat, dass er sich in Augenblicken von Schmerz und Unbehagen ablenken konnte, indem er in seinen heimlichen Plan floh und in ihm Vergnügen fand.

Erst nach einer ganzen Weile fällt mir auf, wie still Joy ist, und ich unterbreche die Katalogisierung der Küche, um zu sehen, ob mit ihr alles in Ordnung ist.

»Ich würde dich gern noch um etwas bitten, wenn ich darf«, sagt sie, als unsere Blicke sich treffen.

»Natürlich.«

Sie greift in die Tasche ihrer Strickjacke und zieht einen zusammengefalteten Umschlag heraus. »Ich habe eine Einkaufsliste gemacht und wollte dich fragen, ob du bereit wärst, mir zu helfen. Das Geld ist hier drin bei der Liste, in bar.« Für einen kurzen Moment schließen sich ihre Finger fest um den Umschlag. »Entschuldige, dass ich dich überhaupt frage, es ist nämlich ziemlich viel verlangt. Wir, also meine Jungs, ihre Frauen und unsere Enkel versammeln sich jedes Jahr unter dem Weihnachtsbaum um Joe und mich. Dann zieht Joe Zettelchen mit den Namen der Versammelten aus einer Nikolausmütze, und einer nach dem anderen bekommt seine Geschenke. Das ist schon seit vielen Jahren unsere ganz spezielle Familientradition.« Joy schließt kurz die Augen, als könne sie es in Gedanken schon vor sich sehen. »Die Kleinen lieben das, und ich möchte nicht, dass sie dieses Jahr darauf verzichten müssen.

Aber Joe weiß nicht, was er ihnen schenken soll, er hat keine Ahnung, was sie mögen.« Nun öffnen sich ihre Augen wieder, und sie streckt mir den Umschlag mit zitternden Händen entgegen.

Ich ziehe einen Küchenstuhl heraus und setze mich neben sie. »Joy, bis Weihnachten sind es noch sechs Monate.«

»Ich weiß. Ich will ja auch nicht sagen, dass ich dann nicht mehr da sein werde, aber ich weiß nicht, in welchem Zustand. Man hat mir gesagt, dass mein Gehirn so abbauen wird, dass ich vergesse, wie man schluckt.« Sie legt die Hand an den Hals und drückt, als stelle sie sich das Gefühl vor. »In der Palliativbetreuung werde ich auf das Ende vorbereitet, aber wenn ich eine Zukunft mit Sondenernährung plane, dann darf ich nicht nur an mich denken, sondern muss mir auch überlegen, wie ich meine Familie ernähre.«

Ich blicke auf den dicken Umschlag.

»Ich weiß, es ist eine Zumutung, aber wenn du die Geschenke auch für mich einpacken und etikettieren könntest, könnte ich sie auf dem Speicher aufbewahren, damit Joe sie findet, wenn er die Weihnachtsdeko holt. Als Teil von Joys Geheimnissen sozusagen«, erklärt sie in allzu munterem Ton und versucht, es ganz einfach klingen zu lassen, obwohl es das nicht ist. Vielleicht bemüht sie sich, die Traurigkeit, die darunter liegt, zu verdecken. Vielleicht ist sie tatsächlich bereit für diesen Schritt. Ich erfahre zum ersten Mal von ihrem Wunsch, während sie sicher schon lange darüber nachdenkt und sich den Moment vorgestellt hat, in dem Joe die Kiste mit den Geschenken findet. Wahrscheinlich hat sie diese Situation in Gedanken immer wieder in allen möglichen Versionen durchgespielt.

»Okay«, flüstere ich heiser. Dann räuspere ich mich entschlossen. »Aber lass uns eine Abmachung treffen, Joy. Wenn du diese Geschenke deinen Lieben allein überreichen kannst, dann holen wir sie vom Speicher, ehe Joe sie entdeckt.«

»Abgemacht«, sagt sie und nickt. »Mir ist klar, dass das alles wirklich viel verlangt ist, Holly, aber ich bin dir von Herzen dankbar«, fügt sie hinzu. »Ich hoffe, es ist nicht zu viel.«

Im Grunde ist mir alles zu viel. Alles. Die ganze Zeit. Und dann manchmal auch wieder nicht, es kommt ganz darauf an, in welcher Verfassung ich morgens aufwache.

»Darf ich dich etwas fragen?« Ich schaue Joy an, ehe ich weiterspreche, und erst, als sie zustimmend nickt, fahre ich fort: »Warum machst du das?«

Sie macht ein verwirrtes Gesicht.

»Theoretisch weiß ich es natürlich, aber ich möchte es gern richtig verstehen. Ist es, weil du Angst hast, sie könnten dich vergessen? Oder weil du dich nicht ausgeschlossen fühlen willst? Oder weil du nicht möchtest, dass sie dich vermissen?« Ich hole tief Luft. »Tust du es mehr für dich oder für sie? Ich frage das für einen Freund.«

Mit einem verständnisvollen Lächeln antwortet sie: »Alles, was du gesagt hast, trifft zu. Alles und noch mehr. Ich kann mich auf das vorbereiten, was mir blüht, aber ich kann nicht loslassen, bevor es passiert. Ich kann nicht einfach aufgeben. Ich bin eine Mutter, ich habe für die Jungs immer vorausgedacht. Und obwohl sie jetzt nicht mehr klein sind und selbst Kinder haben, höre ich nicht auf vorauszudenken. Ich möchte, dass sie das Gefühl haben, ich bin bei ihnen, vermutlich, weil ich noch nicht loslassen will. Ich kapituliere nicht. Es ist die einzige Art von Kontrolle, die ich über mein Leben habe. Ich weiß nicht, wann mein letzter guter Tag oder mein letzter Tag überhaupt kommt, aber ich werde dafür sorgen, dass ich noch eine Weile länger hier sein werde als mein Körper. Ich möchte leben, und ich bin bereit, dafür alles zu versuchen. Nicht nur Medikamente, Therapien, Pflegemaßnahmen, sondern jetzt auch noch Briefe und Listen. Vielleicht habe ich die Kontrolle über meinen Körper verloren, aber ich kann kontrollieren, was in meinem Leben geschieht und wie ich nach meinem Tod das Leben anderer Menschen immer noch beeinflussen kann. Das ist mein letzter Sieg.«

· / ·

Auf dem Heimweg gehen mir Joys Worte nicht aus dem Kopf.

Mein letzter Sieg.

Der Tod kann nicht gewinnen, denn das Leben geht weiter.

Das Leben hat Wurzeln, und genau wie bei einem Baum verzweigen sich diese Wurzeln, recken sich dem Wasser entgegen, besitzen die Kraft, Fundamente anzuheben und Hindernisse aus dem Weg zu räumen. Ihre Reichweite ist endlos, allein ihre Existenz hat in der einen oder anderen Form dauerhafte Auswirkungen. Einen Baum kann man fällen, aber man kann niemals auslöschen, was er begonnen hat, man kann das Leben nicht vernichten, das aus ihm entsprungen ist.

Für die meisten Menschen ist der Tod ein Feind, vor dem man Angst haben muss. Wir sehen ihn nicht als Friedensstifter, als einen, der Mitgefühl mit uns hat. Er ist das unvermeidliche Schicksal, das wir fürchten und dem wir aus dem Weg zu gehen versuchen, indem wir alle Risiken auf ein Minimum reduzieren, indem wir Gesundheits- und Sicherheitsregeln befolgen und bei jeder Therapie und jedem Heilmittel Zuflucht suchen, das uns Rettung verspricht. Schau dem Tod nicht in die Augen, geh ihm aus dem Weg, mach ihn nicht auf dich aufmerksam. Duck dich, sieh nicht hin. Komm ihm nicht zu nah. Lass dich nicht von ihm berühren, du bist noch nicht an der Reihe. In unserer Natur liegt es, am Leben festzuhalten, wir wollen, dass das Leben Sieger bleibt.

Als Gerry krank wurde, war der Tod sehr lange der Feind, aber wie es bei denen, die einem Schwerkranken nahestehen, so oft geschieht, kam ein Punkt, an dem sich meine Einstellung änderte, weil ich begriff, dass nur der Tod Gerry Frieden bringen und seinem Leiden ein Ende bereiten konnte. Wenn die Hoffnung auf Heilung erlischt und das Unvermeidliche nicht mehr vermieden werden kann, gibt es Augenblicke in langen Nächten, in denen man den mühsamen Atemzügen lauscht und den Tod einlädt, endlich zu kommen. In denen man ihn willkommen heißt. In denen man ihn bittet, der Qual und den Schmerzen ein Ende zu bereiten, zu führen, zu helfen, sanft und freundlich zu dem zu sein, der leidet.

Obwohl Gerry viel zu jung war zum Sterben, obwohl er alles tat, um gegen die Krankheit anzukämpfen, wandte er sich, als es so weit war, dem Tod zu. Er erkannte ihn als Freund und wehrte sich nicht mehr gegen ihn. Und ich war erleichtert, ich war dem Tod dankbar, dass er meinen Liebsten von seinem Leiden erlöste und ihn sanft in seine Arme schloss. Auf seltsame und wunderbare Weise ist das, was man gemieden und gefürchtet hat, plötzlich da, ganz nah, in Licht gebadet. Der Tod wird unser Retter.

Leben ist Licht, Sterben ist Dunkelheit, der Tod wiederum ist Licht. So schließt sich der Kreis.

Der Tod ist immer bei uns, unser ständiger Begleiter, Partner des Lebens, er beobachtet uns von der Seitenlinie. Unser Leben lang sterben wir auch, mit jeder Sekunde, die wir leben, kommen wir dem Ende unserer Tage eine Sekunde näher. Irgendwann kippt das Gleichgewicht. Die ganze Zeit ist der

Tod in unserer Reichweite, aber wir gehen nicht zu ihm, und er kommt nicht zu uns.

Der Tod stößt uns nicht in die Tiefe, er fängt uns auf, wenn wir fallen.

Kapitel 21

Ich spiele mit dem Gedanken, Aushilfen anzuheuern«, verkündet Ciara aus der anderen Ecke des Ladens.

»Wozu denn?«

»Na, um auszuhelfen natürlich. Vielleicht brauchen wir auch einen Sicherheitsdienst – in letzter Zeit verschwinden so viele Sachen, weil wir es nicht schaffen, alles im Auge zu behalten, und ich kann es mir nicht leisten, eine zusätzliche Angestellte zu bezahlen. Immer mal wieder fragt jemand, ob wir Hilfe brauchen, man weiß ja auch, dass wir einen Teil unserer Gewinne für wohltätige Zwecke spenden. Und ich könnte wirklich Hilfe brauchen, wenn du Krankenhaustermine hast oder wenn ich mit Mathew Sachen abhole.«

Eine Kundin am Ladentisch nimmt ein Portemonnaie aus dem Korb mit den Sachen, die ein bisschen kaputt oder alt oder einfach in schlechtem Zustand, aber zu hübsch zum Wegwerfen sind. Sie dreht und wendet das Portemonnaie prüfend in den Händen.

»Ist das echtes Leder?«, fragt sie schließlich.

»Ja, ich glaube schon.«

»Für zwei Euro?«

»Ja, alles in dem Korb kostet zwei Euro«, antworte ich und wende mich wieder Ciara zu. »Ich habe versucht, die Kliniktermine immer auf den Montag zu legen, aber die bestehen auf dem Freitag. Tut mir leid.«

»Ich weiß, ich mache dir auch keine Vorwürfe. Ich denke bloß, es würde uns helfen, zwei Augen und zwei Hände mehr im Laden zu haben.«

»Ich nehme es«, sagt die Kundin fröhlich.

Ich nehme die Münze entgegen, gebe ihr eine Quittung, und die Frau verlässt den Laden.

»Und du bist oft ein bisschen … abgelenkt. Bei diesem ganzen Chaos mit Gabriel – du ziehst jetzt doch nicht mit ihm zusammen, ihr redet nicht einmal miteinander, du willst dein Haus jetzt doch nicht verkaufen, engagierst dich in diesem Club und – o mein Gott, ich muss mich hinsetzen. Wenn ich mir dein derzeitiges Leben nur vorstelle, bin ich schon total gestresst …«

»Ich bin aber nicht abgelenkt, Ciara«, entgegne ich genervt. »Ich habe alles im Griff.«

Die Glocke über der Tür klingelt, eine Kundin kommt herein und rennt hektisch zum Ladentisch.

»Hi, ich war vor ungefähr fünfzehn Minuten hier, und ich glaube, ich habe mein Portemonnaie vergessen, irgendwo bei der Kasse.«

Ich reiße vor Schreck die Augen auf.

Ciara wirft mir einen drohenden Blick zu. »Hol es zurück«, stößt sie mit zusammengebissenen Zähnen hervor.

»Bin gleich wieder da«, antworte ich, panisch, aber höflich, packe meine Krücken und humple aus dem Laden, so schnell ich kann. Ich schaue nach links und nach rechts, sehe die Frau, die das Portemonnaie gekauft hat, um die Ecke verschwinden, und rufe ihr nach.

· / ·

Abends sitze ich mit Ginika am Esstisch. Sie hat Wort gehalten, widmet sich ganz dem Schreiben- und Lesenlernen und möchte am liebsten jeden Tag zum Unterricht kommen. Obwohl es für mich unmöglich ist, ihr den Wunsch zu erfüllen, wird sie nicht müde, mich darum zu bitten, und inspiriert mich mit ihrer Energie und ihrem Wissensdurst. Sie erzählt mir, dass sie übt, wenn Jewel ihren Mittagsschlaf hält, und auch bei Nacht, wenn die Kleine schläft. Sie nutzt sogar die Wartezeiten im Krankenhaus. Seit zwei Wochen hat sie fast ganz aufs Fernsehen verzichtet, und wenn sie sich überhaupt etwas anschaut, dann mit Untertiteln. Ich muss mich anstrengen, mit ihrer Zielstrebigkeit wenigstens einigermaßen Schritt zu halten.

Jewel sitzt auf Ginikas linkem Knie, so weit wie möglich vom Tisch entfernt, kaut abwechselnd auf einem Beißring und zerrt an Ginikas Bleistift, dem Objekt, das ihr die Aufmerksamkeit ihrer Mutter stiehlt. Inzwischen hasst die Kleine Stifte und Papiere und weiß auch genau, dass beide Erwachsenen, wenn sie etwas davon kaputtmacht, die Arbeit unterbrechen und ihr endlich Aufmerksamkeit schenken. Und sei es auch nur, um zu schimpfen.

Gerade lernt Ginika »Au«-Laute, in Worten und Bildern. Mir ist rasch klargeworden, dass ihre Lesefähigkeit schneller zunimmt, wenn das Lesen visuell unterstützt wird, offensichtlich lernt ihr Gehirn lieber in Bildern, und zusammen mit den Worten ergänzt sich beides gegenseitig. Sie brauchte nur eine neue Lernmethode und mehr Zeit. Immer geht es um die Zeit.

Im Lehrbuch gibt es vier Wörter, Ginika muss dasjenige finden, das den Laut nicht hat, und es umkringeln. Die Wahlmöglichkeiten sind *Grau, Haus, Autsch und Käse.* Käse ist gelb geschrieben, mit Löchern in den Buchstaben. Aber *Haus* und *Autsch* im selben Satz – das trifft schmerzhaft mitten in meinen wunden Punkt. Autsch, jawohl. Ich habe die Maklerin immer noch nicht angerufen, um den Hausverkauf zu stoppen. Nachdem ich so lange gebraucht habe, um mein erstes eigenes Heim auf den Markt zu bringen, dauert es jetzt genauso lange, es wieder runterzuholen. Ich müsste mich dafür auf mein Privatleben konzentrieren, und das schaffe ich momentan nicht. Mir kommen die Tränen, ich schaue schnell weg und blinzle hektisch, bis sie weg sind. Als ich meine Gefühle einigermaßen verdrängt habe, wende ich mich wieder Ginikas Arbeit zu.

Sie und Jewel beobachten mich aufmerksam.

»Gut gemacht!«, lobe ich meine Schülerin und blättere die Seite um.

Zum wiederholten Male schaut Ginika zu der ramponierten nackten Wand, an der das Hochzeitsfoto hing. Noch hat sie nicht danach gefragt, aber ich weiß, dass es irgendwann kommen wird. In solchen Dingen ist sie überhaupt nicht zurückhaltend, sie sagt, was sie denkt, und scheint sich wenig darum zu kümmern, welche Gefühle das in ihrem Gegenüber auslöst. Vermutlich denkt sie, dass es unehrlich wäre, sich anders zu verhalten, gekünstelt, nicht authentisch. Ich habe ihr erklärt, dass solche Umgangsformen allgemein als höflich angesehen werden.

»Was ist da passiert?«, fragt sie schließlich.

»Es ist heruntergefallen.«

Sie zieht eine Augenbraue hoch, sie glaubt mir nicht.

»Wie ist diese Pflegefamilie denn so?«, frage ich vorsichtig und nehme Jewels kleinen Fuß in meine Hand.

Ginika stöhnt und setzt sich anders hin. »Eine Frau namens Betty nimmt Jewel, wenn ich Termine im Krankenhaus habe oder einfach kaputt bin. Sie hat drei eigene Kinder und redet wie ein Bauer. Ich möchte nicht, dass Jewel ihren Akzent übernimmt.«

Ich lächle sie an. »Du bist also unsicher, ob sie die Richtige ist?«

Ginika zuckt die Achseln.

»Wahrscheinlich wirst du nie das Gefühl haben, dass jemand gut genug ist für Jewel.«

»Doch, irgendjemand wird passen. Ich verabschiede mich erst, wenn ich wenigstens das geregelt habe.«

In diesem Moment klingelt es an der Haustür. Ich erwarte niemanden, und ich habe auch keine Nachbarn, die unangekündigt reinschneien. Hoffentlich ist es nicht Gabriel. Ich bin ihm in der letzten Zeit aus dem Weg gegangen – nicht, weil ich dramatisch bin, sondern weil ich herauszufinden versuche, wie ich mich tatsächlich fühle. Manchmal habe ich den Eindruck, dass das Gehirn eine Petrischale mit Informationspampe ist, und wenn ich sie lange genug gären lasse, merke ich vielleicht plötzlich, dass mich seine Entscheidung eigentlich gar nicht stört. Obwohl sie es eigentlich müsste. Auf diese Erleuchtung warte ich momentan. Aber gerade jetzt möchte ich darüber nicht mit ihm sprechen, schon gar nicht vor Ginika. Außerdem lege ich keinen Wert darauf zu erfahren, wie er reagiert, wenn er mitbekommt, dass ich dem Club nicht nur bei den Briefen helfe, sondern einem seiner Mitglieder auch noch Schreiben und Lesen beibringe. Zu helfen ist gut und schön, aber wenn das ganze Leben nur noch daraus besteht, wird es schwierig. Und Letzteres wäre das Thema unserer Debatte, genau das ist ja der Knackpunkt.

Aber als ich die Tür aufmache, steht Denise vor mir, in der Hand eine Tasche in einer Schutzhülle.

»Hey«, flötet sie. »Ich wollte dir nur die Clutch zurückbringen, die du mir geliehen hast.«

Sie überreicht sie mir und kommt ins Haus.

Ich spähe in das Täschchen. »Vom letzten Jahr?«

»Du solltest dich glücklich schätzen«, erklärt sie und geht direkt ins Wohnzimmer. »Ich wollte sie eigentlich behalten. Oh, hallo«, ruft sie, als sie Ginika und Jewel entdeckt. »Sorry, ich wusste nicht, dass du Besuch hast«, wendet sie sich wieder an mich.

»Du hast ja auch nicht gefragt. Denise, das ist Ginika. Sie gehört zum …« Ich schaue zu Ginika, ob sie einverstanden ist, und sie nickt. »… zum ›P. S. Ich liebe Dich‹-Club.«

Denise lässt sich nicht anmerken, was sie davon hält, sondern lächelt nur freundlich. »Hi, Ginika. Nett, dich kennenzulernen«, begrüßt sie die beiden und geht vor Jewel in die Hocke. »Und wer ist denn dieses hübsche kleine Mädchen? Hallo, meine Süße!« Es folgen allerlei Babygeräusche, worauf Jewel grinst und Denise ihren Beißring überreicht. »Oh, vielen Dank, das ist aber nett«, sagt Denise und tut so, als nehme sie den Ring in den Mund. »Mmmm – lecker.«

Jewel kichert.

»Hier hast du ihn wieder«, sagt Denise und gibt der Kleinen den Ring zurück. Jewel nimmt ihn, sabbert kurz darauf und streckt ihn dann wieder Denise hin. Denise wiederholt, was sie beim ersten Mal gemacht hat, und auf diese Weise geht es mehrmals hin und her.

»Bist du die Denise, die beim Urlaub auf Lanzarote aus dem Meer gerettet werden musste?«

Denise grinst und wirft die Haare zurück. »Ja, das war ich, oben ohne in einem Stringtanga mit Leopardenmuster. Meine Sternstunde.«

»Ich glaube, dieses Erlebnis habe ich beim Podcast ausgelassen.«

»Sie hat sowieso die besten Teile ausgelassen«, sagt Denise zu Ginika.

Ginika lächelt, was selten vorkommt.

»Denise …«

»Ich würde schrecklich gern was über den Karaoke-Abend hören«, fährt Ginika unbeirrt fort. »War es wirklich so schlimm, wie Holly behauptet?«

»Schlimm? Es war schlimmer, weil ich zuhören musste. Holly ist total unmusikalisch.«

»Okay, okay.« Ich klatsche in die Hände, um das Gespräch zu unterbrechen, beeindrucke damit allerdings lediglich Jewel, die sofort mitklatscht. Ihr neuester Lieblingssport. »Tut mir leid, euch unterbrechen zu müssen«, wende ich mich deshalb gezielt an die beiden Erwachsenen, »aber wir sind hier mit etwas echt Wichtigem beschäftigt, Denise, und in einer Stunde muss Ginika schon wieder gehen.«

Denise schaut auf ihre Uhr. »Das ist okay. Wollt ihr vielleicht einen Tee? Oder Kaffee? Magst du Kaffee, kleines Menschlein?«, fragt sie Jewel und kitzelt sie. Jewel wiehert vor Lachen. »Soll ich mit ihr spielen, während ihr arbeitet?«, fragt Denise mit Blick zu den Papieren auf dem Tisch.

»Lieber nicht«, antwortet Ginika und fasst Jewel fester um den Bauch. »Sie geht zu niemandem außer mir.«

»Das kannst du ruhig glauben, Denise«, bestätige ich. »Sie

ist quietschfidel, aber sobald Ginika sie ablegt, kommt ihre dunkle Seite zum Vorschein.«

»Ach, das kann ich mir gar nicht vorstellen«, sagt Denise, die sich schon wieder vor Jewel niedergekniet hat. »Magst du mit Denise mitkommen? Dee Nee? Mag Jewel zu Dee Nee auf den Arm?«

»Dee Nee?«, wiederhole ich amüsiert.

»Nein, nein, das geht schon, echt«, beharrt Ginika und zieht Jewel zu sich zurück.

»Bist du sicher?«, frage ich Ginika und zwinkere ihr verschwörerisch zu. »Denise liebt Babys.« Es gibt nur eine Möglichkeit, wie wir Denise überzeugen können, nämlich, wenn sie Jewels Protestgeschrei hautnah mitbekommt.

»Ähm … okay«, sagt Ginika und lockert ihren Griff.

»Yay!«, ruft Denise, wirft die Arme hoch und jubelt. Jewel kichert. »Yay für Dee Nee!«

Jewel hebt die Arme, dabei knallt der Beißring Ginika ins Gesicht. Dann senkt Jewel die Arme wieder.

»Komm zu Dee Nee.«

Tatsächlich lässt Jewel sich von ihr auf den Arm nehmen, aber sobald sie merkt, wo sie ist und was sie getan hat, blickt sie unsicher zu ihrer Mutter, und dann geht es los – das Stirnrunzeln, die geblähten Nasenflügel, das ganze Schauspiel des Widerwillens und der Abneigung gegen alles, was nicht ihre Mutter ist. Das wütende Geschrei setzt ein. Denise steht langsam auf. Jewel beginnt, heftig zu strampeln. Nur mit Mühe können die Socken sich noch an den Zehen festhalten.

»Schau mal, da ist deine Mama. Mama ist nicht weg.«

Für einen Moment verstummt die Sirene, aber der Gesichtsausdruck bleibt voll ausgeprägt. Jewel ist nicht ganz sicher, was hier geschieht, aber ziemlich sicher, dass es ihr nicht gefallen wird. Oder vielleicht doch?

»Hi, Mama.« Denise winkt und ermuntert Jewel, dasselbe zu tun. Tatsächlich winkt Jewel und wird eine Runde durchs Esszimmer getragen. Dann durchs Fernsehzimmer. Aber als Denise die Küche erreicht und Ginika aus Jewels Blickfeld verschwindet, beginnt das Horrorfilmgebrüll von neuem. Ginika steht auf.

»Lass sie mal einen Moment«, sage ich. »Denise kümmert sich darum.« Es ist schwer für Ginika, aber ich bleibe beharrlich. »Dann schaffen wir dieses Kapitel heute Abend.«

Die Schreie, das Heulen, die durchdringende Hysterie hallen durch mein Haus, untermalt von Denises sanfter beruhigender Stimme, ihrem Gesang und ihrem Geplapper, und ich merke, dass Ginika sich nur mit Mühe auf mich und das Lehrbuch konzentrieren kann. Aber ich mache weiter, übertöne den Lärm, in der Hoffnung, dass wir es schaffen.

Ich brülle die Worte, Ginika schreibt sie auf. »Wo warst du mit Gerry auf Hochzeitsreise?«, fragt sie plötzlich.

»Ich glaube, wir sollten bei unserer Arbeit bleiben, Ginika«, entgegne ich brüsk. Aber sie denkt gar nicht daran. Ich habe ihr ihre Tochter weggenommen, und der Kontrollverlust irritiert sie. Ich dränge, sie bockt.

»Du hast im Podcast gesagt, dass Gerry dich und deine Freundinnen nach Lanzarote geschickt hat, weil ihr dort eure Flitterwochen verbringen wolltet.«

»Ja.«

Sie legt den Stift weg. »Warum seid ihr nicht hingefahren? Wo wart ihr stattdessen?«

»Woanders«, sage ich und drücke ihr den Stift wieder in die Hand.

Sie fixiert mich mit einem seltsamen Blick, unzufrieden mit meiner Reaktion. Sie ist offen und verletzlich, und ich gehe nicht auf ihre Fragen ein. Seufzend beginne ich zu erklären, aber auf einmal hält sie die Hand hoch, spitzt die Ohren und lauscht.

»Was ist?«

»Ich höre nichts mehr.«

Ich brauche einen Moment, um zu begreifen, dass Jewel aufgehört hat zu heulen, schon seit ein paar Minuten ist es ganz still. Ginika springt auf.

»Alles okay, Ginika, ich bin sicher, dass es ihr gutgeht«, beruhige ich sie und will sie zurückhalten, aber sie ist schneller, durchquert das Esszimmer, die Küche und geradewegs die Treppe hinauf. Ich folge ihr, halte mich am Geländer fest und humple hinter ihr her, so schnell ich eben kann. Und Ginika wartet nicht auf mich, sie rennt die Treppe hinauf, und oben finde ich sie an der Tür des kleinen Gästezimmers. Sie versperrt mir die Sicht. Atemlos hole ich auf und spähe über ihre Schulter. Denise sitzt auf dem Bett, ans Kopfbrett gelehnt, die Beine vor sich ausgestreckt, und schaut aus dem Fenster. Auf ihrer Brust liegt Jewel, fest schlafend, in eine Decke gewickelt. Im Zimmer ist es dunkel, nur der Schein der Straßenlaternen fällt durchs Fenster. Denise sieht uns etwas verwundert an, weil wir sie so anstarren.

»Sorry«, flüstert sie. »Sollte sie nicht lieber schlafen? Es ist spät, sie kam mir sehr müde vor.« Sie schaut von Ginika zu mir, voller Sorge, dass sie die Mutter des schlafenden Babys verärgert haben könnte.

»Nein, das ist großartig«, grinse ich. »Perfekt, Denise, gut gemacht.«

Ich will schnell wieder nach unten, aber Ginika rührt

sich nicht vom Fleck. Sie macht keinen zufriedenen Eindruck.

»Wir müssen gehen«, sagt sie laut, und Jewel regt sich.

»Was? Warum denn?«, frage ich flüsternd. »Wir können eine Menge Arbeit erledigen.«

»Nein«, beharrt Ginika gequält und geht zu ihrem Baby. »Wir müssen nach Hause.« Sie hebt Jewel von Denises Bauch und verlässt das Zimmer.

Kapitel 22

Obwohl Ginika das Baby so unerwartet an sich genommen hat und nur noch weg wollte, bietet Denise an, die beiden nach Hause zu fahren, und tatsächlich nimmt Ginika das Angebot an. Ich kann mir zwei Gründe dafür vorstellen: entweder will sie ihre mütterliche Autorität noch deutlicher machen, oder es ist ihr peinlich, dass sie mir wieder Umstände gemacht hat. Allein, erschöpft und durcheinander bleibe ich auf der Couch sitzen. Ginikas Frage wegen meiner Flitterwochen geht mir nicht aus dem Kopf.

· / ·

»Ich möchte irgendwohin, wo wir uns entspannen können, Gerry«, sage ich und massiere meine Schläfen, während er schon den nächsten Abenteuerreiseprospekt aufschlägt. »Ehrlich, nach den ganzen Hochzeitsvorbereitungen und unserem großen Tag möchte ich einfach nur noch am Strand liegen und Cocktails schlürfen und gar nicht mehr aufstehen.«

Gelangweilt schaut er mich an. »Ich will aber nicht faul am Strand herumliegen, Holly. Wir können uns gern ein paar

Tage da erholen, aber nicht die ganze Zeit. Ich möchte irgendwas tun. Ich will die Welt sehen.«

»Schau, wir sehen die Welt doch schon«, entgegne ich und blättere durch die Seiten. »Hallo, Island, hallo, Argentinien, hallo, Brasilien, hallo, Thailand. Oh, hi, Mount Everest, ich glaube, in deiner Nähe gibt es keinen Strand.«

»Ich habe auch nie gesagt, dass ich den Mount Everest besteigen will.« Er schlägt die Broschüre zu und klemmt meine Finger zwischen die Seiten.

»Autsch.«

Er steht auf und geht weg vom Tisch. Aber er kann eigentlich nirgendwohin, wir sind noch in unserer ersten Wohnung. Ein Zimmer mit einem kleinen Wohnbereich und Schlafnische. Wohnung ist ein ziemlich hochgegriffener Ausdruck für dieses Wohnschlafzimmer. Die Schlafzimmerwand reicht nicht ganz bis zur Decke, trennt aber den Schlaf- vom Wohnbereich. Wie ein Löwe im Käfig schreitet Gerry auf der kurzen Strecke zwischen der Couch und dem Fernseher auf und ab. Ich sehe, dass er kurz davor ist zu explodieren.

»Warum musst du bloß so faul sein, Holly?«

»Wie bitte?«

»Du bist faul«, sagt er, lauter.

»Ein Strandurlaub ist nicht faul, sondern entspannend. Und du hast keine Ahnung, wie man sich entspannt.«

»Wir haben schon fünf solche Urlaube hinter uns. Fünf verschiedene Hotels auf fünf verschiedenen Inseln, und alle sehen genau gleich aus. Keine Kultur.«

Ich lache ihn aus, was ihn natürlich noch wütender macht. Ich sollte die Sache auf sich beruhen lassen, aber … »Tut mir leid, dass ich nicht so kultiviert bin wie du, Gerry.« Ich schlage eine andere Broschüre auf. »Okay, dann fahren wir eben nach

Äthiopien, führen ein normales Leben in einem Wüstencamp und schließen uns dem dort beheimateten Stamm an.«

»Halt den Mund!«, brüllt er.

Ich warte, bis die Venen in seinem Hals nicht mehr so pochen.

»Schau mal«, beginne ich mit ruhiger Stimme noch mal von vorn. »Da gibt es einen Ort auf Lanzarote. Es ist ein Badeort, aber man kann von dort auch Bootsfahrten machen. Delphine und Wale beobachten. Außerdem gibt es einen Vulkan, zu dem eine Bustour angeboten wird.«

Ich halte die Broschüre in die Höhe.

»Das habe ich schon gesehen, als ich zehn Jahre alt war«, murmelt er, aber wenigstens ist er etwas ruhiger. »Wenn du Delphine und Wale sehen willst, zeige ich dir einen Ort, wo es die gibt.« Er springt über die Couch und wühlt in einem Stapel Zeitschriften auf dem Küchentisch. Schließlich greift er nach Abenteuerreisen in Alaska.

»Delphine und Wale interessieren mich doch gar nicht«, jammere ich. »Die sind für dich. In Alaska gibt es keinen Strand.«

Er knallt die Broschüre auf den Tisch, so laut, dass ich vor Schreck aufspringe. Dann nimmt er sie wieder hoch, und diesmal schleudert er sie auf den Linoleumboden, der von den Plätzchenkatastrophen unseres Vormieters verbrannt und voller Blasen ist. Die Zeitschrift macht einen ziemlichen Krach.

»Gerry.«

»Dann schauen wir uns doch einfach all die Sachen an, die du nicht machen willst, und sortieren sie von vornherein aus, ja?«

Schon landet der nächste Reisekatalog auf dem Boden, noch heftiger diesmal. »Island. Langweilig, stimmt's? Gletscher und heiße Quellen sind scheiße. Kein Strand. Peru.« Er knallt das nächste Heft auf den Boden. »Wer will denn schon Inkapfade sehen und den höchstgelegenen See der Welt? Du bestimmt nicht. Cuba, ein Dreckloch.« Auch diese Broschüre geht zu Boden.

Bei jedem Knall denke ich an das Pärchen, das unter uns wohnt.

Dann schmeißt er ein paar Hefte gleichzeitig dazu. Extra laut. Der Herd bebt.

»Aber wie wäre es damit?« Siegesgewiss hält er den nächsten Katalog in die Höhe. »Zwei Wochen saufen und in der Sonne braten, umgeben von Junggesellinnen- und Junggesellenpartys. Überall Leute, die Englisch sprechen und sich von Burgern und Pommes ernähren. Das klingt doch nach einem richtigen Abenteuer.«

Er wirft die Broschüre auf den Tisch zurück.

Ich schaue sie an, mit großen Augen und Herzklopfen. Warum benimmt er sich so?

»Ich möchte etwas anderes machen, Holly. Du musst doch auch mal raus aus deiner Komfortzone. Sei mutiger, aufregender! Erweitere deinen Horizont!«

Zurzeit bin ich von allem nur noch angepisst: die Hochzeitsvorbereitungen, die Einladungen und Antworten, die Anzahlungen, diese beschissene Wohnung, ich ärgere mich über Gerry, es nervt mich, dass wir eine Hypothek für ein neues Haus aufnehmen müssen und dass ich nicht den Mund halten kann. Und warum sollte ich auch? Mein zukünftiger Ehemann hat mir gerade vorgeworfen, ich wäre faul und langweilig.

»Ich verlasse meine Komfortzone, Gerry, schließlich heirate ich dich, und du bist absolut durchgeknallt.«

»Wie nett«, sagt er und richtet sich auf.

Dann verlässt er die Wohnung, und ich sehe ihn die nächsten zwei Tage nicht wieder.

· / ·

Als das Telefon klingelt, sitze ich immer noch auf der Couch und träume vor mich hin. Auf dem Display ist Denises Profilbild zu sehen, wie sie sich mit weit aufgerissenen Augen einen Schokowindbeutel in den Mund stopft.

»Das Päckchen ist ausgeliefert«, sagt sie geheimnisvoll.

»Danke, Dee Nee, ich weiß es zu schätzen. Hoffentlich war es okay für Ginika, mit dir im Auto zu sitzen. Sie mag es nicht, wenn Jewel bei irgendjemand anderem ist als bei ihr. Sie probiert gerade eine Pflegefamilie aus und hat damit verständlicherweise ziemlich zu kämpfen.«

»Ach je, das bricht mir das Herz. Aber der Unterricht bei dir scheint ihr sehr zu gefallen.«

»Wirklich? Das ist gut, aber ich bin nicht sicher, ob wir vorankommen, weil ich eigentlich nicht weiß, was ich tue. Ich befolge, was im Lehrbuch steht, aber es wäre mir lieber, wenn sie sich einen Lehrer suchen würde – zu ihrem eigenen Besten.«

»Warum hilfst du ihr nicht einfach mit den Wörtern, die sie für den Brief braucht? Warum musst du ihr alles von Grund auf beibringen?«

»Weil sie es so will. Sie möchte nicht, dass irgendjemand den Inhalt des Briefs kennt, sie möchte ihn ganz allein schreiben.«

»Das Lernen ist für sie mindestens so wichtig wie der Brief. Es bedeutet, dass sie in ihrem Leben zumindest eine Sache unter Kontrolle hat. Und wenn der Zeitpunkt kommt und sie den Brief nicht ganz alleine schreiben kann, dann kannst du ihr immer noch helfen. Du musst also nicht denken, das wäre das einzige Ziel.«

»Stimmt.«

Stille, abgesehen vom Geräusch des Blinkers. Denise sitzt im Auto.

»Denise?«

»Jepp.«

»Weißt du, warum Gerry uns nach Lanzarote geschickt hat?«

»Wow, deine Gedanken wandern heute Abend aber ganz schön durch die Gegend.«

»Ginika hat mich was gefragt, was mich nachdenklich gemacht hat.«

»Lass mich überlegen.« Sie räuspert sich.

Es war der Julibrief. Der fünfte. Ein schlichtes *Hab einen schönen Holly-Day. P. S. Ich liebe Dich* ... mit Anweisungen, zu einem bestimmten Reisebüro zu gehen. Am 28. November, als er sein Bett eigentlich nicht mehr hätte verlassen dürfen, hatte er für mich, Denise und Sharon einen Urlaub gebucht. Er war im Taxi gekommen, das er vor dem Reisebüro warten ließ. Gezwungenermaßen hat Barbara, die Angestellte des Reisebüros, mir die Geschichte über zwanzigmal erzählt.

»Hast du uns nicht gesagt, dass ihr in den Flitterwochen hinfahren wolltet? Dass es eine Art zweite Hochzeitsreise werden sollte? Oder irre ich mich?«

»Ich wollte in den Flitterwochen nach Lanzarote, ja.«

»Das ist doch schön.«

Schweigen.

»Und die Delphine. Im nächsten Brief ging es um sie.«

Der August-Brief. Er hat mich zu einer Stelle am Strand geführt, wo man sie beobachten konnte.

»Ich kann mich nicht mehr richtig an den Grund dafür erinnern – wolltest du vielleicht schon immer mal Delphine sehen?«

»Nein. Genau das ist ja die Sache. Ich wollte nie Delphine sehen. Das wollte er.«

»Na ja, du wolltest auch nie wieder Karaoke singen, soweit ich mich erinnere.«

»Nein.«

»Vermutlich war der Sinn von manchen Briefen einfach, dich aus deiner Komfortzone rauszuholen.«

Der Satz erschüttert mich.

Du musst doch auch mal raus aus deiner Komfortzone. Sei mutiger, aufregender! Erweitere deinen Horizont!

Ich mache mir Gedanken über etwas, worüber ich nie mit jemandem gesprochen und was ich immer verdrängt habe, bis ich in den letzten Monaten gezwungen war, Gerrys Briefe noch einmal zu studieren, um dem »P. S. Ich liebe Dich«-Club Tipps geben zu können. Dieser Prozess hat dazu geführt, dass ich seine Briefe anders sehe, auf eine Art, die mir meistens unbehaglich ist. »Glaubst du, dass dieser Brief und die ganze Reise so eine Art ›Du kannst mich mal‹ war?« Warum sonst die Delphine?

»Wie denn das?«

»So was wie ›Erinnere dich an die Zeit, als du nicht das tun wolltest, was ich tun wollte‹?«

»Holly, du hast ihm zuliebe eine Safari in Südafrika gemacht. Du hast in einem Hotel mit Giraffen geschlafen. Du hast es ihm ermöglicht, alles zu sehen. Am Ende hat er genau die Hochzeitsreise bekommen, die er wollte.«

»Am Ende.«

Schweigen.

»Also, nein, ich glaube nicht, dass es ein ›Du kannst mich mal‹ war. Das war nicht Gerrys Stil. Jedenfalls wäre er dann nicht der Gerry gewesen, den ich gekannt habe. Außerdem war es doch der Ort, an den du wolltest. Ich sehe das als Geschenk. Warum denkst du jetzt plötzlich darüber nach?«

Wieder schweigen wir beide. Auf einmal merke ich, dass der Motor nicht mehr läuft, ich höre keinerlei Hintergrundgeräusche. Ich stehe auf und sehe Denise im Auto sitzen, direkt vor meiner Auffahrt. Das Innenraumlicht ist an, so dass ich sie sehen kann.

»Ich glaube«, fährt sie nach einer langen Pause fort. »Ich glaube, wenn überhaupt, dann hat er einen Kompromiss gemacht. Vielleicht hat er begriffen, dass er dich dazu gebracht hat, etwas zu tun, was du eigentlich nicht wolltest, und hatte ein schlechtes Gewissen. Oder er hatte überhaupt kein schlechtes Gewissen, aber es war einfach ein zweiter Versuch.«

Ich beuge mich an die kalte Fensterscheibe. »Denise, warum beobachtest du mein Haus?«

Sie blickt auf und sieht mich am Fenster. »Na so was, du bist ja ein richtiger Spürhund.«

»Ich bin okay, weißt du. Um mich brauchst du dir keine Sorgen zu machen.«

»Ich weiß, Holly, aber wie oft müssen wir dich denn noch daran erinnern, dass es nicht immer um dich geht?« Sie steigt aus, in der Hand eine große Tasche. Sie geht die Auffahrt hinauf und sieht mich an, während sie ins Telefon spricht: »Ich habe Tom verlassen. Kann ich heute bei dir schlafen?«

Sofort öffne ich die Tür. Denises Augen sind voller Tränen, und ich nehme sie in den Arm.

»Andererseits«, sagt sie mit tränenerstickter Stimme. »Andererseits ist das Leben schon komisch, und vielleicht hatte Gerry tatsächlich eine dunkle Seite, und er hat sich aus dem Grab heraus mit dir angelegt.«

Ich umarme sie noch fester.

· / ·

Gerry und ich bewegten uns nach einem sehr unterschiedlichen Rhythmus. Ich langsam und unbeständig, kreuz und quer, ein paar Schritte vor, ein paar zurück, er zuverlässig, schnell, zielstrebig, neugierig, konzentriert. Meistens versuchte ich, ihn dazu zu bringen, sein Tempo zu drosseln, den Augenblick zu genießen, statt alles immer so zupackend und energisch anzugehen. Er fand, dass ich faul war und die Zeit verschwendete. Wir waren wie die Verkörperung dieser Übung zur Handkoordination, bei der man sich mit einer Hand auf den Kopf klopft und mit der anderen den Bauch reibt. Nur dass bei uns die Koordination bisweilen gestört war.

Ich frage mich, ob sein Körper immer schon wusste, was wir nicht wussten – dass seine Zeit einfach knapper war als die anderer Menschen. Dass er nicht so viel Zeit hatte wie ich. Sein Rhythmus war mit der Zeit, die er hatte, gut synchronisiert. Er brauchte das Abenteuer, weil er nicht einmal dreißig Jahre alt werden würde. Mein Körper ließ sich Zeit, um in Schwung zu kommen, um neugierig und abenteuerlustig zu werden, und als er so weit war, lebte Gerry schon nicht mehr. Vielleicht hat sein Tod mich dazu getrieben, mehr zu wagen.

Ich frage mich, ob es ihn frustrierte, mit mir stillzustehen, wo in ihm doch eine Uhr tickte und ihn antrieb. Ich frage mich, ob ich für ihn ein Hindernis war. Ich frage mich, ob er mit einer anderen Person mehr Spaß gehabt, ein aufregenderes, erfüllteres Leben gehabt hätte. Ich frage und frage mich und mache mir all diese quälenden Gedanken als Form der Selbstbestrafung, aber mein Herz reagiert immer. Mein Herz antwortet mit Überzeugung, unerschütterlich in dem Wissen, dass wir vielleicht einen unterschiedlichen Rhythmus hatten, aber dennoch immer zusammenpassten.

Kapitel 23

Die Weinflasche ist offen, Denise und ich sitzen uns mit hochgezogenen Füßen auf der Couch gegenüber. Ihr Weinglas zittert in ihrer Hand, als sie es zum Mund führt.

»Jetzt erzähl mal – warum hast du Tom verlassen?« Das auszusprechen, fühlt sich fremd an in meinem Mund.

Doch dann brechen bei Denise auf einmal alle Dämme. Gerade hatte sie sich noch völlig im Griff, aber dann ist sie in Sekundenschnelle in Tränen aufgelöst. Ich sehe ihr beim Weinen zu, aber ich bin zu ungeduldig, um zu warten, bis sie antwortet.

»Hatte er eine Affäre?«

»Nein.« Sie lacht beinahe und wischt sich die Augen.

»Hat er dich geschlagen? Oder dir sonst wie weh getan?«

»Nein, nein, nichts dergleichen.«

»Und du?«

»Nein!«

Ich suche die Papiertaschentücher, kann aber keine finden und hole stattdessen eine Rolle Klopapier aus dem Bad. Inzwischen hat Denise sich etwas beruhigt, aber ihre Stimme zittert und bricht immer wieder, so dass ich mich richtig konzentrieren muss, um sie zu verstehen.

»Er will unbedingt ein Baby«, sagt sie. »Fünf Jahre, Holly, wir probieren es seit fünf Jahren, wir haben unsere ganzen Ersparnisse hineingesteckt. Jetzt haben wir nichts mehr, und ich kann ihm immer noch kein Baby schenken.«

»Ein Baby kann man nur zu zweit machen, das ist nicht allein deine Sache.«

»Doch.«

Wir haben noch nie darüber gesprochen. Ich habe nie gefragt, außer den beiden geht es ja niemanden etwas an. »Wenn ich gehe, dann kann er eine andere kennenlernen und den Rest seines Leben so verbringen, wie er es sich wünscht. Ich stehe doch nur seinem Traum im Weg.«

Schockiert starre ich sie an. »Das ist das Lächerlichste, was ich jemals gehört habe.«

»Nein, überhaupt nicht«, erwidert sie, wendet sich von mir ab und richtet ihre Rede an den Kamin statt an mich. »Du steckst nicht in unserer Haut. Jeden Monat hat er gehofft. Du hast keine Ahnung, wie das ist. Eine Enttäuschung nach der anderen. Jedes Mal, wenn wir einen Termin hatten und die nächste IVF begonnen haben, hat er fest daran geglaubt, dass es klappen würde. Und es ist nicht passiert. Wird es auch nie.«

»Es könnte immer noch sein«, sage ich leise.

»Nein«, entgegnet sie fest. »Weil ich es nämlich nicht mehr versuche. Ich bin fix und alle.« Sie wischt sich die Augen und sieht sehr entschlossen aus. »Ich weiß, dass Tom mich liebt, aber ich weiß auch, was er sich am meisten wünscht, und mit mir bekommt er das nicht.«

»Glaubst du denn, es wird leichter für ihn, wenn du ihm das Herz brichst und ihn verlässt?«

Als Antwort schnieft sie nur.

»Er will dich, Denise.«

»Ich weiß, dass er mich liebt, aber das ist nicht genug. Seit wir geheiratet haben, also seit sieben Jahren, sind wir besessen davon, schwanger zu werden. Wir reden über nichts anderes. Wir sparen und planen, wir planen und sparen für das Baby. Alles dreht sich um das Baby. Aber jetzt gibt es kein Baby mehr. Was zur Hölle sind wir ohne das Baby noch? Ich weiß, was ich dann nicht bin – ich bin nicht mehr die Frau, die kein Baby kriegen kann, und er ist nicht mehr der loyale Ehemann, der sich mit dem Zweitbesten zufriedengibt. Verstehst du?«

»Ja, schon«, gebe ich zu. »Aber es ist trotzdem falsch.«

Schweigend trinken wir unseren Wein. Ich nippe an meinem und zermartere mir den Kopf, was ich sagen könnte, etwas sehr Kluges, das den Schalter umlegt und ihren Gedankengang in die umkehrte Richtung lenkt.

»Hattest du schon Angebote für das Haus?«, wechselt Denise nach einer Weile abrupt das Thema und trinkt einen großen Schluck.

»Nein.«

»Warum ziehst du eigentlich nicht einfach schon zu Gabriel, während das Haus auf dem Markt ist?«

»Ich ziehe vorerst gar nicht zu Gabriel.«

Denise reißt verwundert die Augen auf. »Hast du es dir anders überlegt?«

»Gabriels Tochter zieht bei ihm ein, und er will warten, bis sie sich eingelebt hat, ehe wir den nächsten Schritt machen. Und bevor du fragst, das Einleben wird bis zu zwei Jahren dauern.«

»Was ist das denn für ein Quatsch?«, stößt sie so heftig hervor, dass der Wein von ihrer Lippe in mein Auge spritzt.

»Sorry«, entschuldigt sie sich, während ich ihn wegwische, starrt mich aber fassungslos an. »Versucht er, sich von dir zu trennen?«

»Angeblich nicht, aber ich sehe eher schwarz für unsere gemeinsame Zukunft.« Ich trinke einen Schluck.

»Aber er ist doch derjenige, der unbedingt zusammenziehen wollte.«

»Ich weiß.«

»Er hat dich monatelang angefleht.«

»Ich weiß.«

»Das ergibt keinen Sinn!«

»Ich weiß.«

Sie kneift die Augen zusammen und mustert mich argwöhnisch. »Hat es vielleicht irgendwas mit diesem ›P. S. Ich liebe Dich‹-Club zu tun?«

Ich seufze. »Ja und nein. Vielleicht. Wahrscheinlich hat es nicht gerade geholfen, dass das alles zusammengekommen ist.« Ich reibe mir müde das Gesicht.

»Vielleicht solltest du mit dem Club eine Pause machen, vielleicht ist es nicht gesund für dich.«

»Das kann ich nicht, Denise. Die Leute dort verlassen sich auf mich. Du hast doch gerade Ginika kennengelernt – was würde sie dann tun?«

»Aber bevor du dich in dem Club engagiert hast, lief doch alles so gut.«

»Vielleicht hat es mir aber auch geholfen, alles in die richtige Perspektive zu rücken.«

»Ich weiß nicht, Holly …«

»Vermutlich könnte ich das Haus aber trotzdem auf dem Markt lassen.« Ich schaue mich um. »Ich glaube, ich habe genug von ihm. Meinem Gefühl nach hat Gerry sich sowieso schon vor langer Zeit von hier verabschiedet, er ist weg«, gebe ich traurig zu. Doch so schnell die Traurigkeit gekommen ist, so schnell verschwindet sie auch wieder, und stattdessen bin ich plötzlich voller Energie. Ich könnte das Haus tatsächlich verkaufen – Gabriel macht seine eigenen Pläne und kümmert sich um sein eigenes Leben, warum also sollte ich auf ihn warten?

»Hast du Lust, mit mir zusammenzuziehen?«, fragt Denise.

»Nein danke.«

Sie lacht. »Na gut, wie du willst.«

»Du wirst zu Tom zurückgehen und ihm erzählen, was du mir gerade erzählt hast. Ihr werdet miteinander sprechen wie zwei erwachsene Menschen. Das jetzt ist doch bloß ein Problemchen, ein kleiner Schluckauf, der gleich wieder vorbeigeht.«

»Ich glaube, ich muss aber mehr tun als nur die Luft anhalten und warten, dass es vorbeigeht.«

Stimmt, das war ein schlechter Rat. Ich selbst habe genug vom Luftanhalten. Veränderungen muss man aktiv anpacken. Ich trinke mein Glas leer.

»Okay«, meint Denise mit einem matten Seufzer. »Ich gehe ins Bett. Darf ich bitte in deinem Gästezimmer übernachten?«

»Klar, aber halte mich nicht mit deinem ständigen Geflenne wach.«

Sie lächelt traurig.

»Ich glaube wirklich, dass du einen Riesenfehler machst«, füge ich sanft hinzu. »Bitte überleg es dir morgen früh anders.«

»Na ja, wenn wir jetzt schon gute Ratschläge austauschen, dann weiß ich zwar, dass ich momentan nicht in der Position bin, dir einen zu geben, aber ich sage dir, du liebst Gabriel. Dieser Club hat irgendwas mit dir angestellt, ob du es zugibst oder nicht, jedenfalls ist Gerry zu dir zurückgekommen, was eigentlich ja schön wäre, aber ich weiß nicht, ob es so gut für dich ist. Gerry ist weg, aber Gabriel ist da, und er ist real. Bitte lass nicht zu, dass Gerrys Geist ihn in die Flucht schlägt.«

Kapitel 24

Paul, wenn deine Frau nach Hause kommt …«

»Wird sie nicht.«

»Aber falls doch …«

»Wird sie nicht. Sie sind alle den ganzen Nachmittag über weg.«

»Paul«, sage ich fest, »wenn sie aus irgendeinem Grund zurückkommt, können wir nicht lügen. Ich werde mich nicht an einem Betrug beteiligen, das ist nicht meine Aufgabe. Ich möchte nicht, dass sie mich für eine böse andere Frau hält. Ich bin schon Berts Fußpflegerin, das beunruhigt mich schon genug.«

Er lacht, die Spannung legt sich. »Ich werde dich nicht bitten, für mich zu lügen. Ich weiß, dass es schwierig ist für dich, und wir alle wissen wirklich zu schätzen, was du für uns tust, die Opfer, die du bringst – nach allem, was du selbst durchgemacht hast.«

Jetzt fühle ich mich grässlich. Meine Opfer sind nichts im Vergleich mit dem, was er aushalten muss.

»Was hast du heute denn vor? Was soll ich machen?«

»Wir haben eine Menge zu tun«, sagt er und ist plötzlich wieder ein Energiebündel voller Ideen. Manchmal erinnert er mich an Gerry, obwohl sie sich äußerlich nicht im Geringsten ähneln. Paul ist zehn Jahre älter, immer noch jung, dabei hatte er jetzt schon zehn Jahre mehr vom Leben als mein Ehemann. Da ist es wieder, das gierige bittere Zeitvergleichsmonster.

»Ich werde nur einen einzigen Brief schreiben, an alle. Darin erkläre ich, was ich tue. Der Rest ist visuell. Wenn du nichts dagegen hast.«

»Briefe sind auch visuell«, sage ich etwas defensiv.

»Ich möchte den Kids ein Gefühl dafür vermitteln, wer ich bin – mein Humor, der Klang meiner Stimme …«

»Wenn du die Briefe richtig gut schreibst …«, beginne ich schon wieder.

»Ja, du Verteidigerin aller Briefe, die jemals geschrieben wurden«, neckt er mich, »aber meine Kinder können noch nicht lesen. Ich möchte etwas Moderneres tun, etwas, was mehr auf ihrer Wellenlänge liegt, und sie lieben nun mal das Fernsehen.«

Zwar enttäuscht mich das viel mehr, als ich erwartet habe, aber ich lasse die Sache auf sich beruhen. Nicht jeder Mensch liebt Briefe so wie ich, und vermutlich hat Paul recht – seine Kinder, die in dieser Zeit geboren sind, wollen ihren Dad wahrscheinlich wirklich lieber sehen und hören. Und für mich ist es eine weitere Lektion, dass der Prozess genau nach den Wünschen der betroffenen Person verlaufen muss. Maßgeschneiderte Botschaften von dem, der nicht mehr lebt, an die geliebten Menschen, die er zurücklässt.

»Also, eins nach dem anderen«, sagt Paul und führt mich durch die Küche in den Wintergarten. »Als Erstes eine Klavierstunde.«

Vom Wintergarten überblickt man den Garten. Ein Spielhäuschen, eine Schaukel, ein Fußballtor mit schiefen Pfosten, Fahrräder, Spielsachen. Eine verlassene Puppe liegt im Dreck, ein Lego-Männchen steckt mit dem Kopf in einer Ritze des Terrassenbodens. Der Grill ist noch abgedeckt, die Gartenmöbel müssten abgeschliffen und gestrichen werden. Am Zaun hängen bunte Vogelhäuschen, am Fuß eines Baums entdecke ich eine Feentür. Die Szenerie illustriert das tägliche Leben der Familie, und ich kann mir das muntere Treiben vorstellen, das Chaos, das Lachen und Rufen. Der Wintergarten fühlt sich an, als gehöre er in ein anderes Haus, hier sind nirgends Spielsachen, es ist, als hätte dieser Raum nichts mit seiner Umgebung zu tun. Er ist eine Art Oase, mit hellgrauen Marmorfliesen, hellgrauen Wänden, einem Schaffellteppich. Von der Decke hängt ein Kronleuchter, ziemlich dicht über dem Klavier. Ansonsten gibt es keine Möbel.

Voller Stolz führt Paul mir alles vor.

»Das hier«, sagt er und deutet grinsend auf das Klavier, »das hier war mein erstes Baby, bevor die Monster auf die Welt kamen. Ich habe es hier reinstellen lassen, wegen der Akustik. Spielst du auch?«

Ich schüttle den Kopf.

»Ich habe mit fünf Jahren angefangen, jeden Morgen von acht bis halb neun musste ich üben, vor der Schule. Es war der Fluch meines Lebens, bis ich mit dem College anfing und merkte, dass ein Pianist auf Partys der totale Frauenmagnet ist.«

Wir lachen beide.

»Oder jedenfalls der Mittelpunkt des Geschehens.« Er spielt mir etwas vor, Jazz. Free Jazz. Toll.

»Das ist *I've Got the World on a String*«, erklärt er mir, ohne die Finger von den Tasten zu lösen.

Er verliert sich in seiner eigenen Welt, spielt immer weiter, den Kopf gesenkt, die Schultern hochgezogen. Keine Verzweiflung, reine Freude. Doch dann bricht er plötzlich ab, und es wird sehr still.

Schnell stehe ich auf und gehe zu ihm. »Alles in Ordnung?«

Er antwortet nicht.

»Paul, ist alles okay mit dir?« Ich kauere mich neben ihn und schaue ihm in die Augen. Kopfschmerzen, Übelkeit, Erbrechen, Doppelbilder, Anfälle. Ich weiß, was Paul durchmacht. Ich habe es erlebt. Aber jetzt, wo der Tumor auf dem Rückzug ist, kann das nicht sein, Paul ist in Remission, er hat gesiegt. Das sind alles nur Vorsichtsmaßnahmen. Von allen Clubmitgliedern hat Paul am meisten Grund zu Optimismus.

»Er ist wieder da«, sagt er schließlich mit erstickter Stimme.

»Was?«, frage ich. Natürlich weiß ich genau, was er meint, aber mein Hirn kann es nicht verarbeiten.

»Ich hatte einen fünfstündigen Krampfanfall. Der Arzt sagt, er ist mit Pauken und Trompeten zurückgekommen.«

»Ach, Paul. Das … das tut mir so leid.« Aber das klingt viel zu lasch. »Scheiße.«

Er lächelt traurig. »Ja. Scheiße. »Dann reibt er sich müde das Gesicht, und ich lasse ihm einen Moment Zeit. Aber meine Gedanken rasen. »Und was denkst du?«, fragt er abrupt und schaut mir in die Augen. »Über die Idee mit der Klavierstunde?«

Was ich *denke*? Dass ich unsicher bin, ob er noch mehr Belastung verträgt. Ich *denke*, dass ich Angst habe, es könnte ihm in meiner Gegenwart etwas passieren, und ich weiß nicht, wie ich es seiner Frau erklären soll. Ich *denke*, er sollte bei seiner Frau und seinen Kindern sein, statt Zeit mit mir zu verbringen, *jetzt* Erinnerungen mit ihnen entstehen lassen, nicht welche für die Zukunft.

»Ich denke … dass du recht hast. Es funktioniert besser vor der Kamera als in einem Brief.«

Er lächelt erfreut.

Ich lege ihm die Hand auf die Schulter und drücke sie ermutigend. »Lass uns deinen Babys ganz genau zeigen, wer du bist.«

Ich halte mein Smartphone in die Höhe und beginne mit der Aufnahme. Paul schaut direkt in die Kamera, die Energie ist wieder da, seine Augen leuchten.

»Casper, Eva, ich bin's, euer Daddy! Und heute bringe ich euch beiden das Klavierspielen bei.«

Lächelnd sehe ich ihm zu. Als er die Tonleitern zeigt, zoome ich auf seine Finger, und versuche, nicht zu lachen, wenn er Witze macht und absichtlich falsch spielt. Ich bin nicht im Zimmer. Ich bin nicht da. Dieser Mann spricht zu seinen Kindern, aus dem Grab.

Nach den Tonleitern und *»Twinkle Twinkle Little Star«* als erstem Liedchen gehen wir in die Küche.

Paul öffnet den Kühlschrank und holt zwei Kuchen heraus. Einen Schokokuchen für Casper, einen Biskuitkuchen mit rosa Zuckerguss für Eva. Nach einigem Wühlen angelt er aus einer Einkaufstüte eine rosa Kerze, eine Drei.

»Für Eva«, sagt er und steckt die Zahl in die Mitte des Biskuitkuchens. Einen Augenblick schaut er sie an, und ich kann mir seine Gedanken ungefähr vorstellen. Vielleicht wünscht er sich etwas. Dann zündet er die Kerze an.

Ich drücke auf Aufnahme und zoome auf sein Gesicht, das halb versteckt ist hinter dem Kuchen, den er mit beiden Händen in die Höhe hält. Dann beginnt er zu singen.

»Happy Birthday.« Er schließt die Augen, wünscht sich etwas und bläst die Kerze aus. Als er die Augen wieder öffnet, liegt ein Tränenschleier über ihnen. »P. S. Ich liebe dich, Baby.«

Ich beende die Aufnahme.

»Wunderschön«, sage ich leise, denn ich möchte ihm diesen Moment nicht verderben.

Paul nimmt mir das Telefon aus der Hand, um seine Arbeit zu begutachten. Währenddessen schaue ich in die Tüte.

»Paul? Wie viele Kerzen sind denn da drin?«

Er antwortet nicht. Ich kippe den Inhalt der Tüte auf die marmorne Arbeitsplatte.

»Okay«, sagt er, nachdem er sich das Filmchen angeschaut hat. »Vielleicht könntest du noch ein bisschen dichter auf den Kuchen und mich zoomen. Ich möchte nicht so viel Hintergrund.« Als er aufblickt, sieht er mein Gesicht und schaut auf die Arbeitsplatte. Rosa und blaue Kerzen überschwemmen die gesamte Oberfläche. Ich sehe Vieren, Fünfen und Sechsen – alle Zahlen bis zehn. Aber auch eine Achtzehn, eine Einundzwanzig, eine Dreißig. Auf all diese Geburtstage will er sich vorbereiten? Verlegen tritt er von einem Fuß auf den anderen. »Ist das zu seltsam?«

»Aber nein.« Ich fasse mich wieder. »Überhaupt nicht. Aber wir brauchen viel mehr Zeit, um alles aufzunehmen. Außerdem müssen wir für Abwechslung sorgen – beispielsweise kannst du nicht jedes Jahr dasselbe Hemd tragen. Kannst du ein paar verschiedene aussuchen? Vielleicht auch was besonders Schickes. Vermutlich habt ihr doch eine ganze Menge, also können wir doch dafür sorgen, dass es richtig Spaß macht.

Er lächelt mich dankbar an.

Trotz des Kampfes, den Paul vor sich hat – einen Kampf,

den er schon einmal hat ausfechten müssen –, finde ich die Zeit mit ihm sehr produktiv. Mit Gerry habe ich mich so hilflos gefühlt. Wir waren den Entscheidungen der Ärzte ausgeliefert, wir hielten alle Termine, Zeitpläne und Therapien bis zum i-Tüpfelchen ein, weil wir nicht genug über die Krankheit wussten, um klare Entscheidungen zu treffen oder andere Optionen in Betracht zu ziehen. Ich fühlte mich machtlos. Natürlich bin ich auch jetzt machtlos gegen den Tumor, aber wenigstens kann ich etwas für Paul tun. Wir haben ein Ziel, wir machen etwas. Vielleicht hat Gerry sich auch so gefühlt, als er die Briefe für mich geschrieben hat. Alles andere war unsicher oder außerhalb seiner Kontrolle, aber er hatte dieses Projekt, über das er selbst bestimmen konnte. Während ich um sein Leben kämpfte, traf er Vorbereitungen für die Zeit nach seinem Tod. Ich frage mich, wann er damit angefangen hat. In welchem Moment hat er sich wohl mit der Erkenntnis abgefunden? Oder waren die Briefe anfangs auch nur ein »Für den Fall des Falles« wie bei Paul?

Zeit mit Paul zu verbringen ist das ideale Heilmittel gegen die Verwirrung, in die ich immer wieder gerate, denn mit ihm kann ich über all diese Gedanken sprechen, er interessiert sich dafür, er will alles hören. Der Club braucht mich, die Leute wollen mich um sich haben, und wenn ich ihnen Geschichten über Gerry erzähle und meine Erinnerungen an seine Briefe aufwärme, kann ich einfach drauflosreden. Ich muss mich nicht entschuldigen oder mich unterbrechen, weil ich das Gefühl bekomme, ich rede zu viel oder bleibe in der Vergangenheit stecken. Der Club möchte alles über Gerry und die Briefe erfahren, über mein Leben mit Gerry, wie ich ihn vermisse, wie ich heute an ihn denke. Und wenn sie mir zuhören, identifizieren sie sich in Gedanken mit ihm und setzen mich an die Stelle von denen, die sie zurücklassen, und malen sich aus, wie alles sein wird, wenn sie nicht mehr da sind.

Ich kann einfach und ohne Vorbehalte in diese Welt eintauchen.

Kapitel 25

Volle zwei Stunden sitze ich im Wartezimmer, was mir einen weiteren Einblick ins Leben der Clubmitglieder verschafft, in dem Kliniktermine, Warterei, Kontrollen und Untersuchungen zum Alltag gehören. Als ich endlich an der Reihe bin, entspanne ich mich auf der Krankenhausliege und schaue zu, wie die Schwester mit einem Marker sorgfältig eine Linie auf meinen Gips zeichnet. Sechs Wochen, nachdem sie mir diese Fußfessel verpasst haben, sind die Ärzte heute endlich zufrieden mit der auf dem Röntgenbild erkennbaren Heilung meines Knöchels. Die Schwester setzt die Klinge am Beginn der Linie an und führt den Cutter mit leichtem Druck an ihr entlang. Behutsam biegt sie dann den Gips zurück, und zum Vorschein kommt bleiche Haut mit roten und entzündeten Flecken dort, wo sie auf den Gips reagiert hat. Ein paar Hautfetzen lösen sich zusammen mit dem Gips ab und hinterlassen wunde Stellen, die aussehen wie verbrannt.

Unwillkürlich zucke ich zurück.

Die Schwester sieht mich mitfühlend an. »Sorry.«

Knöchel, Schienbein und Wade haben sichtlich gelitten, das

ganze linke Bein ist durch die mangelnde Bewegung dünner und schwächer als das rechte. Aber es wird wieder aufholen. Vor allem bin ich erleichtert.

Ich komme mir vor wie eine Zwiebel, von der man soeben eine Schicht abgeschält hat. Es sticht und brennt, alles ist empfindlich, aber ich fühle mich endlich wieder frei.

· / ·

»Hallo?«, rufe ich und trete in den Hausflur. An der Wand hängen noch die gleichen Gemälde unterschiedlicher Stilrichtungen, auch der lange schmale Teppich ist auf dem originalen Dielenboden geblieben. Mit meinem neuen Gehstiefel, der dem geschwächten Knöchel Stabilität verleihen soll, gehe ich langsam weiter, noch nicht wieder ganz normal, aber froh, Krücken und Gips los zu sein. Eine Weile war dieses Haus fast mein Zuhause, und ich atme die vertraute Luft tief ein.

Offensichtlich ist Gabriel noch nicht lange von der Arbeit zurück, denn er sitzt noch in Arbeitsstiefeln und Bomberjacke im Sessel, tippt auf seinem Smartphone herum und blickt überrascht auf.

»Holly«, ruft er und steht auf. »Ich habe dir grade eine SMS geschrieben. Alles gutgegangen?« Er schaut auf meinen Fuß hinunter.

»Den muss ich noch ein paar Wochen tragen, dann bin ich so gut wie neu.«

Er kommt zu mir und umarmt mich fest. In meiner Tasche vibriert mein Telefon.

»Das ist die SMS von mir«, sagt Gabriel.

»Ist Ava da?« Ich lasse ihn los und schaue mich um.

»Nein, noch nicht, sie zieht am Freitag ein, nach der Schule.« Er seufzt.

»Du wirst das prima hinkriegen.«

»Hoffentlich.«

»Können wir reden?«, frage ich und gehe zur Couch.

Er sieht mich nervös an und setzt sich wieder auf den Sessel.

Mein Herz klopft.

Aber ich schlucke und beginne. »Ich mache dir keinen Vorwurf wegen der Entscheidung, die du wegen Ava getroffen hast. Seit ich dich kenne, hast du immer wieder gesagt, dass du mehr mit ihr zu tun haben möchtest, aber ich kann das mit uns nicht mehr.« Meine Stimme zittert, ich halte inne und blicke ihm ins Gesicht, um zu sehen, wie er es aufnimmt. Schockiert starrt er mich an, und ich wundere mich, dass er es nicht hat kommen sehen. Aber ich muss den Blick abwenden, um weitermachen zu können, und schaue auf meine Finger, die einander so fest umklammern, dass die Knöchel schon ganz weiß sind.

»Vor einer Weile habe ich mir geschworen, nicht länger darauf zu warten, dass das Leben stattfindet, die Dinge nicht mehr auf einen unbestimmten Zeitpunkt in der Zukunft zu verschieben, sondern *jetzt* zu leben. Wir hatten unsere Zeit zusammen, aber ich glaube, sie ist zu Ende, Gabriel.« Wieder schwankt meine Stimme, aber ich bin mir dessen, was ich sagen will, ganz sicher, ich habe es mir so oft schon selbst gesagt. Es ist das Richtige. Wir haben unseren gemeinsamen Weg verloren. Sicher gibt es Menschen, die darum kämpfen, wieder zueinander zu finden, aber wir nicht. Wir haben unseren Zweck erfüllt.

»Holly«, flüstert er. »Ich möchte mich nicht von dir trennen, das habe ich dir doch gesagt.«

»Das stimmt, aber du hast uns auf die Warteschleife gelegt und …« Kurz gerät mein Entschluss ins Wanken, aber ich schüttle hastig den nagenden Zweifel ab, ob wir vielleicht doch irgendwie zusammenbleiben könnten, und bleibe bei dem, was ich beschlossen habe. »Du hast andere Verpflichtungen. Ich weiß, wie wichtig es für dich ist, ein guter Vater zu sein, davon sprichst du, seit wir uns kennen. Jetzt hast du deine Chance. Aber ich kann nicht herumsitzen und warten, während du damit beschäftigt bist. Es gibt Dinge in meinem Leben, die ich tun will, mit denen du aber nicht einverstanden bist, und ich will mich nicht dauernd dafür entschuldigen oder so tun, als würden sie nicht existieren.«

Er schlägt die Hände vors Gesicht und wendet sich ab.

Tränen habe ich nicht erwartet. Vorsichtig lege ich ihm die Hand auf den Rücken und beuge mich zu ihm, um ihm ins Gesicht sehen zu können.

Mit einem gezwungenen Lächeln blickt er auf und wischt sich die Augen trocken. »Tut mir leid, ich habe ... ich bin total von den Socken ... bist du denn sicher, ganz sicher? Ich meine, hast du gründlich darüber nachgedacht? Ist es wirklich das, was du willst?«

Ich nicke.

»Soll ich versuchen, es dir auszureden ... kann ich das überhaupt?«

Ich schüttle den Kopf, aber ich muss gegen die hässlichen Tränen kämpfen, die überquellen wollen, und gegen den Kloß in meinem Hals, der mir das Atmen nahezu unmöglich macht.

Ich hasse Abschiede, aber das war noch nie eine gute Rechtfertigung, um zu bleiben.

Kapitel 26

Zu Hause gehe ich unter die Dusche und freue mich, dass ich mich endlich wieder vollständig waschen kann. Als das Wasser auf die kaputte Haut trifft, tut es so weh, dass ich laut aufstöhne, doch dann beginne ich mit dem, was in der nächsten Zeit mein tägliches Ritual werden wird. Ich massiere die Haut mit Öl und Creme, schiebe sie vorsichtig hin und her, strecke und dehne mich und versuche, mich an die neugefundene Freiheit zu gewöhnen. Ohne den Gips fühle ich mich immer noch sehr unsicher, ich wage es nicht, ohne die Unterstützung des Gehstiefels mein Gewicht auf das Bein zu verlagern. Aber ich nehme mir vor, sanft und geduldig zu sein, bis meine Muskeln ihre Spannkraft zurückgewonnen haben, und versuche, so nett zu mir zu sein, wie ich zu anderen auch sein würde. Und wenn mir das Herz weh tut, weil ich Gabriel verliere und ihm weh getan habe, denke ich daran, was er gewonnen hat, und rufe mir ins Gedächtnis, dass er mit Ava zusammen sein kann. Und natürlich denke ich auch an das, was ich in diesem Jahr gewonnen habe, an meine neuen Freunde aus dem Club und an das, was und wen sie in mein Leben zurückgebracht haben.

Ich bin nie davon ausgegangen, dass ich für immer mit Gabriel zusammen bleiben würde. Als ich Gerry kennengelernt habe, war ich jünger und wahrscheinlich auch ziemlich naiv, denn ich glaubte fest daran, dass wir Seelenpartner waren, dass er der *Eine*, der Richtige für mich war. Als Gerry starb, hörte ich auf, so zu denken. Inzwischen bin ich der Überzeugung, dass wir uns in verschiedenen Phasen unseres Lebens zu bestimmten Menschen hingezogen fühlen. Aus vielerlei Gründen, aber in erster Linie, weil zwischen der Version unseres Selbst und der Version des Betreffenden zu diesem Zeitpunkt eine Verbindung besteht. Wenn man dabei bleibt, wenn man daran arbeitet, kann man gemeinsam in neue Richtungen wachsen. Manchmal entwickelt man sich auch auseinander, aber ich glaube, es gibt für jede der verschiedenen Versionen unseres Selbst den richtigen, den *einen* Menschen. Gabriel und ich haben im Hier und Jetzt gelebt. Gerry und ich haben auf das Immer gezielt und ein kleines Stück davon bekommen. Und ein angenehmes Jetzt und ein Stück vom Immer ist auf jeden Fall besser als nichts.

Als ich aus der Dusche komme, sehe ich, dass ich einen Anruf von Joy verpasst habe. Bert geht es schlechter, er hat das Bewusstsein verloren. Am Ende ihrer Nachricht fragt sie panisch: »Sind seine Briefe fertig und an Ort und Stelle?«

· / ·

Zum Ausdrucken wähle ich eine verschnörkelte Schreibschrift, um Berts Worte eindrucksvoller zu machen, frage mich dann aber, ob das vielleicht zu übertrieben ist und ich das Ganze nicht doch einfacher gestalten sollte. Schließlich will ich ja nicht Stil ohne Substanz. Aber die anderen Schriftarten erscheinen mir teils zu seelenlos, ohne Herz, teils erinnern sie mich an Erpresserbriefe. Ich kann den Gedanken nicht mehr verdrängen, nachdem ich ihn hatte. Also spiele ich eine Weile herum und entscheide mich zum Schluss doch für die Edwardian Script, weil ich denke, dass es der Schrift am nächsten kommt, die Bert angestrebt hat. Ich drucke die sechs Briefchen auf goldene Etiketten, klebe sie auf nachtblaue Karten und verziere den Rand mit winzigen Stickern. Das Motiv hat eine Bedeutung für mich, nämlich Gerrys Spruch *Greif nach den Sternen, einen davon wirst du bestimmt erwischen* – obwohl mir bewusst ist, dass Rita diesen Wink natürlich nicht verstehen wird. Aber so fühle ich mich verbunden, ich drücke den Karten Gerrys Identität auf, die natürlich im Grunde längst überall enthalten ist – mit ihm hat ja alles angefangen. Ich hoffe, Rita mag Sterne und findet nicht, dass die Karten aussehen wie ein Schulprojekt. Immerhin habe ich elegantes, edles Material verwendet. Die Karten stecke ich in goldene Umschläge, drucke dann Ziffern aus und experimentiere auch hier mit verschiedenen Schriften. Die Seite mit den verschiedenen Ziffern lehne ich an meinen Computer, starre eine Weile darauf und hoffe, dass sich mir eine davon intuitiv aufdrängt. So viel geht mir durch meinen unausgeschlafenen, erschöpften Kopf.

Als ich so dasitze und mich mit den Worten eines Mannes beschäftige, der im Sterben liegt, fällt mir plötzlich ein, dass ich Berts Briefe möglicherweise an genau der gleichen Stelle schreibe, an der Gerry die meinen geschrieben hat. Ich arbeite die ganze Nacht, bis die Sonne wieder aufgeht und neue Hoffnung über die Welt streut. Bis zum Morgen sind die Briefe fertig, und ich kann nur hoffen, dass Bert die Nacht überstanden hat und noch bei uns ist.

Ich bin stolz auf meine Arbeit. Sie macht mich nicht kaputt, wie viele meiner Bekannten – und auch ich selbst – es befürchtet haben. Zurückzublicken, sich der Vergangenheit zu stellen, ist kein Zeichen von Schwäche. Es geht auch nicht darum, alte Wunden aufzureißen. Sicher, es erfordert Kraft und Mut, und man muss sich seiner selbst sicher sein, um einen klaren, unvoreingenommenen Blick auf den Menschen werfen zu können, der man früher war. Doch ich zweifle nicht daran, dass die Konfrontation mit meiner Vergangenheit mich und alle, die von meiner Reise berührt werden, ermutigen und stärken wird.

»Du warst die ganze Nacht auf«, stellt Denise fest, als sie mit verschlafenen Augen und zerwühlten Haaren plötzlich hinter mir an der Küchentür erscheint. Sie betrachtet den Tisch.

»Du bist immer noch da«, erwidere ich, völlig am Ende.

»Darüber reden wir ein andermal«, sagt sie. »Wessen Briefe sind das?«

»Die von Bert. Sein Zustand hat sich letzte Nacht verschlechtert. Ich muss seine Botschaften fertigmachen.«

»Oh, wow«, sagt sie leise und setzt sich zu mir. »Brauchst du Hilfe?«

»Ja, eigentlich schon«, sage ich und reibe mir die schmerzenden Augen. Mein Kopf dröhnt vor Müdigkeit. Denise mustert mich einen Moment und denkt irgendetwas, was sie mir nicht mitteilt, aber ich bin froh darüber. Dann stürzt sie sich in die Arbeit, findet die restlichen nummerierten Etiketten samt den Karten und steckt sie in die passenden Umschläge.

Gleich den ersten Text liest sie. »Hat er Gedichte geschrieben?«

»Limericks. Es ist eine Rätselreise. Seine Frau muss einen Ort erraten, hinfahren und dort den nächsten Hinweis suchen. Und so weiter.«

»Süß«, sagt sie und lächelt, liest und steckt die nächste Karte in ihren Umschlag. »Musst du die Briefe heute noch ausliefern?«

»Das gehört zu meinem Service. Bert kann es ja nicht selbst tun.«

»Dann helfe ich dir.«

»Aber du musst doch zur Arbeit.«

»Ich kann den Tag freinehmen. Wir haben genug Leute in der Abteilung, und ehrlich gesagt kann ich ein bisschen Abstand mal ganz gut gebrauchen.«

»Danke, meine Freundin«, sage ich und lege den Kopf auf ihre Schulter.

»Wie geht es Bert?«, fragt Denise, als sie sieht, dass ich meine SMS checke.

Seine Familie ist bei ihm. Seine Enkel haben für ihn gesungen. Alle haben sich verabschiedet.

Ich lese ihr Joys Nachricht vor: »Es wird nicht mehr lange dauern.«

· / ·

Als ich die Haustür abschließe, höre ich eine Autotür zuschlagen und schnelle Schritte, die auf uns zukommen. Diese Füße haben eine Mission.

»Oh-oh«, sagt Denise.

»Ich wusste es!«, ertönt Sharons Stimme.

»Wo sind deine Kinder?«, fragt Denise.

»Bei meiner Mum, ich habe heute einen Ultraschalltermin.«

»Aber du dachtest, du betätigst dich erst mal ein bisschen als Schnüfflerin?«, fragt Denise.

»Ich habe bei dir zu Hause angerufen. Tom hat gesagt, dass du zurzeit bei Holly bist. Stimmt das?«

»Denise macht gerade einen Moment des Zweifels durch«, erkläre ich.

»Warum bist du damit nicht zu mir gekommen?«

»Weil du überkritisch bist und vorschnelle Urteile fällst. Außerdem hast du kein Gästezimmer.«

Sharon sperrt Mund und Nase auf.

»Aber hauptsächlich, weil du kein Gästezimmer hast.«

»Ich hätte Alex bei Gerard unterbringen können, so mache ich das immer, wenn wir Gäste haben.«

»Ja, aber dann hätte ich kein Bad für mich allein gehabt, und das mag ich nicht.«

»Holly hat oben auch nur ein Bad zwischen zwei Schlafzimmern.«

»Ja, aber sie hat unten noch eine Dusche.«

Ich schaue von Sharon zu Denise und versuche einzuschätzen, ob sie ihre Diskussion ernst meinen. Anscheinend schon. »Wenn euch beiden dieses Gespräch wichtig ist, könnt ihr gern reingehen und im Haus weitermachen, aber ich muss los.«

»Du arbeitest montags doch gar nicht«, sagt Sharon und mustert mich mit argwöhnisch zusammengekniffenen Augen. »Da ist der Laden geschlossen. Wo geht ihr beiden denn hin?«

»Wir müssen ein paar Briefe ausliefern«, flötet Denise.

Sharon macht große Augen. »Etwa die ›P. S. Ich liebe Dich‹-Briefe?«

»Ja!«, bestätigt Denise, setzt sich auf den Beifahrersitz und schließt die Tür.

»Warum bist du denn so fies zu ihr?«, frage ich, während ich die Fahrertür zuziehe.

»Weil es so leicht ist, sie auf hundertachtzig zu bringen.«

Ich lasse den Motor an, das Fenster runter und schaue zu Sharon, die mit offenem Mund dasteht und uns anstarrt. Sie sieht sehr müde aus. Bestimmt kann sie ein Abenteuer brauchen.

»Hast du Lust mitzukommen?«, frage ich sie.

Sie grinst wie ein Kind und nimmt auf dem Rücksitz Platz.

»Wie in alten Zeiten«, stelle ich fest.

»Darf ich die Briefe mal sehen?«

Denise reicht ihr den Stapel nach hinten.

»Steckst du auch mit drin?«

»Ich hüte ein Baby, während Holly seiner Mum Lesen und Schreiben beibringt«, erklärt Denise.

»Du bringst jemandem Lesen und Schreiben bei?«, fragt Sharon überrascht.

»Ich versuche es zumindest«, antworte ich, während ich zurücksetze und auf eine oberschlaue Antwort warte. *Auf dem Sterbebett kommen die Leute auf merkwürdige Gedanken, was?* Irgendetwas, mit dem sie sich über das, was ich tue, lustig macht. Aber nichts dergleichen.

»Die sind aber hübsch aufgemacht«, sagt Sharon nur, holt den ersten Limerick heraus und liest ihn vor.

Ein Mann ging gern ins Tanzlokal
Das Chrysanthemum war seine erste Wahl
Dort sah er ein Traumbild in Blau
Und das wurd seine Frau
Die er liebt nun für immer, und das nicht nur verbal.

»Wie süß«, seufzt Sharon. »Worauf spielt das an?«

»Das Chrysanthemum war ein Tanzlokal, und Bert und Rita haben sich in den Sechzigerjahren dort beim Auftritt einer Showband namens *The Dawnbreakers* kennengelernt. Aber es ist noch zu früh, das Restaurant, das jetzt dort untergebracht ist, hat noch nicht geöffnet, deshalb gehen wir zuerst zur zweiten Location.«

Sharon öffnet den nächsten Umschlag und liest.

Ein Mann der lockt eine Frau
Mit Lyrik zum Ausgehn – er war schlau
Als sie saßen auf der Bank
War vor Lieb' er fast krank
Doch sein Kuss traf mitten ins Herz sie genau.

»Das war ihr erster Kuss?«, fragt Sharon.

»Bingo.«

Auf Patrick Kanavaghs Bank in der Mespil Road am Nordufer des Grand Canal, dort, wo eine lebensgroße Statue von Kavanagh auf einer Bank sitzt und die Vorübergehenden einlädt, sich zu ihm zu gesellen, haben Bert und Rita sich zum ersten Mal geküsst. Wir stehen neben der Bank, und als ich mir vorstelle, wie Bert und Rita sich hier vor so langer Zeit zum ersten Mal geküsst haben, schießen mir Tränen in die Augen. Ich schaue zu meinen Freundinnen, aber Sharons Gesichtsausdruck ist alles andere als gerührt.

»Hier kannst du doch unmöglich den zweiten Umschlag hinterlegen.«

»Soll ich aber.«

»Nein, das geht nicht. Der erste Limerick führt zu einem Tanzlokal, dort hinterlässt du den zweiten, der zu dieser Bank führt. Also musst du hier den dritten deponieren.«

Denise und ich sehen uns an. Wieso ist uns dieser Fehler nicht aufgefallen? Ist doch kein Hexenwerk.

»Ich wette, jetzt bist du froh, dass du mich mitgenommen hast«, sagt Sharon und setzt sich mit zufriedenem Gesicht neben Patrick Kavanagh. »Und außerdem – wo willst du den Umschlag denn deponieren?«, fragt sie, immer noch ziemlich hochnäsig. »Bei Paddy vielleicht?« Sie sieht die Statue an. »Paddy, ich fürchte, unsere Freundin hat ihren großartigen Masterplan nicht ordentlich durchdacht, und jetzt stellt sich raus, dass er beschissen ist.«

Endlich lacht Denise wieder ihr dreckiges Lachen, sosehr mich das momentan auch ärgert. Ich werfe meinen beiden Freundinnen einen bösen Blick zu, und sie sind sofort still.

Nachdenklich schaue ich auf die Bank, überlege, ob ich den dritten Umschlag vielleicht in Plastik einpacken und unter die Bank kleben könnte, dabei ist mir klar, dass das praktisch nicht umsetzbar ist. Ich weiß nicht, wie lange Bert noch zu leben hat, vielleicht nur ein paar Stunden, vielleicht aber auch ein paar Tage. Oder sogar Wochen – es sind wirklich schon seltsamere Dinge vorgekommen. Oft verabschieden Menschen sich früher als erwartet von der Welt, aber natürlich können sie auch länger leben, als man denkt. Außerdem weiß ich gar nicht, wann Rita sich auf die von Bert für sie arrangierte Reise begeben wird. Um startbereit zu sein, braucht sie vielleicht ein paar Tage, vielleicht aber auch Wochen oder gar Monate. Ein verdächtiges Päckchen unter einer berühmten innenstädtischen Attraktion, die jeden Tag von Touristen und nachts von der Himmel weiß wem besucht wird, bliebe nicht lang an Ort und Stelle.

»Sieh mal, sie denkt nach«, sagt Denise plötzlich.

»Und macht dabei kaum Krach«, fügt Sharon hinzu.

Beide fangen an zu kichern und sind wahnsinnig stolz auf ihre poetische Komik.

»Ihr Blick schweift versonnen in die Ferne«, macht Sharon weiter.

»Was denkt sie nur? Das wüsste ich gerne«, ergänzt Denise.

Ich ignoriere sie, denn ich habe keine Zeit zu verschwenden. Ich muss vier Briefe ausliefern, Bert liegt im Sterben, ist vielleicht schon auf dem Weg in eine andere Welt, während wir hier an diesem wichtigen Ort seiner Vergangenheit stehen. Ich lese noch einmal die Inschrift auf der Plakette, und auf einmal wird mir etwas Schlimmes klar. Etwas Schreckliches.

»Wartet mal. Bert hat doch gesagt, dass er und Rita sich 1968 auf dieser Bank zum ersten Mal geküsst haben.«

Ich schaue zu meinen Freundinnen. Sie kuscheln sich an Patrick Kavanagh und machen Selfies, Friedenszeichen und Kussmündchen.

»Diese Bank ist aber erst 1991 aufgestellt worden.«

Sofort brechen Denise und Sharon die Selfie-Show ab, anscheinend ist die veränderte Stimmung bei ihnen angekommen. Sie stehen auf und lesen die Tafel. Zu dritt starren wir darauf.

Ich runzle die Stirn. Dann vibriert das Handy in meiner Tasche, und ich lese die Nachricht gleich.

»Vielleicht kannst du Bert noch mal fragen, ob er sich richtig erinnert?«, schlägt Sharon hilfsbereit vor.

»Es ist zu spät«, erwidere ich, und sofort füllen sich meine Augen mit Tränen.

Die Nachricht ist von Joy.

Unser lieber Bert ist von uns gegangen.

Kapitel 27

Den Kopf in die Hände gestützt, sitze ich auf der Bank. »Ich bin ein Idiot.«

»Du bist kein Idiot«, entgegnet Denise schlicht.

»Ich mache alles falsch«, fahre ich mit meiner Beschimpfung fort. »Diese Menschen sterben, ich habe ihnen etwas versprochen, und stattdessen benehme ich mich wie eine blöde Amateurin. Und ich habe mit Gabriel Schluss gemacht.«

»Was?«, explodiert Denise.

»Warum?«, will Sharon wissen.

»Er wollte, dass statt Holly lieber Ava bei ihm einziehen soll«, erklärt Denise.

»Was?«, explodiert jetzt Sharon.

»Es … es lief irgendwie nicht mehr richtig. Da habe ich Nägel mit Köpfen gemacht.«

»Also eigentlich«, erläutert Denise, an Sharon gewandt, »eigentlich lief nur Holly nicht mehr richtig. Sie wollte sich nicht für ihre Aktivitäten in diesem Club rechtfertigen müssen, schon gar nicht vor jemandem, der dagegen ist, weil es sie ganz offensichtlich wahnsinnig macht, sich da so reinzuhängen.

Gabriel hatte wahrscheinlich Angst, sie zu verlieren, wenn er sie nicht unterstützt – was jetzt trotzdem passiert ist –, und sie wollte nicht mit der Wahrheit konfrontiert werden und zugeben, dass er recht hat. Deshalb hat sie den Kontakt zu ihm abgebrochen, wie sie das bekanntlich mit den meisten Leuten tut, die nicht damit einverstanden sind, wie sie ihr Leben lebt, was wahrscheinlich der Grund ist, warum sie dich seit Wochen nicht angerufen hat, Sharon. Genau wie damals, als Gerry gestorben ist, weißt du noch?«

Sharon nickt, schaut nervös von Denise zu mir und dann wieder zu Denise. »Als sie die Tür abgeschlossen und keinen mehr reingelassen hat?«

»Genau, aber jetzt hat sie sich selbst mit einem Geist eingesperrt und den realen Mann, der sie liebt, in die Wüste geschickt. Der zugegebenermaßen vielleicht wirklich falsch reagiert hat, aber er kennt Holly auch nicht so gut, wie wir sie kennen. Aber offen gesagt ist er ja auch nur ein Mensch, und keiner von uns ist perfekt, wer kann ihm das also vorwerfen?«

»Denise«, sagt Sharon leise und mit warnendem Unterton.

Ich starre sie fassungslos an. Nein, ich bin bestürzt.

»Sorry«, sagt Denise, schaut weg und sieht nicht danach aus, als tue es ihr wirklich leid. »Aber irgendjemand musste das mal sagen.«

Schweigend sitzen wir da.

»Verdammt«, sagt Sharon nach einer Weile. »Ich wollte, wir wären wieder auf Lanzarote und würden auf einer Luftmatratze in Richtung Afrika treiben. Damals war alles so viel leichter«, sagt sie, vermutlich in dem Versuch, uns aufzuheitern.

Aber ich kann nicht lachen. Ich kann, was Denise gesagt hat, nicht ignorieren, ihre Worte klingen mir in den Ohren, mein

Herz hämmert, als hätte ich Panik, dass sie recht haben könnte. Was, wenn ich tatsächlich dabei bin, einen Riesenfehler zu machen?

Sharon schaut von mir zu Denise. »Könnt ihr beiden euch vielleicht beieinander entschuldigen, damit die Sache vom Tisch ist?«

»Wofür soll ich mich denn entschuldigen?«, frage ich.

Denise sieht aus, als wäre sie bereit, erneut auf meinen Fehlern rumzureiten, aber sie hält sich zurück. »Ich habe mich schon entschuldigt, aber ich tue es gern noch mal. Bitte entschuldige, Holly, ehrlich, ich …« Sie schüttelt den Kopf. »Ich bin gestresst. Dass ich Tom verlassen habe, war ein Fehler, und es ist einfach frustrierend, dabei zuzuschauen, wie du denselben Fehler machst.«

»Hast du alles, was du gesagt hast, wirklich so gemeint?«, frage ich.

»Ja«, antwortet sie finster. »Jedes Wort.«

»Ach um Himmels willen«, unterbricht uns Sharon. »Das ist doch keine Entschuldigung. Ehrlich, ihr zwei – wochenlang höre ich kein Wort von euch, und dann erfahre ich, dass ihr euch beide aus eurer jeweiligen Beziehung verabschiedet habt?«

»Sei vorsichtig, es ist ansteckend«, sage ich und lächle matt.

»Davon träumt John aber auch nur«, murmelt sie und fährt dann fort: »Na gut, eins nach dem anderen. Irgendwo muss hier doch noch eine Bank sein, Bert hat das ja nicht erfunden.« Sie googelt das Problem. »Aha, du bist kein Idiot. Es gibt eine Bank, die Patrick Kavanaghs Freunde ein paar Wochen nach seinem Tod aufgestellt haben. Sie wurde offiziell am St Patrick's Day 1968 eingeweiht. Bestimmt hat Bert die gemeint.«

Ich versuche mich wieder zu konzentrieren, habe aber immer noch das Gefühl, dass alles über mir zusammenbricht. Ich beschimpfe mich noch immer, weil ich Bert nicht geholfen habe, alles genügend zu durchdenken, aber wie hätte ich das machen sollen, wenn ich es nicht einmal selbst geschafft habe? Wie sind wir bloß auf die Idee verfallen, einen Umschlag auf einer Bank zu hinterlegen?

Langsam schlendern wir den von Bäumen gesäumten Weg entlang, ich noch an *einer* Krücke, die meinen schwachen Knöchel unterstützt, immer am Kanal mit seinen hübschen Schwänen entlang, vorbei an der Raglan Road. Als wir das Südufer bei den Schleusentoren nahe der Baggot Bridge erreichen, finden wir, direkt gegenüber vom Mespil Hotel, eine einfache Sitzgelegenheit aus Stein und Granit. In respektvollem Schweigen nehmen wir sie zur Kenntnis. Sie ist viel ursprünglicher als die neuere Kavanagh-Bank und fühlt sich viel angemessener an – eine einfache alte Bank, auf der Bert und Rita sich am 17. März, dem St Patricks Day 1968, geküsst haben, als sie zu Ehren von Ritas Lieblingsdichter diese damals noch ganz neue Bank besucht haben. In einer anderen Zeit. Jetzt ist Bert nicht mehr bei uns, aber diese Bank aus Holz und Stein steht noch. Sie hat das Leben der Menschen in sich aufgenommen, die gekommen und wieder gegangen sind. Noch immer steht sie da, beobachtet den Wechsel der Jahreszeiten, sieht das Wasser im Kanal vorbeifließen. Doch unser Problem besteht weiter. Wo sollen wir den Umschlag deponieren?

Das Mespil Hotel ist direkt gegenüber.

»Was denkst du?«

Entschlossen überquere ich die Straße, gehe geradewegs zur Rezeption und frage möglichst selbstbewusst nach dem Hotelmanager.

»Moment, bitte.« Die Rezeptionistin verschwindet hinter

einer unsichtbaren vertäfelten Tür in der Wand, aus der kurz darauf eine Frau erscheint und mir die Hand entgegenstreckt.

»Hallo, ich bin die diensthabende Hotelmanagerin. Wie kann ich Ihnen helfen?« Ihre Hand ist warm, und ich hoffe, dass auf ihr Herz dasselbe zutrifft.

Sie führt mich zu einer Sitzecke, und ich lasse mich nieder.

»Danke, dass Sie sich Zeit für mich nehmen. Ich heiße Holly Kennedy und arbeite an einem Projekt namens ›P. S. Ich liebe Dich‹, das todkranken Menschen hilft, ihren Lieben eine letzte Botschaft zu hinterlassen. Ich bin von meinem Klienten Bert Andrews, der leider vor wenigen Minuten verstorben ist, hierher geschickt worden … und brauche Ihre Hilfe.«

Und tatsächlich – wir bekommen die Gelegenheit, das dritte Rätsel im Hotel zu hinterlegen. Wenn Rita kommt, wird sie nach einem dezenten Hinweis von mir hier den sicher aufbewahrten Brief erhalten und in einem privaten Bereich bei einem schönen Nachmittagstee in Ruhe lesen können.

· / ·

Unsere zweite Station gestaltet sich einfacher als die erste. Wir besuchen das Tanzlokal, in dem Bert und Rita sich das erste Mal gesehen haben. Die Chrysanthemum Dance Hall war in Irlands Showband-Ära ein kultiger Veranstaltungsort, das irische Tanzmekka – Mädchen auf der einen, Jungs auf der anderen Seite. Wenn ein Junge ein Mädchen fragte, ob sie ein Mineralwasser wollte, bedeutete das, dass er an ihr interessiert war. Wenn sie seine Aufforderung zum Tanzen annahm, bedeutete das, dass sie ebenfalls Interesse hatte. Scheinbar unschuldigere Zeiten, in denen die katholische Kirche das Land beherrschte. Auf dem Tanzboden der irischen Ballsäle fanden Tausende ihren Partner fürs Leben.

Ein Sicherheitsmann lässt uns ins Gebäude. Es ist leer, denn die Abschlussprüfungen der örtlichen Schule stehen bevor. Der Mann erlaubt uns, ein bisschen umherzuwandern und uns umzuschauen. Tanzparketts und Spiegelkugeln sind verschwunden, an ihre Stelle sind Reihen von Schreibtischen und Stühlen getreten, trotzdem ist es, als befinde man sich auf einer Reise in die Vergangenheit. Ich stelle mir den Saal vor, heiß und stickig, das Tanzparkett voll von swingenden Menschen.

Als hätte sie meine Gedanken gelesen, sagt Denise: »Wenn diese Wände reden könnten.«

Ich erkläre dem Sicherheitsmann meine Mission schon wesentlich zuversichtlicher und entspannter und betone, dass jeder, der sich für unser Projekt engagiert, der Menschheit einen großen Dienst erweist. Tatsächlich ist er bereit, den Umschlag mit Ritas Namen anzunehmen und an einem sicheren Ort zu verwahren, damit sie ihn abholen kann und von hier, wo sie und Bert sich zum ersten Mal begegnet sind, zu der Bank weitergeleitet wird, auf der sie sich zum ersten Mal geküsst haben. Und dank des Hinweises, den ich in kleiner Schrift unter Berts Limerick angefügt habe, wird Rita gegenüber von der Bank, die ihre Zukunft so maßgeblich bestimmt hat, ihren dritten Brief finden und zur nächsten Station geführt werden – der Stelle, an der Bert ihr seinen Heiratsantrag gemacht hat.

War einst ein Mann so beklommen
Dass kein Wort aus dem Mund ihm wollt' kommen
Doch er beugte das Knie
Und flehte wie nie
Und wirklich, sie hat ihn genommen.

»Das macht mir einen Riesenspaß!«, bekennt Sharon. »Bitte sag mir Bescheid, wenn du das nächste Mal unterwegs bist. Wohin jetzt?«

»Wie viel Zeit hast du denn noch? Ich dachte, du musst zum Ultraschall.«

Sie macht ein schuldbewusstes Gesicht. »Den Termin habe ich erfunden, damit meine Mum die Kinder nimmt und ich ein paar Stunden frei habe. Ich bin dermaßen müde«, erklärt sie, und ihre Augen werden feucht.

Ich nehme sie in den Arm.

»Das ist der perfekte Tag, echt. Ich weiß, ich war nicht so sicher bei der ganzen Geschichte, aber jetzt stehe ich voll auf deiner Seite, Holly. Es ist überhaupt nichts Falsches daran, und wenn du möchtest, dass ich es Gabriel beibringe, dann tu ich es.«

Bei der Erwähnung seines Namens muss ich wieder daran denken, dass ich ihn verloren und aufgegeben habe. »Dafür ist es zu spät«, sage ich und lasse den Motor an.

Wir fahren zum Howth Harbour Lighthouse, einem 1817 erbauten Martello Tower, in dem Bert seiner Rita bei Fish and Chips einen Heiratsantrag gemacht hat. Der Leuchtturmwärter tritt aus dem kleinen georgianischen Häuschen direkt daneben, ich bringe mein Anliegen vor, und auch er ist sofort bereit, den Brief für Rita anzunehmen und ihr zu übergeben. Wie bei der Hotelmanagerin und dem Sicherheitsmann fällt mir auch bei ihm auf, wie diese vielbeschäftigten Leute sich für Berts Geschichte Zeit nehmen und sie sich anhören, ohne auszuweichen oder abzublocken. Ich komme nicht zu ihnen, um mich über etwas zu beschweren, ich bitte sie nur, mir einen Gefallen zu tun und zu helfen, einem ihrer Mitmenschen einen letzten Wunsch zu erfüllen. Die Freundlichkeit dieser

Fremden macht mir Hoffnung und gibt mir den Glauben an die Menschheit zurück. Denn obwohl es sich manchmal so anfühlt, als mangle es unserer Gesellschaft zunehmend an Mitgefühl und Empathie, merken die Leute anscheinend doch, wenn etwas echt ist, lassen sich davon berühren und reagieren keineswegs abgestumpft und gefühllos.

Der Leuchtturmwärter nimmt den Umschlag mit dem Limerick:

Ein törichter Mann sich verirrte
Weil er gierig den Preis ignorierte
Tut mir leid, doch von oben
Meinen Schatz hört ich toben
Und von unten dasselbe ich spürte.

»Ich frage mich, was er angestellt hat«, sinniert Sharon, als wir am Pier entlang zum Auto zurückgehen und dabei ebenfalls Fish and Chips verzehren.

»Ich glaube, wir können es uns denken«, sagt Denise, und es klingt extrem zynisch.

»Ich weiß nicht, warum du so wütend bist, du hast einen perfekten Ehemann, der dich abgöttisch liebt und mit dir durch Dick und Dünn gegangen ist«, faucht Sharon sie an. Ich habe nicht mehr die Energie, ihr zuzustimmen, nach allem, was Denise mir heute schon an den Kopf geworfen hat.

»Ich weiß«, sagt Denise leise. »Deshalb hat er auch was Besseres verdient.«

Auf der Fahrt zu unserem nächsten Ziel sind wir still und in Gedanken versunken. Sharon denkt wahrscheinlich an ihr Baby, das in ein ohnehin schon chaotisches Leben hineingeboren wird, Denise ist sicher mit ihren Eheproblemen beschäftigt und damit, dass die Zukunft nicht nach Plan läuft. Ich grüble … ach, über alles Mögliche.

Schließlich parke ich, wir steigen aus und starren etwas verwundert auf das Gebäude, zu dem Bert uns geführt hat.

»Hier hat Rita also ihrem Bert verziehen«, sage ich.

Immerhin lockert sich die ernste Stimmung, und wir fangen alle an zu lachen. Es ist ein Hanfshop und Tattoostudio.

»Wer weiß, vielleicht haben sie was geraucht und sich Liebesschwüre tätowieren lassen«, meint Denise.

»Was soll ich tun?«

»Du musst die Anweisungen befolgen«, sagt Sharon und fordert mich mit ausgestreckter Hand auf voranzugehen.

Ich lache, hole tief Luft und betrete den Laden.

Die Leute, die hier arbeiten, sind von allen, mit denen wir es heute bisher zu tun hatten, die einfachsten – sie sind gerührt von meiner Geschichte, freuen sich, einen Beitrag leisten zu können, und bieten sogar an, Rita ein Tattoo zu spendieren, wenn sie zu ihnen kommt.

Es war ein langer Tag, wir sind müde und froh, bald fertig zu werden. Unsere letzte Station ist ein Haus in Glasnevin.

Sharon liest den Limerick vor.

Es war mal 'ne Frau namens Leiden
Und 'ne Schwester, mit der musste sie streiten
Jetzt ist's Zeit für ein Hi
Sag dem Ärger Goodbye
Hier, wo beide sich trafen vorzeiten.

»Eine Frau namens Leiden?«, wiederholt Sharon. »Sind das vielleicht wir in ein paar Monaten?«

»Nein, es geht hier um Rita«, verbessere ich sie und muss

wieder die Angst abschütteln, die Denise in mir erweckt hat. »Das Haus gehört Ritas Zwillingsschwester, hier sind sie beide geboren und aufgewachsen. Als ihre Mutter gestorben ist, haben sie sich zerstritten, es hatte irgendwas mit dem Erbe zu tun. Die Schwester hat alles an sich gerissen, und sie haben nie wieder miteinander gesprochen. Auch ihre Familie nicht, bis heute.«

»Geld macht die Menschen verrückt«, sagt Denise.

»Ich glaube, es ist besser, wenn du da alleine reingehst«, meint Sharon.

Ich bin der gleichen Meinung.

So humple ich den Weg durch den bunten und liebevoll gepflegten Garten und klingle an der Haustür. Es dauert eine Weile, bis jemand an die Tür kommt. Obwohl ich Rita nur ein paarmal gesehen habe, erkenne ich in ihrer Schwester ihr totales Ebenbild, nur ein bisschen härter. Sie mustert mich argwöhnisch durch das Türfenster, und mir wird plötzlich klar, dass sie nicht die Absicht hat, mir zu öffnen.

»Bert schickt mich.«

Sie macht tatsächlich die Tür auf.

»Was wollen Sie denn diesmal? Mein Blut?«, knurrt sie, lässt die Tür ein Stückchen offen und schlurft zurück ins Haus. Ich folge ihr ins Fernsehzimmer.

Auf dem Couchtisch liegt eine aufgeschlagene Fernsehzeitung, daneben ein Kuli, manche Sendungen sind umkringelt. Langsam, auf ihren Stock gestützt, lässt die Frau sich mit schmerzverzerrtem Gesicht in einen abgewetzten Sessel sinken.

»Kann ich Ihnen helfen?«, frage ich.

»Nein«, knurrt sie.

Dann atmet sie tief durch und zieht ihre Strickjacke enger

um sich. »Hüftoperation«, erklärt sie schließlich und beäugt meinen Gehstiefel. »Was ist denn mit Ihnen passiert?«

»Ich bin auf dem Rad von einem Taxi angefahren worden.«

»Die denken, die Straße gehört ihnen. Sind Sie Anwältin?«, blafft sie.

»Nein, ganz bestimmt nicht.«

»Was denn dann? Was wollen die von mir?«

Ich ziehe den Brief aus der Tasche und gebe ihn ihr. »Bert wollte, dass ich Ihnen den hier gebe. Aber bitte nicht aufmachen, ich soll ihn nur hier bei Ihnen abliefern, damit Rita ihn abholen kann.«

Sie betrachtet den Brief misstrauisch, als wäre er eine Bombe, und will ihn nicht in die Hand nehmen. »Sagen Sie ihm, er kann ihn behalten. Ich habe meine Schwester seit Jahren nicht mehr gesehen. Das weiß Bert genau. Keine Ahnung, was er damit jetzt beabsichtigt. Irgendwelche krankhaften Spielchen. Kranke Menschen, meine Schwester und ihr Ehemann.«

»Bert ist heute Morgen gestorben.«

Der Ärger verschwindet aus ihrem Gesicht, auf einmal wirkt es erschrocken und traurig. »Ich habe vor einer Weile gehört, dass er im Krankenhaus ist. Was ist passiert?«

»Emphysem.«

Sie schüttelt den Kopf. »Er hat pro Tag vierzig Kippen geraucht. Immer wieder habe ich ihm gesagt, Bert, die Mistdinger werden dich umbringen, aber er hat nicht auf mich gehört«, erzählt sie ärgerlich. »Gott sei seiner Seele gnädig«, fügt sie leise hinzu und bekreuzigt sich.

»Ich war in letzter Zeit öfter bei ihm. Er wollte ein paar Briefe für Rita hinterlassen, an Orten, die eine Bedeutung für sie haben.«

»Da hat er wohl versucht, das Unrecht wiedergutzumachen,

was? Na, ist das nicht schön, jetzt, wo er tot ist? Da muss er sich nicht mehr selbst darum kümmern. Und meine Schwester kommt garantiert nicht hierher«, sagt sie, und ihre Wut ist wieder zurückgekehrt. »Seit sieben Jahren haben wir kein Wort mehr miteinander geredet. Nur über einen Anwalt oder in fiesen Briefen. Ich habe sie alle noch, die sie mir geschickt hat, die können Sie gerne lesen, wenn Sie möchten, dann sehen Sie, wer das Monster ist.«

»Ich bin nicht hier, um Partei zu ergreifen«, wehre ich sanft ab. »Ich weiß nicht, was geschehen ist, und ich möchte nicht urteilen. Bert hat mich einfach nur gebeten, Ihnen diesen Brief zu bringen, und ich habe ihm versprochen, es zu tun.«

»Also, ich kann Ihnen erzählen, was geschehen ist. Und im Gegensatz zu denen sage ich die Wahrheit. Ich habe jeden Tag mit unserer Mutter verbracht, als sie krank war, habe sie zu jedem Krankenhaustermin begleitet, sie gebadet, gepflegt, bin bei ihr eingezogen, um besser für sie sorgen zu können, und sie meinten alle, dass ich es bloß getan habe, damit ich das Haus kriege.« Sie hebt die Stimme, als wäre ich es gewesen, die ihr das zum Vorwurf macht. »Wie krank ist das denn, so was von mir zu denken? Das machen doch nur Leute, die das Haus selber haben wollen. Geld. Bei denen ging es immer nur ums Geld. Ich bin hier eingezogen, weil die Pflegerin, die Rita angeheuert hat, unsere Mammy bestohlen hat. Das Toilettenpapier hat sie geklaut! Haben Sie so was schon mal gehört? Kriegt Geld, damit sie eine alte Frau pflegt, und stiehlt ihr das Klopapier!? Und da spare ich uns das ganze Geld, indem ich Mammy selbst pflege, und dann sagt man mir, ich stehle?« Sie zielt mit dem Zeigefinger in meine Richtung. »Sie haben mich als Betrügerin hingestellt, als Diebin. Haben fiese Gerüchte in die Welt gesetzt, alle Leute hier haben über mich geredet.

Können Sie sich das vorstellen? Ich habe Mammy nicht beschwatzt, sie soll ihr Testament ändern. Nie. Das hat sie ganz von selbst gemacht. Aber die haben es so dargestellt, als hätte ich Mammys Hand gehalten und sie zum Schreiben gezwungen. Rita und Bert, denen ging es gut, und Mammy wusste, dass ich das Geld brauchen konnte. Deshalb hat sie es mir hinterlassen. Das war ihre Entscheidung.« Sie lehnt sich zurück und tankt Energie für die nächste Tirade. »Und als die beiden das rausgefunden haben, guter Gott, da ist der dritte Weltkrieg ausgebrochen. Plötzlich war ich ein Monster. Sie wollten mich zwingen, das Haus zu verkaufen, weil sie dachten, ihnen steht die Hälfte zu. Haben mir Anwaltsbriefe schicken lassen und alles Mögliche versucht, um mich einzuschüchtern. Und weshalb? Damit sie noch öfter in Urlaub fahren konnten? Sich ein neues Auto kaufen? Die College-Gebühren bezahlen für ihren drogensüchtigen Sohn, der durch sämtliche Prüfungen gerasselt ist? Oh, die haben sich aufgespielt, dabei wusste jeder, was mit dem Jungen los ist, aber Rita, nein, sie tat so, als wäre alles fein, besser als bei jedem anderen. So war sie schon immer, meine Schwester.« Ihr Blick schweift in die Ferne, sie knirscht mit den Zähnen. »Mammy hat das Haus mir vermacht, und ich habe ihr nichts davon eingeredet.«

»Das bezweifle ich auch nicht«, sage ich und überlege krampfhaft, wie ich mich aus dieser Situation befreien kann.

»Sie haben sich alle von mir abgewandt. Sogar die Kinder, meine eigenen Nichten und Neffen, haben gedacht, ich wäre der Teufel. Sie reden nicht mehr mit mir. Die klopfen sich nur gegenseitig auf die Schulter«, redet sie weiter und schüttelt verärgert den Kopf. »Sie haben die Familie auseinandergerissen, Rita und Bert. Das werde ich ihnen niemals verzeihen. Mammy wollte, dass ich hier bei ihr bin. Ihr Kopf war völlig klar, als sie ihr Testament gemacht hat. Den Toten kann man keinen Vorwurf machen. Ein letzter Wunsch ist ein letzter Wunsch.«

Ich nutze den Augenblick, lege den Brief auf die offene Fernsehzeitung, denn ich weiß, dass er dort nicht in Vergessenheit gerät. »Und das hier ist Berts letzter Wunsch.«

· / ·

Im Auto stoße ich einen tiefen Seufzer der Erleichterung aus, aber die Worte von Ritas Schwester hallen mir in den Ohren. *Den Toten kann man keinen Vorwurf machen.*

»Was hat denn so lang gedauert?«, fragt Denise.

»Ich bin fix und alle. Hier gibt es echt böses Blut.«

»Meinst du, Berts Brief funktioniert?«

»Ich habe nicht den leisesten Schimmer«, antworte ich und reibe mir müde die Augen. »Hoffentlich.«

Inzwischen ist es sechs Uhr geworden, es war ein anstrengender Tag, wenn auch ein ergebnisreicher. Die persönliche Reise eines anderen nachzuvollziehen hat uns auf uns selbst zurückgeworfen und stimmt uns nachdenklich.

»Vermutlich wird sie mich nicht auf ihre Toilette lassen«, seufzt Sharon.

Ich lache. »Versuch es doch.«

»Nein, ich warte lieber«, sagt sie, rutscht aber unbehaglich auf dem Rücksitz herum. »Wir haben noch einen Umschlag übrig, den ersten.«

»Ja«, bestätige ich besorgt, denn ich bin unsicher, wie ich vorgehen soll.

»Übergibst du den direkt an Rita?«, fragt Sharon.

»Ja, mehr oder weniger«, antworte ich achselzuckend.

»Also nicht direkt«, folgert Sharon und weigert sich, die Sache auf sich beruhen zu lassen. »Wo deponierst du den ersten Brief, Holly?«

Mit einem nervösen Räuspern erkläre ich: »Bert wollte, dass Rita den ersten Brief in seinen Händen findet.«

Sharon sperrt die Augen auf. »Im Sarg?«

Auf dem Rücksitz prustet Denise vor Lachen.

»Wie willst du das denn anstellen?«, fragt Sharon.

»Ja, wie willst du das machen?«, fragt auch Denise und wischt sich die Lachtränen aus den Augenwinkeln. »Den Sarg bei der Beerdigung öffnen?«

»Ich weiß es nicht, die Frage hatte ich mit Bert nie richtig geklärt, aber ich denke, ich muss ins Beerdigungsinstitut und ihm den Brief in die Hände legen, damit er ihn hat, wenn er zu Hause aufgebahrt wird.«

»Der Bestatter wird dich aber nicht in seine Nähe lassen, du gehörst nicht zur Familie!«, sagt Denise und wischt sich die Lachtränen aus den Augenwinkeln.

»Ich erkläre ihm, dass Bert es so wollte. Dass es Berts Wunsch war.«

»Wenn du keine schriftliche Anweisung von Bert oder seiner Familie hast, lassen die garantiert nicht eine Wildfremde dem Toten einen Brief in die Hand drücken. Ehrlich, Holly, du musst ein paar Grundregeln lernen, ehe du damit weitermachst.«

»Ich weiß«, gebe ich leise zu und kaue an den Fingernägeln. »Aber es gibt eine Totenwache, Bert wird für ein paar Tage zu Hause aufgebahrt. Dann bitte ich um einen Moment allein mit ihm und stecke ihm den Brief in die Hand.«

»Du hattest Glück mit dem Sicherheitsmann, im Hotel und im Hanfladen, aber ich glaube nicht, dass das Bestattungsinstitut dich einem Toten etwas in die Hand stecken lässt.«

»Okay, Sharon, ich hab's kapiert!«

Meine Freundinnen schweigen. Ich denke, sie haben meinen Plan akzeptiert, aber dann gibt Sharon plötzlich ein Schnauben von sich, und die beiden krümmen sich schon wieder vor Lachen.

Genervt verdrehe ich die Augen. Ich finde weder mein Problem noch das Gelächter sonderlich lustig.

Natürlich würde ich gern mit ihnen lachen, aber ich kann ihre Stimmung nicht nachvollziehen. Für mich ist das eine ernste Angelegenheit.

Vor sieben Jahren hat Gerry mich losgeschickt, um neue Abenteuer zu erleben, und das, was er damals getan hat, begleitet mich immer noch.

Das Leben hat Wurzeln, und auch der Tod entwickelt welche.

Kapitel 28

Oh! Entschuldigung!«, rufe ich überrascht und trete den Rückzug aus dem Lagerraum an. Als ich Ciara mit einiger Mühe im Ladenbereich gefunden habe – sie putzt den Spiegel in der Umkleidekabine –, flüstere ich ihr aufgeregt zu: »Da kniet ein Mann im Lager.«

»Du kniest doch auch immer im Lager.«

»Aber ich bete nicht.«

»Das ist Fazeel. Er hat heute als Aushilfe bei uns angefangen und wird unser Sicherheitsmann. Er muss fünfmal am Tag beten, also solltest du bei Sonnenaufgang, mittags, am Nachmittag, bei Sonnenuntergang und nachts nicht ins Lager gehen.«

»Drei dieser Tageszeiten sind mir egal, aber jetzt ist weder Sonnenaufgang noch Mittag.«

»Er hat gesagt, er hat heute früh verschlafen«, antwortet sie achselzuckend. »Sind ja jedes Mal bloß ein paar Minuten. Seine Frau hat Krebs, er möchte aushelfen.« Ciara beäugt das Fahrrad, das ich quer durch den Laden bugsiert habe, weil ich es eigentlich im Lager abstellen wollte. »Bist du etwa mit dem Rad gekommen?«

»Nein, ich dachte, es würde eine hübsche Deko abgeben.«

»Du solltest aber nicht Rad fahren.«

»Die haben gesagt, mit dem Gehstiefel kann ich es wieder trainieren. Und ich habe es echt vermisst«, erwidere ich und tue so, als würde ich weinen. »Aber egal, es ist super, dass wir eine neue Aushilfe haben, denn ich muss heute ein paar Stunden freimachen.« Ich kneife die Augen zusammen und warte darauf, dass Ciara mich anbrüllt.

»Schon wieder?«

»Ich weiß. Tut mir leid, ich habe dir in den letzten Wochen ziemlich viel abverlangt.«

»In den letzten Monaten«, korrigiert sie mich mit fester Stimme. »Und das ist auch in Ordnung, weil ich deine Schwester bin und dir deine kleine durchgedrehte Midlifecrisis zugestehen kann. Aber mal im Ernst, Holly, was ist jetzt schon wieder los?«

»Bert vom ›P. S. Ich liebe Dich‹-Club ist gestorben, und ich muss zur Totenwache, weil ich da seinen letzten Brief ausliefern muss, der eigentlich der erste ist.«

Sie macht große Augen. »Warum hast du mir das nicht gesagt?«

»Ich sage es dir doch gerade.«

»Ich hätte wissen müssen, dass irgendwas im Busch ist, du warst die letzten Tage auffallend still.«

»Genau genommen kommt das aber daher, dass Gabriel und ich uns getrennt haben.« Wieder kneife ich die Augen zu und mache mich auf eine heftige Reaktion gefasst.

Ciara lässt sich auf den Sessel vor der Kabine plumpsen, ihr kommen die Tränen. »Ich wusste, dass das passieren würde. Und ich bin schuld. Es ist wegen des Clubs, stimmt's? Damit konnte er nicht umgehen, richtig? Und alles wegen des Podcasts. Ich hätte dich nicht überreden dürfen, da mitzumachen. Dein Leben lief so gut, bis ich in dieses Wespennest gestochen habe.«

»Ciara«, entgegne ich lächelnd und knie mich vor sie auf den Boden. Irgendwie typisch, dass ich Ciara trösten muss, wenn mein Freund und ich auseinandergehen. »Der Podcast war nicht der Grund, er hatte wirklich nichts damit zu tun. Gabriel und ich hatten andere Probleme, die dadurch zum Vorschein kamen. Aber es war meine Entscheidung. Und was den Club angeht, hast du höchstens mitgeholfen, etwas Wunderbares für mich in die Wege zu leiten. Ich kann anderen Menschen auf die gleiche Art helfen, wie man mir damals geholfen hat. Das ist wie ein Geschenk für mich. Komm doch heute mit, dann wirst du es selbst sehen. Und um ehrlich zu sein, ich könnte auch Begleitung brauchen, was ich vorhabe, wird nämlich nicht ganz leicht sein.«

»Mathew!«, ruft Ciara, und er erscheint sofort. »Holly und ich müssen mal ein paar Stunden weg, kannst du bitte den Laden so lange übernehmen?« Sie geht zu ihm und küsst ihn leidenschaftlich.

»Ich dachte, du hast gerade jemanden engagiert?«, sagt Mathew und wischt sich den Mund ab.

»Ja, aber der betet gerade.«

Verwirrt sieht Mathew uns nach, und ich werfe ihm über die Schulter einen entschuldigenden Blick zu.

· / ·

In Berts Haus warten Joy, Paul und Ginika auf mich. Als ich ihnen Ciara vorstelle, begrüßt sie den Club, als handle es sich um Mitglieder des Königshauses, und alle schauen mich nervös und erwartungsvoll an.

»Rita hat den Brief nicht gefunden«, flüstert Joy.

»Ich weiß. Ich konnte ihn ja auch noch nicht abliefern.«

»Ach du liebe Zeit.« Joy macht einen sehr besorgten Eindruck.

»Hallo«, begrüßt uns Rita, die gerade aus der Küche auf den Flur tritt. Sie trägt ein schwarzes Etuikleid, darüber einen schwarzen Cardigan mit einer Brosche, eine des St. Brigid's Cross. Sie ergreift meine Hand. »Bitte entschuldigen Sie, ich habe Ihren Namen vergessen. Es sind heute so viele Leute hier.«

»Ich bin Holly, und das ist meine Schwester Ciara. Mein herzliches Beileid, Rita.«

»Danke Ihnen beiden. Das sind Berts Freunde aus dem Buchclub«, stellt sie mir Joy, Ginika und Paul vor. »Das hier ist – ich meine, war …«, korrigiert sie sich »… Berts Fußpflegerin.«

Ginika macht große Augen, und auf ihrem Gesicht erscheint ein seltenes Lächeln. Hastig verbirgt sie ihr Gesicht in Jewels flauschigem Haarschopf.

»Oh, wie interessant«, führt Paul den Spaß fort. »Wo arbeiten Sie denn?«

Ich werfe ihm einen warnenden Blick zu, und auch er lächelt. Der ganze Club freut sich an unserem kleinen Geheimnis.

»Das Krankenhaus hat mich geschickt.«

»Das Krankenhaus? Welches denn?«, hakt Paul noch nach, dann führt Rita mich ins Wohnzimmer. Ciara folgt uns.

»Berts Krankenhaus«, antworte ich noch über die Schulter, und Paul lacht leise.

»Eigentlich habe ich gehofft, ich könnte einen Moment allein mit Bert verbringen, Rita«, wende ich mich dann wieder Rita zu.

Falls sie die Bitte der Fußpflegerin nervt, lässt sie es sich nicht anmerken. Doch dann öffnet sie die Tür, und ich bin konfrontiert mit etwa dreißig Trauergästen, die sich um den offenen Sarg scharen. Alle richten ihren Blick auf uns Neuankömmlinge.

Ciara, schwarz gekleidet, auf dem Kopf ein schwarzes Barett mit einem Schleier, der ihr halbes Gesicht verdeckt, lächelt angespannt. »Mein herzliches Beileid«, sagt sie leise, zieht sich dann in eine Ecke des Raums zurück und lässt mich allein.

Als Rita den Raum verlässt, erhasche ich noch einen kurzen Blick auf Paul, Joy und Ginika, dann schließt sich die Tür und damit auch mein Fluchtweg. Ich starre auf die geschlossene Tür, und mein Herz klopft heftig. Meine Mission erscheint mir undurchführbar.

»Was macht die Frau hier, Mammy?«, fragt eins der Kinder laut, wird aber umgehend zum Schweigen gebracht. Ciara wirft mir aufmunternde Blicke zu, und ich wende mich langsam wieder von der Tür ab. Noch immer ruhen alle Blicke auf mir. Ich lächle höflich.

»Hallo«, flüstere ich. »Mein herzliches Beileid.«

Auf dem Boden sitzen Kinder und spielen leise miteinander. In manchen Händen sehe ich zerknüllte Taschentücher, alle Anwesenden sind in Schwarz, manche halten sich an Tee- oder Kaffeetassen fest. Wahrscheinlich fragen sich alle – sicher Familienmitglieder und enge Freunde –, wer ich eigentlich bin und was ich hier zu suchen habe.

Sosehr ich es mir wünsche – ich kann mich nicht einfach umdrehen und gehen. Mir ist die Situation entsetzlich peinlich, aber ich gehe trotzdem ein paar Schritte nach vorn, und jetzt sind wenigstens die meisten so anständig, die Augen abzuwenden und mir einen ungestörten Moment zu gönnen.

Das Gemurmel beginnt wieder, die Spannung verschwindet allmählich. Aber ich fühle mich trotzdem wie ein Eindringling, der etwas Wertvolles stehlen will. Ich bin für Bert hier, rufe ich mir ins Gedächtnis. Er hat mir den Auftrag gegeben, etwas Wichtiges für ihn zu erledigen, also werde ich meine Angst und meinen Stolz überwinden und tun, was er gesagt hat. Ich muss mich konzentrieren. Auf Berts letzten Wunsch.

Inveniam viam. Wo ein Wille ist, ist auch ein Weg.

Verlegen nähere ich mich dem Sarg, sehe Bert dort liegen, elegant in seinem besten Anzug, dunkelblau, mit einem frischen weißen Hemd, königsblauer Krawatte, darauf das Wappen seines Kricketclubs. Seine Augen sind geschlossen, das Gesicht entspannt. Das Bestattungsinstitut hat seine Sache gut gemacht. Ich kannte Bert nicht sehr gut, aber ich weiß ziemlich intime Dinge über ihn. Die wenigen Male, die wir uns begegnet sind, hat er immer nach Atem gerungen, aber jetzt wirkt er ruhig und heiter.

Auf einmal sind meine Augen voller Tränen. Doch dann blicke ich auf Berts Hände und reiße unwillkürlich die Augen auf. Er hält eine Bibel zwischen ihnen! Das gehörte nicht zum Plan. Bert hat mich ausdrücklich angewiesen, ihm den Umschlag in die Hand zu legen. Von einer Bibel war nicht die Rede.

Schnell schaue ich mich um, ob jemand mich beobachtet, aber die anderen haben ihre leisen Gespräche wieder aufgenommen, alle scheinen abgelenkt. Kurz entschlossen lege ich meine Hand auf die von Bert und ziehe probehalber ein bisschen an der Bibel.

»Die Frau klaut was von Granddad«, ruft eine Kinderstimme.

Ich zucke heftig zusammen und schaue nach unten. Neben mir steht ein Junge und zeigt mit dem Finger auf mich.

Wieder wird es ganz still im Zimmer.

»Oh, sie will nur Granddads Hand halten«, mischt Ciara sich mit einem freundlichen Lächeln ein und stellt sich hilfsbereit neben mich.

»Komm her, Thomas«, sagt die Mutter des Jungen, und der Kleine mustert mich argwöhnisch, ehe er von mir abrückt. Als ich mich umschaue, sehe ich, dass wieder alle Blicke auf mich gerichtet sind. Ein bisschen argwöhnisch. Womöglich ist ja etwas Wahres an Thomas' Vorwurf. Mir bricht der kalte Schweiß aus. Können diese Leute nicht auch mal woanders hinschauen? Ich greife in meine Tasche.

Im gleichen Augenblick geht die Tür auf, ein neuer Trauergast kommt herein und zieht sofort die allgemeine Aufmerksamkeit von mir ab. Ich nutze meine Chance, ziehe den Umschlag aus der Tasche und lege ihn unbeholfen und mit zittrigen Fingern auf Berts Hände. Der Brief landet schief auf der Bibel und rutscht im nächsten Moment von ihr herunter, seitlich in den Sarg, wo man ihn niemals wiederfinden würde.

»Meine Güte, Holly«, murmelt Ciara an meinem Ohr.

Ich fasse in den Sarg und hole den Umschlag heraus, lege ihn wieder auf die Bibel und versuche ihn so auszubalancieren, dass er gut sichtbar dort liegen bleibt. Zum zweiten Mal rutscht er ab. Kurz entschlossen öffne ich die Bibel, schiebe den Brief zwischen die Seiten, sorge aber dafür, dass er oben herausschaut. Überzeugt bin ich nicht von meiner Maßnahme. Bert wollte den Brief in seinen *Händen.*

»Jetzt hat sie schon wieder was mit Granddad gemacht!«, verkündet Thomas prompt, springt auf und zeigt mit dem Finger auf mich.

Thomas ist nicht mein Freund.

Wie gelähmt und zutiefst gedemütigt schaue ich in die

Gesichter der Umstehenden. Die Menge bewegt sich auf den Sarg zu, um hineinzuspähen.

»Wer ist sie überhaupt?«, fragt eine Frau leise, aber ich höre sie.

»Das ist Holly«, antwortet Rita, die plötzlich hinter mir steht. »Berts Fußpflegerin.«

Ich schließe die Augen.

Kapitel 29

Alle glotzen mich an.

»Ich heiße Holly«, erkläre ich den versammelten Trauergästen. »Aber ich war *nicht* Berts Fußpflegerin.«

Stichwort für allgemeines Luftschnappen. Aber nichts dergleichen passiert, denn wir befinden uns nicht in einer Soap, sondern in der Realität, trotz der lächerlichen Situation, in die ich mich gebracht habe. Ciara geht zurück in die Ecke.

»Tut mir leid, Rita«, wende ich mich dann direkt an Berts Frau. »Bert hat sich das ausgedacht, ich hatte nichts damit zu tun, das schwöre ich Ihnen. Er hat mich um Hilfe gebeten, weil er eine Überraschung für Sie vorbereiten wollte, als Symbol für die Liebe und den Respekt, die er Ihnen entgegengebracht hat. Es tut mir sehr leid, dass ich an der letzten Hürde versagt und seinen Wünschen nicht auf dem Niveau entsprochen habe, das er beabsichtigt hat. Aber der Umschlag, den ich in die Bibel gesteckt habe, ist für Sie. Bert hat ihn geschrieben, ich habe ihn nur ausgedruckt, weil er meinte, Sie finden seine Handschrift schrecklich.«

Auf einmal fängt Rita an zu lachen, ein überraschter, schriller Laut kommt aus ihrem Mund, vor den sie schnell die Hand hält. Es ist, als wäre die Information mit der Handschrift ein Geheimcode, der ihr Vertrauen zu mir einflößt, und das besänftigt auch die anderen.

»Was hat er getan? Ich wusste doch, dass er etwas im Schilde geführt hat! Ach Bert!«, ruft sie und sieht ihn lächelnd und mit Tränen in den Augen an. Dann beginnt sie zu schluchzen.

»Lies den Brief, Mum«, sagt ihre Tochter, kommt zu ihr und legt ihr den Arm um die Schultern. Die Tochter von Bert und Rita, die Mum des naseweisen Thomas.

Ich ringe die Hände, bin ein Nervenbündel. Wieder richten sich die Blicke auf mich. Ich entferne mich von Rita und ihrer Tochter, trete aus dem Rampenlicht und schleiche zu Ciara neben der Tür. Sie nimmt unterstützend meine Hand, drückt sie und hindert mich daran abzuhauen. Außerdem bilden Joy, Paul und Ginika eine Mauer an der Tür, auch sie wollen verhindern, dass ich die Flucht ergreife. Langsam wende ich mich dem Sarg zu und beobachte, wie Ritas Abenteuer beginnt.

Sie nimmt den Umschlag aus der Bibel und streicht mit der Hand über das golden glänzende Papier.

Auf einmal fühle ich mich in den Augenblick zurückversetzt, als ich den ersten Brief von Gerry gelesen habe. Ich erinnere mich, wie meine Finger über seine geschwungenen, verschnörkelten Buchstaben strichen und ich seine Worte lebendig werden ließ, in dem Versuch, Gerry von den Toten zu erwecken.

Die Worte in seinem ersten Brief fallen mir wieder ein: *»Meine liebste Holly, ich weiß nicht, wo und wann du diesen Brief lesen wirst …«*

Unterdessen öffnet Rita den Umschlag und holt die Karte heraus. »Meine liebste Rita«, beginnt sie vorzulesen.

»Oh, Daddy«, stößt eine Frau aus der Gruppe hervor. Ich bin wie erstarrt. Erstarrt in der Erinnerung. *Du hast mir einmal gesagt, dass Du nicht alleine weiterleben kannst …*

Rita liest weiter.

»Unser gemeinsames Abenteuer ist nicht vorüber. Tanz noch einmal mit mir, du meine große Liebe. Halte meine Hand und geh mit mir auf die Reise. Ich habe fünf Limericks für dich geschrieben.«

Rita unterbricht sich und lacht: »Limericks! Ich hasse Limericks!« Dann liest sie weiter.

»Ich weiß, dass du Limericks hasst«, fährt sie fort, und jetzt lachen alle mit ihr.

Aber ich bin nur ein Kapitel in Deinem Leben, und es wird noch viele davon geben.

»Jeder Limerick ist ein Hinweis. Jeder Hinweis führt dich an einen bestimmten Ort. Jeder dieser Orte vertritt eine besondere Erinnerung und hat eine große Bedeutung in unseren Herzen. Und an jedem Ort wirst du den nächsten Hinweis finden.«

Danke, dass Du meine Frau gewesen bist. Dafür und für alles andere bin ich Dir ewig dankbar.

Ein Schauder überkommt mich. Ein warmes Gefühl, das in meiner Brust beginnt, in den Bauch ausstrahlt, in die Beine, die Zehen, den Kopf. Eine Welle überflutet mich. Kein Schwindel, sondern Klarheit. Keine Klarheit über diesen Moment in diesem Raum, nein, dieses Gefühl trägt mich an einen anderen Ort, hebt mich empor, und ich kann nur noch an Gerry denken. Ich fühle ihn. Er ist in mir. Er füllt jeden Winkel meiner Seele. Er ist hier. Er ist hier. Er ist hier, in diesem Raum.

Zitternd blende ich Ritas Worte aus. Sie liest den Limerick, alle schauen sie an, mich haben sie vergessen. Alle lächeln, die Sache kommt in Gang, Berts Wunsch wird wahr, aber ich zittere immer mehr, mein ganzer Körper bebt. Joy, Ginika und Paul sind näher zu Rita gerückt, der Kreis wird enger und intimer. Die Tränen fließen, doch auch ein Lächeln liegt auf den meisten Gesichtern. Ich drücke Ciaras Hand, entferne mich langsam von den anderen und öffne leise die Tür.

Das Zittern will nicht aufhören, ich kann nur noch auf den Boden schauen. Ein Adrenalinstoß durchzuckt mich, als hätte ich mich mit Koffein vollgepumpt. Alles in mir ist hellwach, meine Sinne sind geschärft, sie verbinden mich mit etwas anderem.

Plötzlich spüre ich einen starken Arm um die Taille.

»Alles gut bei dir?« Ein Flüstern an meinem Ohr.

Ich schließe die Augen. Es ist Gerry. Ich kann ihn wieder spüren.

Doch dann habe ich plötzlich das Gefühl, als gleite ich aus dem Zimmer, den Korridor entlang, zur Haustür hinaus. Gerrys Arm liegt um meine Taille, fest und sicher, sein Atem ist in meinem Haar. Er nimmt meine Hand.

Gerry. Es ist Gerry. Er ist hier.

Er öffnet die Haustür, das Sonnenlicht trifft auf mein Gesicht, die frische Luft füllt meine Lunge. Ich sauge alles in mich auf.

Ich merke, dass ich immer noch seine Hand halte, und sehe ihn an.

Es ist nicht Gerry.

Es ist Ciara, natürlich ist sie es, aber sie tut das Gleiche wie ich. Atmet tief aus und ein. Schneller.

»Alles klar?«, fragt sie mich.

»Ja«, flüstere ich. »Das war … seltsam.«

»Ja«, stimmt sie zu und wirkt erschüttert. »Irgendetwas ist passiert.«

Ich überlege. Was immer mich gerade erfüllt hat, meinen Körper, meine Seele und meinen Geist, ist verschwunden, aber ich bin immer noch high von diesem Erlebnis.

»Ja.«

»Ich habe dich beobachtet. Auf einmal hat dein Gesicht sich komplett verändert. Ich dachte, du wirst ohnmächtig. Oder du hättest einen Geist gesehen.«

Als wüsste sie, dass Gerry im Raum gewesen war.

»Und, hast du?«, fragt sie.

»Habe ich was?«

»Einen Geist gesehen?«

Sie lacht nicht, sie macht keine Witze.

»Nein.«

Sie macht ein enttäuschtes Gesicht.

»Warum? Du etwa?«

»Es war, als wäre Gerry bei uns«, flüstert sie. »Ich hatte auf einmal dieses … dieses Gefühl.« Sie lässt meine Hand los, reibt sich mit den Händen über die Arme, und ich sehe, dass sie eine Gänsehaut hat. »Klingt das verrückt?«

»Nein«, antworte ich. »Ich habe ihn auch gefühlt.«

»Wow.« Ihre Augen werden groß und füllen sich mit Tränen. Dann nimmt sie mich in den Arm. »Danke, Holly, du hast recht. Das war ein großes Geschenk.«

Ich halte sie fest und schließe die Augen, denn ich möchte jede Sekunde dieser Erfahrung auskosten und im Gedächtnis behalten. Er war da.

· / ·

Ich bin high. Schwebe auf Liebe und Adrenalin und eigenartigen neuen Energien. Ich fühle mich besessen. Nicht von Gerry – dieses Gefühl ist verschwunden –, sondern von der anhaltenden Verbindung zu ihm. Ciara fährt uns zurück zum Laden und sagt, ich soll den Rest des Tages freinehmen. Auch sie ist ziemlich aufgewühlt.

Unterwegs bekomme ich einen Anruf von der Maklerin, jemand hat ein Angebot für das Haus gemacht, nicht den vollen Preis, aber sie glaubt nicht, dass wir mehr herausschlagen können. In Ciaras Laden hängt über einem vergnügt strahlenden Buddha ein Schild, auf dem steht: »Man kann nur das verlieren, woran man sich klammert.« Ich habe die Wahl – ich kann die Vergangenheit und alle meine Sachen festhalten, oder ich kann sie loslassen und in meinem Herzen bewahren.

Nach einer kurzen Beratschlagung mit Ciara rufe ich die Maklerin an und nehme das Angebot fröhlich an. Ich brauche dieses Haus nicht, um Gerrys Geist zu spüren. Ich war in einem Haus ohne physische Verbindung zu ihm, umgeben von Menschen, die nie eine physische oder psychische Verbindung zu ihm hatten, und er war da gewesen. Unser Haus war wie eine schwere Kette um meinen Hals, es loszulassen, verleiht mir Kraft. Ich kann das Schöne zwischen uns anderswo neu erschaffen, an endlos vielen Plätzen der Welt. Ich kann Gerry mitnehmen, wenn ich etwas Neues erschaffe. Es ist Zeit für mich zu gehen, und ich habe mich ja bereits von diesem Haus verabschiedet. Es war ohnehin nie vorgesehen, dass ich so lange bleibe. Für Gerry und mich war es ein erstes eigenes Heim, aber dann wurde es der Ort, an dem unsere Beziehung zu Ende ging.

Ich steige auf mein Rad und sause durch die Straßen. Eigentlich müsste ich mich aufs Fahren konzentrieren, aber ich kann nicht. Eigentlich dürfte ich mit meinem frisch verheilten Bein gar nicht Rad fahren, schon gar nicht mit so viel Schwung, aber ich kann nicht anhalten. Ich fühle mich, als hätte ich Flügel, ich fliege. Als ich mich meinem Haus nähere, kann ich mich nicht an die Fahrt erinnern, die ich gerade hinter mir habe. Ich möchte jemanden anrufen, ich möchte tanzen, ich möchte von den Dächern rufen, dass das Leben wunderbar ist, ganz wunderbar. Ich fühle mich, als wäre ich betrunken.

Ich radele die Auffahrt hinauf. Denises Auto ist nicht mehr da, sie ist bei der Arbeit, vielleicht kommt sie auch gar nicht mehr zurück. Hoffentlich Letzteres. Aber als ich dann absteige, fährt mir ein stechender Schmerz in den Knöchel. Anscheinend habe ich mich überfordert. Ich dachte, ich wäre unbesiegbar. Als ich das Rad an die Hauswand lehne, fühle ich mich bleischwer. Ich bin aus großer Höhe abgestürzt, mein Kopf dröhnt, als hätte ich einen üblen Kater. Im Haus empfängt mich Stille, ich lehne mich an die Haustür und schaue mich um.

Nichts.

Stille.

Schweigen.

Die letzten Worte in Gerrys Brief.

P. S. Ich liebe Dich.

Alles um mich herum bricht zusammen.

· / ·

Anscheinend habe ich meinen Knöchel komplett überfordert, er ist dick angeschwollen und pocht schmerzhaft. Ich lege mich ins Bett und packe ihn mit einer Tüte tief gefrorener Erbsen auf ein Kissen. So bleibe ich den ganzen Abend liegen und stehe nicht einmal auf, als mein Magen anfängt zu knurren. Er fühlt sich hohl und leer an, als würde er sich aus Verzweiflung selbst verspeisen. Mir ist übel, ich muss etwas essen, aber ich will den Fuß nicht belasten. Draußen ziehen die

Wolken vorüber, blau und weiß, große Wattebäusche gefolgt von einer zerfledderten Nachhut. Langsam schwindet das Tageslicht, es wird dunkel. Ich will nicht aufstehen, um die Vorhänge zuzuziehen, ich *kann* nicht. Mein Knöchel pocht, mein Kopf dröhnt, es ist eine gewaltige Bruchlandung nach diesem schwindelerregenden Höhenflug.

Ich fange an zu denken, und schon denke ich zu viel. An vorhin, an früher, daran, wie alles angefangen hat, an alte Zeiten. An erste Male.

· / ·

Es klingelt an der Haustür. In meinem Schlafzimmer bin ich damit beschäftigt, mir ein Kleid nach dem anderen über den Kopf zu zerren und frustriert wieder abzuwerfen. Inzwischen ist mein Kopf so heiß, dass die Schminke schmilzt, von meinem Gesicht tropft und alle Kleidungsstücke ruiniert, die damit in Berührung kommen. Vom Boden ist nichts mehr zu sehen, alles ist voller Klamotten, die ich in Wut und Panik abgeworfen habe. Ich habe nichts anzuziehen, wimmere ich vor mich hin, ärgere mich, wie jämmerlich ich klinge, und versuche zu knurren. Ich mustere mich in meinem Ganzkörperspiegel, überprüfe meinen Körper in meinen neuen Dessous aus jedem erdenklichen Winkel, betrachte kritisch, was Gerry zu sehen bekommen wird.

Von unten höre ich Gerrys Stimme und Jacks Lachen. Vermutlich haben sie schon mit ihrem üblichen Geplänkel begonnen. *Pass bloß gut auf meine Schwester auf*, so geht es schon das ganze letzte Jahr, seit Gerry und ich offiziell zusammen sind und wir uns nicht mehr auf die kurzen, verstohlenen Momente vor und nach der Schule beschränken müssen. Zwei Jahre sind wir schon zusammen, ein Jahr davon hundertprozentig. Obwohl Mum und Dad ihn immer noch wachsam beobachten, gehört Gerry inzwischen zur Familie.

Über seinen Lieblingsbruder Michael sagt Dad immer: »Er ist ein Gentleman, aber er schummelt bei Monopoly.« Dasselbe sagt er jetzt über Gerry.

»Gerry schummelt aber gar nicht beim Monopoly«, protestiere ich jedes Mal. »Wir spielen nicht mal Monopoly.«

»Tja, das solltet ihr aber.«

Trotzdem weiß ich genau, was Dad meint.

Heute Abend hoffe ich, dass Gerry beim Monopoly schummelt, und als selbsternannte Bank bin ich bereit, Beihilfe zu leisten. Ich kichere leise über meinen Übermut, aufgedreht, nervös, erwartungsvoll. Aber ein Klopfen an der Tür bringt mich zum Schweigen, und obwohl die Tür abgeschlossen ist, halte ich mir schnell ein Kleid vor den halbnackten Körper.

»Holly, Schätzchen, Gerry ist da.«

»Ich weiß, Mum!«, rufe ich gereizt. »Ich habe die Klingel ja gehört.«

»Okay!«, antwortet sie gekränkt.

Wenn ich nicht aufpasse, könnte mir dieser Abend gestrichen werden, ehe er richtig angefangen hat. Es hat mich eine Menge Überredungskunst gekostet, meinen Eltern die Erlaubnis abzutrotzen, zu dieser Party zu gehen. Es ist für mich die erste Einundzwanziger-Party ohne elterliche Begleitung, und die Abmachung lautet, dass ich mir einen Drink genehmigen darf. Allerdings besteht die stillschweigende Übereinkunft, dass das für niemanden ein realistisches Ziel ist, vor allem nicht für eine Sechzehnjährige mit einem siebzehnjährigen Freund, der trinken darf, also werden zwei Drinks geduldet, und ich werde mich bemühen, dass es nicht mehr als vier werden. Ich finde, das ist einigermaßen fair.

Im Erin's Isle, dem Clubhaus der Gaelic Athletic Association, findet heute zur Feier des einundzwanzigsten Geburtstags von Gerrys Cousin Eddie, der beim Verein spielt, eine Disco statt. Gerrys Familie und weitere Verwandtschaft wird zwar ebenfalls dabei sein, aber Eddie zählt sich mit seinen einundzwanzig Jahren noch nicht zu den Erwachsenen – was sicher einiges über seinen Charakter aussagt – und hat bestimmt, dass die Erwachsenen sich um 23 Uhr, wenn der DJ loslegt, allesamt zurückziehen. Für Gerry ist der vier Jahre ältere Eddie ein Held und seit jeher sein Lieblingscousin. Er spielt in Dublins U 21, und alles sieht danach aus, dass er bald zu den Profis aufsteigt. Eddie ist cool und selbstbewusst. Mich schüchtert er ein bisschen ein, denn er gehört zu den Menschen, die einen gelegentlich aus der Menge herauspicken und eine Frage stellen, einen Scherz oder eine pfiffige Bemerkung machen – wenn er besonders witzig sein will, auch gerne auf Kosten der Betroffenen. Gerry behauptet, das sei nur harmloses Herumgealbere, so reden die Jungs alle. Aber so wie ich das sehe, redet keiner so laut wie Eddie. Über seine Scherze lachen alle, und er ist auch wirklich witzig, ein Naturtalent als Komiker, aber als introvertierte, wenn auch nicht wirklich schüchterne Person machen mich Leute wie Eddie nervös. Manchmal ärgert es mich, wie Gerry ihn anbetet, manchmal habe ich das Gefühl, dass er lieber mit ihm zusammen ist als mit mir.

Gerrys Eltern sind mit ihm viel weniger streng als meine mit mir. Mit seinen siebzehn Jahren fährt Gerry bereits mit dem Auto seines Dad durch die Gegend, und er geht in jeden Club, wenn Eddie ihn fragt. Er läuft Eddie nach wie ein Hündchen, was auf die meisten Leute zutrifft, die Eddie mögen. Andererseits bringt Eddie mich auch oft zum Lachen, und er hat noch nie etwas wirklich Gemeines zu mir gesagt. Aber er schubst mich ins Scheinwerferlicht, wenn ich das nicht möchte, und ich bin eifersüchtig, weil Gerry so viel Zeit mit ihm verbringt. Außerdem finde ich es absolut uncool, dass Gerry ihm wie ein Hündchen nachläuft und für ihn den Handlanger spielt. Das nehme ich Eddie übel.

Ich betrachte meinen Fußboden, der aussieht, als hätte dort eine Bombe eingeschlagen, setze in Gedanken mögliche Outfits zusammen, suche und mixe, verwerfe, ordne den Haufen neu an.

Wieder ein Klopfen an der Tür.

»Ich habe doch gesagt, ich brauch noch eine Minute«, brülle ich.

»Ich bin's, Wutmaus«, antwortet meine kleine Schwester Ciara. Mit ihren elf Jahren meistert sie bereits jede Art von Sarkasmus, außerdem kann sie alles und jeden kaufen und verkaufen, einschließlich unserer Eltern. Da sie das Zimmer mit mir teilt, bin ich mehr oder weniger verpflichtet, sie hereinzulassen.

Natürlich hat sie die Situation im Handumdrehen erfasst – der Klamottenhaufen und ich mittendrin in meinen hübschen neuen Dessous.

»Na, das sieht ja gut aus.«

Sie steigt über die Klamotten, balanciert auf Zehenspitzen zu ihrem Bett, immer auf die Stellen, wo der Teppich hervorlugt. In der Hand hält sie einen Becher Häagen-Dazs-Eis und einen großen Löffel, lässt sich damit gemütlich nieder und beobachtet mich.

»Man hat uns doch verboten, das Eis anzufassen. Es gehört Dad.«

»Ich habe ihm gesagt, ich habe meine Periode«, erwidert sie und leckt den Löffel ab.

Dad hasst Periodengespräche.

»Und zwar eine von der echt klumpigen Sorte.«

Ich rümpfe die Nase. »Also echt, Ciara.«

»Ich weiß, er hätte mir alles dafür gegeben, dass ich den Mund halte. Du solltest das ruhig auch mal versuchen.«

»Nein danke.«

Sie verdreht die Augen.

»Wenn du nicht aufpasst, schickt er dich noch ins Krankenhaus. Hast du deine Periode nicht inzwischen seit drei Wochen ununterbrochen?«

Sie macht unschuldig große Augen »Ja, ich weiß, deshalb brauche ich ja so dringend Cookie-Dough-Eis.« Sie kichert. »Also, wie sieht's aus, wirst du heute mit dem Großen Gerry Sex haben?«

»Halt bloß den Mund!«

Sie grinst. »Also ja. Großartig. Sexy Höschen.«

Ich schließe die Augen. »Ciara, als ich elf war, habe ich nie so geredet.«

»Na ja, ich bin fast zwölf, und ich tu es. Na los, was sind denn die Optionen?«

»Alles. Oder nichts.« Seufzend hebe ich ein paar Kleidungsstücke vom Boden auf. »Das hier. Oder das. Ich habe es sogar eigens für die Party heute gekauft.« Ich halte einen Jeansrock und ein Top in die Höhe. In diesem Licht, also in der Realität, passen die beiden echt nicht zusammen.

Obwohl Ciara erst elf ist, vertraue ich ihrer Meinung, ich glaube an ihren Stil, wenn auch mein Selbstbewusstsein leider meistens nicht ausreicht, ihre Empfehlungen zu befolgen.

Sie stellt den Eisbecher ab, lässt sich auf dem Bauch über die Bettkante hängen und wühlt in den Klamotten auf dem Boden. »Und wo wollt ihr es tun?«

»Ich habe doch gesagt, du sollst den Mund halten.«

»Im GAA-Club, direkt neben dem Sam-Maguire-Pokal? Oder du mit dem Arsch *im* Sam-Maguire-Pokal?«

Ich ignoriere sie.

»In der Toilette, neben einem Haufen alter Männer mit Tweedkappen, die ihre Eiersandwiches verdrücken? Im Personalraum, ans Regal mit den Chips gelehnt?«

Letzteres bringt mich zum Lachen. Das Lustigste an Ciara ist, dass sie sich selbst überhaupt nicht komisch findet und, selbst wenn sie die lustigsten Sachen sagt, nie lacht. Und ihr geht der Vorrat an skurrilen Einfällen nie aus. Sie rattert eins nach dem anderen runter, als stünde der beste Witz noch bevor, als wollte sie ihren Humor ein bisschen üben und verbessern.

Ich antworte nicht auf ihren Kugelhagel von Orten, an denen ich im GAA-Club Sex haben könnte, aber ich schaue ihr zu, wie sie meine Klamotten sortiert, während ich an den tatsächlichen Ort denke, den Gerry und ich anpeilen, nämlich bei Gerry zu Hause. Zusammen mit allen anderen Onkeln, Tanten und sonstigen Familienmitgliedern, die sich nicht die Ohren von der ihrer Ansicht nach abscheulichen Musik kaputtmachen lassen wollen, verlassen seine Eltern Eddies Party nämlich und feiern bei Eddies Eltern weiter. Die sind berühmt-berüchtigt für ihre Partys, bei denen bis in die frühen Morgenstunden gesungen wird. Das bedeutet, dass das Haus von Gerrys Eltern leer steht.

Ich erinnere mich, dass meine Mum mir erzählt hat, wie sie in dem kleinen Haus, in dem sie mit ihren Eltern und ihren acht Geschwistern aufgewachsen ist, alle ganz selbstverständlich lernten, einen Platz zu finden, der ihnen ganz allein gehörte. In einem Haus so voller Persönlichkeiten und

Individualität war es praktisch eine Überlebensfrage – dieses Fleckchen, in dem man sich in der eigenen Phantasie verlieren, spielen, lesen, für sich sein und mitten im Chaos Ruhe und Einsamkeit finden konnte. Der Platz meiner Mum befand sich hinter der Couch, in der kleinen Höhle zwischen Wand und Lehne. Diejenigen ihrer Geschwister, die keinen solchen Platz gefunden haben, ruhen bis heute viel weniger in sich selbst. Dasselbe kann man von meinen Freundinnen sagen. Wir sind immer auf der Suche nach einem Ort, an dem wir ungestört mit unserem Freund zusammen sein können, und ein leeres Haus ist in dieser Hinsicht wie ein großes Geschenk. Aber selbst wenn wir drin sind, geht die Suche nach unserem eigenen Fleckchen weiter, sei es das Ende eines Sofas, eine dunkle Ecke oder ein leeres Zimmer. Heute Abend haben Gerry und ich endlich Platz und Zeit, um wirklich zusammen zu sein, ohne die ständigen neugierigen Blicke der anderen, ohne dass andauernd jemand etwas von uns will. Endlich können wir mitten in der Stille des leeren Hauses ein bisschen persönliches Chaos anrichten. Man kann ja nicht behaupten, dass wir nicht lange genug gewartet hätten – ein ganzes Jahr! Im Vergleich zu unseren Freunden sind Gerry und ich praktisch Nonnen. Das Vorhaben heute Abend war meine Idee, ich habe Gerry überredet, was allerdings nicht besonders schwer war. *Ich bin bereit. Und du?*, habe ich ihn gefragt.

Gerry ist vielleicht wild und lustig, aber auch ein großer Denker, der es sich meistens gründlich durch den Kopf gehen lässt, bevor er etwas Verrücktes tut. Zwar tut er es dann trotzdem, aber zuerst grübelt er eine Weile.

Schon wieder wird an die Tür geklopft, und ich bin kurz davor zu explodieren.

»Gerry wartet«, ruft Dad. Vermutlich hat Mum ihn geschickt, weil sie selbst nicht noch mal eine Abfuhr ertragen kann.

»Rom wurde auch nicht an einem Tag erbaut«, ruft Ciara.

»Aber schneller, als Holly sich anzieht«, antwortet er. Ciara lacht sarkastisch, und wir hören Dad den Korridor wieder runterwandern.

»Du bist immer so fies zu ihm«, lache ich, aber eigentlich tut Dad mir leid.

»Ach, nur vordergründig.« Sie zieht ein Kleid aus dem Haufen. »Nimm das hier.«

»Mit dem habe ich angefangen.«

Ich halte das Kleid an mich und schaue in den Spiegel.

»Von vorn sieht es eindeutig besser aus«, sagt Ciara von hinter mir, wo sie hauptsächlich meine Unterwäsche sieht.

Das Kleid ist aus schwarzer Seide, mit Spaghettiträgern und sehr kurz und eng.

»Auf dem Schwarz sieht man die Blutflecken nicht so«, sagt sie.

»Ciara, du bist echt eklig«, erwidere ich kopfschüttelnd.

Aber sie zuckt bloß die Achseln und greift nach ihrem Eisbecher. Dann verschwindet sie.

Als ich nach unten gehe, kommt Mum aus der Küche, um mich zu begutachten. Sie mustert mich stolz, besorgt und auch mahnend. Ich erkenne und verstehe alle drei Gesichtsausdrücke. Alles, was meine Eltern sagen und tun, hat verschiedene Bedeutungsebenen. Zum Beispiel können sie sagen: »Viel Spaß«, aber ihr Ton bedeutet, dass sie ihre eigene Vorstellung von Spaß meinen. Wenn ich tatsächlich der Art von Spaß nachgehe, die *ich* meine, muss ich mit Konsequenzen rechnen.

Dad, Declan und Ciara schauen *Beadles About* im Fernsehen, und Declan brüllt vor Lachen. Jack und Gerry sind im Hobbyraum und spielen Sonic auf Jacks neuem Sega Mega Drive. Genau wie Eddie gehören auch Jack und das Mega Drive zu Gerrys Suchtverhalten. Ich habe zahllose Abende und Wochenenden in diesem Raum mit den beiden vergeudet. Heute riecht es hier allerdings nicht wie sonst nach dreckigen Socken und Käsefüßen, sondern nach Aftershave.

Gerry glotzt auf den Bildschirm und spielt Sonic.

Jack wirft mir einen kurzen Blick zu und pfeift auf spöttische Art bewundernd. Ich warte an der Tür, dass Gerry endlich Schluss macht und mich ansieht, außerdem rechne ich fest damit, dass Jack noch mehr blöde Bemerkungen macht, die ich ignorieren werde. Ich weiß, dass er Gerry mag, ich weiß, dass er mich jederzeit gegen ihn eintauschen würde. Seine abschätzigen Bemerkungen und stereotypen Bruderkommentare macht er eher aus Pflichtgefühl und Verlegenheit heraus – weil er glaubt, sie würden von ihm erwartet.

Gerrys Gesicht ist hochkonzentriert, die Lippen geschürzt, die Stirn gerunzelt. Er trägt Bluejeans und ein weißes Hemd. Gel in den Haaren. Seine blauen Augen funkeln. Er hat genug *CK One* für alle Partygäste zusammen aufgetragen. Ich beobachte ihn und lächle. Als würde er meine Sehnsucht spüren, reißt er den Blick endlich von dem Spiel los. Erst schnell, dann ganz langsam wandert sein Blick an mir hinauf und hinunter. Ich habe Schmetterlinge im Bauch. Ich wünschte, wir könnten die Party einfach schwänzen.

»Oh nein!«, brüllt Jack und boxt in die Luft. Gerry und ich erschrecken beide.

»Was denn?« Gerry sieht ihn an.

»Du bist tot.«

»Ist mir egal«, grinst Gerry und schleudert Jack den Controller auf den Schoß. »Ich bin dann mal weg.«

»Pfoten weg von meiner Schwester.«

Grinsend kommt Gerry auf mich zu, ohne mich eine Sekunde aus den Augen zu lassen. Außerhalb von Jacks Blickfeld hebt er die Hände, öffnet sie weit und beugt dann die gespreizten Finger, als wollte er meine Brüste anfassen und kräftig drücken. Neben mir geht die Tür auf.

Es ist Ciara.

Zwar lässt Gerry die Hände eilig wieder sinken, aber meine Schwester hat alles gesehen, auch Gerrys knallroten Kopf.

»Nett. Ist das euer Vorspiel?«

· / ·

Die Party im Erin's Isle ist genauso, wie ich sie mir vorgestellt habe, nur dass ich es diesmal hautnah erlebe. Das ist leichter als in meiner Vorstellung. Der Saal ist gefüllt mit Gerrys Cousins und Cousinen, Onkeln, Tanten, die sich über ihre Teller mit Sandwiches, Chicken Wings und Cocktailwürstchen hinweg prächtig unterhalten. Gegen zehn habe ich meinen erlaubten alkoholischen Drink konsumiert, den in wortlosem Einverständnis genehmigten zweiten um elf. Wie geplant blasen die älteren Gäste um elf zum Aufbruch, und Eddie startet eine Conga-Line, um sie einmal durchs Gebäude und dann zu ihren Autos und Taxis nach draußen zu führen. Danach legt der DJ auf, und die Musik wird so laut, dass kein zivilisiertes Geplauder mehr möglich ist. Ich kippe schnell meinen dritten Drink herunter und denke, ich habe bestimmt noch Zeit für einen vierten – ich vermute nämlich, unser Plan, uns einfach davonzustehlen, wird daran scheitern, dass Eddie den ganzen Abend Gerry in Beschlag nimmt. Als das Geburtstagskind zur Tanzfläche geht, um seinen Comedy-Breakdance vorzuführen, eine Show, bei der Gerry für gewöhnlich als williger Sidekick fungiert, bin ich schon unterwegs, mir etwas zu bestellen. Aber ich irre mich. Diesmal entscheidet Gerry sich tatsächlich für mich.

Er flüstert Eddie etwas zu, Eddie grinst und klopft Gerry auf den Rücken. Wie peinlich. Ich kann nur hoffen, dass Gerry ihm nichts von unserem Vorhaben erzählt hat, aber allein die Tatsache, dass wir früher gehen, ist ja schon verräterisch genug. Eddie schleppt Gerry übers Tanzparkett in meine Richtung, umarmt mich und drückt mich so fest an sich, dass ich kaum Luft kriege. Gerry freut sich dermaßen über diese Begegnung seiner beiden liebsten Menschen, dass er nichts dagegen unternimmt.

Dann zieht Eddie, verschwitzt und betrunken, uns beide an sich.

»Ihr zwei«, lallt er und drückt uns. »Du weißt ja, dass ich diesen Jungen liebe«, fügt er, an mich gewandt, hinzu, wobei eine Ladung seiner Spucke auf meiner Lippe landet. Aber ich bin zu höflich, um sie wegzuwischen. Eddies verschwitzte Stirn drückt sich glitschig an meine. Ich kann nur daran denken, dass er mein Make-up ruiniert.

»Ich liebe diesen Jungen, ehrlich«, fährt Eddie fort und küsst Gerry ungeschickt auf den Kopf. »Und er liebt dich.«

Noch einmal erdrückt er uns fast, und obwohl mir klar ist, dass er es nett meint und wirklich gerührt ist, tut es trotzdem weh. Dieser Junge, der auf dem Fußballfeld erwachsene Männer umrennt, kennt seine eigene Kraft nicht. Sein glänzender spitzer Partyschuh steht auf meinen Zehen, es zwackt und schmerzt. Ich konzentriere mich darauf, mich so klein wie möglich zu machen.

»Er liebt dich«, wiederholt er, ohne uns loszulassen. »Und du liebst ihn auch, stimmt's?«

Ich schaue Gerry an. Im Gegensatz zu mir scheint ihn diese chaotische Demonstration von Liebe und Vertrautheit tatsächlich zu rühren. Ihm scheint es auch nichts auszumachen, zerquetscht und mit Schweiß und Spucke beträufelt zu werden. Und auch nicht, dass sein Freund mit Gewalt die Liebe aus seiner festen Freundin herauspressen will.

»Ja«, sage ich trotzdem und nicke.

Gerry schaut mich mit großer Zärtlichkeit und noch größeren Pupillen an. Er ist betrunken, aber das macht nichts, denn ich fühle mich auch ziemlich angeheitert. Auf seinem Gesicht erscheint ein Lächeln, das so albern aussieht, dass ich lachen muss.

»Jetzt macht, dass ihr wegkommt, ihr beiden«, sagt Eddie und entlässt uns endlich aus seinem Griff, zerzaust Gerry noch einmal die Haare und drückt ihm einen weiteren brutalen Kuss auf den Kopf, ehe er sich auf den Rückweg zur Tanzfläche macht, um mit einem seiner Teamkollegen um die Wette zu tanzen.

So schnell wir können, eilen wir zu Gerrys Haus, wild entschlossen, keine Sekunde unserer kostbaren Zeit zu vergeuden. Gerry ist ein Schatz, Gerry ist rücksichtsvoll. Wir denken beide an den anderen, und das macht es für beide umso besser. Er zündet eine Kerze an und legt Musik auf. Mit sechzehn und siebzehn sind wir die Letzten aus unserem Freundeskreis, die noch keinen Sex hatten, und gleichzeitig das Pärchen, das am längsten zusammen ist. Ich bin eingebildet genug, um zu denken, dass Gerry und ich anders sein werden, und wir sind beide eingebildet genug, um dafür zu sorgen, dass es genauso wird, wie wir es wollen. Ich hasse das Wort eingebildet, aber so sehen uns die anderen. Wir haben zusammen genügend Selbstvertrauen, unser eigenes Ding zu machen und nicht der Masse zu folgen, nach unserem eigenen Rhythmus zu tanzen, statt zu marschieren. Viele stört das, gelegentlich isoliert es uns von den anderen, aber wir haben einander, deshalb ist es uns egal.

Wir schlafen miteinander, sanft und tief. Gerry findet sein Versteck in mir, und wenn ich mich um ihn schlinge, bin ich geschützt. Gemeinsam schaffen wir uns unseren Platz in der Welt. Später küsst er mich zärtlich, und sein Blick sucht meinen, um zu ergründen, wie es mir geht, was in meinem Kopf vor sich geht.

»Eddies Umarmung hat mehr weh getan«, sage ich, und er lacht.

Ich wünschte, ich könnte die Nacht mit ihm verbringen, am nächsten Morgen in seinen Armen erwachen, aber das ist unmöglich. Unsere Liebe ist begrenzt, vieles wird noch von anderen entschieden, wir können den zarten Moment des Erwachens bei Sonnenaufgang nur genießen, wenn andere es uns gestatten. Meine Sperrstunde war drei Uhr, und so spät ist es auch schon, als ich Gerry aus dem Taxi zum Abschied zuwinke.

Ich bin gerade erst eingeschlafen, als Mum mich schon wieder weckt, und ich fürchte schon, dass sie mir irgendwie auf die Schliche gekommen ist. Aber der frühmorgendliche Notfallanruf hat nichts mit uns zu tun. Gerry ist am Telefon, und er weint.

»Holly«, seine Stimme klingt erstickt, er schluchzt, und mich überfällt die Panik. »Eddie ist tot.«

Nachdem die Party in Erin's Isle zu Ende war, sind Eddie und seine Freunde in einen Club in der Leeson Street umgezogen. Eddie torkelte betrunken herum und verabschiedete sich von seinen Freunden, um ein Taxi für die Heimfahrt herbeizuwinken. Man fand ihn bewusstlos auf der Straße. Fahrerflucht. Er starb, ehe er das Krankenhaus erreichte.

Gerry zerbricht fast an Eddies Tod. Zwar funktioniert er irgendwie, aber nicht richtig, und ich weiß, dass er nie wieder so sein wird wie davor. Ich verliere ihn nicht, ganz im Gegenteil. Alle Teile von Gerry, die unsinnig waren, verschwinden, und alle, die ich liebe, werden noch stärker und schöner.

Ich werde nie erfahren, ob es daher kam, dass wir ausgerechnet in Eddies letzten Stunden Sex hatten, unsere alten Formen einschmolzen und gemeinsam zu etwas Neuem wurden, oder ob es Eddies Tod war. Ich denke, es war beides. Eddies Tod war ein so grässliches Ereignis in unserem Leben, wer kann wissen, welches Erlebnis welchen Teil in uns verändert hat. Doch ich merke, dass beides uns näher zueinander bringt, und ich weiß, dass Gerry und ich einander umso näher kommen, je mehr die Welt um uns herum aus den Fugen gerät.

Da ist die Beerdigung.

Und dann kommt etwas Neues.

Wir sitzen mit Eddies Eltern, seinem Bruder und seiner Schwester im Wohnzimmer, alle sind immer noch fassungslos. Gerry tut es leid, dass er nicht bei Eddie war. Er hätte Eddie nicht allein den Heimweg antreten lassen, sondern hätte ihn zum Taxi geführt, auf den Rücksitz verfrachtet und nach Hause gebracht. Aber wir wissen beide, dass Eddie von unserer Liebe wusste, dass er uns unterstützte und noch näher zusammenbringen wollte. Er hat uns beide umarmt, fast zerquetscht, und uns fortgeschickt. Wir müssen kein schlechtes Gewissen haben, es bleibt nur das Bedauern, dass Gerry ihn nicht retten und alles zu einem guten Ende bringen konnte.

»Aber wenn ich bedaure, dass ich nicht mit Eddie in den Club gegangen bin, dann würde ich auch bedauern, was in dieser Nacht zwischen uns passiert ist«, sagt Gerry, als wir allein sind. »Und das bedaure ich keine Sekunde.«

Eddies Mum bringt uns nach oben, um uns Eddies unausgepackte Geburtstagsgeschenke und ungeöffnete Glückwunschkarten zu zeigen. Ein Berg von hübsch eingewickelten Geschenken. Seine Eltern haben sie in einem großen Müllsack von der Party mit nach Hause gebracht.

»Ich weiß nicht, was ich damit machen soll«, sagt Eddies Mum.

Wir schauen auf den Berg von bestimmt dreißig oder vierzig Päckchen.

»Sollen wir Ihnen beim Auspacken helfen?«, fragt Gerry.

»Und was mache ich dann damit?«

Wir sehen uns in Eddies Zimmer um. Überall sind Eddies Sachen. Dinge, die er berührt hat, Dinge, die nach ihm riechen, die seine Energie enthalten, etwas bedeuten und eine Geschichte haben. Trophäen, Pullis, Poster, Teddys, Computerspiele, Bücher fürs College, lauter Sachen, die etwas darüber verraten, wer er war. Aber die ungeöffneten Päckchen haben im Grunde nichts mit ihm zu tun, sie hatten nie die Chance, sein Leben in sich aufzunehmen.

»Wollen wir sie nicht zurückgeben?«, frage ich.

Gerry wirft mir einen Blick zu, erschrocken, dass ich so etwas sage. Einen Moment bekomme ich Angst, dass es falsch war oder dass ich irgendetwas missverstanden habe.

»Würdet ihr das für uns tun?«, fragt Eddies Mum.

Ich knie mich auf den Boden und öffne eine kleine Faltkarte, die an einem Geschenk klebt, das blaue Papier ist mit Fußbällen dekoriert.

»Paul B.«, lese ich.

»Paul Byrne«, sagt Gerry. »Ein Teamkumpel.«

»Du kennst sie alle, Gerry«, sagt Eddies Mutter.

»Bei jedem Geschenk ist eine Karte dabei«, stelle ich fest. »Das schaffen wir.« Ich schaue Gerry an, er macht einen unsicheren Eindruck. »Ein Geschenk von Eddie für seine Freunde.«

Ich weiß nicht, warum ich das sage. Ich glaube, ich versuche, Gerry die Idee schmackhaft zu machen, weil ich merke, dass seine Mutter es möchte. Aber nach einer Weile glaube ich auch selbst daran. »Ein letztes Geschenk von Eddie, wo auch immer er jetzt sein mag.«

Daran hält Gerry sich fest. In den nächsten Wochen machen wir das Zurückgeben der Geschenke zu unserer Mission, wir identifizieren die Geber, suchen sie auf und bringen ihnen zurück, was sie Eddie geschenkt haben. Und jedes Geschenk erzählt eine Geschichte über Eddie, die uns die Menschen, die ihn beschenkt haben, gern erzählen: Warum sie dieses Geschenk ausgesucht haben, was dahintersteckt. Jedes Mal, wenn von ihm erzählt wird, ist Eddie wieder lebendig. Und obwohl alle ihr eigenes Geschenk zurückerhalten, bekommen sie auch etwas von Eddie. Etwas, das sie aufbewahren werden. Es ist Eddies Geschenk, und es zu behalten, erhält ihn lebendig, ganz gleich, ob es ein Fußballtrikot ist, ein Paar witzige Boxershorts oder ein Kompass, den ein Onkel seinem Neffen, dem Pfadfinderjungen, geschenkt hat, damit er sich nie mehr verirrt. Welches Geschenk auch immer, ob groß oder klein, sentimental oder lustig, ist ein Symbol ihrer Freundschaft. In den Sommerferien bringen Gerry und ich alles zurück. Zwar haben wir unsere Ferienjobs, aber jede freie Stunde verbringen wir mit unserer Mission, fahren im Auto von Gerrys Dad mit Gerrys vorläufigem Führerschein durch die Gegend, nur wir beide, und erledigen diese wichtige Erwachsenenaufgabe mit neu entdeckter Freiheit.

Wir sind zu einer neuen Form zusammengeschmolzen. Ich habe es erlebt, ich habe es gefühlt. Er lag in meinen Armen. Er war in mir.

Sex, Tod, Liebe, Leben.

Ich bin sechzehn, Gerry siebzehn. Alles, was um uns herum zerbricht, bringt uns noch enger zusammen, denn ganz gleich, wie chaotisch die Umgebung ist, muss doch jeder einen Ort für sich finden, an den er sich zurückziehen kann – denn sonst kann man die eigenen Gedanken nicht hören. Und wir sind füreinander dieser Ort.

Wir erschaffen unseren eigenen Raum, und wir leben darin.

Kapitel 30

Über Nacht sind die Erbsen aufgetaut und haben am Fußende des Betts eine feuchte Stelle hinterlassen, die jedes Mal, wenn meine Füße sie berühren, in meine Träume eindringt. Ich träume, dass meine Füße im Wasser sind, zuerst bei einem sanften Spaziergang am Strand – weicher Sand und glitzernde Wellen, die leise ans Ufer schlagen und sich wieder zurückziehen. Später sitze ich mit baumelnden Beinen an einem Swimmingpool, und meine Füße bewegen sich frei unter dem blauen Wasser. Noch später, in einer tieferen, dunkleren Schlafphase, hält mich jemand mit fiesem Griff am Knöchel fest, direkt an meinem schmerzenden, pochenden Gelenk, und tunkt mich kopfüber ins Wasser wie Achilles. Zwar sollte mich die Aktion stärker machen, aber wer immer es sein mag, der mich da am Knöchel hält, wird durch irgendetwas abgelenkt, lässt mich viel zu lange unter Wasser, und ich kann nicht mehr atmen.

Erschrocken und nach Luft schnappend wache ich auf. Ein strahlender Sommermorgen, die Vögel singen. Ein heller Sonnenstrahl fällt durchs Fenster und sticht mir ins Gesicht, als hielte ein Riese ein Brennglas über mich. Ich lege die Hand über die Augen und versuche, meinen ausgetrockneten Mund mit Speichel zu füllen. Der Himmel ist blau, ganz in der Nähe höre ich eine Autoalarmanlage, ein Vogel fängt an, sie nachzuahmen. Eine Ringeltaube antwortet, ein Kind lacht, ein Baby heult, ein Fußball knallt gegen eine Gartenmauer.

Ich habe eine unruhige Nacht hinter mir. Die Totenwache bei Bert, kombiniert mit dem Gefühl, Gerry leibhaftig neben mir zu spüren, ist mir so an die Nieren gegangen, dass mich plötzlich wieder Trauer und Verlust zu überwältigen drohen.

Doch das ist das Problem mit Liebe und Verlust, mit Festhalten und Loslassen, mit Kontakt und Unabhängigkeit, Verbinden und Trennen. Jede Medaille hat ihre Kehrseite, es gibt keinen Mittelweg. Aber ich muss ihn trotzdem finden, ich darf mich nicht wieder verlieren. Ich muss die Sache rational angehen, ich muss mich sammeln, mich erden, alles wieder in Perspektive bringen. Ich muss begreifen, dass es nicht immer nur um mich geht, um meine Gefühle, meine Bedürfnisse, meine Wünsche, meinen Verlust. Ich muss aufhören, so tief zu empfinden, aber ich darf nicht gefühllos werden. Ich muss nach vorn blicken, ohne zu vergessen, ich muss glücklich sein, darf aber die Traurigkeit nicht verdrängen. Umarmen, aber nicht klammern. Ich muss mich um Dinge kümmern, aber ich darf nicht auf ihnen beharren, muss konfrontieren, aber nicht attackieren, aussortieren, aber nicht vernichten, freundlich mit mir umgehen, aber dennoch konsequent sein. Wie kann mein Verstand mit sich im Reinen sein, wenn zwei Herzen in meiner Brust schlagen? So viele Dinge, die ich sein und nicht sein soll. Ich bin nichts und doch alles, aber ich muss, ich muss, ich muss.

Ich kann mehr tun, ich muss mehr tun. Briefe reichen nicht aus. Ich muss von Bert lernen, ich kann mehr für Ginika tun, das bin ich Jewel schuldig. Damit werde ich anfangen, und dieses Pochen, der Schmerz, der mich von Kopf bis Fuß erfüllt, wird irgendwann verschwinden. Das muss er, und ich muss dafür sorgen. Zwar kann ich mich nicht rühren, aber ich bin nicht hilflos. Beweg dich, Holly, beweg dich.

Denise klopft leise an meine Tür. Ich ziehe die Decke bis zum Kinn und stelle mich schlafend. Hoffentlich geht sie wieder weg. Aber schon öffnet sich langsam die Tür, und sie schleicht ins Zimmer. Ich spüre ihre Nähe, sie sieht nach mir, kümmert sich um mich. Ich höre, wie etwas aus Keramik auf meinem Nachttisch abgestellt wird, ich rieche Kaffee und Toast mit Butter.

»Danke«, sage ich, und weil ich so lange stumm war, klingt es wie ein Krächzen.

»Alles in Ordnung mit dir?«

»Ja. Ich hatte eine Erleuchtung.«

»Oh, das ist ja schön.«

Ich lächle.

»Ich habe mit Ciara gesprochen, sie hat mir erzählt, dass bei Berts Totenwache gestern alles gutging«, fügt sie hinzu.

Jetzt mache ich endlich die Augen auf und mustere sie, denn ich habe den Verdacht, dass sie vielleicht doch ein Kichern unterdrückt. Aber nichts dergleichen. Sie ist meine empathische, einfühlsame, rücksichtsvolle Freundin Denise.

»Mein Teil hätte besser gehen können«, krächze ich und setze mich auf. »Aber es wurde gut aufgenommen, und das ist die Hauptsache.« Ich schaue auf das Nachtschränkchen und sehe, dass ich recht hatte. Buttrig cremiges Rührei auf einer Scheibe braunem Brot, und sofort erinnert mein Magen mich daran, dass ich seit gestern vor der Arbeit nichts mehr gegessen habe. »Danke dir.«

»Ich muss ja etwas dafür tun, dass ich hier wohnen darf«, antwortet sie mit einem traurigen Lächeln.

»Ist etwas passiert?«

Sie zupft an einem Nagelhäutchen. »Ich war gestern bei Tom und habe ihm gesagt, dass es mir leidtut. Dass ich einen Fehler gemacht habe und in Panik verfallen bin.«

»Und?«

»Er hat gesagt, ich soll mich verpissen.«

Ich zucke zusammen. »Tom ist sauer, da ist es sein gutes Recht, erst mal auszuteilen. Aber er wird einlenken, garantiert.«

»Hoffentlich. Ich glaube, ich muss ihm ein bisschen den Hof machen. Aber ich bin keine so gute Hofmacherin. Vielleicht könnte ich ihn mit Geschenken erpressen – hast du irgendeine Idee?«

Aber meine Gedanken sind bereits in eine andere Richtung gewandert. »Hast du eigentlich schon mal an Adoption gedacht?«

»Meinst du, wenn ich ein Baby adoptiere, denkt er, ich umwerbe ihn?«

»Was? Nein. Ich weiß, ein Kind zu adoptieren oder in Pflege zu nehmen ist nicht dasselbe wie ein Baby von dir und Tom, aber überleg doch mal, wie gut du mit Jewel zurechtgekommen bist. Wie liebevoll und fürsorglich und einfach wunderbar du zu ihr warst. Stell dir vor, wie viele Babys es gibt, die Liebe brauchen, und du hast eine Menge davon zu geben.« Ich halte inne, und mir kommt ein neuer Gedanke. »Denise«, sage ich und schaue sie mit großen Augen an.

»Sag es nicht«, fällt sie mir ins Wort. »Ich weiß, woran du denkst. Ich habe schon darüber recherchiert.«

»Ach ja?«

»Man muss einen achtzehnmonatigen Kurs absolvieren, und selbst dann, wenn ich durch ein Wunder Jewels Leben noch mal auf den Kopf stellen und sie noch mehr traumatisieren könnte, indem ich sie aus ihrer neuen Familie herausreiße, bei der sie sich nach achtzehn Monaten einigermaßen eingewöhnt hat, kann ich nicht einfach losziehen und mir ein Kind aussuchen. Wer welches Kind bekommt, entscheidet das Jugendamt.«

»Aber wenn du irgendwie Jewels Betreuerin werden *könntest*, wäre Tom damit einverstanden?«, frage ich.

»Bevor wir so eine schwerwiegende Diskussion beginnen könnten, müsste er erst mal bereit sein, wieder mit mir zu sprechen. Ein Anfang wäre ja schon, dass er mir in die Augen schaut. Jedenfalls ist das alles sowieso rein hypothetisch, denn letztlich müsste Ginika das entscheiden. Aber ich kann ihr die Idee nicht in den Kopf setzen, das wäre nicht richtig.«

»Aber vielleicht möchte sie es auch. Meinst du nicht, du solltest sie wenigstens fragen? Sie ist auf der Suche nach einem Ort, wo ihr Baby geborgen aufwachsen kann. Du warst zu ihnen beiden so liebevoll und nett. Und du wünschst dir so sehr ein Baby.«

Denise sieht mich nachdenklich an.

»Und ich will dich zwar nicht unter Druck setzen, aber Tom wird dich wohl oder übel wieder aufnehmen müssen, denn ich habe gestern Abend ein Kaufangebot für mein Haus angenommen. In acht bis zwölf Wochen sind wir obdachlos.«

»Was, echt?« Denise gibt sich alle Mühe, begeistert zu klingen, aber ich merke, dass es unter der ruhigen Oberfläche brodelt. »Glückwunsch. Wo wirst du dann wohnen?«

»Ich habe keine Ahnung.«

»Herrgott, Holly, ich will nicht über dich urteilen, aber was ist eigentlich los mit dir?«, fragt sie leise. »Mit dem Podcast hat es angefangen, und jetzt geht in so kurzer Zeit alles aus den Fugen.«

Stöhnend lasse ich mich aufs Bett zurückfallen. »Bitte sag nicht solche schrecklichen Dinge zu mir, das ertrage ich nicht.« Dann fällt mein Blick plötzlich auf den Kaffeebecher, den sie neben mich gestellt hat. Sie trinkt aus Gerrys Star-Wars-Becher! Den ich kaputtgemacht habe.

»Hast du diesen Becher repariert?«

»Nein, er stand auf der Theke, als ich von der Arbeit gekommen bin.«

Gestern. Ich war in der Küche, um die Gefriererbsen zu holen, aber ich habe mich dort nicht umgeschaut, ehe ich nach oben gegangen und in mein Bett gefallen bin. Ich beuge mich vor, inspiziere den dampfenden Becher und suche nach den Rissen am Griff und am oberen Rand.

»Warte mal«, sage ich, werfe die Decke zurück, stehe auf und eile so schnell ich kann nach unten in die Küche. Denise folgt mir.

Ich öffne den Schrank. Der kaputte Becher ist weg.

»Er stand direkt dort neben dem Schlüsselbund«, sagt Denise und deutet in Richtung Toaster. Jetzt kapiere ich endlich.

Es ist Gabriels Schlüsselbund.

Er hat Gerry wieder zusammengeklebt.

· / ·

Samstagmorgen ist gut für einen Neustart, aber ich fahre nicht Auto und radle auch nicht, sondern nehme den Bus, genauer gesagt, die Linie 66A. Ginika hat mir schon oft davon erzählt, in frustrierten Momenten darüber geschimpft und gegrummelt, denn ihr Dad ist Busfahrer – der Teufel am Steuer der

Linie 66, der die Menschen nach Chapelizod fährt und seine Tochter nebenbei von fern wahnsinnig macht.

Heute hat er nicht die Schicht um halb zehn, also setze ich mich auf die Betonstufen eines georgianischen Häuserblocks am Merrion Square, trinke einen Kaffee to go, halte mein Gesicht in die Sonne. Wenn ich mich mit ganzer Kraft auf die warmen Strahlen konzentriere, gibt sie mir hoffentlich etwas von ihrer Energie zurück und stärkt mich. Um halb elf sehe ich ihn. Er sieht Ginika sehr ähnlich – ihre großen Augen, die rundlichen, hohen Backenknochen.

Er öffnet die Türen, und ich stelle mich in die Schlange. Während die Fahrgäste ihre Münzen einwerfen und ihre Monatskarten einlesen, mustere ich ihn. Denen, die ihn grüßen, nickt er kurz zu, still, zurückhaltend und aufmerksam. Ganz anders als das Bild, das Ginika von ihm entworfen hat. Kein arroganter kleiner König, nur ein müder, stiller Busfahrer mit blutunterlaufenen Augen. Ich setze mich auf einen Platz, von dem aus ich ihn die ganze Fahrt über beobachten kann. Vom Merrion Square zur O'Connell Street manövriert er den Bus gekonnt von einer Spur in die andere und streckt jedes Mal, wenn jemand ihn durchlässt, dankend die Hand aus dem Fenster. Geduldig, ruhig, umsichtig, geschmeidig im dichten Innenstadtverkehr am Samstagmorgen. Weitere acht Minuten zur Parkgate Street, zehn Minuten nach Chapelizod. Mein Blick wandert hin und her zwischen der Aussicht und Ginikas Vater, mein Interesse gilt beidem gleichermaßen. Sieben Minuten zum Liffey Valley Shoppingcenter, wo der größte Teil der Passagiere aussteigt. Zehn Minuten bis Lucan Village, weitere zwölf nach River Forest, wo ich endlich die einzige Mitfahrerin bin.

Er schaut über die Schulter zu mir. »Das ist die Endhaltestelle.«

»Oh«, sage ich und schaue mich um. »Fahren Sie wieder zurück in die Stadt?«

»Ja, aber erst in zwanzig Minuten.«

Ich stehe auf und gehe zu ihm. Auf seiner Foto-ID steht Bayowa Adebayo. Den Bereich neben dem Steuer hat er mit Fotos und Krimskrams dekoriert. Ein Kruzifix, religiöse Denkmünzen. Ein Foto von vier Kindern. Eins davon ist Ginika. Ein Schulfoto, graue Uniform und rote Krawatte, strahlendes Lächeln mit schiefen Zähnen, braune lebendig und verschmitzt funkelnde Augen, in der Wange ein freches Grübchen.

Ich lächle.

»Haben Sie Ihre Station verpasst?«, fragt er.

»Nein. Ähm. Ich habe nur die Fahrt genossen.«

Er mustert mich mit diskreter Neugier. Vielleicht komme ich ihm seltsam vor, aber das stört ihn nicht weiter.

»Okay. In zwanzig Minuten fahre ich wieder los.«

Er zieht einen Hebel, und die Türen gehen auf.

»Oh.«

Ich steige aus und schaue mich um. Hinter mir schließen sich die Türen sofort wieder. Ich mache ein paar Schritte zur Haltestelle und setze mich dort auf die Bank. Ginikas Vater steht auf und geht, in der Hand eine kleine Plastiktüte, im Bus nach hinten. Dort nimmt er Platz, isst sein Sandwich und trinkt etwas aus einer Thermosflasche. Er bemerkt mich auf meiner Bank, wendet sich aber sofort wieder seinem Sandwich zu.

Zwanzig Minuten später geht er durch den Gang wieder nach vorn, öffnet die Türen, steigt aus, schließt die Türen von außen wieder, zerknüllt die Plastiktüte und wirft sie in den Mülleimer. Dann streckt er sich, zieht die Hose über dem kleinen Bauch hoch und öffnet die Türen, steigt ein und schließt sie gleich wieder, während er seinen Platz am Steuer einnimmt. Als er bereit ist, öffnet er die Türen, und ich steige ein. Er nickt mir zu, nimmt mich zur Kenntnis, keine Fragen, kein Gespräch, es ist nicht seine Angelegenheit, was ich tue, und er ist nicht neugierig. Falls doch, lässt er es sich nicht anmerken. Ich setze mich auf denselben Platz wie vorhin, stehe beim letzten Halt am Merrion Square wieder auf und lasse die anderen Passagiere vor mir aussteigen. Dann gehe ich wieder an das Fenster neben dem Fahrersitz.

»Wollen Sie wieder zurückfahren?«, fragt er, und ich sehe Belustigung in seinen müden Augen, ein kleines Lächeln auf seinen Lippen.

»Nein«, antworte ich. Jetzt bin ich bereit. »Ich bin mit Ihrer Tochter befreundet, mit Ginika.«

Sein Lächeln verschwindet nicht, aber dass es auf seinem Gesicht erstarrt, bedeutet dasselbe.

»Ginika ist eine wunderbare und sehr tapfere junge Frau, sie inspiriert mich, und ich habe viel von ihr gelernt. Sie müssen sehr stolz auf sie sein.«

Mir fehlt der Mut, mehr zu sagen. Vielleicht ist es auch alles, was ich sagen möchte. Weil Ginikas Vater das Recht hat, es zu erfahren, und mehr noch, weil er es wissen muss. Besser, jemand erklärt ihm, wie wunderbar, tapfer und inspirierend seine Tochter ist, solange sie noch lebt und dieselbe Luft atmet wie er. Es würde nicht reichen, das erst nach ihrem Tod zu erfahren und zu begreifen.

Dann steige ich schnell aus dem Bus – ehe er mich anschreit oder wir mehr miteinander zu tun bekommen, als mir recht ist. Das reicht, denke ich. Hoffentlich.

· / ·

Es ist Mittag, und die kurze Begegnung mit Ginikas Vater hat mir Schwung gegeben, das Gefühl, dass ich die vorrangige Pflicht habe, mich der nächsten Aufgabe zu widmen, die zu erledigen ich versprochen habe. In meiner Tasche befinden sich ein Umschlag mit Bargeld, auf den ich gut aufgepasst habe, und eine liebevoll geschriebene Einkaufsliste. Ich bin erfüllt von dem Wunsch, die Dunkelheit aus meinen für Ablenkungen so anfälligen Gedanken zu vertreiben. Ich darf nicht zulassen, dass die Wolken sich im Zentrum zusammenballen, sie müssen weiterziehen, genau so, wie sie gestern vor meinem Fenster weitergezogen sind. Heute ist der erste Samstag im Juni, und ich will mit den Weihnachtseinkäufen für Joy beginnen.

Joy hat drei Söhne, Conor, Robert und Jeremy. Conor ist mit Elaine verheiratet, sie haben zwei Kinder, Ella und Luke. Roberts Frau heißt Grainne, die beiden haben vier Sprösslinge, die Zwillinge Nathan und Ethan, Lily-Sue und Noah. Jeremy hat mit Sophie einen Sohn und bekommt zusammen mit Isabella bald ein weiteres Baby.

Außerdem hat Joy drei Schwestern und einen Bruder: Olivia, Charlotte, Emily und Patrick. Drei von ihnen sind verheiratet, eine geschieden, aber Joy hat engen Kontakt zu all ihren angeheirateten Verwandten. Insgesamt haben sie elf Kinder, von denen fünf ihrerseits bereits Kinder haben. Dazu kommen noch die beiden Schwägerinnen und ein Schwager, die ebenfalls Kinder haben, was sie zur Tante von zusätzlich acht Nichten und Neffen macht. Vier dieser Nichten und Neffen haben insgesamt sieben Kinder. Und dann sind da natürlich noch Joe, ihr Fels in der Brandung, und ihre beiden besten Freundinnen Annalise und Marie.

Alle diese Namen stehen mit einem speziell für sie ausgewählten Geschenk auf Joys Weihnachtsliste. Joy hat mich, die Beraterin des »P. S. Ich liebe Dich«-Clubs, gebeten, den Einkauf zu erledigen, und nicht ihre Kinder, nicht ihre Schwiegertöchter, nicht ihre Freundinnen. Sie möchte, dass für sie alle der Alltag einfach weitergeht und nichts aus dem Takt gerät, auch wenn das Leben eine Wendung eingeschlagen hat, die niemand sich gewünscht hätte. Joy möchte nicht, dass sich irgendjemand, der ihr am Herzen liegt, vernachlässigt fühlt, deshalb bekommen sie alle von ihr ein Abschiedsgeschenk.

Berts Briefe auszuliefern, für Joy den Weihnachtseinkauf zu erledigen, sie dabei zu beobachten, wie sie bäckt, Joes Lieblingsgerichte kocht und sich immer wieder Notizen für ihr Album macht, Pauls persönliche Botschaften zu filmen, Einblick in seine privaten Gedanken und Erinnerungen zu gewinnen – all das vermittelt mir das Gefühl, von diesen Menschen vertrauensvoll in ihrer kostbaren und sehr intimen Welt aufgenommen zu werden und dort willkommen zu sein. Ich fühle mich nützlich, spüre aber auch eine große Verantwortung für die Menschen, die mir diese Aufgabe anvertraut haben. Natürlich muss ich dafür Zeit von meinem Privatleben investieren, aber es lenkt mich auch von meinen Sorgen ab.

Ich vertiefe mich ganz in die Aufgabe, die vor mir liegt. Streng nach Joys Einkaufsliste und ihrem Budget einzukaufen und einen Namen nach dem anderen auf der Liste abzuhaken, ist ein extrem befriedigendes Gefühl. Ich bin beschäftigt, ich habe ein Ziel, ein großartiges Ziel, ich erfülle Joys Wunsch.

Als ich wieder nach Hause komme, setze ich mich in meinem Fernsehzimmer mit den Geschenken auf den Boden, um sie einzupacken. Normalerweise gehört Einpacken nicht zu meinen Lieblingsbeschäftigungen, und ich überlasse die Arbeit meistens dem vorweihnachtlichen Geschenkeservice im jeweiligen Geschäft. Aber da ja noch lange nicht Weihnachten ist, ist es meine Pflicht. Mit Geschenkpapier und Band gebe ich mir mehr Mühe als jemals in meinem Leben, falte die Ecken ordentlich und sichere sie versteckt mit doppelseitigem Klebeband ab.

Gegen sieben kommt Denise zurück, begleitet von Sharon. Ich bin ein bisschen genervt, weil sie meine Ruhe stören, und obwohl ja auch Sharon meine Freundin ist, hätte ich mir gewünscht, dass sie mich um Erlaubnis fragt. Inzwischen bin ich so daran gewöhnt, meinen eigenen Raum zu haben, und ich bin gern allein. Selbst als ich praktisch mit Gabriel zusammengelebt habe, hatte jeder seine eigene Wohnung, in der wir Atem schöpfen konnten, um den Kopf wieder freizubekommen. Auch wenn wir zusammen waren, machte es uns nichts aus, getrennt zu sein.

»Packst du Weihnachtsgeschenke ein?«, fragt Sharon verwundert.

»Ja, für Joy«, antworte ich und mache mich auf eine geistreiche Bemerkung gefasst.

»Okay, dann will ich dich nicht stören. Ich bin mit Denise in der Küche.« Damit verschwindet sie, vielleicht hat sie meine Stimmung gespürt. Wenig später höre ich Musik. Ein Streichinstrument leitet über zu der weichen, beruhigenden Stimme von Nat King Cole, der *The Christmas Song* singt – Sharon hat viel Musik auf ihrem Smartphone. Gleich darauf erscheint sie wieder, stellt ein Glas Rotwein und eine Schale mit Chips neben mich, zwinkert mir zu und ist auch schon wieder weg. Sogar die Tür zieht sie sorgfältig hinter sich zu.

Jedes Päckchen bekommt einen Geschenkanhänger. Für Conor, für Robert, für Jeremy und für alle anderen auf der Liste, unterschrieben mit »P. S. Ich liebe Dich«. Ich packe alles in drei normale Pappkartons und schreibe »Weihnachtsbaumlichter« darauf, denn nach Joys Plan sollen die Geschenke ja auf dem Speicher darauf warten, dass Joe sie findet, wenn er das Haus für Weihnachten schmückt.

Ich habe Gabriel gesagt, dass mein Leben irgendwann zu einem normalen Rhythmus zurückkehren würde. Zum richtigen Zeitpunkt, sobald ich meine Verpflichtungen erledigt habe, würde ich in der Lage sein, mich aus dem Leben dieser Leute zurückzuziehen. Aber er hatte recht – ich schaffe es nicht. Doch er hat sich geirrt, als er glaubte, das sei etwas Schlechtes. Aber es ist mein Leben geworden. Ein Leben, das mich lebendig macht. Gestern hatte ich einen Durchhänger, ich bin abgestürzt, aber das hat sich verändert. Ich habe aus meinen Fehlern gelernt, und heute habe ich die Scherben aufgesammelt.

Kapitel 31

Da ich unmöglich noch mehr von meiner Arbeit freinehmen kann, beschließe ich, früher aufzustehen. Es ist sieben Uhr, Samstag, und ich freue mich auf meine nächste Mission mit Paul. Auf einem leeren Parkplatz in einer Gewerbe- und Einkaufsgegend warte ich auf ihn – keine Ahnung, warum wir hier verabredet sind. Über Pauls Ideen habe ich keine Kontrolle, ich bin nur die Kamerafrau, mehr verlangt er nicht von mir. Ich frage mich, ob ich mehr sein sollte, ob er mir irgendwann mehr Raum geben wird.

Endlich biegt ein Auto auf den Parkplatz ein, und ich muss lachen. Es ist nicht Pauls übliches Auto, sondern ein flaschengrüner Morris Minor. Ich filme seine Ankunft und lache dabei lautlos in mich hinein, während ich meine Hand stillzuhalten versuche. Paul parkt hinter mir, kurbelt das Fenster herunter, was eine Weile dauert, die Sache aber noch lustiger macht.

»Hi, Casper«, sagt er zur Kamera. »Du bist jetzt sechzehn. Siehst gut aus, bestimmt mögen die Mädchen dich. Das hier ist das Auto, mit dem ich von meinem Vater, deinem Granddad Charlie, Fahren gelernt habe. Hüpf rein«, sagt er augenzwinkernd.

· / ·

»Was ist?«, fragt er und schaut mich unsicher an. »War es nicht gut? Ich weiß nicht, ob du es gespürt hast.«

»Es war großartig!«, entgegne ich und zementiere ein Lächeln auf mein Gesicht. Aber ich mache mir Sorgen. Er hat ein paar Bemerkungen gemacht, die meiner Meinung nach in sechzehn Jahren keinerlei Bedeutung mehr haben, und ich glaube nicht, dass Paul das richtig durchdacht hat. Er tut so, als finde die Fahrstunde für seinen zweijährigen Sohn morgen statt, er erwähnt Caspers aktuelle Freundschaften, erzählt alles aus der Sicht der Jetztzeit oder spricht von Dingen, die man unmöglich vorhersagen kann. Ich sage nichts, weil ich Paul nicht die Stimmung verderben will. Sein Wunsch ist mir Befehl, und es ist schön, mit ihm zusammen zu sein, wenn er so fröhlich ist. Die Briefe und Filmchen vorzubereiten, hüllt uns nicht in Dunkelheit, wie man es vielleicht erwarten würde und wie Gabriel es befürchtet hat. Alles ist positiv und fröhlich und zukunftsorientiert. Ich wünsche mir, Gabriel könnte mich jetzt sehen, wie ich lache und die Zeit mit jemandem genieße, von dem er dachte, er würde mich tief in eine Depression reißen.

»Ist alles klar mit Evas Videos morgen?«, fragt Paul. Er wirkt energiegeladen, aber ein bisschen nervös, als mache er sich Sorgen, dass ich nein sagen könnte.

»Ja, alles ist organisiert.«

»Super«, sagt er. »Dann sind wir fast fertig. Bis nächste Woche will ich alles zusammenhaben.«

Wenn ich mit Paul fertig bin, sind nur noch zwei Clubmitglieder übrig. Was mache ich dann? »Warum nächste Woche?«

»Dann ist der Termin für die Kraniotomie.«

Zweifellos gehört jede Operation am menschlichen Gehirn zu den gefährlichsten chirurgischen Eingriffen. Bei einer Kraniotomie wird der Schädel geöffnet, um einen Tumor zu entfernen, ist dies nicht vollständig möglich, wird er zumindest verkleinert – eine Prozedur, die als Debulking bezeichnet wird. Zu den Risiken einer solchen Operation gehören Infektionen, Blutgerinnsel, Hirnschwellungen, Krampfanfälle. Bei Patienten mit niedrigem Blutdruck kann es zu Schlaganfällen kommen.

»Mein Mann hatte diese Operation auch.«

»Es ist meine dritte. Der Chirurg hat angedeutet, dass es diesmal zu einer linksseitigen Lähmung kommen könnte.«

»Sie müssen die Patienten immer auf das Schlimmste vorbereiten.«

»Ich weiß. Aber ich möchte alle Botschaften fertig haben, für den Fall des Falles. Für Claire habe ich einen Brief geschrieben, wir haben Dutzende Videos, die du alle griffbereit hast, nicht wahr?« Seine Beine bewegen sich nervös unter dem Lenkrad.

»Ja, ich habe sie an die Mailadresse geschickt, die wir für Casper und Eva eingerichtet haben«, antworte ich ruhig und hoffe, ihn mit meinem Ton beeinflussen zu können.

»In dem Brief habe ich Claire auch erklärt, was sie für die Kinder tun soll«, sagt er.

Ich nicke. Hoffentlich findet Claire die Idee gut, sonst könnte es sie für den Rest ihres Lebens belasten, ihren heranwachsenden Kindern Mails zu schicken. Ich überlege, Paul danach zu fragen, aber stattdessen erkundige ich mich: »Darfst du denn überhaupt fahren?«

Meine Frage nervt ihn.

»Ich frage das nur, weil ich mir Sorgen mache.« Fast vier volle Jahre drehte sich mein Leben um das, was Paul jetzt durchmacht. Ich weiß Bescheid über Doppelbilder, Krampfanfälle, Immobilisation. Gerry musste seinen Führerschein abgeben.

»Nur noch diese Woche, dann fahre ich nicht mehr. Dann mache ich vieles nicht mehr. Danke für deine Hilfe, Holly.«

Das ist deutlich, mir ist sofort klar, dass ich aussteigen soll.

Im gleichen Moment wird an das Beifahrerfenster geklopft, und ich fahre zusammen vor Schreck.

Paul blickt auf und flucht leise.

Vor dem Fenster steht eine junge Frau, ungefähr in meinem Alter, eine Yogamatte auf der Schulter, und späht mit wütendem Gesicht zu uns herein.

»Scheiße«, flüstere ich und schaue zu Paul, der ganz blass geworden ist. »Ist das Claire?«

Aber Paul setzt ein breites Grinsen auf und steigt aus.

»Paul«, zische ich, und mein Herz klopft wie wild.

»Mach einfach mit«, flüstert er mir zu und lächelt weiter.

Claire weicht von meinem Fenster zurück.

»Hi, Schatz«, höre ich Pauls Stimme, sehr charmant – und verlogen, finde ich.

»Scheiße, scheiße, scheiße«, knurre ich in mich hinein, hole tief Luft und öffne die Autotür.

Claire weigert sich, ihren Mann zu umarmen, ihre Körpersprache ist sehr abweisend.

»Was zur Hölle macht ihr beiden hier?« Sie schaut mich an. »Wer sind Sie überhaupt? Was machen Sie mit meinem Mann?«

»Das ist Holly, Schatz«, erklärt Paul ihr. »Schau mich an. Das ist Holly. Sie ist eine Freundin von Joy und gehört auch zum Buchclub.«

Claire mustert mich von oben bis unten, aber ich kann ihr nicht ins Gesicht blicken. Eine grässliche Situation, vor solchen Verwicklungen habe ich mich immer gefürchtet. Ich hasse mich. Hätte ich Gerry trotz meiner aufopfernden Pflege eine Woche vor einer großen Operation im Auto mit einer anderen Frau erwischt, hätte ich sie wahrscheinlich beide erwürgen wollen. Das ist nicht gut.

»Du hast gesagt, du willst für die Kids Spielsachen bei Smyths kaufen«, sagt Claire. »Du darfst eigentlich nicht mal fahren, und ich habe dich trotzdem gehen lassen. Aber dann habe ich mir solche Sorgen gemacht und habe dich angerufen. Ich habe doch gleich meinen Kurs und musste Mum alarmieren, damit sie kommt und auf die Kinder aufpasst. Herrgott nochmal, Paul, was hast du dir bloß dabei gedacht? Und warum hast du die alte Karre von deinem Dad genommen?«

Der Frust quillt ihr aus allen Poren, und ich bin voll auf ihrer Seite.

»Tut mir leid, ich habe deinen Kurs vergessen. Ich fahre sofort nach Hause und übernehme die Kinder, damit deine Mum wieder gehen kann. Und du hast ganz recht, ich hätte nicht fahren sollen. Ich bin Holly bei Smyths begegnet, und weil ich mich nicht so gut fühlte, habe ich sie gefragt, ob sie so nett wäre, mich heimzufahren. Nichts Ernstes, bloß ein bisschen Kopfweh, und mir ist ein bisschen schwindlig, aber ich wollte mich nicht hinters Steuer setzen, deshalb habe ich ihr gezeigt, wie die Karre funktioniert. Das ist alles.«

Paul redet viel zu schnell, er ist nicht sonderlich glaubhaft, aber es ist schwierig, ihn zu unterbrechen und zu argumentieren. Claire schaut mich an. Ich trete einen Schritt zur Seite und mache mich bereit zu gehen.

»Sie hat mir nur geholfen, weiter nichts«, beteuert Paul und sieht mich an. »Mir einen Riesengefallen getan. Stimmt's?«

Ich sehe ihn an. »Ja.«

Paul ist noch lange nicht aus dem Schneider, aber ich möchte nicht länger bleiben, ich möchte nicht lügen und betrügen müssen.

»War nett, Sie kennenzulernen, Claire«, sage ich entschuldigend und verunsichert. »Pass auf dich auf, Paul«, füge ich mit starrem Gesicht hinzu.

Ich habe mich anheuern lassen, um zu helfen, nicht um zu lügen oder als Punchingball benutzt zu werden. Selbst wenn es Paul helfen würde, bekäme ich von jedem Schlag blaue Flecken.

· / ·

Als ich am Ende meines Arbeitstages mit Ginika am Tisch sitze, bin ich ziemlich erschöpft. Wir setzen Buchstaben und Laute zu Wörtern zusammen. Ich habe einen Sonnenschirm aufgestellt, damit wir draußen sitzen können, die Bienen tanzen laut summend um uns herum und laben sich an Richards farbenfrohen Blumen. Die Gartenmöbel sind abgestaubt, geschliffen und lackiert, gerade rechtzeitig für die zweiwöchige Hitzewelle, die uns fest im Griff hat. Denise rollt mit Jewel auf einer Decke herum, singt und lacht, deutet auf Vögel und Bienen und Blumen, und Jewels kleiner feister Zeigefinger ist ständig in Bewegung.

Ihr Lieblingswort ist »Wow«, und momentan ist die ganze Welt »wow«.

»Schau, Jewel, ein Flugzeug!«, ruft Denise, legt sich auf den Rücken und deutet nach oben, wo ein einzelner Flieger über den blauen Himmel zieht und einen weißen Streifen hinter sich zurücklässt.

»Wow«, sagt Jewel, stets bereit, den Zeigefinger einzusetzen.

Während Denise der kleinen Jewel die Augen für die Welt um sie herum öffnet, bin ich dankbar für die ebenso aufmerksame Ginika, die ihre Seite unserer Abmachung sehr ernst genommen und strikt eingehalten hat. So unbesonnen sie als Schülerin gewesen sein mag, ist sie das jetzt ganz sicher nicht mehr. Engagiert, pünktlich, immer gut vorbereitet, mit Leib und Seele bei der Sache, als hinge ihr Leben davon ab, Lesen und Schreiben zu lernen.

»S-c-h- …«

»Die drei Buchstaben gehören zusammen, man spricht sie als einen einzigen Laut.« Ich lege den Finger an die Lippen, um ihr einen Hinweis zu geben.

»Sch«, sagt sie, und ich lächle stolz.

»Sch-i-s-s.« Sie spricht die Laute getrennt. Dann runzelt sie die Stirn und sagt sie noch einmal. »Schiss«, ruft sie und schaut mich an. »Schiss.«

Ich grinse.

»Ich wollte, in der Schule wäre es auch so lustig gewesen«, sagt sie und lacht.

»Nächstes Wort.«

»P-i-s-s. Piss. Piss!« Sie lacht.

»Sch-w-ei-n. Schwein.«

»Genau!« Triumphierend stoße ich die Faust in die Luft. »Das E und das I gehören auch zusammen, du hast sie nicht getrennt.« Ich halte die Hand hoch, um ihr High Five zu geben.

Sie verdreht die Augen und schlägt etwas matt ein – Lob ist ihr immer peinlich. »Du bist echt witzig – Schiss, Piss und Schwein«, liest sie noch einmal. »Warum bist du denn so angepisst?«

»Manche Wörter werden anders geschrieben, als sie gesprochen werden«, erkläre ich, ohne auf ihre Frage einzugehen.

Ginika schnalzt mit der Zunge.

»Ich weiß, irgendwo taucht immer ein neues Problem auf, wenn wir gerade das Gefühl haben, dass wir es in den Griff kriegen.«

»Krebs zum Beispiel.«

»Ginika!«

Sie lacht boshaft.

»Leider sind viele dieser Wörter ganz alltäglich, das macht sie manchmal so knifflig.«

Ginika verdreht die Augen und krempelt die Ärmel auf. »Na gut. Lass mich sehen.«

Ich lächle. »Zum Beispiel diese beiden Wörter. Sehen ganz leicht aus.« Ich schreibe sie auf. »Jetzt lies mal.«

»V-a-t-e-r. Vater. V-a-s-e. Fase?« Sie stutzt.

»Die Vase sieht aus wie der Vater, aber man spricht sie, als würde da ein W. stehen. Und die Phase, also den Zeitraum, buchstabiert man ganz anders.« Ich schreibe es auf.

»P-h-a-s-e. Phase. Oje.«

»Ja, stimmt, das muss man sich merken.«

»Oh verdammt, was soll das denn? Können die das nicht einfach alles mit einem F schreiben? Und die Vase mit W? Wie soll sich ein normaler Mensch da zurechtfinden?« Sie wirft den Stift in die Luft, er landet auf dem Tisch, und die Spitze hinterlässt eine Kerbe im frischen Lack. Aber ich tue so, als wäre der Ausbruch nicht passiert, es ist ja auch nicht das erste Mal.

»Ginika«, sagt Denise. »Sorry, dass ich unterbreche.« Ihr Ton ist seltsam, fast nervös. »Eine Freundin von mir sortiert gerade Babysachen aus, ihre Kinder brauchen sie nicht mehr, und sie wollte den Buggy einfach wegwerfen. Ich habe ihn genommen, weil ich dachte, vielleicht wäre er gut für Jewel. Du musst ihn ja nicht benutzen, wenn du nicht willst …«

»Jewel hasst Buggys, das weißt du doch. Sie mag es, wenn man sie trägt«, sagt Ginika, ohne von ihrer Buchseite aufzublicken.

»Natürlich, du bist ihre Mum, du weißt es am besten. Aber ich dachte einfach, ich nehme ihn, bevor er auf dem Müll landet. Warte kurz, ich zeige ihn dir.« Schon rennt sie ins Haus, und wir schauen Jewel so lange zu, die auf dem Bauch liegt, einen Grashalm fixiert, ihn vorsichtig berührt und … ihn packt und an ihm zerrt. Im nächsten Moment ist Denise mit dem Buggy wieder da.

Er sieht keineswegs alt aus. Sondern nagelneu.

Verstohlen schiele ich zu Ginika, die den Buggy ausdruckslos anstarrt. Wahrscheinlich gehen ihr eine Million Gedanken durch den Kopf.

»Ich könnte Jewel zur Probe ein bisschen herumfahren, nur um den Block, wir gehen nicht weit«, bietet Denise ganz entspannt und unverbindlich an. »Damit sie ein bisschen was anderes sieht.«

Ich halte mich raus und schaue mit gesenktem Kopf auf mein vorbereitetes Blatt.

Ginika schweigt. Wenn man sie unter Druck setzt, explodiert sie gern, vor allem, wenn es um ihre Tochter geht. Aber ihre Reaktion überrascht sowohl Denise als auch mich.

»Okay.«

Jewel strampelt, als Denise sie in den Buggy setzt, lässt sich aber blitzschnell von den – ebenfalls nagelneuen – Spielsachen ablenken, die Denise vor ihr ausbreitet. Auch eins ihrer Lieblingsbücher ist dabei, und Jewel ist glücklich.

Nachdem sie weg sind, ist Ginika auf einmal ganz still. Sie wendet sich von unseren Lehrbüchern ab und schaut auf die leere Spielmatte im Gras. Auf einmal wirkt sie müde. Wahrscheinlich ist sie das auch. Sie hat dunkle Ringe um die Augen und viel Gewicht verloren, denn der Krebs hat sich in Leber und Darm ausgebreitet. Langsam beugt sie sich zu ihrer Tasche hinunter, und ich hebe sie schnell auf. Sie kramt in einer Packung und holt einen Lutscher heraus. Aber ich weiß, dass es sich nicht um eine Süßigkeit handelt. Es ist ein Fentanyl-Lutscher, für plötzlich auftretende starke Schmerzen.

»Lass uns eine Pause machen«, schlage ich vor. »Möchtest du reingehen? Vielleicht ist es zu heiß hier draußen.«

»Ich will aber keine Pause«, faucht sie.

»Okay. Kann ich dir irgendwas bringen?«

»Nein.«

Schweigen.

»Danke«, fügt sie etwas freundlicher hinzu.

Um ihr Zeit zu geben, rücke ich meinen Stuhl aus dem Schatten und entspanne mich ein bisschen, lehne mich zurück, schließe die Augen, hebe mein Gesicht dem Himmel entgegen, lausche dem fröhlichen Zwitschern der Vögel und dem Summen der Bienen und wackle im warmen Gras mit den Zehen. Mein beschissener Tag verabschiedet sich langsam.

»Hat dein Mann die auch benutzt?«, fragt Ginika plötzlich.

Ich öffne die Augen und sehe, dass sie ihren Lutscher durch die Luft schwenkt. »Nein«, antworte ich. »Er war auf Morphium. Intravenös.«

»Das hier ist stärker«, sagt sie und lutscht wieder. »Von Morphium wird mir schlecht.«

Immer wieder staune ich, wie anders sie geworden ist, seit wir uns kennen, aber nicht auf eine offensichtliche Art. Sicher, ihr Körper verändert sich auch, aber vor allem ihr Denken. Ihr Körper wird schmaler, doch ihr Denken wird breiter. Sie spricht persönlicher, wenn sie nicht gerade darauf erpicht ist, sich hinter ihrer Mauer zu verschanzen, und wir unterhalten uns öfter. Sie ist selbstbewusst, sie weiß, was sie will. Natürlich wusste sie das schon immer, aber jetzt bringt sie ihre Meinungen und Gefühle ganz anders rüber. Sie hat zugegeben, wie sehr sie sich freut, dass sie das Etikett auf Jewels Hustensaft lesen kann. Jeden Abend liest sie ihrer Tochter eine Gutenachtgeschichte vor. Das Lesen gibt ihr Sicherheit, sie fühlt sich weniger verloren und verwirrt von der Welt.

»Ich glaube, in deinem Haus spukt es. Deine Fotos hängen dauernd woanders.«

Ich folge ihrem Blick durch die offene Terrassentür zum Wohnzimmer. Vermutlich meint sie den Kaminsims, auf dem das Foto von Gabriel und mir aus glücklicheren Zeiten stand und jetzt verschwunden ist, ersetzt durch das heruntergefallene Bild von Gerry und mir in einem kleineren Rahmen. Als sie gekommen ist, habe ich gemerkt, dass es ihr gleich aufgefallen ist, und habe schon gewartet, dass sie danach fragt. Aber zu meiner Überraschung hat sie sich zurückgehalten.

»Gabriel und ich haben uns getrennt.«

Überrascht blickt sie auf. »Warum? Hat er dich betrogen?«

»Nein. Er hat eine Tochter, die ihn braucht, und letztlich war sie ihm wichtiger.« Sofort habe ich ein schlechtes Gewissen, weil ich Gabriel als den Bad Guy darstelle. Dabei weiß ich sehr wohl, dass Ava nicht der eigentliche Grund für unsere Trennung war. Die angenehme Wirkung des Leugnens lässt immer mehr nach.

»Wie alt ist sie?«

»Ungefähr so alt wie du«, antworte ich und bringe die beiden zum ersten Mal in Verbindung. Ginika wirkt um Lichtjahre älter.

»Warum braucht sie ihn dann? Ist sie krank?«

»Nein, ich würde sagen, sie hat Probleme. Ärger in der Schule, da spielt sie verrückt. Trinkt, raucht, macht Party. Kommt nicht mit ihrer Mum und ihrem zukünftigen Stiefvater zurecht. Gabriel dachte, es wäre das Beste, wenn sie bei ihm einzieht.«

»Statt dir?«

»So ungefähr.« Ich seufze. »Ja.«

»Weil seine Tochter Probleme macht, hat er dich abserviert?«

»Sie braucht Stabilität.« Ich versuche, nicht zynisch zu klingen. »Und er hat mich auch nicht abserviert. Ich war es, die Schluss gemacht hat.« Ich bin es leid, sie mit Informationsbröckchen zu füttern. Das macht sie oft genug mit mir, und wenn wir das nicht ändern, kommen wir nie auf einen grünen Zweig. Ich stütze die Ellbogen auf den Tisch und beuge mich vor, damit mein Gesicht im Schatten ist. »Ich hatte genug davon, auf ihn zu warten, Ginika. Und er hat mich nicht bei dem unterstützt, was ich jetzt mache.«

»Eifersucht«, meint sie mit einem verständnisvollen Nicken und schaut zu der leeren Decke, wo noch Jewels Spielzeug liegt.

»Nein«, erwidere ich und runzle verwirrt die Stirn. »Warum meinst du, es ist Eifersucht?«

»Das ist doch offensichtlich. Dein Mann hat was Tolles gemacht, und jetzt versuchen andere Menschen, es ihm nachzumachen. Er hat was ziemlich Weltbewegendes erfunden. Und dein Freund kann mit einem toten Ehemann nicht mithalten, oder? Ganz egal, wie gut er im Bäumefällen oder sonst was ist. Also sagt er sich, wenn sie Zeit mit ihrem Exmann verbringt, dann lasse ich lieber meine Tochter bei mir einziehen. Dann schauen wir mal, wie sie das findet.«

Ich starre Ginika völlig entgeistert an. Aus dieser Perspektive habe ich das Ganze noch nie betrachtet. Vielleicht war das dumm.

Könnte Gabriel tatsächlich auf Gerry eifersüchtig sein? Das macht Sinn, ich habe mich in puncto Wiedervereinigung mit seiner Tochter ja genauso gefühlt. »Ginika, du bist wirklich eine der klügsten Personen, die ich kenne.«

»Ich kann ja nicht mal ›klügste‹ buchstabieren«, schnaubt sie, denn so ein Lob ist ihr wie immer unbehaglich.

»Ich glaube nicht, dass das die Definition von Klugheit ist.«

»Was ist denn die Definition von Klugheit?«

»Keine Ahnung«, antworte ich trocken.

»Ich würde seine Tochter innerhalb von fünf Minuten zur Vernunft bringen«, sagt Ginika, als wollte sie mich beschützen. »Vielleicht habe ich nicht mehr so viel Energie wie früher für 'n Einlauf, aber ich könnte ihr diesen Lutscher in den Arsch rammen.«

»Danke, Ginika, das ist wirklich rührend, aber du musst aufhören, immer die Streberin zu geben.«

Sie zwinkert. »Ich stehe hinter dir, *Frau Lehrerin.*«

»Und dein Vorhaben ist auch sehr rücksichtsvoll. Du würdest ihr weh tun und den Schmerz gleichzeitig lindern.«

Sie lacht laut, tief aus dem Bauch heraus, und ihr Gesicht strahlt.

»Darf ich dich nach Jewels Dad fragen … noch mal?« Auf einmal habe ich das Gefühl, es passt.

»Ich möchte nur den Brief schreiben.«

»Sorry.« Ich greife wieder nach dem Buch.

»So war das nicht gemeint«, entgegnet sie und legt die Hand auf das Buch, damit ich es nicht aufschlagen kann. »Ich meine, ich möchte, dass Jewel einen Brief bekommt, von mir. Ich brauche von dir keine Unterstützung für eine Wiedervereinigung, wie du sie bei Berts Frau und ihrer Schwester in die Wege geleitet hast.«

»Okay.« Es ist, als hätte sie mich blitzschnell durchschaut. Weiß sie etwa Bescheid? Testet sie mich? Hat ihr Dad Kontakt zu ihr aufgenommen? Ich kann das nicht auf sich beruhen lassen. »Was das angeht, Ginika«, beginne ich nervös. »Ich habe am Wochenende deinen Vater gesehen.«

Ihre Augen werden schmal, und ich spüre ihren stechenden Blick. »Wie bitte?«

»Ich hatte das Gefühl, ich tue nicht genug, ich ...«

»Was hast du gesagt? Wo bist du ihm begegnet?«

»Ich habe die 66A genommen. Du hast mir ja gesagt, das ist seine Route. Ich habe mich in den Bus gesetzt und bin von der ersten bis zur letzten Haltestelle mitgefahren«, erkläre ich hastig. »Und als ich ausgestiegen bin, habe ich ihm gesagt, dass ich dich kenne, dass du ein wunderbarer Mensch bist, unglaublich tapfer und eine der inspirierendsten Personen, denen ich je begegnet bin. Und dass er sehr stolz auf dich sein muss.«

Ginika verzieht das Gesicht und betrachtet mich prüfend, um festzustellen, ob ich ihr die Wahrheit sage. »Was noch?«

»Nichts. Das war alles, ehrlich. Ich möchte, dass deine Eltern wissen, dass du großartig bist.«

»Was hat er dazu gesagt?«

»Nichts. Ich habe ihm nicht die Chance gegeben, etwas zu sagen, ich bin einfach ausgestiegen.«

Ginika wendet sich ab, und ich hoffe, dass ich nicht alles kaputt gemacht und unsere Beziehung beendet habe. Jetzt erst wird mir richtig klar, dass sich zwischen uns eine echte Freundschaft entwickelt hat, und zwar eine, die ich nicht verlieren will. Aber ich habe definitiv eine Grenze überschritten und kann nur hoffen, dass sie es mir verzeiht. Bei Paul habe ich nicht genug getan. Und bei Ginika zu viel. Ich muss die goldene Mitte finden.

»Wann hast du ihn gesehen?«

»Samstagmorgen. Um halb elf.«

»Wie sah er aus?«, fragt sie leise.

»Er hat nicht viel gesagt, er war beschäftigt mit seiner Arbeit. Konzentriert. Er …« Ich zucke die Achseln.

Sie schaut mich sehr aufmerksam an. »Alles klar mit dir?«

»Nein, ich mach mir gerade ins Hemd, weil ich Angst habe, dass du mich umbringen wirst.«

Ginika grinst. »Könnte schon passieren. Aber nein. Ich meine, bist du total irre? Du hast den Samstagmorgen damit verbracht, bei meinem Dad im Bus zu sitzen? Warum? Für mich?«

Ich nicke.

»O Mann, echt.«

»Sorry.«

Sie schweigt einen Moment und antwortet dann: »Danke, für das, was du ihm gesagt hast. Ich glaube, so was hat er noch nie über mich gehört.« Sie setzt sich aufrechter hin, stolzer. »Hast du auch mit meiner Ma gesprochen?«

»Nein!« Ich hebe abwehrend die Hände. »Du hast mir auch nicht gesagt, wo sie arbeitet.«

»Gott sei Dank.«

Wir grinsen.

»Übrigens hat dein Dad ein Foto von dir direkt neben dem Lenkrad. Ein Schulfoto. Graue Uniform, rote Krawatte, freches kleines Lächeln.«

»Ja«, sagt sie und duckt sich wieder ein bisschen. »Die Version mag er lieber.«

»Und welche magst du lieber?«

»Was?«, fragt sie und runzelt die Stirn.

»Ich habe neulich darüber nachgedacht, dass Gerry mich überhaupt nicht so kennt, wie ich jetzt bin, er ist dieser Person nie begegnet. Ich mag sie lieber, aber ich habe mich nur so entwickelt, weil ich ihn verloren habe. Wenn ich die Macht hätte, alles ungeschehen zu machen, würde ich diese Person nicht wieder zurückschicken wollen.«

Ginika lässt es sich durch den Kopf gehen. »Ja, ich weiß, was du meinst. Ich mag mich jetzt auch lieber.«

Und was hat Ginika alles durchgemacht, um so zu werden.

»Es tut mir leid, wenn ich übergriffig war. Ich verspreche dir, dass ich deinen Dad nie wieder kontaktiere.«

»Ja, das war übergriffig«, stimmt sie sofort zu und lutscht an ihrem Lutscher. »Aber es war trotzdem nett – wenn auch verdammt sinnlos.«

Ehe sie die Mauer wieder hochfährt, fahre ich schnell fort: »Ich dachte an Jewel, an ihre Zukunft, wo sie leben und wer sie versorgen wird. Ich weiß, du hast schon eine Pflegefamilie, aber vielleicht kennst du auch Leute, von denen du dir vorstellen kannst, dass sie für Jewel sorgen könnten. Natürlich hast du das ganz allein zu bestimmen, du solltest es nur nicht vergessen in deinem …«

»Was?«

»… in deinem Testament.«

Ihre Augen werden schmal. »Hast du jemanden im Auge?«

»Ich meine, ich …« Ich zögere. Es ist ein heikles Thema, ich möchte Ginika bei einer so wichtigen Entscheidung nicht unzulässig beeinflussen. Also lenke ich ab. »Na ja, zum Beispiel

Jewels Dad. Weiß er, was los ist? Weiß er Bescheid über Jewel? Und dass du krank bist?«

Sie sieht mich wütend an.

»Sorry.« Ich rudere sofort zurück. »Ich dachte, der Moment wäre passend.«

»Ich würde eher sagen, im Moment tickst du nicht richtig. Machen wir uns lieber wieder an die Arbeit.«

Wir schlagen unsere Bücher auf und machen dort weiter, wo wir vorhin aufgehört haben.

»Hast du dir jemals gewünscht, dein Mann hätte dir andere Briefe geschrieben?«, fragt Ginika plötzlich mitten in einer Schreibübung des Wortes *Liebe.* Ich wähle Worte aus, die sie für den Brief an Jewel brauchen kann.

Ich werde nervös. »Wie meinst du das?«

»Wie ich es gesagt habe«, antwortet sie barsch.

»Nein.«

»Du lügst.«

Irritiert lasse ich die Bemerkung auf sich beruhen.

»Weißt du schon, was du in deinen Brief an Jewel schreiben möchtest?«, frage ich stattdessen.

»Ich arbeite daran«, antwortet sie mit gesenktem Kopf, wieder ganz auf ihre Schreibarbeit konzentriert. *Schatz, Schatz, Schatz, Schatz, Schatz, Schatz.* »Ich weiß aber, dass ich nicht so was will wie Paul«, fügt sie hinzu, als die Zeile voll ist.

»Warum nicht?«, frage ich verblüfft.

»Im Ernst?« Wieder mustert sie mich eindringlich. »Wie es sich anhört, hat Paul jede Sekunde im Leben seiner Kinder schon unter Kontrolle. Die Geburtstage, die Fahrstunden, die Hochzeiten, die ersten Schultage, das erste Mal, dass sie sich selbständig den Hintern abputzen. Als ob er genau weiß, was aus ihnen wird. Aber was passiert, wenn sie nicht so werden?

Ich kenne Jewel besser als sonst irgendjemand auf der ganzen Welt. Aber nicht mal ich weiß, was sie in fünf Minuten machen wird, schon gar nicht am nächsten Tag. Es wird komisch für Pauls Kinder, meinst du nicht?« Sie schaudert beim Gedanken an die Zukunft der beiden. »Deshalb habe ich dich nach den Briefen von deinem Mann gefragt. Vielleicht hat er irgendwas falsch verstanden, und es hat dir nach seinem Tod nicht gepasst.«

Wieder schaut sie mich an. Was sie gesagt hat, trifft etwas in mir, meine Gedanken rasen.

»Denn wenn es einen Brief gibt, den du nicht mochtest oder so, dann solltest du das vielleicht Paul erzählen. Nicht dass er darauf hören würde, unser Mister Ich-krieg-das-alles-alleine-hin. Männer, echt. Er und Bert. Wenn sie ihre Briefe nur abliefern lassen wollten, hätten sie doch einen Kurierdienst anheuern können. Aber ich? Ich brauche wirklich deine Hilfe.«

»Ich weiß nicht, Ginika«, seufze ich, und wieder gerät alles, was ich bisher dachte, ins Wanken. »Manchmal frage ich mich, wer hier eigentlich wem etwas beibringt.«

Kapitel 32

Am nächsten Tag habe ich wieder einen Termin mit Paul, den letzten vor seiner Operation. Das Ende der gestrigen Fahrstunde hat mir ziemlich die Stimmung verdorben. Obendrein verpasse ich das Sonntagsessen bei meinen Eltern, was mich ärgert, obwohl ich andererseits auch froh bin, meiner Familie wegen meiner Trennung von Gabriel und wegen meines Engagements im Club nicht Rede und Antwort stehen zu müssen. Und mich auch nicht dafür rechtfertigen, dass ich Pauls Ehe ruiniere, statt sie zu unterstützen. Was Ciara ihnen erzählen wird, mag ich mir gar nicht vorstellen. Zwar habe ich mich für den Termin mit Paul entschieden, aber es widerstrebt mir immer noch, dass ich mein eigenes Leben verpasse – als müsste Paul wissen, was ich seinetwegen opfere.

Als er ankommt, wirkt er verlegen. »Tut mir echt leid wegen gestern. Aber Claire hat meine Erklärung geglaubt – falls dir das hilft.«

»Tut es nicht«, erwidere ich nicht sehr freundlich. »Ich wollte heute eigentlich auch lieber nicht herkommen.«

»Das habe ich schon befürchtet.«

»Was gestern passiert ist, widerspricht allem, was ich zu erreichen versuche. Ich möchte deine Frau nicht anlügen. Ich möchte nicht, dass sie mich hasst. Ich möchte nichts verderben, sondern ihr ein Geschenk machen, und zwar keinen Albtraum. Ich sollte unsichtbar sein, nicht der Grund für ein Problem.«

»Ich verspreche dir, dass so etwas nicht noch mal passiert, Holly. Ich werde nicht lügen; wenn ich ihr noch etwas erkläre, dann die Wahrheit.«

»Wenn du es nicht tust, dann tue ich es«, sage ich fest.

»Alles klar.«

Ich atme aus und fühle mich ein bisschen besser, »Okay, bringen wir die Sache zu Ende.«

Die »P. S. Ich liebe Dich«-Initiative, wie ich uns in meiner Korrespondenz bezeichnet habe, ist zu einem annehmbaren Arrangement mit dem Donard Castle gekommen, einem Schloss aus dem 15. Jahrhundert, das sich bis vor fünfzig Jahren in Familienbesitz befand und jetzt ein beliebter Veranstaltungsort ist. Heute findet dort ein Hochzeitsempfang statt, und während sich das Brautpaar in einer nahegelegenen Kirche das Jawort gibt, haben Paul und ich die Erlaubnis, den voll ausgestatteten und geschmückten Empfangssaal zu nutzen, um seinen Film für Eva zu drehen.

Seine Brautvaterrede.

Als er mir vor einiger Zeit von seiner Idee erzählt hat, war ich bewegt, aber als ich heute bei Evas Pseudohochzeit stehe, bin ich eher beunruhigt. Nach Ginikas weisen Worten gestern geht mir ihre Frage nicht mehr aus dem Kopf. Waren Gerrys Briefe wirklich alle hilfreich? Hat er etwas falsch verstanden? Die Alarmglocken schrillen. Verstehe ich etwas falsch? Es geht nicht nur darum, die Kamera zu halten und ein Filmchen aufzunehmen, ich bin aufgrund meiner persönlichen Erfahrung vom P. S.-Club gebeten worden, diese Position einzunehmen. Eigentlich habe ich Paul mehr zu bieten, aber das habe ich bisher versäumt.

Im Laufe einer Krankheit, vor allem einer wie dieser, gibt es nicht viele frohe Momente, deshalb wollte ich Pauls Begeisterung nicht durch Kritik an seinen Plänen dämpfen, ich wollte ihm seine Vision nicht verderben. Doch durch mein Schweigen habe ich letztlich seine Lieben vernachlässigt. Genau wie meine eigenen. Ich schaue auf die Uhr. Wahrscheinlich nimmt meine Familie gerade am Esstisch Platz. Keine Ahnung, was Gabriel und Ava tun. Vielleicht sitzen sie mit Kate und Finbar beim Sonntagsessen, und die Vorstellung, dass sie ohne mich die wiedervereinte glückliche Familie spielen, macht mich sehr traurig.

»Was meinst du?«, fragt Paul, der in seinem schwarzen Smoking modelt.

Ich grinse und zupfe seine schiefe Fliege zurecht. »Der jugendlichste Brautvater, den ich jemals gesehen habe.«

Beeindruckt lässt er den Blick durch den Saal wandern. »Holly«, grinst er, »du hast dich selbst übertroffen.«

Die vom Brautpaar ausgesuchte Deko ist ganz in Rosa und Silber gehalten, auf allen zehn runden Tischen stehen rosarote Pfingstrosen. Tischwäsche und Stuhlbezüge sind weiß, die Stühle abwechselnd mit rosa und silbernen Schleifen geschmückt. Als Ehrentafel dient eine Art Bankettisch, hinter dem sich eine Bühne befindet. Die Band hat soeben ihren Soundcheck beendet und verlässt nun den Raum, damit wir unsere dreißig Minuten nutzen können. Mehr war nicht möglich, aber wir müssen nichts dafür bezahlen.

»Bist du so weit?«, frage ich Paul und reiße ihn damit aus der

Trance, in die er beim Betrachten des Saals mit dem Phantasiedekor für die Hochzeit seiner Tochter verfallen ist. Er will alles in sich aufnehmen und zu seinen Erinnerungen hinzufügen, als wäre er dabei gewesen.

»Äh, ja«, sagt er, vielleicht etwas überrascht, weil ich sogar in meinen eigenen Ohren etwas brüsk klinge.

»Hier ist der Ehrentisch.«

Er folgt mir, geht langsam an den Stühlen entlang, liest die Namen und stellt sich wahrscheinlich vor, wer an Evas Hochzeit wo sitzen wird.

»Brautvater ist hier«, unterbreche ich ihn erneut in seinen Gedanken. »Ich habe eine Flasche Champagner mitgebracht, ohne Alkohol natürlich, denn ich weiß ja, dass du wegen der Medikamente keinen trinken darfst.« Ich hole die Flasche aus meiner Tasche, lasse den Korken knallen, fülle ein Glas, das ebenfalls in meiner Tasche war, und gebe es Paul.

Schweigend betrachtet er mich.

»Das ist für den Trinkspruch.«

»Ist alles in Ordnung, Holly? Ich habe irgendwie den Eindruck, du bist ein bisschen …«

»Was?«

»Ach nichts«, rudert er zurück. »Wenn es noch wegen gestern ist, entschuldige ich mich. Noch einmal.«

»Danke, schon gut. Aber wir haben nur noch zwanzig Minuten, ehe die Hochzeitsgesellschaft eintrudelt.«

»Stimmt. Okay.«

Er nimmt den Platz des Brautvaters ein.

»Wie viel vom Tisch soll auf dem Video zu sehen sein?«, frage ich. »Wenn ich auf dich zoome, könnten wir irgendwo sein, was ja nicht der Sinn der Sache ist. Wenn ich wegzoome und den Tisch zeige, sieht man, dass du allein hier bist.«

Er blinzelt. Und sieht auf einmal sehr verloren aus.

Also entscheide ich. »So kriege ich die Blumen drauf. Auf eins, zwei …« Ich nicke ihm zu.

Lächelnd hebt er das Champagnerglas. »Hallo, Äffchen. Eva, mein Liebling. Es ist mir eine große Ehre, an diesem besonderen Tag hier zu sein. Du bist so wunderschön. Und dieser Mann …«

Anscheinend verziehe ich das Gesicht, denn Paul unterbricht sich. »Habe ich was Falsches gesagt?«

Ich höre auf zu filmen. »Nein, warum?«

»Du hast so ein Gesicht gemacht.«

Ich zucke die Achseln. »Mein Gesicht solltest du ignorieren. Konzentrier dich ganz auf deine Ansprache. Also, noch mal von vorn.«

»Eva, mein Liebling, mein Äffchen. Es ist mir eine große Ehre, hier zu sein …«

»Okay.« Offensichtlich habe ich wieder eine Grimasse geschnitten, denn ich ärgere mich zum zweiten Mal über dasselbe. Ich senke mein Smartphone. »Momentan ist Eva ein Jahr alt, ich kann verstehen, dass du sie Äffchen nennst. Aber glaubst du wirklich, dass du sie an ihrem Hochzeitstag so nennen möchtest?«

Er denkt nach. »Findest du das nicht lustig?«

»Womöglich erinnert sie sich gar nicht mehr daran, dass du sie mal Äffchen genannt hast. Wir spielen eine Situation, die ungefähr zwanzig Jahre in der Zukunft liegt.«

»Stimmt.« Er räuspert sich. »Eva, mein Liebling, ich freue mich so, an deinem besonderen Tag hier zu sein. Du bist wunderschön in deinem Brautkleid …«

»Was, wenn sie kein Kleid trägt?«

»Jede Braut trägt doch ein Brautkleid.«

»Vielleicht war das 1952 so.«

Verstört schaut er mich an.

»Sie könnte im Bikini am Strand stehen oder in einem Elvis-Anzug in Las Vegas. Du hast keine Ahnung, was sie bei ihrer Hochzeit anhaben wird, Paul. Wahrscheinlich wird diese Aufnahme von dir irgendwo in einem Raum auf einer Leinwand erscheinen, und die Leute werden verblüfft sein, gerührt, verwirrt. Stell dir einfach vor, wie Eva sich fühlen wird. Dass du von deinen Gefühlen erzählst, reicht, du solltest nicht zu spezifisch werden, denn wenn es nicht passt, dann wirkt es … sonderbar.«

»Okay. Ja. Guter Einwand.«

Er fängt noch einmal an. »Hallo, Eva, mein Liebling. Ich freue mich sehr, an diesem besonderen Tag bei dir zu sein, und obwohl ich nicht persönlich anwesend sein kann, hebe ich das Glas vom besten Platz im Saal. Ich möchte dem Bräutigam gratulieren. Ich hoffe, er weiß, wie viel Glück er hat …« Sein Lächeln verblasst. Er ist irritiert, »Was ist jetzt schon wieder?«

Ich stelle die Kamera ab.

»Was, wenn sie keinen Mann heiratet?«

Paul verdreht die Augen.

»Denk doch mal darüber nach. Eva ist jetzt ein Jahr alt, und vielleicht kommt sie dir total heterosexuell vor«, sage ich sarkastisch. »Aber sie wird sich verändern. Wenn sie eine Frau heiratet, dann verdirbt es die ganze Hochzeit, wenn du von ihrem Bräutigam sprichst.«

Obwohl er eindeutig irritiert ist, sammelt er sich und legt wieder los.

Diesmal geht tatsächlich alles gut, bis er sagt: »Als Brautvater sage ich in meinem und Claires Namen …«

Ich breche die Aufnahme ab. »Paul«, sage ich leise.

»Was denn jetzt?«, faucht er.

Ich gehe auf ihn zu. Die Zeit wird knapp. Das heißt für mich: Raus mit der Sprache!

»Darf ich bitte ganz offen mit dir reden?«

»Ja was, warst du denn bisher nicht offen? Bald kommen die Gäste, und wir haben nichts im Kasten! Ich hätte die Rede vorher mit dir durchgehen sollen.« Ihm steht der Schweiß auf Stirn und Oberlippe.

»Ich habe es dir angeboten, aber du wolltest nicht. Du wolltest alles selbst machen. Bitte, lass mich jetzt ausreden.«

Er beruhigt sich etwas.

»Ich fürchte, ich war nicht ganz ehrlich mit dir. Die ganze Zeit habe ich mich von deinem Enthusiasmus mitreißen lassen, deine Mission hat mich in ihren Bann gezogen, aber ich würde dir einen Bärendienst erweisen, wenn ich dich hier nicht bremse.«

Ein Stich ins Herz, und er macht sich auf mehr gefasst.

»Deine Ideen sind wundervoll. Aufregend, berührend. Von Liebe erfüllt … aber hauptsächlich sind sie für dich.« Ich halte inne, um zu warten, wie er es aufnimmt. Es sieht nicht gut aus. Trotzdem fahre ich fort. »Dir geht es um das Gefühl, dass du in diesen Momenten dazugehörst. Und auch, dass deine Familie deine Anwesenheit spürt, aber in diesen Momenten wirst du bereits in ihrer Erinnerung existieren. Wenn du deine Ideen nicht verwirklichst, bedeutet das nicht, dass du verschwindest.«

Er senkt den Kopf und schaut zu Boden, seine Gefühle brodeln und stauen sich in seinem Unterkiefer.

»Was, wenn Casper gar nicht Auto fahren will? Was, wenn Claire es ihm beibringen möchte? Was, wenn Eva nie heiratet? Was, wenn sie eine Frau heiratet und Claire die Rede halten will? Du kannst nicht über ihre Zukunft entscheiden.«

»Ich verstehe, was du sagst«, erwidert er mit zitternder Stimme. »Aber ich möchte nicht, dass sie das Gefühl haben, ihnen entgeht etwas. Dass überall in ihrem Leben eine Lücke klafft. Ein leerer Platz am Tisch, wo eigentlich ihr Dad sitzen sollte.«

Ich überlege, ob ich es sagen soll oder nicht. Sogar Gerry hat daran gedacht, mit seinem letzten Brief hat er den Weg dafür geebnet, dass sein Platz nicht für immer leer bleiben muss. Aber Paul hat es offenbar nicht in Betracht gezogen. »Was, wenn der Platz nicht leer bleibt?«

»Oh, wow. Holly, das ist einfach … Himmel nochmal. Diese Bemerkung hast du dir echt für einen richtig guten Moment aufgehoben«, sagt er und klingt jetzt richtig wütend. »Mir reicht's, das ist alles Schwachsinn. Ich nehme meine Botschaft allein auf.«

Damit stürmt er aus dem Saal.

Besorgt laufe ich ihm nach.

Mein Ziel war, den »P. S. Ich liebe Dich«-Club mit Hoffnung zu erfüllen, aber jetzt habe ich Paul das Herz nur noch schlimmer gebrochen – einem Mann, der dem Ende seines Lebens ins Auge blickt. Gut gemacht, Holly. Ich laufe aus dem Saal, durch die Bar, vorbei am Fotoautomaten und einer Kiste mit albernen Klamotten für die Party, zur Tür hinaus. Paul sitzt im Freien an einem mit rosa und silbernen Luftballons dekorierten Picknicktisch und blickt in die Ferne. Mir ist klar, dass er höchstwahrscheinlich seine Ruhe haben möchte, aber ich bin noch nicht fertig. Erst wenn er mich verstanden hat. Ich gehe auf ihn zu, meine Absätze knirschen auf dem Kies. Als er mich entdeckt, wendet er sich wieder der Aussicht zu.

»Geh weg, Holly, wir sind fertig miteinander.«

Aber ich setze mich trotzdem ihm gegenüber. Er ignoriert mich immer noch, aber wenigstens versucht er nicht, mich wegzujagen. Unter den gegebenen Umständen werte ich das als positives Zeichen.

Also hole ich tief Luft und beginne. »Nachdem ich die Hälfte der Briefe meines Mannes gelesen hatte, wäre es mir eigentlich lieber gewesen, es käme keiner mehr.«

Tatsächlich wird er aufmerksam. »Jetzt bist du endlich ehrlich. Hättest du uns das nicht schon vor ein paar Monaten erzählen können?«, fragt er, aber seine Wut scheint verraucht zu sein.

»Als Gerry gestorben ist, bin ich in ein tiefes dunkles Jammerloch gefallen, aus dem ich nicht wieder rauskam. Es war beschissen. Ich war wütend, ich war traurig, alles war unfair. Warum und wie sollte die Welt sich ohne Gerry weiterdrehen? Das habe ich dauernd gedacht, ich Ärmste. Ehrlich. Ich war nicht stark. Ich war nicht weise. Ich bin gar nicht gut zurechtgekommen. Ich habe einfach aufgegeben. Aber durch Gerrys Briefe hatte ich eine Aufgabe. Gesellschaft. Ich hatte mehr von *ihm*, nach dem ich mich sehnte. Seine Briefe haben mich gezwungen, aufzustehen und rauszugehen. Gerry hat mich in Bewegung gebracht, aber dann, als ich wieder ins Leben zurückgekehrt war, hatte ich das Gefühl, das Warten auf einen weiteren Brief bremst mich. Jeder neue Brief war eine Erinnerung daran, dass er nicht mehr da war und alle anderen um mich herum sich weiterbewegten. Meine Freundinnen verlobten sich, wurden schwanger, aber ich wartete immer noch auf meine Briefe, auf Anweisungen von meinem toten Mann, ich hatte Angst, selbst etwas Neues anzufangen, weil es womöglich meiner nächsten Mission in die Quere kommen würde. Ich habe die Briefe geliebt, aber gleichzeitig habe ich sie auch gehasst. Nach einem Jahr gab es keine neuen mehr, und ich wusste, jetzt ist Schluss. Ende, aus.

Der richtige Brief kann ein Segen sein, der falsche ist möglicherweise gefährlich. Er kann die Empfänger zurückwerfen, sie an einem Ort festhalten, wo sie plötzlich zwischen den Welten existieren. Die Briefe von meinem Mann waren richtig, weil er mich kannte, weil er sich Gedanken über mich gemacht hat. Aber wenn er Briefe für mein ganzes Leben geschrieben hätte … das hätte nicht funktioniert, denn jetzt kennt er mich ja nicht mehr. Wenn wir Kinder gehabt hätten, würde er nicht wissen, dass vielleicht jemand anderes sie erzieht, sie liebt, jemand, den sie Dad nennen und der sie zum Altar führen wird. Man kann einen Menschen nicht ersetzen, Paul, du wirst *niemals* ersetzt werden. Nur deine Rolle kann man ersetzen.

Aber das kannst du weder mit Briefen noch mit Videos noch sonst wie verhindern. Du kannst nicht in die Zukunft blicken, du musst nicht perfekt sein. Wenn es dein Wunsch ist, für deine Familie da zu sein, für Claire, für Casper und Eva, dann darfst du nicht über ihre Zukunft bestimmen. Zu ihrem Alltag wirst du nicht immer gehören, aber zu ihren Erinnerungen schon.« Ich denke daran, wie Gerry bei Berts Totenwache meinen Körper mit Energie erfüllt hat. »Und vielleicht wirst du auf andere Art anwesend sein, vielleicht fühlen sie deine Gegenwart auf eine andere Art, als du planen und dir auch nur vorstellen kannst. Daran glaube ich inzwischen.«

Ich verstumme, starre hinaus in die Landschaft, die das Schloss umgibt, und warte darauf, dass Paul aufsteht und geht. Aber als er nach einer Weile immer noch da ist, schaue ich ihn verstohlen an und sehe, dass er sich Tränen von den Wangen wischt.

Ich laufe zu ihm, setze mich neben ihn und schlinge die Arme um ihn. »Es tut mir leid, Paul.«

»Aber nein«, sagt er, und seine Stimme bebt. »Das war der beste Rat, den mir irgendjemand je gegeben hat.«

Ich lächle erleichtert, fühle aber seine Traurigkeit wie einen schmerzlichen Druck auf meiner Brust. »Ich hätte es dir schon längst sagen sollen. Euch allen.«

»Wahrscheinlich hätte ich dir nicht zugehört.« Er wischt sich die Augen. »Ich sterbe«, sagt er schließlich. »Ich versuche doch nur, alles zu tun, um ihnen noch mehr von mir zu geben.«

»Ich weiß, aber du musst ihnen auch den Raum geben, sich selbst an dich zu erinnern.« Auf einmal kommt mir ein Gedanke, klar und lebhaft, und er bezieht sich auf mich selbst. »Und sie dürfen nicht zulassen, dass dein Geist den Platz eines anderen übernimmt.«

· / ·

Nach meinem Treffen mit Paul verabschiede ich mich von der Idee, meine Familie doch noch zu besuchen, und gehe nach Hause. Dort hole ich Gerrys Briefe aus meinem Nachtschränkchen – bis heute sind sie immer in meiner Nähe – und öffne den Brief, den ich mit anderen Augen überprüfen muss.

Gerrys vierten Brief habe ich immer besonders geschätzt, für ihn war ich besonders dankbar. Darin machte er mir Mut, mich von seinen Habseligkeiten zu trennen – natürlich nicht von allem, aber er gab mir Tipps, was ich behalten sollte und was nicht, was ich weggeben konnte und an wen. In dem Brief erklärte er mir, dass ich seine Sachen nicht brauchte, um zu spüren, dass er bei mir war, dass er immer da sein würde, mich im Arm halten und mir helfen würde, meinen Weg zu finden. Aber Gerry hatte unrecht. In dieser Zeit brauchte ich seine Sachen tatsächlich, um ihn bei mir zu fühlen. Ich schnupperte an seinen T-Shirts, weigerte mich, sie zu waschen, zog seine

Pullover an, schlang die Arme um mich und machte mir vor, es wären seine. Dieser Brief war einer meiner liebsten, weil er mir etwas zu tun gab, er war einmalig, er beschäftigte mich einen ganzen Monat lang. Tagelang war ich dabei, Dinge zusammenzustellen, mich zu erinnern, mich an sie zu klammern und sie dann, wenn ich die ihnen zugeordneten Plätze gefunden hatte, wieder loszulassen.

Ich wünschte, ich hätte mir mehr Zeit genommen, bevor ich Gerrys Anweisungen befolgte. Ich wünschte, ich hätte sorgfältiger über mein Leben nachgedacht, darüber, was ich brauchen würde. Aber seine Anweisungen waren für die Frau gedacht, die ich damals war, als er mich kannte, statt für diejenige, die ich wurde, als er nicht mehr da war. Manche von den Dingen, die ich weggegeben habe, vermisse ich jetzt. Fast noch wichtiger ist allerdings, dass ich Dinge behalten habe, die ich hätte weggeben sollen. Ich habe sie behalten, weil er es so wollte, und ich benutzte ihn als Ausrede für meine eigenen Bedürfnisse und meine eigene Gier.

Der Brief, den ich nach Berts Wunsch zu Ritas Schwester gebracht habe, geht mir seit einer Weile im Kopf herum. *Den Toten kann man keinen Vorwurf machen*, hat Rachel gesagt und den letzten Wunsch ihrer Mutter unbestreitbar loyal respektiert, als wären die letzten Entscheidungen der Sterbenden immer richtig, heilig und unangreifbar. Bisher habe ich dieser Meinung zugestimmt, aber inzwischen bin ich nicht mehr so sicher. Vielleicht haben diejenigen, die uns zurücklassen, gar nicht immer recht. Vielleicht sehen sie gar nicht das größere Ganze, sondern überlassen uns die Entscheidungen – in dem Vertrauen, dass wir es besser machen.

Ich mache mich wieder auf den Weg. An der Kirche in Malahide biege ich links ab, die Old Street hinunter, in Richtung

Yachthafen, zu der kleinen Bootswerft direkt am Wasser, wo Gerrys Vater bis heute arbeitet. Nach Gerrys Tod habe ich mich mehrmals im Jahr mit seinen Eltern getroffen, sie gehörten für mich einfach zur Familie, und ich war nach wie vor ihre Schwiegertochter. Aber im Lauf der Zeit verebbte die Beziehung, weil der Mittelsmann der Verbindung nicht mehr da war. Oft war die Unterhaltung mühsam, manchmal peinlich, jedenfalls anstrengend. Denn obwohl wir durch die Liebe verbunden waren, war es unmöglich, um die Tatsache herumzukommen, dass auch der Verlust uns vereinte. Da die Zeit niemandes Freund ist und ich bemüht war, die Vergangenheit hinter mir zu lassen und mich wieder dem Licht zuzuwenden, geriet dieser Teil meines früheren Lebens unter die Räder. Anfangs wurden Weihnachtskarten und Geburtstagsgeschenke persönlich überreicht, dann kamen sie per Post, und so entfernten wir uns zunehmend voneinander.

Gerrys Dad weiß nicht, dass ich komme. Nicht einmal als ich mit Gerry verheiratet war, habe ich je seine Arbeitsstelle besucht, aber es muss sein, und zwar heute. Meine Arbeit im P. S.-Club hat mir zu neuen Einsichten darüber verholfen, aus welchen Gründen Gerry seine Briefe geschrieben hat, und zu diesen Einsichten gehört auch die Entdeckung, dass Gerry nicht immer das Richtige getan hat und ich ihm nicht immer hätte folgen sollen. Die Stahltore sind natürlich geschlossen. Hinter der Absperrung sind die Männer mit der Säuberung, Reparatur und Instandhaltung von auf Stahlträgern aufgebockten Booten unterschiedlicher Größe beschäftigt. Nach einer Weile gelingt es mir, die Aufmerksamkeit eines Arbeiters auf mich zu lenken, der schwitzend und mit freiem Oberkörper in der Sonne schuftet. Ich winke ihm zu.

»Ich suche Harold«, rufe ich. »Harry.«

Er öffnet das Tor, und ich folge ihm in die Werft. Gott sei Dank ist Harry angezogen; er arbeitet an der Schiffsschraube eines riesigen Schiffs.

»Harry«, ruft ihn mein Begleiter, und Gerrys Dad blickt auf.

»Holly«, sagt er überrascht. »Was führt dich hierher?« Er legt sein Werkzeug zur Seite und kommt mit ausgebreiteten Armen auf mich zu.

»Ich freu mich, dich zu sehen, Harry«, begrüße ich ihn und suche in seinem Gesicht nach einer Spur seines Sohnes, nach dem Gerry, den ich gekannt habe, und dem älteren Gerry, der er nie war. »Sorry, dass ich einfach so reinplatze.«

»Ich freue mich auch, dich zu sehen. Wollen wir im Büro zusammen einen Tee trinken?« Schon will er mich in Richtung Büro schieben.

»Nein danke, ich kann nicht lange bleiben«, entgegne ich und merke, wie die Gefühle mich überkommen, wie immer, wenn ich leibhaftig an Gerry erinnert werde. Sein Dad erweckt ihn zum Leben, sein Leben betont Gerrys Tod, und die Bestätigung seines Tods ist noch immer ein Schlag für mich.

»Was hast du auf dem Herzen, Liebes?«

»Ich habe mir dieses Jahr ein neues Projekt vorgenommen. Eines, zu dem Gerry mich inspiriert hat.«

»Ach ja? Sprich weiter«, drängt er mich fasziniert.

»Ich helfe schwerkranken Menschen, Briefe an ihre Lieben zu schreiben. Sie nennen sich ›P. S. Ich liebe Dich‹-Club.«

Im Gegensatz zur Mehrheit meiner Familie findet er die Idee nicht grässlich, sondern grinst, und seine Augen werden ein bisschen feucht. »Was für eine wunderschöne Idee, Holly. Und eine Ehre für Gerard.«

»Ich freue mich, dass du das so siehst. Jedenfalls hat mich der Kontakt mit diesen Leuten dazu gebracht, dass ich wieder intensiver über seine Briefe nachdenke, darüber, was richtig und was falsch an ihnen war.«

Für mich ist der P. S.-Club eine Fundgrube wertvoller Lektionen. Die letzten sechs Jahre habe ich das, was ich durch Gerrys Briefe erlebt habe, mit meinem Leben bewacht, aber kaum hatte ich in Ciaras Podcast darüber berichtet, bekam die Erfahrung Löcher, plötzlich tauchten Fragen auf. Hatte Gerry die Briefe wirklich für mich geschrieben, wie ich immer angenommen hatte, oder eher für sich selbst? Hatte ich mir tatsächlich gewünscht, sie würden immer weitergehen? Waren sie immer das Richtige für mich gewesen? Hätte ich manche gern anders gehabt? Um den Clubmitgliedern bei der Gestaltung ihrer eigenen Briefe zu helfen, musste ich mich all diesen Fragen stellen und sie wahrheitsgemäß beantworten. Das bedeutete keineswegs, dass ich mich Gerry gegenüber illoyal verhielt, wie ich immer befürchtet hatte.

»Wie dem auch sei«, sage ich, greife in meine Tasche und hole eine Schachtel heraus, die er sofort erkennt, mit einem leisen Seufzen entgegennimmt und öffnet. Es ist die Uhr, die er seinem Sohn zu dessen einundzwanzigstem Geburtstag geschenkt hat, ein wertvoller Chronometer, den Gerry von da an immer getragen hat.

»Gerry wollte, dass du ihn behältst«, sagt er mit erstickter Stimme.

»Aber er hat sich geirrt«, entgegne ich. »Es war ein Geschenk von Vater zu Sohn. Deshalb sollte der Vater es zurückbekommen.«

Mit Tränen in den Augen nickt er, in Erinnerungen versunken, die ich nicht kenne. Vielleicht denkt er daran, wie er die Uhr seinem Sohn überreicht hat, an diesen großartigen Augenblick und auch an all die anderen, die darauf noch folgten, wenn sie über die Uhr geredet und sie gemeinsam bewundert haben. An die Beziehung, die sie miteinander verbunden hat.

Gerry hat mir die Uhr hinterlassen, weil sie wertvoll ist, aber für seinen Dad ist sie viel wertvoller.

Harry nimmt die Uhr, streift sie übers Handgelenk und befestigt sie. Dann gibt er mir die Schachtel zurück und wischt sich die Tränen aus den Augen.

Ich erinnere mich noch gut an den Tag, als die Uhr stehengeblieben ist, zwei Tage nach Gerrys Tod. Sie lag auf meinem Nachttisch. Ich hatte mich unter der Decke in meiner dunklen Welt versteckt und spähte mit einem Auge vorsichtig hinaus in die andere Welt, mit der ich nichts zu tun haben, die ich aber dennoch im Auge behalten wollte. Und so lauschte ich dem Ticken der Uhr, beobachtete, wie die Zeiger sich über das Zifferblatt bewegten, das ich jeden Tag am Handgelenk meines Mannes gesehen hatte. Und dann blieb die Uhr plötzlich stehen. Einfach so.

Harry dreht ein paarmal an der Aufzugskrone, und sie beginnt wieder zu laufen.

Kapitel 33

Als ich Ginika von unserem Unterricht nach Hause fahre, ruft sie plötzlich: »Bieg hier ab!« Es klingt panisch.

Ich setze den Blinker und fahre schwungvoll nach rechts in die Drumcondra Road, weil ich denke, ihr ist übel. Womöglich muss sie sich übergeben, oder sie wird ohnmächtig.

Ich halte an. »Bist du okay? Hier, trink einen Schluck Wasser.«

»Nein, mir geht's gut«, sagt sie leise. »Fahr weiter.«

Ich habe nicht mal gemerkt, wo wir sind, ich dachte nicht, dass es wichtig wäre, aber als wir weiterfahren, erkenne ich, dass wir beim Stadion des HomeFarm FC sind. Verwirrt manövriere ich das Auto auf den Platz, auf den sie zeigt, direkt am Fußballfeld, auf dem ein Team trainiert. Ich sehe sie an und warte auf eine Erklärung, aber es kommt keine. »Hier habe ich mal gespielt«, sagt sie schließlich.

»Ach wirklich?«, frage ich und freue mich, dass sie sich öffnet. »Ich wusste gar nicht, dass du Fußball gespielt hast.«

»Ich war Stürmerin«, erklärt sie, ohne den Blick von den Jungs auf dem Feld abzuwenden.

»Na klar.«

Ein kleines Lächeln erscheint auf ihren Lippen.

Auf dem Rücksitz fängt Jewel an zu weinen, ich drehe mich um und hebe die Reiswaffel auf, die ihr aus der Hand gerutscht ist. Mit einem freundlichen »Ta-ta«, nimmt sie die Waffel entgegen und stopft sie sich in den Mund, um weiter daran zu lutschen. Die eine Hand an der Reiswaffel, die andere am großen Zeh, zieht sie Letzteren nun ebenfalls zum Mund, um herauszufinden, was besser schmeckt.

»Siehst du den Typ da drüben?«, sagt Ginika und deutet auf einen großen, gutaussehenden Cotrainer. »Er ist Jewels Dad.«

»Was?«, rufe ich so laut, dass Jewel erschrickt. »Sorry, Baby«, entschuldige ich mich sofort, streichle ihren Fuß, und sie beruhigt sich. Einen kurzen Moment zittert ihre Unterlippe, dann widmet sie sich wieder der Reiswaffel.

»Sei bloß leise, verdammt, sonst hört er dich noch!«, schimpft Ginika und gibt mir einen Klaps aufs Bein.

»Sorry. Aber ich kann gar nicht glauben, was … was du mir erzählst. Das ist er also.« Ich beuge mich übers Steuer und starre ihn an. »Er sieht toll aus.«

»Tja. Er heißt Connor. Weil du einfach nicht lockerlassen konntest und dauernd nach ihm gefragt hast – hier ist er.«

So oft habe ich sie gar nicht nach Jewels Dad gefragt, aber Ginika verändert sich, ist sehr nachdenklich geworden, plant für das Ende. Den Übergang. Mein Herz wird schwer.

»Jetzt können wir wieder fahren.« Sie nickt zum Lenkrad, damit ich mich beeile, vielleicht befürchtet sie, dass ich hier eine Szene mache.

»Nein, warte. Wir gehen noch nicht«, entgegne ich und beobachte den jungen Mann weiter, diesen mysteriösen Typen, über den ich schon so lange so viel wissen möchte.

»Aber wir steigen nicht aus.«

»Okay. Machen wir nicht.« Ich schaue ihn mir an, wie er mit den Kleinen trainiert. »Wie alt ist er?«

Sie überlegt. »Achtzehn. Inzwischen.«

Ich schaue zu Jewel, dann zu Connor. So nah waren die beiden sich womöglich noch nie.

»Tu es nicht«, warnt mich Ginika. »Ich wusste doch, dass es ein Fehler war, mit dir herzukommen.«

»Ach was, ich werde gar nichts tun«, erwidere ich mit fester Stimme. »Aber sag mir wenigstens, ob er Bescheid weiß. Dass es Jewel gibt.«

Ginika schüttelt den Kopf. »Ich konnte und wollte ihn nicht in Schwierigkeiten bringen. Sein Leben versauen. Connor ist nett, weißt du. Erst hab ich gemerkt, dass ich schwanger bin, und kurz darauf, dass ich Krebs habe. Ich hab die Schule hingeschmissen. Das alles konnte ich ihm nicht erzählen.«

»Ich verstehe das, Ginika, es ist okay.«

»Wirklich?« Sie wirkt überrascht. »Ich dachte, du verurteilst mich deswegen.«

»Wer bin ich denn, dass ich über andere urteilen könnte?«

»Na ja, weißt du, du bist …«

»Was?«, frage ich leise.

»Dein Haus, dein Leben, du bist so perfekt.«

»Ginika!« Ich sehe sie einigermaßen verdutzt an. »Ich bin nicht mal ansatzweise perfekt.«

»Von hier sieht das aber anders aus.«

»Hm, danke, aber … ich bin verdammt verkorkst.«

Sie lacht tatsächlich. Und ich lache mit. So sitzen wir nebeneinander im Auto und teilen diesen emotionalen, verrückten Moment miteinander.

»Weshalb sind wir eigentlich hier?«, frage ich schließlich. »Was soll ich tun?«

»Keine Ahnung«, antwortet Ginika achselzuckend. »Ich weiß es nicht. Vielleicht danach, vielleicht, wenn ich … du weißt schon … wie auch immer. Vielleicht kann er es dann erfahren. Vielleicht möchte er es wissen, vielleicht auch nicht. Aber dann bin ich nicht mehr da, und was passiert, passiert eben.« Sie schaut mich an. »Niemand weiß, dass er Jewels Dad ist. Ich dachte bloß, ich sollte es jemandem sagen. Und dir vertraue ich.«

»Scheiße«, sage ich und atme aus.

Überrascht sieht sie mich an und fängt wieder an zu lachen. »Ich habe dich anfangs nie fluchen hören, und jetzt schon das zweite Mal.«

»Okay.« Ich versuche, die Situation in den Griff zu bekommen. »Denken wir mal nach. Da wir schon mal am Reden sind, können wir richtig reden?«

Ginika wappnet sich. »Klar, aber können wir bitte erst mal hier weg?«

Wir fahren zu Ginikas Kellerwohnung. Unauffällig begutachte ich die beiden Durchgangszimmer, Küche und Schlafzimmer, das schmale Bett und das Kinderbettchen. Neben dem Bett eine rosa Lampe, rosa Kissen und Bettwäsche, rosa Feenlichter ums Kopfende des Bettes. Niemals hätte ich Ginika eine Vorliebe für Rosa zugetraut. Der Raum wirkt jung und feminin und macht Ginikas und Jewels Situation umso trauriger. Als ich einen Blick durch die geschlossenen Vorhänge werfe, sehe ich eine langgestreckte Wiese, die seit Jahren keinen Rasenmäher mehr gesehen hat. Ideale Bedingungen, um darin die durchnässte Matratze, den alten Herd, das kaputte, verrostete Fahrrad und die Autoteile zu verstecken, die frühere Bewohner oder auch die Vermieter selbst hier abgeladen haben.

»Nicht das, was man einen Palast nennt«, meint Ginika verlegen.

Doch schuld an Verfall, Schimmel und Modergeruch ist schlicht Vernachlässigung, und die hat Ginika ganz sicher nicht zu verantworten. Sie hat die Wohnung liebevoll und wesentlich mehr nach Jewels Bedürfnissen eingerichtet als nach ihren eigenen – was einmal mehr die Qualitäten ihrer Persönlichkeit verrät. Ihre Tochter hat immer erste Priorität. Jetzt setzt sie die Kleine in einen Hochstuhl und greift nach einem der zahlreichen Babygläschen auf dem offenen Regal.

»Darf ich sie füttern?«, frage ich.

»Klar, aber mach dich darauf gefasst, dass sie alles tun wird, um sich den Löffel zu grapschen.«

Tatsächlich greift Jewel sofort nach dem Löffel, wir rangeln eine Weile, aber Jewel ist stärker, als ich dachte, und ein Teil der Löffelladung landet irgendwo in der Umgebung. Am Ende gelingt es mir zwar, den Löffel zu behalten, aber ich nehme mir fest vor, das nächste Mal reaktionsschneller zu sein.

»Also«, sagt Ginika nervös, verschlingt die Finger ineinander und wartet offensichtlich darauf, dass ich das Gespräch dort wieder aufnehme, wo wir es auf dem Parkplatz abgebrochen haben.

Da die quirlige Jewel ihr Essen schneller verdrückt, als ich den Löffel beladen kann, benötige ich für das Füttern meine volle Konzentration, und es dauert einen Augenblick, bis ich auf das Thema umschalten kann, weswegen wir eigentlich hergekommen sind.

»Ich schiebe dieses Gespräch schon lange, wahrscheinlich zu lange vor mir her, weil ich fand, es geht mich nichts an«, beginne ich etwas zögernd. »Aber jetzt ist es anders. Ich betrachte dich als meine Freundin, Ginika, und als deine Freundin würde ich meine Sache nicht gut machen, wenn ich dir in diesem Punkt verschweige, was ich denke. Oder mir zumindest anhöre, was du denkst. Ich möchte dir keine Ideen in den Kopf setzen oder deine Pläne durcheinanderbringen und auch nicht …«

»O Mann ey, hör auf mit den Ausschlussklauseln, ich hab's kapiert«, fährt Ginika dazwischen und verdreht genervt die Augen. »Mach schon, spuck es aus. Du findest, dass Connor das Sorgerecht für Jewel kriegen sollte, stimmt's?«

»Nein, eigentlich nicht«, entgegne ich erstaunt. »Na ja, es ist nicht so, dass ich das *nicht* schon gedacht habe, aber jetzt hatte ich etwas anderes im Kopf. Jemand anderes. Ich habe mich gefragt, ob du mal über Denise nachgedacht hast.«

»Denise!« Sie reißt die Augen auf und ist einen Moment sprachlos. »Denise«, wiederholt sie dann leise. »Du magst Dee-Nee, stimmt's, Baby?«

Jewel hat den Mund aufgesperrt und beugt sich, so weit sie kann, dem gefüllten Löffel entgegen, den ich beim Sprechen in der Luft gestoppt habe. Grinsend füttere ich sie und schiebe gleich den nächsten Löffel nach, was Ginika ein bisschen Zeit zum Nachdenken gibt.

»Genaugenommen Denise und Tom«, ergänze ich.

»Haben die sich nicht getrennt?«

»Das wird nicht von Dauer sein.« Ich überlege, wie viel ich erzählen soll und was Denise bereits erzählt hat. »Sie wollen unbedingt ein Baby, aber sie tun sich schwer. Mit dem Schwangerwerden, meine ich.«

»Oh.« Ginika wirkt interessiert, ganz auf die Sache fokussiert.

»Wahrscheinlich sollte ich nicht mehr darüber sagen, es ist deine Sache, mit ihnen darüber zu sprechen. Und mit deiner Sozialarbeiterin natürlich, mit der Pflegefamilie und mit allen, die sonst noch Bescheid wissen müssen. Ich dachte nur, ich möchte dich darauf aufmerksam machen, dass diese Möglichkeit besteht und es wert ist, darüber nachzudenken. Zumindest hat Denise keinen Bauernakzent«, füge ich grinsend hinzu.

»Stimmt«, erwidert Ginika ernst. »Und ihr Typ?«

Ich lache und füttere Jewel weiter.

»Ich müsste ihn vorher mal kennenlernen.«

»Na klar.«

»Eigentlich habe ich gedacht, du wolltest mir beichten, dass du Jewel haben möchtest.«

»Ich?«

Meine überraschte Reaktion zeigt ihr, dass sie mit ihrer Vermutung ziemlich daneben lag.

»Ich mag Jewel sehr, aber …« Es ist mir extrem unangenehm, dieses Gespräch in Jewels Anwesenheit zu führen, denn ich bin ziemlich sicher, dass die kluge Kleine alles genau mitbekommt. »Ich bin nicht … ich würde nicht … ich weiß nicht, wie …«

»Aber du wärst eine tolle Mutter«, sagt Ginika leise.

Ich weiß nicht, was ich dazu sagen soll, und schaufele verlegen die nächste Löffelladung Essen in Jewels Mund.

»Du bist ungefähr im gleichen Alter wie meine Ma. Und du siehst doch, wie gut du mit mir umgehen kannst. Ich will damit nicht sagen, dass ich denke, du bist wie meine Ma, aber du weißt bestimmt, was ich meine. Du bist für mich da, du hilfst mir – wie eine Mutter. Ich wette, du warst super mit der Tochter von deinem Typ.«

Leider nicht. Ich hätte es sein sollen. Auf einmal wird mir klar, dass ich dazu in der Lage wäre.

»O Mann, heulst du jetzt etwa?«

»Habe nur Babynahrung ins Auge gekriegt«, behaupte ich und blinzle die Tränen weg.

»Komm her, du Weichei«, sagt Ginika und nimmt mich in die Arme.

Hinter meinem Rücken grapscht Jewel sich das Gläschen und den Löffel, schüttelt beides begeistert, bis sie den Rest des Breis auf ihrem Gesicht, ihren Haaren und auf dem ganzen Tisch verteilt hat.

»Genau genommen«, fügt Ginika in ihrem üblichen trockenen Ton hinzu, »bist du schon ein bisschen bekloppt.«

Ich lache.

Beim Saubermachen fragt Ginika: »Was hast du eigentlich vor, wenn wir alle nicht mehr da sind?«

»Ginika«, sage ich kopfschüttelnd. »Darüber möchte ich nicht sprechen. Jetzt bist du noch da.«

»Ich rede ja auch nicht über mich, sondern über dich. Was willst du machen, wenn wir drei nicht mehr da sind?«

Ich zucke die Achseln. »Dann arbeite ich weiter im Laden meiner Schwester. Verkaufe das Haus. Finde eine Wohnung.«

»Ziehst bei deinem Kerl ein.«

»Nein, das ist vorbei. Habe ich dir doch erzählt.«

Sie mustert mich aufmerksam. »Nee«, sagt sie und schubst mich in die Rippen. »Ist es nicht. Er ist ein klasse Typ. Sag ihm«, lacht sie, »sag ihm, er soll dich als Baum betrachten. Er arbeitet doch mit kranken Bäumen, richtig?«

»Ja, irgendwie schon.«

»Sag ihm, er soll aufhören, dich dauernd zu beschneiden, und dir lieber beim Heilen und Wachsen helfen.« Sie kichert.

»Ich schau mir seit einiger Zeit jeden Morgen diesen Dr. Phil an, ich glaube, das ist ansteckend.« Sie sieht mich an. »Der labert nur Scheiße, oder? Jedenfalls meistens, aber manchmal findet eben auch ein blindes Huhn ein Körnchen Wahrheit«, verkündet sie und schwenkt den Löffel mit großer Gebärde. »Ruf deinen Baumkerl an, du Idiotin.«

Ich lache. »Mal sehen, Ginika.«

· / ·

Auf der Heimfahrt denke ich über Ginikas Frage nach, und es tut mir weh, mir eine Welt ohne Ginika, Paul und Joy vorzustellen. Mir nicht dauernd Gedanken um sie zu machen. Ich sage mir, dass ich bis dahin noch viel Zeit habe, aber Ginikas Krankheit schreitet in ihrem eigenen Tempo voran, und gerade mal zwei Wochen, nachdem ich in ihrer Küche gesessen und mit ihr gelacht, gescherzt und über die Zukunft geredet habe, entscheidet ihre Zukunft, schneller auf sie zuzukommen und sie sich genauer anzuschauen.

Ich sitze an Ginikas Krankenhausbett. Wenn sie früher Feuer war, so ist sie jetzt Glut, aber sie glimmt und verströmt Wärme, Beweis ihres Feuers, Symbol des Lebens.

»Gestern Abend habe ich meinen Brief für Jewel geschrieben«, sagt sie. Unter ihren Augen sind dunkle Ringe.

»Wie schön.« Ich nehme ihre Hand.

»Es war so still hier. Die Krankenschwestern waren zwar in der Nähe, aber es war trotzdem ganz still. Erst habe ich einen Videoanruf bei Paul gemacht. Hast du ihn schon gesehen?«

Ich nicke.

»Er sieht beschissen aus. Aufgedunsen. Sagt, auf dem linken Auge kann er nichts sehen. Danach konnte ich nicht schlafen, ich habe an ihn gedacht – und an alles andere auch. Da sind mir die Sätze einfach so in den Sinn gekommen, und ich hab angefangen zu schreiben.«

»Soll ich es für dich durchlesen?«

Sie schüttelt den Kopf. »Du hast deine Arbeit erledigt. Danke, *Frau Lehrerin*«, versucht sie zu scherzen, aber ihr Schwung ist nicht mehr der gleiche.

Mir kommen die Tränen, und diesmal sagt sie mir nicht, ich soll aufhören zu heulen. Sie sagt auch nicht, dass ich ein Dummerchen bin oder ein Softy, denn sie weint ebenfalls.

»Ich habe Angst«, flüstert sie so leise, dass ich sie nur mit Mühe verstehe.

Ich nehme sie in den Arm und halte sie fest. »Ich weiß. Ich bin für dich da. Joy ist da. Paul ist da. Denise ist da. Wir sind alle für dich da. Du bist nicht allein.«

»Hatte dein Mann auch Angst am Ende?«, fragt sie, die Tränen strömen ihr übers Gesicht, mein Hals wird nass.

»Ja«, flüstere ich. »Er wollte, dass ich seine Hand halte, die ganze Zeit. Aber dann ist irgendetwas passiert, und er ist einfach weggeglitten. In aller Stille. Ganz ruhig.«

»Friedlich?«

Ich nicke unter Tränen. »Ja«, schluchze ich. »Ganz, ganz friedlich, Ginika.«

»Okay«, sagt sie, schnieft und macht sich los. »Danke.«

Ich greife nach den Taschentüchern an ihrem Bett, gebe ihr eins davon und nehme mir auch selbst eines.

»Ginika Adebayo, du bist eine wundervolle, großartige Frau, und ich empfinde nichts als Respekt und Liebe für dich.«

»Oh, danke, Holly. Das beruht auf Gegenseitigkeit«, sagt sie. Zu meiner Überraschung nimmt sie meine Hand und drückt sie. »Danke für alles. Du hast so viel getan, das hat keiner von uns erwartet.« Dann schaut sie zur Tür, und ihr Gesicht verändert sich. Sie lässt meine Hand los. »Verdammt, sie sind da, und ich sehe furchtbar aus.«

»Tust du nicht.« Ich nehme noch ein Taschentuch und wische ihr behutsam die Tränen vom Gesicht.

Sie richtet ihren Turban, streicht die Bettdecke glatt und setzt sich langsam und unter Schmerzen auf. Dann greift sie in die Nachttischschublade und holt einen Umschlag heraus. Es ist der, den sie und Jewel an dem Tag ausgesucht haben, als ich in Joys Haus das Briefpapier ausgelegt habe. Wieder füllen sich meine Augen mit Tränen, ich habe meine Gefühle nicht unter Kontrolle. Ginika gibt mir den Umschlag, und unsere Blicke treffen sich.

»Jetzt musst du gehen. Los, verschwinde, tschüs«, sagt sie und scheucht mich weg.

»Viel Glück«, flüstere ich noch.

Ich muss mich daran erinnern, dass es für jedes »Tschüs« auch ein »Hallo« gegeben hat. Und es gibt nichts Schöneres als ein Hallo von einem Menschen zum anderen. Der Klang von Gerrys Stimme, wenn er das Telefon abgenommen hat. Wenn er morgens die Augen öffnete. Wenn ich von der Arbeit nach Hause kam. Wenn ich auf ihn zuging und er mich beobachtete und mir das Gefühl gab, ich sei das Allerwichtigste in seinem Leben, sein Ein und Alles. So viele wunderschöne »Hallos« und nur ein winziges echtes »Tschüs« am Ende.

Ginika hat heute viel zu tun, sie regelt, was sie kann, bereitet die Welt auf die Lücke vor, die sie hinterlassen wird, und macht sich bereit für den Abschied von der Person, die ihr auf dieser Welt die Wichtigste ist.

Jewels Pflegemutter ist mit Jewel gekommen, und Ginika hat darum gebeten, dass auch Denise und Tom anwesend sind. Zusammen mit ihrem Anwalt warten sie schon vor dem Zimmer. Ginika muss ein Testament schreiben und Jewels Betreuer bestimmen. Normalerweise sind im Krankenhaus nur zwei Besucher gleichzeitig gestattet, aber unter diesen besonderen Umständen hat man Ginika erlaubt, dass alle notwendigen Parteien anwesend sein dürfen. Als sie sich versammelt haben, verlasse ich das Zimmer, allerdings nicht ohne meinen Abgang ein bisschen hinauszuzögern – ich bleibe, um zuzuschauen, wie Ginika die ganze schwindende Energie ihres Körpers aufbietet, um Jewel aus Bettys Armen zu nehmen und sie in die von Tom zu legen. Ein großartiges »Hallo«.

Wenn Gerry doch nur wüsste, was er damals in die Wege geleitet hat.

Natürlich werde ich nie erfahren, was er gedacht hat, als er die zehn Briefe für mich geschrieben hat, aber ich habe eines gelernt: Er hat sie nicht nur für mich geschrieben, wie ich damals glaubte. Sie waren auch ein Versuch, sein eigenes Leben zu verlängern, als alle anderen Möglichkeiten erschöpft waren und der Tod näher rückte. Der Versuch, den Sturz aufzufangen. Es war seine Art, nicht nur mir, sondern der ganzen Welt zu sagen: *Vergesst mich nicht.* Denn letztlich ist das alles, was wir uns wünschen: nicht verlorenzugehen, nicht zurückgelassen und vergessen zu werden, sondern für immer zu den Augenblicken zu gehören, die wir selbst nicht mehr erleben. Uns in der Erinnerung zu verewigen.

Kapitel 34

Man muss die Eier aufschlagen, wenn man ein Omelett backen möchte«, sage ich laut, während mein Blick über das Katastrophengebiet wandert, das mein Schlafzimmer war, bevor ich mit der Packerei für den Umzug begonnen habe.

»Von Eiern krieg ich Dünnschiss«, ruft Ciara aus wesentlich größerer Entfernung, als ich dachte. Sie ist im Gästezimmer nebenan.

»Ciara!«, ermahne ich sie.

Sie erscheint an der Zimmertür, in einem seltsamen Outfit aus den Klamotten, die ich soeben für den Laden in eine Tüte gestopft habe. Nichts davon passt wirklich zusammen.

»Du sollst mir helfen, die Tüten zu füllen, nicht, sie zum Verkleiden zu leeren.«

»Aber wenn ich das getan hätte, würde ich jetzt nicht so aussehen.« Sie posiert provokant am Türrahmen. »Ich glaube, diese Kombination werde ich am Freitagabend tragen.«

»Was davon?«, erkundige ich mich grinsend. »Du hast mindestens drei Outfits an.«

Den Kram aus zehn Jahren in Mülltüten zu stopfen oder in

Kisten zu packen, um noch mehr Kram in meinem neuen Heim anzusammeln, dauert länger als erwartet, da jeder Brief, jeder Bon am Grund jeder Jeans- und Jackentasche eine Geschichte erzählt und mich in eine Erinnerungsschleife katapultiert. Bei der Arbeit bin ich es gewohnt, solche Aufgaben effizient zu erledigen, aber weil es um meine persönlichen Dinge geht, ist jeder Gegenstand ein Wurmloch, das mich in eine andere Zeit meines Lebens zurückbefördert. Obgleich ich mich fühle, als würde die Zeit stehenbleiben, vergeht eine Stunde nach der anderen, aus Tag wird Nacht. Mit Klamotten, Schuhen und Büchern, die keinen sentimentalen Wert haben, habe ich weit weniger Skrupel. Alles, was ich im letzten Jahr nicht anhatte und bei dem ich mich wundere, es überhaupt gekauft zu haben, wandert ohne Umwege in die Wohlfahrtstüten.

Anfangs ist der Vorgang stressig. Alles liegt in großen Haufen um mich herum, und ich vergrößere das Chaos nur noch. Jedes Stück wird aus seinem Versteck gezerrt, seine ganze Nutzlosigkeit offenbart.

Vorselektion, hat Ciara es genannt.

»Ich weiß nicht, wie es überhaupt irgendwas auf die Regale deines Shops schaffen soll.«

»Deshalb ist es ja auch dein Job, die Tüten und Kisten zu leeren. Ich habe nämlich die Angewohnheit, all das zu wollen, was andere Leute aussortieren«, erklärt sie mir frech. »Mathew behauptet zwar, das ist ein Fluch, aber ich weiß, dass es in Wahrheit ein Gottesgeschenk ist, weil ich ihn nämlich deshalb geheiratet habe, und das habe ich ihm auch gesagt.«

Ich lache. Zeit für eine Pause.

»Ich bin so froh, dass du das machst«, sagt Ciara, die sich mit ausgestreckten Beinen auf dem Boden entspannt, Kniestrümpfe über einer Strumpfhose. Dann richtet sie sich auf und zieht ein Paar Riemchensandalen über das Ganze. »Ich bin stolz auf dich. Wir alle sind stolz auf dich.«

»Da müssen ja alle ziemlich niedrige Erwartungen an mich haben, wenn es euch stolz macht, dass ich mein Haus verkaufe.«

»Es ist mehr als das, und das weißt du auch genau.«

Ich weiß es tatsächlich. »Was, wenn ich dir sage, dass es weniger an einer emotionalen Bereitschaft zu reifen lag als an der Tatsache, dass die Küche dringend eine Renovierung braucht, die Fenster ersetzt werden müssen, irgendwas mit der Heizung nicht stimmt und sich im Esszimmer der Boden wellt? Damit die Interessanten es bei der Besichtigung nicht sehen, habe ich die Beule unter einem Teppich versteckt.«

»Ich würde sagen, ich bin stolz auf dich, dass du nicht mit dem sinkenden Schiff zusammen untergehst.« Sie lächelt, aber ein bisschen wacklig. »Die letzten paar Monate habe ich mir echt Sorgen um dich gemacht. Ich dachte schon, ich hätte dich wieder in den Betriebsstörungsmodus befördert.«

»Aber ich bin okay.«

»Jetzt musst du bloß noch eine Bleibe finden«, sagt Ciara und schwingt singend einen Tüllschal um sich. Es sieht aus wie eine Art Bändergymnastik.

»Alles, was man mir bisher angeboten hat, war so furchtbar. Im letzten Haus, das ich besichtigt habe, gab es ein avocadogrünes Badezimmer aus den Siebzigern.«

»Retro ist doch cool.«

»Vierzig Jahre ohne die Popobakterien anderer Leute ist cooler, finde ich.«

Ciara kichert. »Ich glaube, du suchst bloß nach Ausreden und weißt eigentlich ganz genau, wo du wohnen möchtest.«

Auf einmal meldet sich der zerrissene Teil meines Herzens

zu Wort. Er hat anscheinend nicht vor zu verschwinden. Ganz gleich, wie sehr ich versuche, mich auf etwas anderes zu konzentrieren, diese wunde Stelle hat offenbar nicht die Absicht zu heilen, solange ich mich nicht mit ihr beschäftige. Ich schaue mich in meinem Schlafzimmer um. »Die Erinnerungen werde ich schon vermissen.«

»Igitt«, meint sie ironisch.

»Ich möchte nicht alles vergessen, eigentlich gar nichts, ich möchte nur …« Ich schließe die Augen. »Ich möchte in einem Zimmer einschlafen, in dem ich mich nicht nach jemandem sehne, der nicht mehr da ist und nie zurückkommen wird. Und ich möchte in einem Zimmer aufwachen, in dem ich nicht immer wieder den gleichen Albtraum hatte.«

Ciara antwortet nicht, und ich mache die Augen wieder auf. Meine Schwester wühlt bereits in der nächsten Tüte.

»Ciara! Ich entblöße hier meine Seele!«

»Sorry«, sagt sie und angelt einen alten Slip heraus, »aber ich fange an, ein Gefühl dafür zu entwickeln, welche schmerzlichen Erinnerungen du vergessen solltest. Wie alt ist beispielsweise dieser Lappen? Und bitte sag mir, dass dich nie jemand darin gesehen hat.

Ich lache und nehme ihr den Slip weg. »Die Tüte ist für den Müll.«

»Ich weiß nicht recht, ich denke, man könnte einen Hut daraus machen.« Sie holt sich den Slip zurück, setzt ihn sich auf den Kopf und wirft sich in Pose. Ich hole ihn mir zurück.

»Wurzeln und Flügel«, sagt Ciara, auf einmal ernst geworden. »Ich habe dir übrigens zugehört. Mathew und ich haben ein paar Sachen für den Laden bei einer Frau abgeholt, die das Haus ihrer Kindheit verkauft hat. Ihre Mutter ist gestorben, und es war richtig schwer für sie, das Haus wegzugeben. Sie hat mich gefragt, ob es irgendetwas gibt, was gleichzeitig Wurzeln und Flügel hat. In dem Haus zu bleiben hatte ihr geholfen, ihre Mutter und die Erinnerungen festzuhalten. Es zu verkaufen, versprach finanzielle Sicherheit und diverse andere Möglichkeiten. Wurzeln und Flügel.«

»Wurzeln und Flügel«, wiederhole ich, das gefällt mir. »Ich hasse Abschiede. Aber Abschiede zu hassen, ist keine Rechtfertigung dafür, zu bleiben«, füge ich mit einem tiefen Seufzer und wie eine Art Mantra hinzu – mehr zu mir selbst als zu Ciara.

»Und sich vor Abschieden zu fürchten ist auch keine Rechtfertigung dafür, als Erster zu gehen«, ergänzt Ciara.

Überrascht schaue ich sie an.

»Wollte ich nur mal nebenbei erwähnen.«

Als wir die Tüten in den Van schleppen, klingelt im Haus mein Telefon. Ich renne hinein, verpasse aber gerade den Anruf von Denise, und mir wird vor Angst flau im Magen. Ich lasse mir einen Moment Zeit, um mich zu beruhigen, dann rufe ich zurück. Sie antwortet sofort.

»Ich glaube, du solltest rüberkommen.«

»Okay. O Gott.« Mir kommen die Tränen.

»Ginikas Eltern sind gerade gegangen. Sie war nicht ansprechbar, aber ich glaube, sie wusste, dass sie da waren.«

»Ich komme, so schnell ich kann.«

· / ·

Denises Haus ist ganz still. Die meisten Lichtquellen sind ausgeschaltet, nur ein paar kleine Lampen und Kerzen erhellen Räume und Korridore. Eine ruhige Atmosphäre liegt über allem, keine Dringlichkeit, weder Druck noch Eile, wir alle dämpfen die Stimme. Seit vier Wochen, also seit Denise und

Tom offiziell als Jewels Betreuer eingesetzt sind, wohnen Ginika und ihre Tochter bei den beiden und werden hier versorgt, was für Ginika, selbst in ihrem Zustand, gut war. Sie konnte in der Umgebung sein, in der Jewel aufwachsen wird, die gleiche Luft atmen wie sie. Festhalten und loslassen. Tom führt mich zu ihrem Zimmer, wo Denise bei ihr sitzt und ihre Hand hält.

Ginika atmet langsam und flach, seit ein paar Tagen ist sie bewusstlos.

Ich setze mich auch aufs Bett und nehme ihre andere Hand – die rechte, mit der sie geschrieben hat – und küsse sie.

»Hallo, meine Süße.«

Eine Mutter, eine Tochter, eine Stürmerin und Kämpferin. Eine inspirierende junge Frau, die nur einen Teil des Ganzen bekommen, aber mir und uns allen so viel gegeben hat. Es ist nicht fair. Als Gerry diese Welt verlassen hat, habe ich seine Hand gehalten, und hier bin ich, um mich wieder von einem Menschen zu verabschieden, den ich liebe. Ich liebe diese junge Frau, ich habe sie tief ins Herz geschlossen. Diesen Übergang mitzuerleben, dieses Abschiednehmen – es wird nie leichter, aber mich darauf vorzubereiten und ihr dabei zu helfen, sich vorzubereiten, hat das Leiden gelindert, die Wut, den Zorn, der aufflammt, wenn man mit der brutalen Realität konfrontiert ist. Leichter Anfang, leichtes Ende, sagt man, aber so ist es nicht. Die Ankunft in der Welt ist ein Marathon für Mutter und Kind, das Leben schiebt und drängt, aber der Abschied ist ein Kampf ums Bleiben.

Für die restlichen Stunden bleiben Denise und ich an Ginikas Seite, bis sie sanft diese Welt verlässt. Nachdem sie ihren Atem so lange festgehalten hat, atmet sie noch einmal ein und nicht mehr aus. Das Leben lässt sie los, der Tod fängt sie auf. Obgleich die Krankheit so schmerzhaft war, ist der Tod genauso friedlich, wie ich es ihr versprochen habe. Als sie still auf dem Bett liegt, keine flatternden Augenlider mehr, kein angestrengtes Heben und Senken des Brustkorbs, kein Atem mehr, hoffe ich und wünsche ich mir, dass die vergnügt-verspielte Seele, die diesen Körper bewohnt hat, jetzt die Freiheit hat, zu schweben, zu tanzen, zu wirbeln und sich emporzuschwingen. Asche zu Asche, Staub zu Staub, aber mein Gott, *flieg*, Ginika, *flieg*.

Einen solchen Moment mitzuerleben, so tragisch und überwältigend er sein mag, ist eine große Ehre. Vielleicht ist es egoistisch, aber irgendwann wird mir der Gedanke helfen, dass ich am Ende bei ihr war. Für immer werde ich mich daran erinnern, wie ich Ginika begegnet bin, für immer werde ich mich daran erinnern, wie wir voneinander gegangen sind.

Als fühle sie ihren eigenen großen Verlust, erwacht Jewel schreiend im Nebenzimmer.

· / ·

Mit roten Augen und ziemlich erschöpft versammeln wir uns am Küchentisch, Tom, Denise und ich. Ich hole eine Souvenirbox aus meiner Tasche und stelle sie auf den Tisch.

Ginikas Brief ist darin.

»Das ist für dich, Jewel. Von Mama.«

»Mama«, wiederholt Jewel und lächelt, greift sich ihre moppeligen Zehen und zieht an ihnen.

»Ja, Mama.« Ich versuche zu lächeln und wische mir eine Träne aus den Augen. »Mama liebt dich so sehr.« Ich wende mich an Denise. »Das ist jetzt deine Verantwortung.«

Denise nimmt die Box an sich und streicht mit dem Finger darüber. »Wunderschön.«

Es ist die Schmuckschatulle mit den Spiegeln, die ich im

Laden gefunden habe. Die Kristalle, die lose darin lagen, habe ich wieder auf den Deckel geklebt und die Einlage entfernt, so dass sich das Kästchen jetzt gut als Souvenirbox eignet, in der Jewels erstes Paar Socken, Strampler und Handschuhe und ein aus Jewels und Ginikas Haarsträhnen geflochtenes Zöpfchen liegen.

»Sie hat den Brief selbst geschrieben«, erkläre ich. »Ich habe ihn nicht gelesen, und sie hat mir auch nie erzählt, was sie geschrieben hat. Sie wollte alles ganz alleine machen.«

»Tapferes Mädchen«, sagt Denise leise.

»Mach ihn auf«, ermuntert Tom sie.

»Jetzt?«, hakt Denise nach und schaut von ihm zu mir.

»Jewel möchte ganz sicher gerne hören, was drinsteht, stimmt's, meine Süße?«, sagt er und küsst sie auf den Kopf.

Denise öffnet die Schatulle und nimmt den Brief heraus. Faltet ihn auf. Der Anblick von Ginikas Handschrift, die Erinnerung, wie hart sie gearbeitet, wie sehr sie sich angestrengt hat, bringen mich wieder zum Weinen.

Liebe Jewel,
Du bist 13 Monate alt.
Du magst Süßkartoffeln und Apfelkompott.
Dein Lieblingsbuch ist die kleine Raupe Nimmersatt, und du nakst gern an den Ecken.
Der Map Song von Dora bringt dich am allermaisten zum Lachen.
Du brinkst gern Seifenblasen zum platsn.
Dein liebstes Kuscheltier ist Bop Bop Bunny.
Niesen bringt dich zum Lachen.
Papierzereisen bringt dich zum Heulen.
Du liebst Hunde.

Du zeigst gern auf die Wolken.
Du kriekst Schlukauf, wenn du zuschnell trinkst.
Du magst den Song ›ABC‹ von den Jackson 5.
Einmal hasst du eine Schnecke in den Mund genommen und sie aus ihrem Haus gesaukt. Igitt. Schnecken magst du nicht.
Du sitst gern auf meinem Knie und makst es nicht, wenn ich dich runtersetze. Ich glaube, du hast Angst, alleingelassen zu werden. Aber du bist nie allein. Du wirst nie allein sein.
Opwol du den Wint nicht sehen kannst, strekst du die Hände aus und willst ihn fangen. Das brinkt dich ganz durcheinander.
Du nennst mich Mama. Das höre ich am allerliebsten.
Wir tantsen jeden Tag. Im Bad singen wir Die klitzekleine Spinne.
Ich wollte, ich könnte dabei sein und zuschaun, wie du groß wirst. Ich wollte, ich könnte immer bei dir sein, die ganze Zeit. Ich liebe dich mehr als sonst irgendeinen oder irgendwas auf der ganzen Welt.
Sei nett. Sei klug. Sei mutig. Sei glücklich. Sei stark. Hab keine Angst dafor, Angst zu haben. Manchmal haben wir alle Angst.
Ich werde dich immer liebhaben.
Ich hoffe, du wirst mich nie vergessen.
Du bist das Beste, was ich je gemacht habe.
Hab ein glückliches Leben. Streng dich an. Krieg keinen Erger. Lass dich von niemant rumschupsen.
Hüte dich vor schlechten Menschen. Manchmal sehen schlechte Menschen aus, als wären sie gute. Manchmal denkst du, jemant ist schlecht, aber er ist gut. Lass dich von niemand zwingen, etwas geheim zu halten, was du nicht geheim halten willst. Erzähl keine schlimmen Lügen.

Sei glücklich.
Hab keine Angst.
Wenn du mich brauchst, dann streck die Hand aus und spür den Wint. Das bin ich. Ich lächle von den Sternen zu dir runter.
Ich bin traurig, dass ich gehen muss, aber glücklich, dass ich dich hatte.
Ich liebe Dich, Jewel.
Deine Mama.

Kapitel 35

Ich lehne mein Fahrrad an die rote Backsteinwand, gehe die paar Schritte zur Haustür, meine Beine sind schwer, und meine Turnschuhe fühlen sich an wie aus Blei. Ich habe eine lange Tour hinter mir, weil ich einen klaren Kopf kriegen wollte, aber ich kann mich kaum an den Weg hierher erinnern. Ich drücke auf die Klingel.

Gabriel öffnet die Tür und schaut mich überrascht an.

»Hi«, sage ich leise und schüchtern.

»Hi«, antwortet er. »Komm rein.«

Ich folge ihm den schmalen Korridor entlang zum Wohnzimmer, und die vertrauten Gerüche verstärken die Schmetterlinge in meinem Bauch. Gabriel schaut sich nach mir um, wahrscheinlich muss er sich vergewissern, dass ich noch da bin – für den Fall, dass ich es mir doch anders überlegt habe und wieder weggelaufen oder vielleicht gar nicht echt bin. Er hat etwas Jazziges auf dem Plattenspieler, an der Wand hängt ein großer Flachbildschirm.

»Du kannst wieder laufen«, stellt er fest, als er merkt, dass ich keinen Gehstiefel mehr trage.

»Du hast einen Fernseher«, bemerke ich. »Einen großen.«

»Den habe ich für dich gekauft, er stand monatelang im Schuppen«, sagt er, ein bisschen verlegen. Nervös. »Damit wollte ich dich beim Einzug überraschen«, erklärt er und ruft scherzhaft, aber etwas schwach: »Überraschung!« Ich lache.

»Tee? Kaffee?«

»Kaffee, bitte.« Ich war die ganze Nacht wach, zusammen mit Denise und Tom, wir haben geweint, gelacht und uns Geschichten von Ginika erzählt, die Beerdigung besprochen und uns überlegt, wann ein geeigneter Zeitpunkt ist, um Jewels biologischen Vater zu kontaktieren. Die großen und die kleinen Themen fließen sanft in-, über- und untereinander. All die Wenns und Abers. Natürlich waren wir alle erschöpft, aber keiner konnte schlafen. Ich beneide die beiden nicht um den ihnen bevorstehenden anstrengenden Tag mit Jewel, aber ich weiß, dass sie jede Sekunde des Geschenks, das Ginika ihnen hinterlassen hat, auskosten werden.

Kaffeeduft erfüllt den Raum, als Gabriel Wasser über die frisch gemahlenen Bohnen gießt. Angezogen vom Morgenlicht wandere ich in den Wintergarten. Es hat sich nicht viel verändert, abgesehen von dem Schreibtisch in der Ecke, der früher im Gästezimmer stand, wo jetzt Ava wohnt. Obwohl ich es nicht für möglich gehalten hätte, passt er gut hier herein – als würden Häuser sich problemlos den Wünschen ihrer Eigentümer fügen. Ich sollte mir davon eine Scheibe abschneiden. Nachdenklich schaue ich hinaus auf den Kirschbaum, grüne Blätter, die sich langsam golden verfärben. Die Blüten haben ihren Auftritt im Frühling, und ich erinnere mich daran, wie ich letztes Jahr ungeduldig auf sie gewartet habe. Doch als sie endlich da waren, wurden sie praktisch über Nacht von einem Frühlingssturm weggeblasen. Zuerst bedeckten sie die

Steine mit einem weichen rosa Teppich, dann verwandelten sie sich in glitschigen Matsch. Wie gern würde ich zuschauen können, wenn der Baum wieder aufblüht.

Gabriel gesellt sich zu mir und bringt mir einen Becher Kaffee. Unsere Finger berühren sich.

»Danke, dass du meinen Becher repariert hast«, sage ich. Er bleibt stehen, den Becher in der einen Hand, die andere in der Tasche seiner Jeans.

Er zuckt die Achseln, vielleicht ist es ihm peinlich. »Du meinst Gerrys Becher, richtig? Ich weiß ja, dass du kein Star-Wars-Fan bist. Du hast mal gesagt, du würdest ihn wegwerfen, aber ich weiß, dass du eher dazu neigst, kaputte Dinge aufzuheben. Vielleicht hätte ich den Becher so lassen sollen, wie er war. Vielleicht wolltest du ihn selbst flicken. Vielleicht habe ich einfach zu viel über ihn nachgedacht.«

Ich lächle. Er hat völlig recht, ich hebe tatsächlich oft kaputte Dinge auf, aber ich flicke sie nie. Gerrys Becher habe ich im Schrank stehen lassen, zur Strafe und zur Erinnerung daran, was ich einmal besessen und verloren habe. Aber ich sollte die Menschen festhalten, nicht irgendwelche Dinge.

»Bist du immer noch im Club involviert?«, fragt Gabriel.

Ich nicke.

»Und wie geht es dir?« Seine blauen Augen durchbohren mich, als könnten sie meine Seele röntgen.

Auf einmal ist mir nach Weinen zumute. Gabriel sieht es kommen, stellt schnell den Becher weg, geht vor in die Hocke und umarmt mich. Während er mit den Fingern durch meine Haare streicht, lasse ich alles raus und lasse alles los. Die Erschöpfung übernimmt die Kontrolle, meine Tränen setzen alles frei, was sich in diesen Monaten voller Arbeit, Sorgen, Hochs und Tiefs angestaut hat.

»Ich hatte solche Angst, dass so etwas passiert, Holly«, flüstert er in meine Haare.

»Das war eine der besten Erfahrungen meines ganzen Lebens«, sage ich mit unnatürlich hoher Stimme, unterbrochen von einem schlecht getimten Schluchzer.

Er lässt mich los, setzt sich ein Stück zurück und mustert mich, lässt die Finger aber weiter hypnotisch durch meine Haare wandern. »Ernsthaft?«

Ich nicke nachdrücklich durch meine Tränen, obwohl es für ihn sicher schwer zu glauben ist, wenn er mich in diesem Zustand vor sich sitzen sieht.

»Gestern habe ich eine Freundin verloren. Ginika. Sie war siebzehn. Ihre Tochter ist ein Jahr alt, Denise und Tom haben die Betreuung übernommen. Und ich habe Ginika Lesen und Schreiben beigebracht.«

»Wow, Holly«, sagt er und wischt mir die Tränen ab. »Du hast das tatsächlich durchgezogen?«

Ich nicke. Bert ist tot, Ginika ist tot. Für Paul kann ich nichts mehr tun. Obwohl das Album mit Joys Geheimnissen für Joe fertig ist, halte ich weiterhin Kontakt zu Joy. »Ich möchte nicht, dass es aufhört.«

Gabriel überlegt, sieht mich wieder an, hebt dann zärtlich mein Kinn mit den Fingern ein bisschen an, damit wir einander in die Augen schauen können. »Dann sorg dafür, dass es nicht aufhört.«

»Aber wie?« Ich wische mir über mein nasses Gesicht.

»Such dir noch mehr solche Menschen. Halte die Sache am Laufen.«

Überrascht starre ich ihn an. »Aber du hast immer gesagt, es wäre ein Fehler, mich auf so etwas einzulassen.«

»Und ich habe mich geirrt. Nicht nur dabei übrigens.

Wenn du sagst, es war die beste Erfahrung deines Lebens …«

»Eine der besten«, verbessere ich ihn lächelnd.

»Ich habe versucht, dich zu beschützen. Du hattest mir gesagt, ich soll nicht zulassen, dass du weitermachst, und ich dachte ganz ehrlich, dass ich das Richtige tue. Deshalb habe ich nicht einmal abgewartet, um zu sehen, was passiert.«

»Ich weiß, und du hattest recht. Ein bisschen jedenfalls. Ich kann dir nicht die Schuld in die Schuhe schieben, Gabriel. Ich habe mich wirklich verloren. Ich habe den Club an die erste Stelle gesetzt, dabei wäre das dein Platz gewesen.«

»Ich habe dir praktisch keine andere Wahl gelassen. Ich glaube, wir haben beide den gleichen Fehler gemacht. Statt uns an die erste Stelle zu setzen, haben wir einem bestimmten Teil unseres Lebens diesen Platz eingeräumt. Ich vermisse dich so sehr«, fügt er hinzu.

»Ich vermisse dich auch.«

Wir lächeln uns an, er sieht hoffnungsvoll aus, aber ich bin noch nicht fertig. Ich greife wieder nach meinem Kaffee, trinke einen Schluck und versuche mich zu fassen. »Wie geht es mit Ava?«

»Gut«, sagt er, zieht einen Stuhl neben meinen, dreht ihn aber so, dass wir uns gegenübersitzen. Unsere Beine berühren sich, seine Hand liegt auf meinem Oberschenkel, alles so vertraut. »Sie ist viel ruhiger geworden. Wir sind dabei, Lösungen zu finden. Aber ich habe eine richtig schlechte Entscheidung getroffen, es war ein Riesenfehler, dich gehen zu lassen, Holly.«

»Ich habe überreagiert«, gestehe ich.

»Ich habe dich nicht unterstützt. Krieg ich eine zweite Chance? Bist du immer noch bereit, zu mir zu ziehen? Zu mir und Ava?«

Ich schaue ihn an und überlege, aber ich bin es so leid, dauernd nachzudenken. Doch ich weiß, was sich richtig anfühlt. Verzeihen zu können ist ein großes Geschenk. Und ich bin so froh und erleichtert, dass er es noch einmal mit uns versuchen will.

»Wir haben sogar einen Fernseher«, fügt er noch hinzu.

Ich grinse, lasse meinen Kopf an seine Schulter sinken, und Gabriel küsst mich sanft.

Ich möchte Ginika erzählen, was passiert ist. Dass sie wieder einmal recht hatte. Wieder strömen mir die Tränen übers Gesicht, bittersüße Tränen.

Kapitel 36

An einem schönen Freitagabend fahre ich direkt von der Arbeit zur Eccles Street, schließe mein Fahrrad an einem Fahrradständer an, atme Sonne, frische Sommerluft und das geschäftige Treiben ein, das wie immer hier beim Mater Hospital und der Mater Privatklinik herrscht. Doch mein Ziel liegt gegenüber, bei der einst von wohlhabenden Bürgern erbauten georgianischen Häuserreihe. Einst prächtige Villen, wurden sie später als Mietskasernen genutzt – Nummer 7 erlangte Berühmtheit als das fiktive Wohnhaus von Leopold und Molly Bloom. Heute sind in den hübschen Häuschen die Büros von Psychologen, Fachärzten und diverse Ambulanzen untergebracht. Über der Stadt liegt, wie oft an einem Freitag, eine positive, entspannte Aura, das bevorstehende Wochenende verbreitet überall Feierstimmung, denn wieder einmal ist eine harte Arbeitswoche überstanden. Auch für die nächsten Tage sagen die Meteorologen warmes Altweibersommerwetter voraus und prophezeien gute Chancen zum Grillen. In den Supermärkten wird man sich um die Frikadellen und Würstchen reißen, auf den Küstenstraßen werden sich musikdröhnende

Kabrios auf dem Weg zum Strand stauen, in den Wohnvierteln wird das hypnotische Geklimper der Eiswagen ertönen, wer einen Hund hat, wird ihn ausführen, und in den Parks wird es viel nacktes Fleisch zu bewundern und dehydrierte Betrunkene zu versorgen geben. Natürlich sind für Montagmorgen Katzenjammer und Krankmeldungen absehbar, aber jetzt, am Freitag um 18 Uhr, kribbelt die Luft von freudiger Erwartung und ausgelassenen Plänen, denn jeder sieht eine Welt voller Möglichkeiten vor sich.

»Hi, Holly«, begrüßt mich Maria Costas in ihrem Büro mit professioneller Herzlichkeit und schüttelt mir freundlich die Hand.

Sie schließt die Tür hinter uns und führt mich zu den beiden Sesseln am Fenster. Das Zimmer ist ruhig und hell, ein Ort der Geborgenheit, an dem Menschen ihre Seele offenbaren. Wenn diese Wände reden könnten ... würden sie der Psychologin Maria ein Vermögen schulden. Ich betrachte den Kaktus, der auf dem Tisch in der Mitte des Raums steht.

Die Therapeutin folgt meinem Blick. »Das ist Olivia. Meine Schwester hat sie mir geschenkt«, erklärt sie. »Ich habe festgestellt, dass die Gefahr, dass ich meine Pflanzen umbringe, nicht so hoch ist, wenn ich ihnen Namen gebe.«

Ich lache. »Ich hatte mal eine Pflanze namens Gepetto, die leider gestorben ist – wie sich herausstellte, hätte sie Wasser nötiger gehabt als einen Namen.«

Maria kichert. »Wie kann ich Ihnen helfen, Holly?«

»Danke, dass Sie sich Zeit für mich nehmen. Wie ich Ihrer Assistentin schon erklärt habe, geht es nicht um einen persönlichen Besuch.«

Sie nickt. »Ihr Name ist mir ein Begriff. Ich kenne Ihr Podcast-Interview und habe es schon einigen meiner Klienten empfohlen. Sowohl denen, die trauern, als auch denen mit einer lebensbedrohlichen Krankheit.«

»Ich habe mit einigen Ihrer Klienten gearbeitet – Joy Robinson, Paul Murphy, Bert Sweeney und«, ich schlucke schwer, denn ich traure noch um meine Freundin, »mit Ginika Adebayo. Kürzlich habe ich erfahren, dass sie in einer Gruppentherapiesitzung bei Ihnen von meiner Geschichte erfahren haben. Diese Geschichte hat diese Menschen dazu inspiriert, ihren Lieben Briefe zu schreiben, und sie sind auf mich zugekommen, damit ich ihnen dabei helfe und sie anleite.«

»Für diese Zumutung entschuldige ich mich«, sagt Maria und runzelt die Stirn. »Joy hat so positiv auf Ihre Geschichte reagiert und konnte gar nicht aufhören, davon zu sprechen, als sie das nächste Mal zur Gruppe kam. Es gab ein großartiges Gespräch darüber, wie man sich am besten darauf vorbereiten kann, seine Lieben zu verlassen. Ich habe die Gruppe ermutigt, miteinander in Kontakt zu bleiben, was manche getan haben und andere nicht. Erst bei Berts Totenwache habe ich erfahren, dass er Briefe hinterlassen hat, und ich dachte, es wäre eine einmalige Sache, bis ich vor kurzem mit Joy gesprochen habe.«

»Sie waren bei Berts Totenwache?«, frage ich erschrocken.

»Ja«, antwortet sie lächelnd. »Dieser kleine Junge hat Ihnen ganz schön zugesetzt.«

Ich bekomme heiße Wangen. »Ich habe meinen Auftrag aber auch sehr stümperhaft erledigt.«

»Es war viel verlangt von Ihnen, einen Umschlag in Berts kalte tote Hände zu legen, aber von ihm überrascht mich das nicht.«

Wir lachen, und als wieder Stille einkehrt, sagt Maria: »Ich war traurig, als ich von Ginikas Tod erfahren habe. Sie war eine tolle junge Frau, ihr konnte man nichts vormachen – ich habe es immer sehr genossen, ihre Ansichten zu hören. Ich wünschte, es würde in dieser Welt mehr von ihrer Art geben.«

»Das Original würde mir reichen«, entgegne ich mit einem traurigen Lächeln.

»Und ihre kleine Tochter?«

»Sie ist bei sehr liebevollen Pflegeeltern untergebracht. Bei Freunden von mir, und ich habe sie gerade erst gestern Abend besucht.«

»Ach wirklich?« Maria mustert mich aufmerksam. »Geht es also weiter mit dem Briefeschreiben?«

»Genau deshalb bin ich hier. Das Briefeschreiben hat einen Namen«, erkläre ich. »Angela Carberry hat die Gruppe ›P. S. Ich liebe Dich‹-Club getauft, und ich möchte ihr und den anderen vier ursprünglichen Mitgliedern gern die Ehre erweisen, diesen Club in ihrem Namen weiterzuführen. Ich möchte todkranken Menschen helfen, ihren Lieben Botschaften zukommen zu lassen, und ich habe gehofft, Sie könnten mich mit Leuten bekannt machen, die auf diese Art von Unterstützung Wert legen.«

Gabriels Unterstützung und Ermunterung, einfach weiterzumachen, hat mich angespornt, und von Joy habe ich von Maria Costas erfahren. Da sie die Wurzel des Ganzen ist, dachte ich, es wäre das Natürlichste, die Sache von hier aus in Gang zu bringen.

»Haben Sie finanzielle Gewinne durch den Club?«

»Wie bitte? Nein«, sage ich ein bisschen gekränkt. »Nichts dergleichen. Ich habe einen Vollzeitjob, für den Club arbeite ich in meiner Freizeit.« Da ich mich missverstanden fühle, füge ich hinzu: »Mir ist schon klar, dass das Konzept mit den Briefen nicht jedermanns Sache ist, aber ich habe die Erfahrung gemacht, dass es viele Menschen gibt, die den Wunsch haben, nach ihrem Tod etwas zu hinterlassen. Mein Mann gehörte dazu. Anfangs, vor ziemlich genau sieben Jahren, dachte ich noch, die Briefe, die mein Mann geschrieben hat, wären alle nur für mich, aber inzwischen habe ich begriffen, dass es mindestens ebenso sehr um ihn selbst ging. Abschiednehmen gehört zu unserer Lebensreise, es ist die Vorbereitung auf das Ende. Teils, weil man seine Angelegenheiten ordnen möchte, teils, weil man nicht vergessen werden will. Ich arbeite nicht nach Schema F; die Briefe müssen immer individuell bleiben. Um herauszufinden, wie diese den geliebten Menschen am besten helfen, musste ich Zeit mit den Betreffenden verbringen und ihre Beziehungen beobachten. Ginika beispielsweise war bis zu dreimal pro Woche mit mir zusammen, manchmal noch mehr. Wenn Sie sich Sorgen hinsichtlich meiner Absichten machen, möchte ich Sie wissen lassen, dass sie absolut ehrlich sind.«

»Nun«, antwortet Maria fröhlich. »Offensichtlich mangelt es Ihnen weder an Ehrlichkeit noch an Leidenschaft. Schauen Sie, Ihre Idee müssen Sie mir nicht verkaufen, ich habe Joy ja ermuntert, sie mit den anderen Gruppenmitgliedern zu teilen, erinnern Sie sich? Sie sprechen hier die Palliativphase an, also die Frage, wie man in dem Wissen lebt, dass die verbleibende Lebenszeit begrenzt ist, und ich glaube, das ist ein unumgänglicher Teil des Weges. Mir gefällt es, dass Sie sowohl an die Bedürfnisse der Patienten als auch an die ihrer Lieben denken, aber aus Datenschutzgründen kann ich Ihnen meine Klientenliste natürlich nicht zugänglich machen. Ich habe allerdings kein Problem damit, den Menschen, die ich berate, Ihren Podcast ans Herz zu legen«, sagt sie.

»Aber?«

»Aber«, fährt sie behutsam fort, »todkranke Menschen sind verletzlich, konfrontiert mit dem unmittelbar bevorstehenden Ende ihres Lebens. Psychisch gestörte Patienten sind sensibel und müssen entsprechend einfühlsam behandelt werden.«

»Ich habe die letzten sechs Monate damit verbracht, einfühlsam mit todkranken Menschen umzugehen, mir ist bewusst, wie und was sie denken. Wenn Sie wüssten, was ich mit der Gruppe durchgemacht habe, ganz zu schweigen von meiner Erfahrung mit meinem Mann, um den ich mich während seiner langen Krankheit gekümmert habe …«

»Holly«, unterbricht Maria mich sanft. »Ich greife Sie nicht an.«

Ich hole tief Luft und atme langsam wieder aus. »Sorry. Ich wünsche mir so sehr, dass es weitergeht.«

»Das verstehe ich. Aber ich glaube, wenn Sie weitermachen wollen, wäre es ratsam, eine klarere Strategie zu verfolgen. Eine Struktur für den Club zu finden, Regeln, Richtlinien aufzustellen. Für sich selbst und für die anderen. Sie sollten die Kontrolle haben darüber, wie Sie diesen Menschen helfen«, sagt sie mit fester Stimme. »Nicht nur den anderen zuliebe, auch für Sie selbst. Ich kann mir kaum vorstellen, wie Sie es geschafft haben, ganz allein vier Todkranke durch diese Zeit zu begleiten. Es muss überwältigend gewesen sein.«

Ich entspanne mich ein bisschen. »Ja, schon.«

Maria lehnt sich zurück und lächelt leise. »Bevor Sie noch mehr Leuten helfen, sollten Sie dafür sorgen, dass Sie sich selbst in einer sicheren Position befinden.«

Als ich die Praxis verlasse, bin ich fix und fertig. Ernüchtert, frustriert, aber auch sehr nachdenklich – habe ich bei Paul, Bert, Joy und Ginika Fehler gemacht? Sie schlecht beraten? Womöglich ihnen oder ihren Lieben geschadet? Natürlich war nicht alles perfekt, aber ich glaube, ich habe verdammt gute Arbeit geleistet. Meine Motive könnten nicht ehrlicher sein. Ich bin nicht auf Geld aus. Ich tue dies für die Menschen, die von meiner Arbeit profitieren können, aber natürlich tue ich es auch für mich selbst.

Ein Auto hupt mich an, und ich erschrecke so sehr, dass ich sofort an den Rand fahre und vom Rad steige. Ich lege es auf den Boden und entferne mich hastig von ihm, als wäre es eine tickende Zeitbombe, das Herz hämmert in meiner Brust. Ich war unkonzentriert, um ein Haar hätte ich wieder einen Unfall gehabt.

»Alles in Ordnung, Liebes?«, fragt eine Frau, die an der Bushaltestelle steht und alles mit angesehen hat.

»Ja, danke, ich wollte nur kurz Luft holen«, antworte ich und setze mich auf einen Stuhl vor einem Café direkt daneben. Ziemlich aufgewühlt.

Mir bleiben nur zwei Möglichkeiten: Entweder gehe ich in die Defensive, ändere nichts an meiner Rolle im Club, mache weiter wie bisher und fahre alles an die Wand. Oder ich bin realistisch und nehme Maria Costas' Rat an. Sie hat nämlich recht. Mein Privatleben wäre um ein Haar aus den Fugen gegangen, und das will ich nicht noch einmal riskieren.

Will ich den Geist von Gerry wieder in meinem Leben haben oder den lebendigen, realen Gabriel?

Ich entscheide mich für Gabriel.

Kapitel 37

Ich bin hier«, ruft Gabriel, als ich das Haus betrete. Unser Schlafzimmer ist das erste Zimmer rechts, gleich wenn man hereinkommt. Avas Zimmer ist auf der linken Seite, beide haben einen Blick auf den winzigen Vorgarten, der gepflastert ist, ohne eine einzige Pflanze und obendrein direkt an einer viel befahrenen Straße. Ich überlege, ob Richard ihn vielleicht zum Leben erwecken kann. Die Schlafzimmertür steht offen, Gabriel liegt auf dem Bett.

»Warum bist du hier drin?«

»Der Fernseher war mir zu laut«, sagt er. »Ich habe meine Musik hier reingebracht, aber die Anlage hat mit den ganzen Klamotten und Schuhen, der Schminke und dem Parfüm, den BHs und Tampons, die hier eingezogen sind, nirgends Platz.« Er tut, als würde er weinen. »Ich weiß nicht mehr, wer ich eigentlich bin.«

»Armer Gabriel«, lache ich, steige aufs Bett und lege mich auf ihn.

»Ich komm schon drüber hinweg«, sagt er und küsst mich. »Wie ging es bei der Therapeutin? Ich vermute, es war wie auf

Treibsand. Bist du steckengeblieben?« Er bohrt den Finger in meine Schläfe und flüstert mir ins Ohr: »Maria, bist du da drin? Soll ich Hilfe holen?«

Ich rolle wieder von ihm herunter. »Maria macht nicht mit.«

»Das ist nicht schlimm. Du kannst ja auch einen anderen Weg einschlagen«, meint er optimistisch. »Kontakt zu Krebshilfsorganisationen aufnehmen. Schließlich hast du eine nutzbringende Dienstleistung anzubieten.«

»Ja«, pflichte ich ihm mit ausdrucksloser Stimme bei. »Oder ich könnte es einfach sein lassen. Ich muss ja nicht.«

»Holly, komm wieder runter. Du hast diese Therapeutin nicht gebraucht, um anzufangen, also brauchst du sie jetzt auch nicht, um weiterzumachen. Weißt du, ich glaube, in solchen Momenten wäre es hilfreich für dich, innezuhalten, die Augen zu schließen und dich zu fragen …« Er kneift die Augen zusammen, und es sieht fast so aus, als wolle sein Mund sich zu einem Grinsen verziehen, »… was würde Gerry tun?«

Ich muss lachen.

»Ich tue das nämlich manchmal«, sagt er, und es klingt ein bisschen ironisch. »Du solltest es ruhig auch mal versuchen.« Wieder schließt er die Augen und flüstert: »Was würde Gerry tun? Was würde Gerry tun?« Dann reißt er die Augen plötzlich wieder auf.

»Und? Hat es funktioniert?«, kichere ich. Sein Humor tut mir so gut.

»Ja, danke«, sagt er und salutiert zum Himmel. »Er sagt, ich soll …« Er wirft mich auf den Rücken und landet auf mir. »Das!«

Erst jaule ich auf vor Schreck, dann fange ich an zu lachen und streichle sein Gesicht. »Du solltest immer genau das tun, was Gabriel will. Genau das möchte ich.«

»Ja?«

Ich mustere ihn eindringlich. Obwohl er lustig klingt, hat Ginika vielleicht doch recht damit, dass Gabriel auf Gerry eifersüchtig ist.

»Du konkurrierst nicht mit ihm«, sage ich.

»Ich habe es versucht, aber gegen einen Geist kann man nicht gewinnen«, erwidert er. »Deshalb haben wir uns neulich mal unterhalten, und ich habe ihm gesagt, er und ich haben ein gemeinsames Ziel, nämlich, dich zu lieben, und bei allem Respekt – er muss sich ein bisschen zurücknehmen und mir vertrauen. Zu viele Köche und so …«

»Das klingt etwas seltsam. Aber schön.«

Er lacht und küsst mich zärtlich.

»Krass«, ertönt Avas Stimme im nächsten Moment. Sofort unterbrechen wir den Kuss und schauen zur Tür, von wo aus sie uns mit angeekelt verzerrtem Gesicht beobachtet. Doch dann dreht sie sich um, schließt die Tür, und der Fernseher im anderen Zimmer wird noch lauter.

Gabriel rollt von mir herunter und tut wieder, als würde er weinen.

· / ·

Das Treffen mit Maria Costas war wichtig. Ich habe neue Mitglieder für den Club gesucht, bin aber mit einer viel größeren Idee zurückgekommen, mit einer breiteren Perspektive, wie ich die Sache in Zukunft angehen will. Maria hatte recht. Ich muss für mich selbst Grenzen setzen und darf nicht mehr zulassen, dass die Geschichte jedes Einzelnen mein ganzes Herz in Anspruch nimmt und ich darüber mein eigenes Leben vergesse. Ich kann nicht jedes Clubmitglied dreimal die Woche in meinem Haus empfangen, und ich kann nicht tagelang durch die ganze Stadt auf Schnitzeljagd gehen. Ich kann nicht das Sonntagsessen verpassen und bei der Arbeit ständig freinehmen. Das Jahr des Super-GAUs, wie Ciara es gern nennt, ist hiermit beendet.

Ich stehe im Lagerraum von Magpie. An einer Wand sind deckenhohe Regale, ein Ständer mit Kleidern wartet darauf, gewaschen und gebügelt zu werden. Ein Korb mit Klamotten und eine Kiste mit Sachen für die Wohlfahrt, eine Waschmaschine, ein Trockner, ein Dampfbügeleisen. Ein arbeitsreicher, aber gut organisierter Kontrollraum des Shops, aber ich könnte doch … Kurz entschlossen schleppe ich einen Stuhl ganz nach hinten, nehme, das Gesicht zur Tür, darauf Platz und stelle mir vor, ich säße an einem Schreibtisch, ein weiterer Stuhl mir gegenüber. Ungefähr dort, wo Waschmaschine und Trockner stehen, eine Couch. Dann schließe ich die Augen. Und male mir alles genau aus.

Es klopft an der Tür, und ich öffne die Augen wieder. Die Gebetsmatte aufgerollt unter dem Arm, kommt Fazeel herein.

»Es ist Mittag«, sagt er und lächelt.

Ich grinse und springe auf. »Aushilfen! Ja! Das ist die Lösung!« Ich gehe zu ihm und umarme ihn.

»Meine Güte, du bist heute aber echt gut drauf«, sagt er und erwidert die Umarmung.

»Ciara!«, rufe ich. »Ciara, wo bist du?«

»Ja, ja, ja«, höre ich ihre Stimme, und ich sehe, dass sie zu Füßen einer Schaufensterpuppe liegt, den Kopf unter dem Rock der Puppe. Mathew sitzt mit verschränkten Armen auf einem Hocker und beobachtet sie.

»Was macht ihr denn da?«, frage ich.

»Ihr Bein ist abgefallen«, antwortet Ciara mit gedämpfter Stimme unter dem Rock hervor.

»Ist es schlimm, dass mich das anturnt?«, fragt Mathew.

Ich lache nur. »Ciara, steh auf, bitte, ich muss dir etwas sagen. Ich habe eine Idee!«

· / ·

»Also«, berichte ich aufgeregt im Kreis meiner Familie, als wir alle beim Sonntagsbraten um den Tisch meiner Eltern herumsitzen. Diese Woche sind Gabriel und Ava mit dabei, und Ava kann gar nicht aufhören, über Declans und Jacks kindische Albereien zu lachen, die sie extra für sie noch ein wenig übertreiben. »Ich werde das Magpie-Lager zu einem ›P. S Ich liebe Dich‹-Büro umfunktionieren.«

»Jawohl!«, ruft Ciara mit schriller Jubelstimme und stößt die Faust in die Luft. »Wenn auch vielleicht nicht das ganze Lager«, fügt sie in ebenso begeistertem Ton und mit einem starren Lächeln auf dem Gesicht, hinzu.

»Dort werde ich Leute empfangen. Klienten.«

»Jawohl!«

»Und dann, weil es mich ja nur einmal gibt und hoffentlich jede Menge Leute meine Dienste in Anspruch nehmen werden, stelle ich Aushilfen ein, die mir bei der Arbeit helfen, und damit haben wir den nagelneu überarbeiteten ›P. S. Ich liebe Dich‹-Club!«

»Jawohl!«, kreischt Ciara und klatscht aufgeregt in die Hände.

Ava lacht.

»Warte mal«, unterbricht Mathew Ciaras Jubelstimmung. »Anfang des Jahres warst du total gegen das alles, und jetzt brüllst du nur noch ›Jawohl!‹?« Er imitiert ihren schrillen Ton.

»Das ist deshalb, weil …«, erklärt sie und reißt die Augen

auf, als könnte ich sie nicht sehen und hören. »… beim letzten Mal niemand wollte, dass sie sich da engagiert, aber sie hat es trotzdem gemacht, und daraufhin hatte sie eine Psychokrise. Also müssen wir sie jetzt unterstützen. Los geht's!«

»Ach, komm schon, findet ihr die Idee denn etwa nicht gut?«, frage ich in die Runde.

»Sie ist wundervoll«, sagt Mum.

»Gut gemacht«, stimmt Dad ihr zu, den Mund voller Kartoffeln.

»Ich möchte aushelfen«, sagt Ava plötzlich, und Gabriel sieht sie überrascht an. »Du hast doch gesagt, ich brauche einen Job. Und das klingt cool.«

»Aber ich kann kein Geld dafür bezahlen, Süße«, gebe ich traurig zu bedenken, denn ich fühle mich von ihrem Angebot sehr geehrt.

»Du kannst sie ja bezahlen, sobald du Finanzmittel bekommst«, sagt Richard. »Wenn du den Club als Stiftung oder wohltätige Vereinigung eintragen lässt, kannst du für die benötigten Betriebsmittel Spenden sammeln. Du solltest unbedingt auch ein Team zusammenstellen, zum Beispiel einen Buchhalter und einen Geschäftsberater, und dir von ihnen mit dem Papierkram und den gesetzlichen Auflagen helfen lassen. Alle natürlich auf ehrenamtlicher Basis.«

»Echt? Ihr findet also tatsächlich, dass ich das machen sollte?« Fragend schaue ich mich am Tisch um.

»Zum Beispiel könnte ich für dich die Buchhaltung erledigen«, bietet Richard an. Ehe er in die Landschaftsgärtnerei eingestiegen ist, war er Buchhalter.

»Ich helfe beim Fundraising«, ruft Abbey.

»Wer dafür ist, hebe die Hand«, verkündet Ciara.

Alle strecken die Hände in die Höhe. Alle außer Gabriel.

»Das ist ein großes Projekt«, sagt er.

»Sie kann das, Dad«, sagt Ava und stupst ihn an.

»Yeah, Dad«, ahmt Jack sie nach.

»Yeah, Dad«, wiederholen alle wie aus einem Munde und prusten vor Lachen.

Als sich das Gespräch langsam, aber sicher in die übliche lautstarke, hitzige Debatte verwandelt, legt Gabriel den Arm um meine Schulter und beugt sich zu mir. »Ich weiß, dass du es kannst«, flüstert er und gibt mir einen zärtlichen Kuss.

Meine Spannung wächst zusehends. Bisher habe ich mir immer nur einen Club vorgestellt, aber es könnte doch viel mehr sein. Mit der entsprechenden Unterstützung könnten wir viel mehr Menschen helfen. Ich könnte den Menschen, die mich brauchen, mehr Zeit widmen, um mir ihr Leben richtig anzuschauen, und ihnen dadurch noch besser bei der Gestaltung ihrer Briefe helfen. Der »P. S. Ich liebe Dich«-Club könnte eine nationale Stiftung oder Wohltätigkeitsorganisation werden und todkranke Menschen dabei unterstützen, endlich so Abschied zu nehmen, wie es ihren eigenen Wünschen entspricht. Und das alles wegen Gerry.

Mein Handy klingelt, ich kenne die Nummer nicht. »Hallo?«

»Hi, spreche ich mit Holly Kennedy?«, fragt eine junge Männerstimme.

»Ja, ich bin Holly.«

»Äh, ich habe Ihre Nummer von, äh, von Maria bekommen. Maria Costas. Sie hat mir von Ihrem Club erzählt.«

»Ja, dem ›P. S. Ich liebe Dich‹-Club«, sage ich, stehe auf, um rauszugehen, aber alle am Tisch werden plötzlich ganz still.

»Psst«, fährt Jack Declan an.

»Psst«, erwidert der.

»Psst«, macht Mathew weiter und schubst Ciara an, die überhaupt nichts sagt. Ich halte mir das freie Ohr mit dem Finger zu und verlasse das Zimmer.

Als ich den Anruf beende, sehe ich Gabriel an der Tür stehen. Er schaut mich fragend an.

»Ich habe einen Klienten«, verkünde ich voller Glück, unterdrücke mein Lächeln dann aber, weil ich nicht sicher bin, ob es Philip in seiner schlimmen Lage gegenüber nicht unfair ist. »Aber sag den anderen nichts, du weißt ja, wie sie sind.«

»Versprochen«, flüstert er verschwörerisch.

Doch als wir zum Tisch zurückgehen, packt er meine Hand und hebt sie hoch in die Luft. »Sie hat einen Klienten!«

Und alle jubeln laut vor Freude.

· / ·

»Hallo, Holly«, begrüßt mich Maria Costas an der Tür des St Mary's Hospiz. »Danke, dass Sie so kurzfristig kommen konnten.«

»Kein Problem, ich bin froh, dass Philip angerufen hat.«

»Er hat mir gesagt, er möchte für seine Freunde etwas hinterlassen, weiß aber nicht recht, was. Da habe ich ihm von Ihnen und dem Club erzählt. Nach unserem Gespräch war ich allerdings nicht sicher, ob Sie überhaupt weitermachen würden.«

»Sie haben mir eine Menge Stoff zum Nachdenken gegeben, aber es ging nie darum, ganz aufzuhören. Seit unserem Treffen habe ich Pläne zur Weiterentwicklung des Clubs in die Tat umgesetzt, mit mehr Struktur und einem Team. Haben Sie nachher vielleicht ein bisschen Zeit, dass wir uns darüber unterhalten können?«

»Sehr gern.« Wir bleiben stehen. »Hier ist Philips Zimmer.«

»Erzählen Sie mir bitte etwas über ihn.«

»Er ist siebzehn und hat die Diagnose Osteosarkom, das ist eine Art Knochenkrebs. Er hat schon eine Menge durchgemacht, hatte eine Operation zum Erhalt des Oberschenkelknochens und dazu noch drei Runden Chemo, aber der Krebs ist sehr aggressiv.«

Wir betreten Philips Zimmer. Er wirkt jünger als siebzehn, groß und breit, aber irgendwie im eigenen Körper geschrumpft, die Haut gelblich. Doch seine braunen Augen sind tief und groß in seinem eingefallenen Gesicht.

»Hey, Philip«, begrüßt Maria ihn ganz cool und gibt ihm High Five.

»Hey, Maria, meine griechische Göttin.«

Maria lacht. »Ich bin eigentlich Zyprerin, und es fließt auch kein blaues Blut in meinen Adern – bestenfalls etwas von dem selbst erzeugten Olivenöl meines Großvaters. Ich habe dir ein Geschenk mitgebracht, aber du darfst sie nicht behalten, sie ist nur eine Leihgabe. Holly, das ist Philip, Philip, das ist Holly.«

»Ich mag lieber die Ghettofaust«, sage ich und halte ihm die meine hin.

»Oh, so eine ist sie«, grinst Maria und lächelt, während Philip und ich die Fäuste aneinanderstoßen.

Ich setze mich neben ihn, und mir fällt sofort auf, dass die Innenseite des Nachtschränkchens mit Fotos von Jungen in Philips Alter beklebt ist, Gruppenfotos von herumalbernden, lachenden, posierenden Jungs, Jungs in Rugbyausrüstung, vermutlich ein Rugbyteam. Eine Gruppe, die eine Trophäe hochhält. Ich erkenne Philip sofort, ein robuster, muskulöser junger Teenager, ehe der Krebs sich breitgemacht hat.

Nachdem wir mit Philip etwa eine Stunde Ideen gesammelt haben, verabschieden wir uns, und Maria und ich lassen Philip wieder allein. »Und?«, frage ich, denn ich habe das Gefühl, dass ich in Philips Krankenzimmer für Maria soeben eine Probe meiner Fähigkeiten abgelegt habe.

»Wenn Ihr Club funktionieren soll, brauchen Sie einen Therapeuten, der sich um die psychischen Bedürfnisse Ihrer Klienten kümmert. Vor allem sollte er sich mit dem Verlauf und der Behandlung der Krankheit auskennen und einen flexiblen Ansatz haben, der sich mit dem jeweiligen medizinischen Zustand des Patienten unter einen Hut bringen lässt.«

»Und wo finde ich einen solchen Therapeuten?«, frage ich.

Sie schaut durchs Fenster zu Philip und zögert einen Moment. »Ich bin dabei«, sagt sie dann.

Kapitel 38

Ich sitze auf der Bühne neben den Lehrern des Belvedere College – einer von Dublins Sekundarschulen für Jungen –, und lausche der Rede, die der Direktor für die Schüler hält, die im Sommer ihre Abschlussprüfungen machen. Er motiviert sie, zu lernen, an sich selbst zu glauben, sich noch einmal reinzuknien, weil es um etwas sehr Wichtiges geht. Um ihre Zukunft. Ich betrachte die Gesichter der Siebzehn- und Achtzehnjährigen und sehe in ihnen Hoffnung und Entschlossenheit. Ich nehme unterdrücktes Gähnen und verstohlene Insiderscherze wahr. Und auch sonst noch alles Mögliche.

»Aber es gibt auch einen anderen Grund, weshalb wir heute hier versammelt sind.«

Schweigen. Die Neugier wächst, es wird gemurmelt, viele versuchen den Grund zu erraten, aber das ist unmöglich.

»Heute ist Philip O'Donnells achtzehnter Geburtstag. Wir möchten uns an unseren Mitschüler und Freund erinnern, den wir leider vor ein paar Monaten verloren haben.«

Vor allem in der Mitte des Saals, wo Philips Freunde sitzen, wird gejubelt.

»Aus diesem Anlass haben wir heute einen besonderen Gast bei uns, Holly Kennedy, die sich gleich selbst vorstellen und euch erklären wird, warum sie gekommen ist. Bitte heißen Sie Holly Kennedy nun auf dem Podium willkommen.«

Höflicher Applaus ertönt.

»Hallo, Jungs. Entschuldigt bitte, dass ich euch aus dem Unterricht gelockt habe. Bestimmt wollt ihr alle so schnell wie möglich wieder zurück, deshalb will ich eure Zeit nicht zu lange in Anspruch nehmen.«

Gelächter, denn alle sind froh, nicht im Unterricht sitzen zu müssen.

»Wie Direktor Hanley sagte, heiße ich Holly, und ich arbeite bei einer neuen Stiftung namens ›P. S. Ich liebe Dich‹. Mit unserer Arbeit wollen wir todkranken Menschen helfen, Briefe an ihre Lieben zu schreiben und nach ihrem Tod überbringen zu lassen. Ich habe damit persönliche Erfahrungen und weiß, wie wichtig und wertvoll es für die Kranken ist, die Menschen, die zurückbleiben, nicht alleinzulassen, und gleichzeitig auch dafür zu sorgen, dass sie selbst nicht vergessen werden. Ich bin Direktor Hanley sehr dankbar, dass er Philip diesen Wunsch erfüllt und euch alle hier versammelt hat. Ich habe hier einen Brief von Philip. Es war sein Wunsch, dass ich ihn seinen Freunden Conor alias Con-Man, David, alias Big D, und Michael alias Tricky Mickey vorlese.«

Trotz des traurigen Kontexts wird über die Spitznamen gelacht.

»Philip wollte, dass ich diese drei ganz besonderen Freunde bitte aufzustehen.«

Ich schaue über das Meer von Gesichtern. Alle sehen sich nach den drei jungen Männern um, die sich nun langsam erheben. Einer von ihnen ist bereits in Tränen aufgelöst. Zur Unterstützung legen sie einander die Arme um die Schultern, als stünden sie beim Absingen der Nationalhymne auf dem Rugbyfeld. Bei Philips Beerdigung haben sie geholfen, den Sarg zu tragen, und auch jetzt stehen sie Seite an Seite. Ich hole tief Luft. Jetzt nur nicht die Fassung verlieren.

»Lieber Con-Man, lieber Big D und lieber Tricky Mickey«, beginne ich. »Ich möchte nicht zu makaber werden, denn ich bin sicher, es ist euch schon unangenehm genug, so vor allen anderen zu stehen.«

Im Saal ertönt ein bewundernder Pfiff.

»In diesem Raum weiß jeder, dass ihr drei meine besten Kumpels seid. Ich werde euch vermissen. Das Einzige, was ich an der ganzen Geschichte nicht vermisse, ist die Tatsache, dass ich dieses Jahr die Prüfungen verpasse. Wenigstens bin ich um die Büffelei herumgekommen.«

Hochrufe sind zu hören, es wird applaudiert.

»Heute ist mein achtzehnter Geburtstag, ich bin der Jüngste von uns vieren, und das lasst ihr mich auch keine Sekunde vergessen. Hab Respekt vor älteren Leuten, hast du immer gesagt, Tricky Mickey. Und ob ich den habe. Ich wünschte, ich könnte heute bei euch sein, aber ihr könnt ja einfach weitermachen mit dem, was ich angefangen habe. Am 24. Dezember, also an Heiligabend, werdet ihr die 12-Pubs-of-Christmas-Tour machen.«

Wieder gibt es Jubel und Applaus, noch lauter diesmal. Ich warte, bis der Lärm sich mit Hilfe des Direktors etwas gelegt hat.

»Zwölf Pubs. Zwölf Pints. Und die trinkt ihr alle auf mich, Jungs. Bring einen Kotzeimer mit, Big D.«

Würgen und Kotzgeräusche breiten sich im Saal aus, der Teenager in der Mitte der Dreiergruppe wird von den Jungs hinter ihm geneckt. Jetzt weiß ich, welcher von ihnen Big D ist.

»Bei O'Donoghue's werdet ihr anfangen, dort wartet ein Pint von mir auf euch. Wenn ihr es ausgetrunken habt, wird der Barkeeper euch einen Umschlag mit einer Notiz geben, in der ich euch mitteile, wo es als Nächstes hingeht. Weil Hanley zuhört und es sonst nicht zulassen würde, dass so etwas vorgelesen wird, muss ich die Bedingung hinzufügen, dass ihr jedes Pint mit einem Glas Wasser begleiten müsst.«

Die Zuhörer freuen sich über die Erwähnung des Direktors, und ich sehe, dass Hanley sich verstohlen die Augen wischt.

»Genießt den Abend, trinkt noch ein Pint extra auf mich. Wenn ich kann, werde ich euch zuschauen. P. S. Ich liebe euch, Jungs.«

Die drei Freunde umarmen sich, der Rest des Auditoriums applaudiert respektvoll, erhebt sich dann zu stehenden Ovationen, und auch Philips Name wird skandiert. Zwei der besten Freunde weinen, einer davon natürlich Big D in der Mitte, der dritte gibt sich alle Mühe, die Fassung zu wahren und eine Art Vaterfigur für die anderen zu sein, die alles zusammenhält.

Natürlich kann niemand es wissen, aber ich frage mich, ob sich ihre Wege, wenn Philip überlebt hätte, irgendwann getrennt hätten. Doch jetzt verbindet Philips Tod sie für immer. So reißt der Tod die Menschen zwar auseinander, aber auf seine eigene Art schweißt er die Hinterbliebenen auch zusammen.

· / ·

Ich drücke das in den Angeln quietschende Gartentor auf und betrete den Gartenweg zum Cottage. An der Tür klingle ich, und als ich Schritte nahen höre, gebe ich Mathew, der an seinem Van steht, mit einem Kopfnicken das Zeichen. Augenblicklich öffnet er den Kofferraum, nimmt ein halbes Dutzend rote Luftballons in jede Hand, und Ciara und Ava folgen seinem Beispiel. Als die Tür aufgeht, reicht Mathew mir seine Ballons und rennt zum Van zurück, um den Rest zu holen.

Die Frau an der Tür ist nicht viel älter als ich. »Hallo«, sagt sie, lächelnd, aber verwirrt.

»Von Peter«, erkläre ich und überreiche ihr eine Karte.

Happy Birthday, Alice.
Rote Ballons schweben vorüber.
Alles Liebe, Peter.
P. S. Ich liebe Dich.

Wie unter Schock nimmt sie die Karte entgegen.

Ich drücke Play auf meinem iPhone, und schon beginnt Nena »99 Luftballons« zu singen, den Song, zu dem die beiden das erste Mal miteinander getanzt haben. Alice tritt beiseite und sieht zu, wie die Prozession der 99 Ballons zusammen mit der Musik ihr Haus erfüllt.

· / ·

Ich sitze am Küchentisch einer Witwe, die unter Tränen ihr neues Glücksbringer-Armband in der Hand hält.

»Jeder Anhänger hat eine Geschichte«, erkläre ich und überreiche ihr die acht Umschläge mit den Botschaften ihrer Frau. »Die hat sie alle speziell für Sie ausgesucht.«

· / ·

Ich sitze mit einem Vater und seinen drei Kindern in ihrer Wohnung.

Alle starren mich mit großen Augen an.

»Was hat Mam gemacht?«

»Sie hat ihren eigenen YouTube-Kanal eingerichtet«, wiederhole ich. »Wie cool ist das denn?«

»Supercool!«, ruft der Achtjährige und stößt die Faust in die Luft.

»Aber Mam hat es immer gehasst, wenn wir YouTube geguckt haben«, sagt das Teenagermädchen völlig perplex.

»Jetzt nicht mehr«, erwidere ich lächelnd, öffne den Laptop und drehe den Bildschirm zu ihnen um. Sofort scharen sie sich um ihn und drängeln um den besten Platz.

Die Musik beginnt, und die Stimme ihrer Mutter ruft in einem Ton, den sie von den YouTubern gelernt hat, die ihre Kinder so vergöttern. »Hallo, Leute, ich bin's, Sandra aka ›Bam-it's-Mam‹, und ich heiße euch auf meinem YouTube-Kanal willkommen. Und ich habe echt coole Dinge, die ich euch zeigen möchte, und ich hoffe, dass es euch Spaß machen wird, sie zu Hause anzuschauen. P. S. Ich liebe euch, Leute. Also, fangen wir an! Heute machen wir Glibber.«

»Glibber!«, kreischen die Kinder. Ihr Dad lehnt sich auf seinem Stuhl zurück und schlägt die Hand vor den Mund, um den Schwall der Gefühle zurückzuhalten, der ihn überkommt. Tränen schießen ihm in die Augen, aber die Kinder sind so fasziniert vom Video ihrer Mutter, dass sie nichts davon mitbekommen.

· / ·

Mit einem Ruck wache ich auf. Ich muss etwas erledigen, ganz dringend, ich wollte es schon tun, bevor ich gestern ins Bett gegangen bin, aber es war zu spät. Schnell setze ich mich auf und greife nach meinem Telefon, das auf dem Nachttisch liegt.

»Hallo?«, meldet sich Joy.

»Heute ist der 8. Dezember.« Der inoffizielle Weihnachtsbeginn. Ein heiliger Tag, Mariä Empfängnis. Bevor die Ortschaften wuchsen, bevor das Reisen einfacher wurde und sich Gesellschaft und Kultur wandelten, sind an diesem Tag Leute von überallher nach Dublin gefahren, um ihre Weihnachtseinkäufe zu machen. Ein alter Brauch, dem längst nicht mehr alle folgen, aber eins hat sich nicht geändert – es ist der Tag, an dem die meisten Menschen ihr Zuhause für Weihnachten schmücken.

»Holly, bist du das?«

»Ja«, lache ich. »Joy, heute ist der 8. Dezember!«

»Ja, ich weiß, das hast du gerade schon gesagt, aber ich verstehe nicht ganz.«

»Kauft Joe heute den Weihnachtsbaum? Will er das Haus dekorieren?«

»Oh!« Jetzt hat sie verstanden, und sie senkt die Stimme zu einem Flüstern. »Ja, das hat er vor.«

»Er darf aber nicht auf den Speicher«, sage ich, steige hastig aus dem Bett und laufe nackt durchs Zimmer, um mir Klamotten zu suchen.

»Oje, was soll ich jetzt tun? Ich schaffe es bestimmt nicht auf den Speicher.«

»Natürlich nicht. Deshalb rufe ich ja an. Ich habe die Sachen hochgetragen, jetzt hole ich sie auch wieder runter.« Lächelnd halte ich inne. »Joy – du hast es geschafft.«

»Ja«, flüstert sie. »Das habe ich.«

Kapitel 39

Der Familienanwalt, der vor zehn Jahren unseren Hauskauf abgewickelt hat, ist in Rente und hat alle meine Unterlagen an eine neue Kanzlei weitergeleitet, mit der ich bisher noch nichts zu tun hatte. Aber heute besuche ich das Büro, um endlich alles für den Verkauf fertigzumachen.

»Ich freue mich, Sie kennenzulernen, Holly. Als ich mich mit Ihrer Immobilie und den Urkunden vertraut gemacht habe, bin ich auf etwas Ungewöhnliches gestoßen und habe Tony kontaktiert. Er hat mir versichert, dass alles korrekt und vollständig war.«

»Bitte sagen Sie mir jetzt nicht, dass irgendetwas nicht stimmt. Es hat so lange gedauert, an diesen Punkt zu kommen, an dem ich nur noch unterschreiben muss«, sage ich, denn ich bin erschöpft von dem ganzen Vorgang.

»Nein, nein, es stimmt alles. Aber bei den Akten ist eine persönliche Notiz für Sie. Tony hat sie damals entgegengenommen, und auf dem Umschlag steht, dass der Brief an Holly Kennedy übergeben werden soll, *falls sie das Haus verkauft.*«

Sofort bekomme ich Herzklopfen, eine Hoffnung macht

sich breit, obwohl ich weiß, dass sie dumm ist nach der ganzen langen Zeit. Seit Gerrys Tod sind fast acht Jahre vergangen, und schon sieben, seit ich seinen letzten Brief gelesen habe. Es waren zehn Briefe, ich habe sie alle gelesen. Es wäre gierig, noch mehr zu wollen.

Die Anwältin greift in die Akte und zieht einen Umschlag heraus.

»O mein Gott«, rufe ich und schlage beide Hände vor den Mund. »Das ist die Schrift meines verstorbenen Mannes.«

Sie hält mir den Umschlag hin, aber ich nehme ihn nicht, starre ihn nur an. Gerrys Schrift. Schließlich legt sie den Brief vor mich auf den Schreibtisch.

»Dann lasse ich Sie jetzt ein Weilchen damit allein«, sagt sie. »Möchten Sie vielleicht ein Glas Wasser?«

Ich antworte nicht.

»Ich bringe Ihnen eins.«

Als ich mit dem Umschlag allein bin, lese ich, was darauf steht.

»Einen auf den Weg.«

Es ist spät, Samstagnacht, eigentlich schon Sonntagmorgen. Verscheucht von schimpfenden Türstehern, verlassen die meisten Gäste den Pub. Die Lampen verbreiten viel zu helles Licht, der Geruch nach Bleiche ist so heftig, als sollten wir gleich mit weggeputzt werden. Einige der Nachtschwärmer gehen nach Hause, andere weiter zum nächsten Club. Sharon und John küssen sich – wie schon den ganzen Abend – so innig, als wollten sie sich fressen, was im Dunkeln schon ansatzweise unappetitlich, im grellen Lichtschein aber noch entschieden abstoßender wirkt.

»Noch einen auf den Weg!«, sagt Gerry zu mir und lächelt, völlig übernächtigt, aber bezaubernd wie immer. Seine Augen lächeln, voller Übermut, voller Leben.

»Die sind gerade dabei, uns rauszuwerfen.«

»Denise«, ruft Gerry. »Wie wär's mit einem deiner Zaubertricks?«

»Bin schon dabei«, antwortet Denise, salutiert und macht sich auf den Weg zu einem jungen hübschen Rausschmeißer.

»Hör auf, meine Freundin zu verkuppeln.«

»Sie liebt das«, grinst Gerry.

Denise dreht sich um und zwinkert uns zu – sie hat erfolgreich eine letzte Runde für uns gesichert.

»Immer noch einen auf den Weg«, sage ich und küsse ihn.

»Immer«, flüstert er.

· / ·

Mein Wecker klingelt. Es ist sieben Uhr morgens, ich rolle mich auf die Seite und stelle ihn ab. Ich muss aufstehen, raus aus dem Bett, duschen, zum College gehen. Neben mir regt sich Gerry. Seine Hand greift übers Bett hinweg nach mir, warm wie ein Ofen. Er drückt sich an mich, sehnsüchtig, gierig. Seine Lippen streichen über meinen Nacken, und seine Finger finden genau die Stelle, an der sie mich mit Sicherheit zum Bleiben überreden. Ich schmiege mich ebenfalls an ihn.

»Noch einen auf den Weg«, sagt er verschlafen.

Ich spüre seine Worte auf der Haut. Ich höre das Lächeln in seiner Stimme. Ich gehe nirgendwohin. Nur zu ihm.

»Immer noch einen auf den Weg«, flüstere ich.

»Immer.«

· / ·

Wie unter Schock starre ich auf den Umschlag, der vor mir auf dem Schreibtisch liegt. Wie kann ich das vergessen haben, wo ich nach seinem Tod doch alles analysiert und berechnet habe? Einen auf den Weg, das hat er immer gesagt. Immer noch einen. Immer. Zehn Briefe, es hätte genug sein müssen, aber sieben Jahre später lese ich den letzten. Noch einen auf den Weg.

Liebe Holly,
Es gibt immer noch einen. Aber der hier ist der Letzte.
Fünf Minuten für mich, aber wer weiß, wie lange für Dich.
Vielleicht wirst Du das hier niemals lesen, vielleicht wirst Du das Haus nie verkaufen, vielleicht geht der Brief verloren, vielleicht liest ihn jetzt jemand anderes. Eine wunderschöne Tochter oder ein wunderschöner Sohn von Dir. Wer weiß. Aber ich schreibe den Brief mit der ausdrücklichen Absicht, dass Du ihn liest.
Ich könnte gestern gestorben sein oder schon vor Jahren. Du könntest dabei sein, abends Deine dritten Zähne in ein Glas neben dem Bett zu legen, und es tut mir so leid, dass ich nicht mit Dir alt werden kann. Ich weiß nicht, wer Du in diesem Moment gerade in Deiner Welt bist, aber hier, in meiner Welt, in dem Augenblick, in dem ich das hier zu Papier bringe, bin ich noch ich, Du bist noch Du, und wir sind noch wir.
Lass mich Dich dorthin zurückholen.
Ich bin sicher, dass Du immer noch wunderschön bist. Ich bin sicher, dass Du immer noch sehr nett bist.
Du wirst immer geliebt werden, von hier und von dort, von nah und von fern.
Ich habe Erfahrung darin, Dich von fern zu lieben, erinnerst Du Dich? Ich musste mich ein ganzes Jahr warmlaufen, bis ich mich getraut habe, Dich zu fragen, ob Du mit mir ausgehst.

Keine Ahnung, ob es sich je ändern wird, ich weiß nur, je weniger Leben ich in mir habe, desto mehr liebe ich Dich. Die Liebe füllt alles aus. Wenn ich nicht mehr da bin, werde ich nur noch aus Liebe bestehen, glaube ich, nur noch aus meiner Liebe zu Dir.
Aber falls ich, was nicht sehr wahrscheinlich ist, doch im Jenseits mit jemand anderem zusammenkomme, sei bitte nicht sauer. Sobald Du auftauchst, mache ich mit ihr Schluss. Falls Du nicht längst einen anderen suchst oder lieber bei Dir haben willst.
Viel Glück mit Deinem neuen Abenteuer, was immer es sein mag.
Ich liebe Dich, meine Schöne, und ich bin immer noch froh, dass Du ja gesagt hast.
Gerry.
P. S. Bis später?

In dem Umschlag ist noch ein Zettel, der ziemlich zerknittert aussieht, obwohl er doch acht Jahre flach und unberührt hier drin gelegen hat. Ich streiche ihn auf dem Schreibtisch glatt, und als ich die Handschrift sehe, wird mir klar, dass es der erste Brief ist, den Gerry mir geschrieben hat, als wir vierzehn waren.

Seine Worte versetzen mich zurück in die Vergangenheit und führen mich mit neuer Hoffnung vorwärts in meine Zukunft. Sie erden mich in der Realität und heben mich in die Höhe, so dass ich mich fühle, als könnte ich schweben.

Sein Brief schenkt mir Wurzeln und Flügel.

· / ·

Dienstagmorgen. Ich hasse Dienstage, weil sie schlimmer sind als Montage. Ich habe schon einen Montag hinter mir, und die Woche ist noch nicht mal halb vorbei. Außerdem beginnt mein Schultag mit zwei Stunden Mathe bei Mr Murphy, der mich genauso hasst, wie ich Mathe hasse, was an einem Dienstag ganz schön viel Hass in einem Raum ist. Mr Murphy hat mich ganz nach vorn gesetzt, direkt vor sein Pult, damit er mich im Auge behalten kann. Ich bin mucksmäuschenstill, aber ich komme trotzdem nicht mit.

Draußen regnet es in Strömen, meine Socken sind noch nass vom Weg von der Bushaltestelle zur Schule. Mir ist eiskalt, und die Tatsache, dass Mr Murphy, nachdem eine einzige Schülerin ein einziges Mal gegähnt hat, sämtliche Fenster aufgerissen hat, um uns am Einschlafen zu hindern, macht es nicht besser. Die Jungs haben es gut, die dürfen Hosen anziehen, aber ich habe eine dicke Gänsehaut auf den Beinen, ich fühle genau, wie die Haare sich aufstellen. Zwar habe ich sie bis zu den Knien rasiert, mich aber geschnitten, und das brennt unter den grauen Wollstrümpfen, die zur Uniform gehören. Wahrscheinlich hätte ich nicht Richards Rasierer benutzen sollen, aber das letzte Mal, als ich mir einen eigenen Rasierer gewünscht habe, meinte Mum, ich sei viel zu jung, um mir die Beine zu rasieren. Und die Demütigung, sie noch mal danach zu fragen, ertrage ich nicht.

Ich hasse Dienstage. Ich hasse die Schule. Ich hasse Mathe. Ich hasse haarige Beine.

Am Ende der ersten Stunde klingelt es, und eigentlich müsste ich erleichtert sein wie die Schüler, die draußen auf den Korridoren unterwegs sind zur nächsten Stunde, aber ich weiß, dass ich noch mal vierzig Minuten vor mir habe. Sharon ist krank, deshalb ist der Platz neben mir frei, und ich hasse es, wenn sie nicht da ist, dann kann ich nämlich nicht bei ihr abschreiben. Sie ist neben mich gesetzt worden, weil sie dauernd lacht, aber sie ist gut in Mathe. Durch das Glas neben der Tür kann ich den Korridor sehen. Denise wartet, bis Mr Murphy nicht herschaut, und presst das Gesicht ans Glas, macht den Mund auf und drückt die Nase platt wie ein Schweinchen. Ich grinse und schaue weg. Ein paar von der Klasse lachen, aber als Mr Murphy hinsieht, ist Denise schon wieder weg.

Dann verlässt Mr Murphy das Klassenzimmer für zehn Minuten, und wir müssen eine Aufgabe lösen, die er uns gegeben hat. Ich weiß, dass ich die Lösung nicht finden werde, weil ich ja nicht mal die Frage verstehe. X und Y können mich mal. Wenn Mr Murphy zurückkommt, wird er wie immer nach Rauch stinken, sich mit einer Banane und einem Messer vor mich setzen und uns alle drohend anstarren und so tun, als wäre er ein richtig harter Typ. Jemand setzt sich neben mich. John. Ich spüre, wie ich rot werde, weil mir das peinlich ist. Verwirrt schaue ich über meine rechte Schulter zur Wand, wo er normalerweise sitzt. Neben Gerry. Der sieht weg, runter in sein Heft.

»Was machst du denn hier?«, zische ich John an, obwohl die anderen sich in normaler Lautstärke unterhalten und wahrscheinlich mit der Aufgabe schon fertig sind. Und selbst wenn nicht, ist das auch egal, weil Mr Murphy sowieso mich fragt.

»Mein Kumpel möchte gern wissen, ob du mal mit ihm ausgehst«, sagt John.

Auf einmal fängt mein Herz wie wild an zu pochen, und mein Mund wird ganz trocken.

»Welcher Kumpel?«

»Gerry. Wer denn sonst?«

Poch, poch.

»Soll das ein Witz sein?«, frage ich, gleichzeitig ärgerlich und verlegen.

»Nein, ich meine es ernst. Ja oder nein?«

Ich verdrehe die Augen. Gerry ist der tollste Junge in der Klasse. Ich korrigiere: im ganzen Jahrgang. Er kann jede haben, die er will, und aller Wahrscheinlichkeit nach ist es ein Witz.

»John, das ist nicht komisch.«

»Ich meine es ernst!«

Ich habe Angst, mich noch mal nach Gerry umzuschauen. Inzwischen ist mein Gesicht garantiert knallrot. Ich habe viel lieber in der letzten Reihe gesessen, wo ich ihn anstarren konnte, wann immer ich wollte. Alle mögen Gerry, er ist umwerfend, selbst in seiner neuen Sporthose, und er riecht immer so gut. Natürlich bin ich scharf auf Gerry, die meisten Mädchen – und Peter – sind scharf auf ihn. Aber Gerry und ich? Ich hätte gedacht, er weiß nicht mal, dass ich existiere.

»Holly, ich meine es ernst«, wiederholt John. »Und gleich kommt der Schlumpf zurück. Also – ja oder nein?«

Ich schlucke schwer. Wenn ich ja sage und es ist doch ein Witz, dann werde ich vor Scham im Boden versinken. Aber wenn ich nein sage, und es ist kein Witz, verzeihe ich es mir nie.

»Ja«, sage ich, und meine Stimme klingt seltsam.

»Cool«, sagt John, grinst und macht, dass er wieder auf seinen Platz kommt.

Ich warte auf das Gejohle, darauf, dass alle anfangen zu lachen und mir sagen, dass es ein Witz war. Ich warte darauf, gedemütigt zu werden, habe Angst mich umzudrehen. Sicher lachen sie mich leise aus. Dann knallt jemand gegen die offene Tür, und ich zucke erschrocken zusammen. Mr Murphy ist wieder da, samt Messer und Banane und nach Rauch stinkend.

Alle werden wieder still.

»Seid ihr fertig?«

Ein Chor von Jas.

Mr Murphy schaut mich an. »Holly?«

»Nein.«

»Dann gehen wir die Aufgabe mal durch, ja?«

Weil alle mich anglotzen, bin ich so verlegen, dass ich keinen klaren Gedanken mehr fassen kann. Und Gerry denkt jetzt bestimmt, ich bin ein totaler Schwachkopf.

»Nehmen wir den ersten Teil«, sagt Mr Murphy, schält seine Banane und schneidet die Spitze ab. Die isst er nie, er mag das Schwarze darin nicht. Dann schneidet er eine dünne Scheibe ab und isst sie vom Messer.

»John hat 32 Schokoriegel«, sagt er langsam, und ein paar meiner Mitschüler lachen. »Er isst 28 davon. Was hat er jetzt?«

»Diabetes, Sir!«, ruft Gerry, und alle schütten sich aus vor Lachen.

Sogar Mr Murphy. »Danke, Gerry.«

»Gern geschehen, Sir.«

»Wenn du dich für so schlau hältst, dann mach die Aufgabe doch jetzt mal fertig.«

Und das tut Gerry. Ich bin gerettet. Ich bin dankbar, aber zu verlegen, um mich umzudrehen. Etwas trifft mich am Bein und landet vor meinen Füßen. Als ich runterschaue, sehe ich ein zusammengeknülltes Zettelchen. Ich tue so, als wollte ich etwas aus meiner Tasche holen, und während Mr Murphy mir den Rücken zuwendet und etwas an die Tafel schreibt, rolle ich den Papierball auseinander und streiche ihn auf meinem Schoß glatt.

Es war kein Witz. Ehrlich. Wollte Dich schon eine Ewigkeit fragen.
Freu mich, dass Du ja gesagt hast.
Gerry.
P. S. Bis später?

Ich grinse, mein Herz klopft, ich habe Schmetterlinge im Bauch. Als ich das Briefchen in meine Tasche stopfe, schaue ich mich verstohlen um. Gerry beobachtet mich, große blaue Augen, irgendwie nervös. Ich lächle, und er lächelt zurück. Wie ein Insiderscherz, nur wir beide verstehen ihn.

Epilog

Ich bin im Laden, in meinem Lieblingsbereich mit dem Krimskrams bei der Kommode, poliere und sortiere, spiele mehr oder weniger herum, als Ciara meine Gedanken unterbricht. Sie steht am Fenster und zieht die Schaufensterpuppen an.

»Ich glaube, ich möchte den Puppen Namen geben. Je länger ich mit ihnen zusammen bin, desto sicherer werde ich, dass jede eine Persönlichkeit hat.«

Ich muss lachen.

»Wenn ich ihnen zuhöre, kann ich sie am vorteilhaftesten einsetzen. Vielleicht sogar mehr verkaufen. Zum Beispiel diese hier – das ist Naomi.« Sie dreht die Puppe um und winkt mir mit der Puppenhand zu. »Sie ist ein Fenstermädchen, sie mag es, im Mittelpunkt zu stehen. Auf dem Podium. Im Gegensatz zu … zu Mags da drüben, sie hasst Aufmerksamkeit.« Ciara hüpft von der Plattform und geht zu der Puppe im Accessoire-Bereich. »Mags versteckt sich gern. Sie mag Perücken, Sonnenbrillen, Hüte, Handschuhe, Taschen, Schals, all so was.«

»Weil Mags auf der Flucht ist«, füge ich hinzu.

»Ja, genau!« Ciara studiert die Puppe mit großem Interesse. »Du bist eigentlich gar nicht schüchtern, stimmt's? Du bist auf der Flucht!«

Das Ladenglöckchen ertönt, die Tür geht auf.

»Vor wem läufst du weg, Mags? Vor etwas, was du gesehen, oder vor etwas, was du getan hast?« Lass mich dir in die Augen schauen.« Ciara lässt die Brille auf der Nase tiefer rutschen und starrt Mags an. Sie schnaubt laut. »Was hast du getan, du freches Ding?«

Der Kunde räuspert sich, und wir drehen uns zur Tür um, wo ein junger Mann steht, in der Hand einen halbvollen schwarzen Müllsack.

Mein Herz fängt an zu klopfen wie verrückt, ich muss mich an der Kommode festhalten. Verwundert sieht Ciara erst mich, dann wieder den Mann an. An ihrer Reaktion merke ich, dass auch sie es sieht – dieser Mann ist das Ebenbild von Gerry.

»Hallo«, sagt Ciara. »Tut mir leid … Sie haben uns … wir reden grade … meine Güte, Sie sehen einem Bekannten von uns total ähnlich. Einem, den wir früher kannten.« Sie legt den Kopf schief und betrachtet ihn. »Wie kann ich Ihnen helfen?«, fragt sie dann.

»Ich suche Holly Kennedy«, antwortet er. »Vom ›P. S. Ich liebe Dich‹-Club.«

»Ich bin Ciara. Das ist Mags. Wenn es tatsächlich ihr echter Name ist«, sagt sie und grinst. »Sie hat eine dunkle Vergangenheit. Oh, und das hier ist Holly.«

Ich versuche, in die Realität zurückzukehren. Dieser Mann ist nicht Gerry. Eindeutig nicht. Nur ein junger hübscher Typ, der ihm ähnlich sieht, so ähnlich, dass es Ciara und mir für einen Moment den Atem geraubt hat. Schwarze Haare, ein typischer Ire, aber mein Gott – er sieht aus wie Gerry!

»Ich bin Holly.«

»Hi, ich bin Jack.«

»Freut mich, Sie kennenzulernen, Jack«, sage ich und schüttle ihm die Hand. Er ist so jung. Schätzungsweise zehn Jahre jünger als ich, ungefähr so alt wie Gerry, als er gestorben ist. »Hier entlang, bitte.«

Ich führe ihn zum Lagerraum, den ich renoviert habe, um einen einladenden Bereich für den Club zu schaffen, und wir setzen uns dort auf die Couch. Er sieht sich um. An der Wand habe ich gerahmte Fotos von den Mitgliedern des ursprünglichen »P. S. Ich liebe Dich«-Clubs aufgehängt: Angela, Joy, Bert, Paul und Ginika. Und ich habe Gerry noch hinzugefügt, das fand ich passend, schließlich geht das ganze Projekt ja auf ihn zurück. Jacks Blick bleibt an Gerry hängen, und ich frage mich, ob ihm die Ähnlichkeit ebenfalls auffällt. Ich reiche ihm eine Flasche Wasser. Nervös kippt er die Hälfte davon runter.

»Worum geht es denn?«

»Ich habe in einer Zeitschrift über die ›P. S. Ich liebe Dich‹-Briefe gelesen, ausgerechnet im Krankenhaus, als ich im Wartezimmer saß.«

Ich kenne den Zeitschriftenbeitrag. Wir sind eine neue Stiftung, es gibt noch nicht viele Artikel, die man verwechseln könnte. Dieser wurde in einem Gesundheitsmagazin veröffentlicht, und in einem Absatz ging es sogar um Gerry und mich. Vielleicht war es Gerry, der ihn bewogen hat, herzukommen.

»Ich habe Krebs«, sagt er, und seine Augen füllen sich mit Tränen. Dann räuspert er sich und senkt den Blick. »Ich möchte etwas für meine Frau machen. Wir haben erst letztes Jahr geheiratet. Ich habe von Ihrer Geschichte gelesen. Ich möchte etwas Lustiges für sie machen, jeden Monat des Jahres, genau wie Gerry bei Ihnen.«

Ich lächle. »Es wäre mir eine Ehre, Ihnen dabei zu helfen.«

»Haben Sie … hat er … war es …?« Er ringt um Worte. Seufzend fährt er schließlich fort: »Sie finden es ja offensichtlich eine gute Idee, sonst hätten Sie nicht damit angefangen. Aber meinen Sie, es wird meiner Frau auch gefallen?«, fragt er.

So ein Projekt ist so vielschichtig, es gibt so viel, was es zu erklären gilt. Seine Frau wird bei den Briefen und Aufgaben, die ihr Mann sich für sie ausdenkt, so viel empfinden, dass es mir schwerfällt, das in Worte zu fassen. Sie wird den Verlust fühlen, die Trauer, aber auch die Verbindung, Liebe, Mut und Dunkelheit, Wut, Licht und Hoffnung, Lachen und Angst. Und alles dazwischen – ein Kaleidoskop von Emotionen, die von einem Moment zum anderen aufleuchten und flimmern.

»Jack, auf Ihre Frau kommen Dinge zu, die ihr Leben für immer verändern werden«, sage ich schließlich. »Wenn wir die Briefe richtig planen, werden sie dafür sorgen, dass Sie selbst bei jedem Schritt bei ihr sind. Glauben Sie, dass sie das möchte?«

»Ja. Definitiv.« Er lächelt, überzeugt. »Gut. Wir machen es. Aber ich habe ihr gesagt, ich wäre nur eine Minute hier, um für meine Mum ein paar Sachen wegzubringen.« Er wirft einen Blick auf den Müllbeutel neben seinen Füßen. »Aber das sind bloß alte Zeitungen, sorry.«

»Dann sollten wir sie lieber nicht warten lassen.« Ich stehe auf und führe ihn zurück in den Laden. »Wir können uns gern bald wieder treffen, dann können Sie mir Ihre Frau ein bisschen näher beschreiben, damit ich ein Gefühl für sie bekomme. Wie heißt sie denn?«

»Molly.«

»Molly.«

»Bye, Jack«, sagt Ciara.

»Bye, Ciara, bye, Mags«, sagt er und grinst.

Die Tür schließt sich, und Ciara schaut mich an, als hätte sie einen Geist gesehen. Ich eile zum Fenster und beobachte, wie Jack zu einer hübschen jungen Frau ins Auto steigt. Molly. Sie unterhalten sich, während er den Schlüssel herauskramt.

Molly sieht zu mir herüber und lächelt. Mit diesem Blick, diesem kurzen Kontakt versetzt sie mich in die Vergangenheit, weit, weit zurück. Ich habe das Gefühl, durch ein dunkles Loch zu sausen, mein Herz kann kaum Schritt halten. Ich möchte diese junge Frau beschützen, wie eine Mutter, eine gute Freundin. Ich möchte für sie sorgen, ihr die Hand reichen, sie umarmen. Ich möchte ihr sagen, sie soll Jack an sich drücken, ihn festhalten, ihn einatmen, jede Sekunde mit ihm genießen. Ich möchte ihr den Raum geben, den sie braucht, ich möchte ihr erlauben, eine Mauer um sich zu bauen, während ich ihr von draußen geduldig zuhöre. Ich möchte ihr helfen, diese Mauer wieder einzureißen. Ich möchte sie warnen und ihr Hoffnung geben. Ich möchte ihr Mut machen, ihr helfen, sich nicht unterkriegen zu lassen. Ich möchte ihr sagen, sie soll sich umdrehen und so schnell wie möglich weglaufen. Ich habe das Gefühl, ich kenne sie genau. Ich weiß, wer sie ist und wo sie sich in diesem Augenblick befindet, ich kenne die Reise, die sie jetzt antritt, und auch die Entfernung, die sie zurücklegen wird. Und doch weiß ich, dass ich auf Abstand gehen und sie alleine dorthin gelangen lassen muss.

Vielleicht beneide ich sie jetzt ein bisschen, als ich diese beiden jungen Menschen zusammen sehe, aber ich beneide sie nicht um das, was ihnen bevorsteht. Ich habe es geschafft, ich habe es hinter mir. Ich werde ihr die Daumen drücken und auf der anderen Seite auf sie warten.

Ich erwidere ihr Lächeln.

Und dann fahren sie davon.

Dank

Danke, Lynne Drew, Martha Ashby, Karen Kostolynik, Kate Elton, Charlie Redmayne, Elizabeth Dawson, Anna Derkacz, Hannah O'Brien, Abbie Salter, Damon Greeney, Claire Ward, Holly MacDonald, Eoin McHugh, Mary Byrne, Tony Purdue, Ciara Swift, Jacq Murphy und die wunderbaren, innovativen Teams bei HarperCollins UK und Grand Central Publishing US. Danke, Andy Dodds, Chris Maher, Dee Delaney, Howie Sanders, Willie Ryan; danke an alle bei Park and Fine Literary and Media, insbesondere Theresa Park, Abigail Koons, Emily Sweet, Andrea Mai, Ema Barnes und Marie Michels.

Danke an die Buchhändlerinnen und Buchhändler überall. An die Drucker. An die Leserinnen und Leser. An die Quellen meiner Inspiration; das Göttliche und das Alltägliche.

Danke an meine Eltern, meine Schwester, meine Familie, meine Freunde.

Danke, mein David, meine Robin, mein Sonny.

Nachwort

Liebe Leserinnen und Leser,
im Oktober 2002, ein paar Tage nach meinem 21. Geburtstag, begann ich, eine Geschichte zu schreiben, die mein Leben verändern würde: »P. S. Ich liebe Dich«. Ich gab mein ganzes Herz hinein, lachte und weinte beim Verfassen dieser Story, die zunächst nur für mich selbst gedacht war. Damals ahnte ich noch nicht, welche Wirkung das Buch auf der ganzen Welt entfalten und welche Auswirkung es auf mein eigenes Leben haben würde.

Mit großer Freude und Aufregung habe ich nun, so viele Jahre danach, die Fortsetzung davon vorgelegt: »Postscript – Was ich dir noch sagen möchte«, eine Hommage an den Vorgänger und alle seine Fans und Unterstützer. Ein Roman, in dem ich – als die Autorin, die ich heute bin – Holly Kennedy wiederentdeckt und begleitet habe.

Es war eine sehr emotionale Erfahrung für mich, die Figuren neu zu entdecken – wie eine Wiederbegegnung mit wichtigen Menschen aus einer anderen Zeit meines Lebens. Und es war eine große Herausforderung, »Postscript« zu schreiben, denn ich wollte der Tatsache gerecht werden, dass »P. S. Ich liebe Dich« bei vielen von Ihnen und Euch einen besonderen Platz einnimmt.

Ich bin stolz auf die Geschichte und hoffe, Ihr hattet Freude daran, in »Postscript« alte Freunde wiederzutreffen und neuen Figuren zu begegnen. Hoffentlich konnten die Charaktere Euch berühren und es hat Euch gefallen, sie auf ihrem weiteren Weg zu begleiten.

Jeden einzelnen Moment beim Schreiben dieses ganz besonderen Buchs habe ich geliebt und hoffe, es wird auf Eurem Regal vielleicht einen so speziellen Platz bekommen, wie es in meinem Herzen hat.

Alles Liebe,

Liebe Leserin, lieber Leser,

Ihnen hat
»Postscript – Was ich dir noch sagen möchte« gefallen
und Sie möchten mehr über Cecelia Ahern
und ihre neuen Bücher erfahren?

Dann senden Sie eine E-Mail mit Ihrem Namen an:

cecelia.ahern@fischerverlage.de

Wir freuen uns auf Ihre Zuschrift,
Ihr Team der S. Fischer Verlage